"THE BALLAD OF BETA-2" SAMUEL R. DELANY AND OTHERS

ベータ2のバラッド

サミュエル・R・ディレイニー他

若島正 編

未来の文学
FUTURE/LITERATURE

国書刊行会

目次

装幀　下田法晴＋大西裕二（s.f.d）

ベータ2のバラッド

サミュエル・R・ディレイニー

ベータ2のバラッド

小野田和子訳

The Ballad of Beta-2

by Samuel R. Delany

宇宙船が二隻、行方不明に

数世紀まえ、〈星の民〉は十二隻の宇宙船で地球を離れた。彼方の星々に植民するという使命を帯びた何世代にもわたる長い旅の末に、目的地にたどりついたのは十隻。そのうち二隻は無人の難破船と化していた――そしてその惨事から何百年もの歳月を経たいま、いったいなにが起こったのか、かすかな手がかりすら知る者はいない。

銀河系人類学を専攻する学生、ジョナニーは、この問題に関係する課題を与えられた。いつもとおなじルーチン・ワーク、と彼には思えた。二隻の難破船まで超光速でひとっ飛びして、軽く調べて歩き、わかったことを書けばいい、と。

ところが二隻の古い難破船が浮かぶ宇宙空間で見つかったのは、彼の推測などおよびもつかぬものだった。二隻のうちの一隻、シグマ9は時間静止の法則にしたがわず（彼が知るかぎり、唯一の例外だ）、まるで生きているかのように活発に瞬《また》く謎めいた緑の炎にすっぽりとおおわれている。そしてもう一隻のベータ2はどこにあるのかわからない。

おお　女はシティにもどってきた
砂を越え　その輝ける髪ふりみだし
両の目　真っ黒　ひりつく足裏
そして腕《かいな》のその下に　緑の目をした幼子が

――『ベータ2のバラッド』より

I

「きわめて簡潔にいえば、答えは——かれらがそこにいるからだ！」

　螺旋形の器具からふりそそぐ白い光が、教授の骨ばった鋭角的な顔を照らしている。

「でも……」ジョナニーはいった。

「でも、じゃない」教授がさえぎった。研究室にいるのはジョナニーと教授のふたりだけだった。「それほど単純な話ではないんだ、そうだろう？　理由は、かつてかれらが大勢そこにいたから、そしてかつて例のないこと——これからも二度とないであろうこと——をなしとげたから、しかもその遺物がいまそこにあるからだ。だからきみに調べてもらうということだよ」

「でも、先生」ジョナニーはなおもいいつのった。「それではぼくの希望とちがうじゃありませんか。ぼくはこの単元の研究作業を個人的に免除していただきたいとお願いしているんです。ぼくは〈星の民〉にかんする試験問題全般に責任があるとは思っていますが、もう優等科の学生です、ですから、それに免じて細かい仕事は勘弁していただきたいと申し上げているんです。先生、ぼくとしては卒論のテーマになる、たとえばクレトンIIIのニュークトン文明とか、なにか適切なものに時間を割きたいと切実に思っているんです」もうひとつ思いついた。「この免除措置を特別許可できるのは、たしか先生だけがおもちの特権だったと思いますが」

「いかにもそのとおり」教授はひややかにいうと、おもむろに身をのりだした。「ジョナニー、きみの〝優等〟ぶりに免じて――いやまったく、きみはたんに優秀な学生というにとどまらぬ、すばらしい逸材だ――だからして、わたしもきみの抗議に耳を貸す気になっている。しかしながら、どうもきみの要求には納得がいかんといわざるをえんな」

ジョナニーはひとつ息をついた。「先生、ぼくはただそんなことに時間を使いたくないだけなんです。銀河系人類学という分野には研究が必要なものが山ほどあるというのに、ぼくの知るかぎり、〈星の民〉にはこれ以上なんの発展性もなければ、重要性のかけらもない。かれらは目的を達成することすらできないまま宇宙の方程式から排除されてしまった、ごく小さな変化因数にすぎません。芸術への寄与といっても完全に派生的なものです――しかもそれ以外にはなにも生みだしていない。かれらが残したものといえば、ちっぽけでお粗末な植民地、まあ、植民地と呼べればの話ですが、連邦がセンチメンタリズムで存続を許可しているレファーⅣの近くの定住地だけです。そこにはいくつもの文化、文明があって、調査してくれと声をあげている。何十ものクロムめっきの卵の殻をつついてあけてくれと叫んでいる。自分たちの歴史を――狂信的愛国主義の退化した低能どもの歴史を、きちんと文書化してくれとわめいている。人になんといわれようとかまいません。事実、それだけのものなんですから！」

「なるほど」と教授はつぶやいた。「なるほど。この件にかんしては並々ならぬ思いがあるようだな」

教授はデスクのスクリーンに目をやると、ぽんぽんと二、三、メモを呼びだし、きびしい顔つきでジヨナニーを見た。「きみの要求を認めるつもりはないが、理由は話しておこう。いや、それどころか、きみと議論することもやぶさかではないぞ——なにしろきみは〝優等科〟の学生だからな。きみは、〈星の民〉の文化は目的を達成するまえに廃れてしまった、とるにたりない変化因数だというが、その理由は？」

「それは先生」ジョナニーはちゃんと答えを用意していた。「かれらは二二四二年初頭に星々をめざして星間船で地球を出発したわけですが、目的地は確定しておらず、そこに着くまで十二世代にわたって宇宙空間を旅する予定だった。ところがかれらが出発してわずか六十年後にハイパースペース・ドライヴが大々的に現実のものとなり、十隻の残存世代船がレファー星系に到着するころには、地球はすでに何十もの惑星系と採算のとれる交易をおこない、文化交流を果たし、その歴史はすでに百年近くになろうとしていた、という現実があるからです。それにもうひとつ、星間船の文明の程度が原始的未開段階にあって、高々と掲げた目標めざして地球をあとにした誇り高き〈星の民〉の子孫たちはとうとう異星で生きのびることはできず、ましてや異星文明との友好的接触などかなわぬ夢でおわってしまったということもあります。けっきょく十隻の船はレファーをめぐる軌道上に集められ、愚鈍なる生存者たちはよろよろと絶滅への道を歩むにまかされているんですからね。どの記録を見ても、連中はそういう存在のつねで現状に満足しきっている——だからそのままにしておいてやればいい、というのがぼくの意見です。個人的にはかれらのことをもっと知りたいとは思いません」

ジョナニーは意見はとおったと確信して、教授の——おそらくは不承不承の——要求黙認を待ったが、沈黙はつづいた。やがて口をひらいた教授の口調はさっきよりいっそうひややかだった。

「かれらは芸術につゆほどの貢献もしていないと主張するんだな。きみはあらゆる記録に精通しているといえるのかね?」

ジョナニーは顔を紅潮させた。「先生、ぼくはもちろん専門家ではありません。ですが、十二世代のうちには詩の一篇、絵の一枚ぐらい、なにか――よくあるノスタルジーどっぷりの、面白くもない、感傷的な、創造性に欠ける習作とはちがうものがひとつぐらいはあると考えてしかるべきでしょう」

教授の表情は変わらなかったが、片眉が問いかけるようにくいっとあがった。

ジョナニーはこの論旨展開にしっかりと喰らいついた。「ザモール・ネラが七九年にまとめたバラッド集を読んでみましたが、暗喩、直喩、どれひとつとっても、オリジナルどころかかれらの星間船での暮らし固有といえるものさえ見あたりませんでした。どれもこれも砂や海、街《シティ》、国といった言葉で表現された、なかば神話に近い民話のたぐいばかりで――なかにはもちろん非常に面白いものもありますが、どれも星間船で生き、死んでゆく人々とは無関係の完全なファンタジーです。あんな綿菓子みたいな甘ったるい感情の発露には、ぼくはなんの関心ももてません」

教授はもう片方の眉もあげた。「ほう、そうかね? とにかく、きみに課題をだすまえに最初にいったことをもういちど強調しておく。〈星の民〉はそれ以前――またそれ以降も――例のないことをなしとげたのだ。宇宙空間を――それもたいへんな距離を――非常に長い期間、旅した。そこまでいった人間はほかにはいない。ハイパースペース・ドライヴは実際には恒星間空間を迂回してしまうわけだからな」教授は静かに笑った。「だからかれらはほんとうに砂や海や街《シティ》や国を見つけたのかもしれない」ジョナニーが反論しようと口をあけると、教授は手をあげて制した。「きみはそこへいったことがないのだから、反証をあげることはできない。いずれにせよかれらは、想像しうるかぎりもっとも危険といえるであろう旅をまっとうしたのだ。そのことだけでも研究に値する存在だ」

「先生、恒星間空間以上に安全な場所がありますか？」ジョナニーの口調にはわずかに軽蔑の色があった。「なにもない空間なんですよ」

教授の両眉が崩れ落ちた。「たとえそうだとわかっているとしても――実際にはわかっていないわけだが――地球の星間船にのった地球人が安全だと、いったいぜんたいどうして思えるのかね？　ほかのものがいる可能性もあるのだぞ。念のためにいっておくが、十二隻の船が地球を発って、レファー星系に着いたのは十隻だけだった――しかもそのうち二隻はもぬけの空だ。安全といわれる恒星間空間には――砂と海のなかには――われわれがまだ知らないなにかがあるかもしれんじゃないか」教授の声にこめられた抑え気味ながら強烈な感情がふいに影をひそめ、薄暗い部屋の明かりが消えたかのように闇と冷気が残った。「きみ、ネラのバラッド集はちゃんと読んだといったな。ならば『ベータ2のバラッド』は当然、知っているだろう。そのバラッドの完全な歴史的分析をしてくれたまえ――一次資料にあたってな。それが今期単元のきみの課題項目だ」

「でも、先生！」

「話は以上」

II

ジョナニーはザモール・ネラの簡潔な脚注に目をとおしていた――［＊ベータ2は、目的地レファー星系に無人で到着した二隻の星間船のうちの一隻。このバラッドは残った〈星の民〉のあいだで非常に人気が高い（➡音楽の項）。〈星の民〉のバラッドの多くに見られる独創的特徴である、反復句の繰り返しの不規則性、ならびにやや省略的な構文に注目のこと」

「オリジナリティというにはかなり無理があるな」と思いつつ、ジョナニーは問題のバラッドに目をもどした。

そのときシティにひとりの女がやってきた
　砂を越え　その輝ける髪ふりみだし
両の目　真っ黒　ひりつく足裏
そして腕《かいな》のその下に　緑の目をした幼子が

三人の男が立っていた　シティの壁のその上に
ひとりはちびで　ふたりはのっぽ
ひとりが朗々と金のらっぱ吹いた
みなにきこえるよう大声でいった
あの女がシティにきた
　砂を越え……　（以下、繰り返し）

ひとりの女が立っていた　〈市場〉の棚のそのそばに
頬にはダイヤのよな涙

片目は見えず口きけず
けれどきこえたシティの番人の声
――「**女がシティにやってきた**
砂を越え……」（以下、繰り返し）

ひとりの男が立っていた〈裁判所〉の扉のそのそばに
まえとおなじよに裁くため
シティの番人の声をきき　男はいった
「彼女は死ぬためにシティにもどってきた」
そうだ　彼女はシティにもどってきた
砂を越え……（以下、繰り返し）

もうひとりの男が立っていた〈髑髏《しやれこうべ》〉の丘のその上に
顔には頭巾をかぶってた　手はぴくりとも動かない
肩にはロープをかついでた
男は〈髑髏《しやれこうべ》〉のスロープに　じっと黙って立っていた

シティの壁の三人が大声あげて――「立ち去れい！
シティにもどるならおとといこい」

けれど壁の下　女は立っていた――
わたしはいったとおりもどってきた
そうともシティにもどってきた
砂を越え　わがつややかな髪……　（以下繰り返し）

もらった時間で遥かな旅へ
おまえたちをいまの姿にした緑目のものを見つけるため
そうさわたしはシティも砂丘もくまなくさがした
それでも見つからなかったのさ　われらを破滅させたものは
けれどわたしはシティにもどってきた
砂を越え……　（以下繰り返し）

彼女が門をくぐったら　子どもたちが泣きだした
彼女が〈市場〉を歩いたら　声という声が死に果てた
彼女が〈裁判所〉をとおったら　判事はしんと押し黙る
彼女が歩いていった先は　〈髑髏《しゃれこうべ》〉の丘のそのふもと

丘の上からおりてきた　ロープかついだかの男
〈髑髏《しゃれこうべ》〉のスロープのふもとで彼女をでむかえた

彼女はシティを見わたして　くるりふりむき　ほほえんだ
片目の女はかかえてた　緑の目をした幼子を

火　血　肉　糞　そして骨——
膝の下には鉄　石　木
きょうは土くれ　シティは消えた
けれど彼女はもどってきた　いったとおりにもどってきた
そうだ　女はシティにもどってきた
砂を越え　その輝ける髪ふりみだし
両の目　真っ黒　ひりつく足裏
そして腕《かいな》のその下に　緑の目をした幼子が

一次資料にあたって完全な歴史的分析をするということは、直接、星間船にでむいて、このバラッドについてなにがわかるか、少なくとも三人の〈星の民〉からききとりをしなければならないということだ。〝研究期間〟は二十四時間だが、大学の清算センターで時間調整してもらえばいい。そうすれば、キャンパスではたった二十四時間しかたっていなくても、星間船コロニーで一週間過ごせることになる。ジョナニーはこの研究課題に必要最小限以上の時間を費やす気などさらさらなかった。そこで仕事の手間を極力省くため、この短い旅の皮切りに図書館で二時間ほど費やすことにした。

手はじめにネラのバラッド集序文にもういちど目をとおしてみると、ちょっとひっかかる箇所があった——「もちろんわたしは実際に星間船内にはいったわけではない。理由はふたつ、時間的制約と文化的不親和性ゆえだ——しかしロボット・レコーダーは乗船を許可され、多大なる協力が得られた。レコーダーは歌詞と主旋律の楽譜のコピーを即座に送信してよこし、当然のことながら永久録音もおこなった。わたしが変更を加えたのは、あきらかに単語やフレーズの位置が置き換わっていると思われる箇所だけである。この研究プロジェクトはいささか性急におこなわれたため、レコーダーのコピー装置に欠陥があったか、もしくは単純に歌い手の側がまちがえたか、どちらかの理由でこのようなまちがいが起きた可能性が高いことを指摘しておかねばならない。齟齬部分にかんしては合注版を参照されたい」

　ジョナニーは良心的研究者として怒りをおぼえ、椅子に深々とすわりなおした。ロボット・レコーダー、実際には乗船していない、となると、おそらく収集全体にかけられた時間は、彼がこれからひとつのバラッドにかけようとしている時間よりも短かったにちがいない。ジョナニーには手にとるようにわかった——ネラはどこかレファー星の近くにいて、急に思いついたのだ、星間船にレコーダーを送り込んでなにか収集できないかと（たぶん、修理中か検疫に手間どるかしていたのだろう）。そこでマシンを六、七時間滞在させ、しかるのち、得がたい民謡を集めた一見学者仕事ふうのバラッド集をたずさえてひょっこりあらわれた、といったところだろう。そんないいかげんな研究だったのかと思うと腹が立ってしかたなかったが、銀河系人類学図書館に眠る無尽蔵の記録のなかにはその手のものがごろごろしているにちがいない。

　とはいえもののついで、とジョナニーは面白半分に合注版に目をとおしてみた。『ベータ2のバラッド』のなかでネラがなおした詩句は、第八連《スタンザ》の二カ所だけだった。レコーダーの記録ではこうだ

「彼女が門をくぐったら　声という声が泣きだした
　彼女が〈市場〉を歩いたら　子どもたちが死に果てた」

　ふむ、わかりきった修正――だろうか？　ジョナニーは眉間にしわをよせた。いや、やっぱりネラが正しいのだろう。でないと、ちょっとシュールすぎる――それでは、これまで抱いていた〈星の民〉のイメージとは正反対だ。

　もういちどゆっくり、注意深く読み直してみると、ある種小気味よい簡潔さがあるのがわかる――が、これがなんの現実性もないものだとしたら目も当てられない。

　ジョナニーは目録にあたって、〈星の民〉関係のクリスタル・レコードをあとふたつほど選ぶことにした。選ぶといってもぜんぶで六つしかないので、青いの（一次記録であることを示す）をさがす。驚いたことに青いのはたったひとつしかなかった。目録のまちがいではないかと司書にたしかめてみたが、やはり青はそれひとつだけだった。

　タイトルがなかったので、プレイヤーにすべりこませてみて、また驚いた。なんとそれは九十年まえ、ほとんど忘れ去られていた星間船団が連邦の視界に姿をあらわしたときの最初の接触時の記録だったのだ。

　声は地球人のもので、子音がめだつ耳障りな発音の高地ケンタウロス語（極度に圧縮された言語であるため公式記録に非常に適している）で初の接触のようすと〈星の民〉の好戦的反撃のもようが語られていた——

……最終的には催眠振動を使うしかなかったのだが、それでも乗船は非常に困難だった。退化はかなりの段階まで進んでいる。内部エアロックの床で武器におおいかぶさって眠っている生物は無毛で全裸、肌は青白く、いかにも弱々しい。狂気じみた（見方によっては〝英雄的〟ともいえる）奮闘もむなしく、当方の犠牲者はゼロだったし、探測装置によれば基本的には敵意はない。しかしながら、航海中に起きた解読不能の出来事が土台となって発生したおよそ信じがたい神話に深く囚われているため、われわれとしてはかれらをそっとしておいてやるのが得策ではないかという感触を得ている。技術力は六、七百万マイルの惑星間ジャンプをこなすのがせいぜい、といったところだろう。各船のあいだでは無線交信がおこなわれているようで、ときには集団で船から船へ移動することもあると推測される。

［長い沈黙があって、また声がつづいた］——文字を使って書くという行為はまだおこなわれていて、もともとの集団では数カ国語が使われていたにもかかわらず、現在使われているのは英語だが、つづりが変化していること、文が完全に婉曲語句で構成されているふしがあることなどから、英語とはいえなかなか理解しにくい。調査した記録のうちかなりのものが〝〈市場〉〟でのトラブルに関係していて、当初、これは水耕菜園のような船内の食料供給施設だろうと考えられていたが、意味論学者バーバー氏が一時間かけて、星間船用に編みだされた複雑な繁殖および誕生プロセスをさしていることを突き止めた。人口を一定にたもつため、子どもの誕生は機械的な〝誕生バンク〟いや〝誕生市場〟で人工的に継続され、親候補はそこで子どもをうけとるのだ。集団の整合性を高

度にたもつ手段として、また放射線による奇形の数が多くなりすぎないようにする安全策として意図されたものだが、ここにいる哀れな人々の外見からして、この方法が成功をおさめたとはいいがたい。

ジョナニーはパチンとスイッチをはじいてバラッドの修正された二行を再読した。なるほど、〝〈市場〉〟というのはそういうものなのか。だとしたら〝〈市場〉〟は〝子ども〟と一体になっているはずだ。したがって修正するとしたらまちがいなく――

「彼女が門をくぐったら　声という声が死に果てた
　彼女が〈市場〉を歩いたら　子どもたちが泣きだした」

それとも逆だろうか？　もしそうだとしたら、なぜだ？

ジョナニーは各船の記録を早送りで、しかしきっちりときき、とくにつぎの部分では耳をそばだてた――

……ベータ2はまったく無人のようだ。長い通路に人気《ひとけ》はなく、まだ青い光が燃えている。ドアはあけっぱなしだし、テープはマシンにはいって途中までプレイされた状態、生活用具はなにかで用を中断してその場に置かれたようなかたち。〈髑髏《しゃれこうべ》〉にひろがる光景は、いわゆる第二次世界大戦中のアウシュビッツでの残虐行為の写真や記述を思い起こさせる。人の骨が山をなしていて、まるで全乗員が突然、自殺熱にでもとり憑かれたか、さもなければなにか信じがたい大量殺戮がおこなわれたかのようだ。その骨がすべて大人のものだと指摘したのも、意味論学者のバーバー氏だった。このことから、まったく機能していないことがはっきりしている〈市場〉の調査がおこなわれた。胎児が育っていた小さなガラス容器は、多くが容赦なく叩き壊されていた。このふたつの惨状に関連性があることはあきらかだが、時間不足で詳しい調査はできない。ほかの船での催眠探測で、何世代かまえにベータ2で深刻な問題が起きたことが知られているという結果はでたが、その正確な内容、規模などは漠然としていて、伝説の霧のむこうに隠れてしまっている……

ジョナニーはふたたび録音を止め、ついで残り少ない記録を早送りして、〈髑髏《しゃれこうべ》〉に触れた部分をさがした——「〈髑髏《しゃれこうべ》〉ユニット」、「〈髑髏《しゃれこうべ》〉にいれる」、さらには「〈髑髏《しゃれこうべ》〉のスロープ」という言葉がでてきたが、はっきりした説明はない。

もうひとつクリスタルを選んでみると昔のマイクロフィルムの写しだった。惑星間旅行以前の時代の、星間船建造にかんする記録だ——

「……には、廃棄物の転換装置として機能する〈髑髏《しゃれこうべ》〉ユニットが設置されている。これは、死刑執行用の装置としても使われる。このような限られた社会では死刑をもってしか対処しようのない極端な事例が生じるからである」

好奇心に非常に近いものをおぼえて、ジョナニーはふたたび、自分でつくっておいたバラッドの写しに目をやった。ベータ2では〈市場〉で問題が起きた。〈髑髏《しゃれこうべ》〉は死刑執行にも使われた。もしかしたら、ロボットが最初に録音した第八連《スタンザ》のオリジナル版には、ちゃんとした意味があるのかもしれない。

「彼女が門をくぐったら　声という声が泣きだした
彼女が〈市場〉を歩いたら　子どもたちが死に果てた
彼女が〈裁判所〉をとおったら　判事はしんと押し黙る
彼女が歩いていった先は　〈髑髏《しゃれこうべ》〉の丘のそのふもと」

これでとりあえずのとっかかりはできた。

III

ジョナニーはドライヴ・ハンモックに背をあずけて、ハイパースペースではなんの役にも立たない黒いヴュースクリーンを見つめていた。いま自分は、かつて星間船団が毎秒数千マイルの速度で五世紀かけてじりじりと這い進んだ広漠たる虚空を何十秒かで横断しようとしているのだ、と実感する。認めたくはないが興奮が湧きあがってくる。しかしそれでも彼はいまの自分の姿を、有能な銀河系人類学者の卵、文化の袋小路というにふさわしい取るに足りない些末事を追う途上の図、ととらえていた。

これがクレトンIIIの都市ニュークトンへの旅ならどんなによかったか。その銀張りの広間、黒石づくりの公園——驚くべき建築と音楽を生みだしたあの悲劇的種属。しかもこの種属、言語その他のいかなる直接的コミュニケーション手段も発展させたことがないのだから、驚きもひとしおだ。その驚異的発達具合こそ徹底的に研究する価値があるというものなのに。

クルーザーがハイパースペースをでるときに起こるかすかな視覚のぶれでジョナニーははたと我にかえり、ハンモックのなかで身体を起こした。

目のまえにあるスクリーンの上の隅に、緑がかったレファー星が輝いている。手前にある三日月の集団のようなのが星間船団だ。数をかぞえるとぜんぶで六隻。ほこりっぽいベルベットの上に散らばる爪の切りくずのようだ。といっても、どの球体も直径が十二マイル前後あることはわかっている。ほかの四隻は蝕になっているにちがいない、と思いながら見ているうちにも、荘厳な儀式めいた踊りを思わせる動きのパターンがはっきりしてきた。船団は各船同士四十マイル間隔で精妙なバランスをたもった軌道に集められた上で、レファーから約二百万マイル離れた十年周期の公転軌道にのっている。

ゆっくりと、もうひとつべつの三日月が姿をあらわすと同時に、その反対側にあった三日月がぼうっとかすんで薄闇に消えていった。ヴュースクリーンの波長を切り替えると黒い背景が紺青に変わり、三日月がほんのり緑にふちどられたほの暗い球体になった。

ジョナニーのクルーザーはコンパクトな五十フィートのクロノ・ドライヴで時間マージンは六週間

——星間ホッピングに充分とはいいがたい。しかし、〝若いもの〟は清算センターが大迷惑をこうむるようなパラドックスをしょっちゅう生みだすから信用ならないという理由で、やつらはそれ以上の時間マージンを学生に許可してくれない。大きな船だと二年くらい自由に使える場合もあって、これならいくらか納得がいく——というのは、短期の場合、万が一、六週間以上過去の時点で決定的瞬間をともなう破局的状況に陥ったら、それすなわち運の尽きということになるからだ。その場合、決定的瞬間とクライマックスのあいだをいったりきたりしながら必死に助けを呼んでだれかがきてくれるのを待つか（これはほとんどありえない）、さもなければただその破局的状況に突っ込んでいく——そして希望をもつ——しかない、が、宇宙での破局的状況に希望がはいりこむ余地はあまりない。かくして、当局のお偉方たちは学生の事故件数の多さに文句をいいっぱなし。どう転んでも不公平にできているのだ。

　目的地まで千マイルの地点で、ジョナニーは速度を毎時二百マイルに落として、船団のそばまでじりじりと這い進んだ。そのあいだ考えていたのは、船団のなかからベータ2をどうやって見つけるか、そしてまずなにをすべきかだった——見捨てられたベータ2を特定して探査するか、それともほかの船のどれかの住人と話してみるか（むこうに話す気があればだが）。

　ほかにも、彼の研究には——直接的には——なんの関係もないものの、気になってしかたのないことがあった。ライブラリーのクリスタルで最後に知ったのは、もう一隻のからっぽの船、シグマ9にかんすることだった——

「……はらわたをごっそり食い破られている」［とクリスタルの声は語っていた。］「船殻の一部が大きく不規則なかたちに引きちぎられ、内部の骨組みがレファーの光のもとで奇妙な玉虫色の光沢を放っている。船殻の残された部分はほとんどまっぷたつに割れている。生存者がいる可能性はない。これほどねじれた残骸となりはてていながら運動量とオート・ドライヴ・メカニズムの働きで最終ゴールまで飛びつづけたのは驚きというほかない」

ジョナニーは、球体群が壁一面にひろがるまでヴュースクリーンの拡大率をあげた。とそのまに、またべつの船が船団のなかから姿をあらわした。それがシグマ9だということは難なくわかった。まるで割れた卵の殻のようで、繊細な蜘蛛の巣状の大梁が割れ目を羽毛のように縁取っている。最大の損傷は、やはり船殻がとてつもなく広範囲に失われた部分で、そこからはあらゆる方向に亀裂が走り、あちこちから断片がぶらさがっている。

まず頭に浮かんだのは船内ですさまじい大爆発があったのだろうということだったが、船の構造を考えてみると、船殻があれほど大規模に引き裂かれるほどの爆発だったら残る部分もばらばらになってしまうにちがいない。衝突物理学の授業で教わった法則に照らせば、外部からの衝撃という可能性は除外される。まったくの話、ありえないたぐいの破壊形態だ。しかしそれは現にそこにある。すぐ目のまえに。

ジョナニーは船団のなかに進入する作業は機械《メカノ》にまかせてスクリーンを通常の拡大率にもどし、巨大な球体群がしだいに大きくなっていくのを見まもった。いちばん近い球体まで七十マイルの地点でクルーザーを止めてじっくり観察したが、なんの収穫もなく、けっきょく時速わずか七十マイルという低速度で（もっとよく考える時間を稼ぐためだ）ふたたび進んでいった。そして、あと四十二秒という時点で急ブレーキさながらに〝時間停止〟をかけた。

時間が止まった。

理論はともかく実際的にはジョナニーは時間静止状態にすっぽり包まれたかたちで、クルーザーは星間船の表面からおそらく十フィートほどのところにある。スクリーンを移動ヴィジョンに切り替えると、映像がぐんぐん大きくなって彼をぐるりと取り巻いた。ヴューポインターをさげて自分が船体に立っている視点までもっていき、彼はあたりを見まわした。

地平線がぎょっとするほど近い。それになめらかで平らだと思っていたプレートは嚙み跡だらけのチーズのようだ。ぼろぼろに腐食したものが結晶化し、溝ができたり、薄くはがれそうな瘤になっていたりする。色は、素材そのものの緑。遠くの太陽からとどく光よりも濃い色だ。ジョナニーは上を見あげた。

そして息を吞んだ。地球から見る月の十四倍の大きさのシグマ9が浮かんでいる。この静止状態のなかではなにも動かないことはわかっている。自分は安全なクルーザーのなかにいるのだし、ここは一ダースほどの恒星やその安全無害な惑星から何分も離れた場所なのだとわかってもいる。それでも頭上にのしかかる、はらわたを食い荒らされた難破船は、暗黒を切り裂いてこっちへ暴走してくるように見える。

ジョナニーは悲鳴をあげ、片手で目をおおって、もう片方の手で力いっぱい移動ヴィジョンのスイッチを押し込んだ。ジョナニーはもとのクルーザーのなかでぶるぶるふるえていた。ヴュースクリーンはもとどおり正面のわずか六フィートの窓にもどっている。

だめだ。まだ心が無限の空間に対応できていない。たとえエア・ヘルメットの縁でも、すがるよすがになるものだ。が、このちらちらと緑の炎のように光る難破船にはなにかぞっとするものがある。見たとたん落ちてきて飲み込まれてしまいそうで、一秒とまともに見ていられないほど恐ろしいなにかが——ちらちら光る？

ジョナニーはじっとり湿った手のひらをハンモックの肘掛けから離した。ちらちら光る？　いや、難破船の降下にともなう光学的錯覚のひとつだろう。時間静止状態なのだ。ちらちら光るものなどあるはずがない。でも考えてみるとたしかに難破船の上でガス状の緑の光がスパークするように輝くのが見えた。ジョナニーはもういちどシグマ9を見ようと、ヴュースクリーンを上にスウィングさせた。こんどはシートという心理的安全地帯からの眺めだ。緑色の壊れた船は、宇宙空間を背景にちらちら瞬いている。

パニックがジョナニーの胃袋をわしづかみにした。時間マージンが狂っているにちがいない。警告ランプに視線を走らせたが、どれも消えたままだ。なにも異常はない。どこかがほんとうにおかしくなるまえにハイパースペースに飛び込もうとしたが、ふと手が止まった。レファー星がある。ジョナニーはフィルターのスイッチをいれて拡大率をあげた。

時間静止状態にある太陽の表面は、通常の時間の流れのなかにあるときとはまったくちがって見える。キーフェン効果とかいうもののせいで、ゴムのボールを糊にひたしてからいろいろな色のラメのなかでころがしたみたいに見えるのだ。ひとつひとつの色が、プリズムにかけたようにくっきりと、べつべつの点になって輝く——一方、通常の時間進行下では、蛍光をおびたオレンジピールのような色調だ。スクリーンのレファー星にはキーフェン効果がはっきりあらわれている。

つまり自分はまちがいなく時間静止状態にあるということだ。しかしそんなことなどおかまいなしに、シグマ9の周囲ではなにかが起きている。

ジョナニーはシグマ9から目をそらせて通常の時間の流れにもどり、時速十五マイルの這うようなスピードで、目のまえの星間船の入口をさがした。船殻上の腐食したブリスターがそれで、ジョナニーはエアロックの上にホヴァーすると、なにか網にかかるかもしれないと、なかば冗談のつもりでIDビームを発信してみた。と、驚いたことにスピーカーから訛りのある英語が流れてきたではないか――

「あなたの耳は栓を抜かれていますが、あなたの目は黒いです。あなたの耳は栓を抜かれていますが、あなたの目は真っ暗です。あなたの目が黒いうちは乗船できません。身分証明をお願いします。オーヴァー」

声が平板だから自動応答ステーションからのものだろうが、内容はわけがわからない。ジョナニーはもういちどIDビームを発信して、こんどは同時に話しかけてみた――「もしロボットが応答しているのなら、人間の係員にかわってくれ。なかにいれてほしいんだ。人間の係員と話したい」

「あなたの耳はきれいです。耳垢はないし、栓も詰まっていません」またおなじ声が返ってきた。「しかし、あなたの目は盲目です。こちらにはあなたがまったく見えません」

ジョナニーにもやっと意味が呑み込めた。このロボットはあきらかに調音の変化が認識できるのだ。こっちの映像もほしいということか、と察して、彼はごくありふれた帯域で自分の映像を送信し、スクリーンにむこうの映像が返信されるのを待った。

「あなたの目ははっきり見えます。すぐに乗船許可パターンを送信します」

ヴュースクリーンの隅に、明滅する白と黒のパターンがあらわれた。白い円と黒い線の連続模様だ。

その上に太字で――

あなたは現在、ガンマ5シティに進入中です

――と書いてある。

下では、ブリスターのひとつが回転しはじめた。ジョナニーのクルーザーの三倍くらいあるシャトル用につくられたとおぼしきサイズだ。結晶化した船殻から分厚いスケールが剝がれ落ち、細かい粉になって漂っていく。ブリスターは回転しながら沈んでいき、三つにわかれて船殻にすべり込んだ。メカノがジョナニーのクルーザーをトンネルのほうへと導いていく。クルーザーが方向転換しているあいだ、ジョナニーはヴュースクリーンのシグマ9にちらりと目をやり、教授にむかっていったことを思いだしていた――「先生、恒星間空間以上に安全な場所がありますか？」船はみな不滅の駆動装置をもち、船殻は無限の強靭さを誇っていたはずだ。いったいなにが装甲プレートを食い荒らしたのか、そしてなにがシグマ9の船体を磁器のように打ち砕いたのか？　ジョナニーは好奇心を満たすためにクルーザーの小型イリジウム・セル・コンピュータで調べてみようと決心した。粉砕された金属に残された変形やひずみの測定数値からなにか答えが引きだせるかもしれない。この仕事をおえるまえに現場へいって、広範囲に調べてみよう。はじめて接触したリポーターたちでさえ、たいした調査はしていないのだ。やっと最初のエアロックのトリプル・ドアが閉じた。ジョナニーは嘆声を洩らして着艦プロセスが終了するのを待った。

クルーザーがガタガタ揺れて、反発フィールドの表示ランプが灯った。この船のエアロックはもっとずっと大型の舟艇用に設計されているため、真空中で引っかけ鉤が船体をさがしている。フィールドのおかげでクルーザーはエアロックのまんなかにおさまっているが、引っかけ鉤が短すぎるのだ。

ジョナニーは反発フィールドの密度を、クルーザーから全方向二十フィートにわたってチタニウム鋼とおなじ程度にまであげた。そこに鉤を沈み込ませてやればいい。ガシン。かかった。スピーカーから声がきこえてきた——

「乗船準備」

よし、いってみるか。エアロックの気圧は地球平均値だ。星間船のほかの部分はどうだろう？ ロボットにも、もしなにか問題があれば乗船許可をださないだけの分別はあるはずだ。万一にそなえて、ジョナニーはサバイバル・キットに耐圧ゲルをすべりこませた。ベルトのパワーパックをチェックし、ほどけていた左のサンダルのひもを結んでドアにむかう。

選別フィールドができて以来、二重エアロックはすっかり廃れてしまった。金属の虹彩が回転して引っ込むと目のまえはもう星間船のエアロック内部で、乗船用フレキシブルチューブが反発フィールドの横に密着していた。

ジョナニーのクルーザーには快適な擬似重力があるが、星間船内はフリーフォール状態だった。ジョナニーは船内へむかうと同時に体重が消え去るのを感じた。と、チューブの丸い端が近づいてきてヤツメウナギの口さながらにジョナニーを呑み込んだ。光は淡い青白色。ジョナニーはチューブのなかでパワーベルトのボタンを押していったん動きを止めると、チューブ側面に走る手すりをつかんで身体を引っ張るようにしながら進んでいった。

四角い窓からエアロックの残りの部分が望める。おなじ青白色の光に照らされているが、だいぶ薄暗い。十五フィートほど進むと、うねのある壁がなめらかなスチールに変わり、窓がなくなった。船の本体にはいったのだ。うしろからチューブをとおってかすかなサラサラいう音がきこえてきた。ふりむくと、通路の入口を三つ顎のクランプがしっかり締めつけていた。チューブのなかは比較的涼しくて、どこからか微風が流れてくる。チューブの端に着いた。

左右両方向に三角形の通路がのびている。まんなかには螺旋形のバーがとおっている。一方をさす矢印には〝リクリエーション・ホール〟、もう一方をさす矢印には〝ナヴィゲーション・オフィス〟と表示されている。ジョナニーの英語は学者タイプに属しているから会話面ではすぐれているが、技術用語は全廃されたにひとしいのでほとんど頭にはいっていない。といっても、言葉の意味がはっきりしないときに役に立ちそうなラテン語由来の語根はかなり知っている。

ジョナニーはさんざん頭をひねったあげく、ナヴィゲーション・オフィスのほうが面白そうだと結論をだした。一方の通路をいった先でなにを〝再形成《リ・クリエート》〟しているのか、どんな〝再形成《リ・クリエーション》〟システムがあるのか見てみたい気もなくはなかった。でも、〝海へのいけにえ《サクリファイス・トゥ・ザ・シー》〟のほうはさっぱり見当がつかなかったので、そっちへいってみることにしたのだ。（ナヴィはラテン語の語根navis（船の意）に由来。またオフイスとサクリファイスは共通の語根facere（なすの意）をもつ）

すぐに小さな部屋があった。まんなかに太い柱が立っている。壁ぎわにはぐるりとたくさんのデスクと椅子、スクリーンにダイヤル。隔壁は金属製だったので、ジョナニーはサンダルの底に弱い磁気フィールドを発生させて床まで漂っていき、カチリと固定させた。デスクを見わたす。船内のこの部分にかつて重力があったことはまちがいない。

「少々お待ちください」スピーカーから声がした。「さきほど要求された、あなたのお相手ができる人間の係員をさがしています」

「たのむよ」ジョナニーは答えた。「それにしても、みんないったいどこにいるんだ？」

「質問が複雑すぎます。人間の係員をさがしています」五秒間の沈黙のあとスピーカーからの声はいった。「人間の係員からはまったく応答がありません。申し訳ありません」

「この船には生きている人間はいないのか？」

「みんな生きています」とロボットは答えた。平板なオートマトンの声は、ことさらの意図などあろうはずもないのに威嚇的にひびいた。

ひとつのデスクの上に本が山積みになっている。本！　ジョナニーはほんものの本がすきですきでたまらない。本は重くて扱いが厄介で保存がむずかしいので、たいていの学者にとっては頭痛の種だが、ジョナニーは心底魅了されていた。中身はなんでもいい。いまある本はみんな古いものばかりだから、ジョナニーにとっては言葉のひとつひとつが失われた宝石の切り子面のように輝いている。本というものの概念自体が、この圧縮され、ぎゅうぎゅう詰めにされ、異常な速さで進んでいく時代とは相容れないものであるがゆえに、ジョナニーはただ紙の重さを感じるだけでも恍惚としてしまう。彼自身のコレクションは七十冊余りだが、大学の人間はみんな、ただ見せびらかすだけのための贅沢だと思っている。コレクションの白眉は、一ページずつ合成樹脂を沁み込ませた、マンハッタン地区電話帳一九七五年版だ。

ジョナニーはカチリカチリとそのデスクに近よって、いちばん上の本をとりあげた。本をもちあげると軽い抵抗があり、磁石が離れるチッという音がした。ひらいてみるとページは薄い金属シートで、青い光のもとで銀色に輝いている。文字は機械のものだ。航海日誌か日記のようで、いちいち日付と時間が記入されている。ジョナニーは本のまんなかあたりをあけて適当に読みはじめた——

もう三十九時間も砂漠がつづいている。船がこれ以上もちこたえられるかどうかわからない。砂数値は十五から二十二のあいだをいったりきたり。恐ろしいのは、これがいつまでつづくのか皆目見当がつかないことだ。十二年まえにはじめて遭遇した砂漠は、抜けるのに十四時間かかった。その二年後、また海がなくなって、こんどは軽砂のなかを十一カ月近く旅した。船は信じがたいほど摩耗した。その当時、もしそれ以上おなじ状況がつづけば船は第四世代までもつまいとの判断が下された。だがそのときもまた唐突に海洋がひらけてなにひとつ邪魔するもののない航海にもどり、それが六年近くつづいた。つぎは数値が百五十を越えるすさまじく強烈な砂嵐で、これは三時間でおわったが、船のダメージは大きく、最初の十四時間のときとほとんど変わらないほどだった。いまのはいったいどれくらいつづくのだろう？　あと一時間？　一年？　百年か？　五百年か？

もう少しあとの記述——

砂数値はこの九日間、非常に安定していてずっと六におちついている。まずはありがたいことだが、たとえ一、二程度でも長期間つづけば致命的なことはわかっている。今夜、結婚——アフリッド・ジャリン6とペギー・ティ17。〈市場〉で祝宴あり。ほろ酔いで早めに退出。両人、わたしの遺伝子を一部含む胎児BX5791１を選ぶ。ペギー、「あなたはゴッドファーザーになるんですもの、赤ん坊の遺伝的性質決定にかかわっていただいてもいいんですよ」と冗談をいう。とはいえ赤ん坊は基本的にアフリッドとペギーのものだからだろう、アフリッドはあっけらかんと笑いとばしていた。暗い気分で退出。ああいう〈市場〉生まれの若い連中は、われわれ地球をおぼえているものから見ると、どうも平板で食い足りない気がする。もちろんかれらは砂漠がどれほど危険なものかいっさい知らされていない。かれらは、ほんのわずかなものから、じつに多くの歓びを引きだすことができるのだ——この航海が大成功におわることを固く信じている連中に、砂のことを明かしてささやかな歓びを萎えさせるのは酷というものだろう。気分がいっそう落ち込むとわかっていながら、ベータ2のリーラに連絡をとった。「どんな調子だい、船長？」とわたしは呼びかけた。

「上々よ、船長」

「こっちへきて、いっしょに子どもを育てないか？」

「ハンク、酔ってるのね」と彼女はいった。

「たいして飲んじゃいない」とわたしは答えた。「まじめな話だ。ベータ2シティなんか副官に押しつけて、シャトルでこっちへこいよ。そうしたらわたしは相談役にしりぞいて、きみとふたり、中央セクションののどかなフリーフォールで余生をすごす——もうそう長くはないんだから、よく考えてくれよ、リー」

「ハンク、この砂漠のせいでまいっちゃったの？」

「リー、時間がもったいないじゃないか！　まさかこんな突拍子もないことにぶちあたるなんてだれにもわからなかったんだ。わかっていたら準備のしようもあったろうさ。だがこのぶんじゃ、ずっとこの高密度の、いやもしかしたらもっと高密度の中間子フィールドを進みつづけることになる。そして中間子はヤスリみたいに船殻を削りつづけるんだ」

「でなければ、十分後にはこの砂漠を抜けてあとは一生、出会わずにすむかもしれない。ハンク、宇宙にはなにがあるか、だれにもわからないのよ」

「ふん、そりゃあ、クレープペーパーの翼をもった紫色のドラゴンなんかがいて、ころころころがってくるわれわれみたいなゼリービーンズを待ってるかもしれないさ。だが、そんなことはまずありえない。唯一ありえるのは、星間船が影もかたちもなくなるまで中間子フィールドに齧りとられていくってことだけだ。外部ヴュースコープで見ると、船殻はもう北大西洋国家の道路地図みたいになっている。これが三百年つづいてスイス・チーズのひとかけでもレファーにたどりつければ幸運だと思うね。リー、こっちへこいよ。いっしょに暮らそう」

「ハンク」と彼女はいった。(顔は見ていない。話すときはいつも目を黒くしている。最後に彼女をじかに見たのは彼女が二十二のときだった。それがもう七十近くなっていると思うと妙な気分だ。)「ハンク、この砂漠を抜けたときのことを考えてみて。若い子たちがこの先三百年生きのびて、地球が誇りに思うような存在になるようにするには、あたし、あと少なくとも十年はいろいろ教えてやらなくちゃならない。で、そのころにはたぶん、あたしたちふたりとも、〈髑髏《しやれこうべ》〉いきの準備がととのってるって寸法」

「リー、教える人間はほかにもいるじゃないか」

「人手不足なの。わかってるくせに」

わたしは、そう、六秒間ほど沈黙した。「ああ、わかってるさ」

そのときだ、彼女は意表をつく言葉を口にし、わたしはそれをきいたとたん、この砂数値の件がいかに彼女を疲弊させているかを悟った。彼女はすごい早口でこういった——「こんど砂数値が百二十五まであがったら、ハンク、あたし、あなたのところへいくわ」そして通話は切れた。どうしようもなくばつの悪い思いが残った。

その日の記述はそこでおわっていた。ジョナニーはつぎに目をやった——「砂数値十一に上昇」、そしてつぎは「砂数値八にさがる」、そのつぎは「砂数値七にさがる」、そして——「砂数値七で安定」それが一カ月近くつづいたあと、不安のにじむ記述——「砂数値十九に上昇」、「砂数値三十二に上昇」その一時間後——「砂数値三十九に上昇」さらに一時間後——「砂数値七十九」そしてそれからまた一時間後——

なにがきっかけだったのかも、なぜなのかも、わからない。もう三時間ずっと見ているが、針はじりじりあがっていく一方だ。砂数値九十四、砂数値百十七。汗のシャーベットになったような気分だ。かちかちで、なんの役にも立たない。すぐそばで船間電話がけたたましく鳴った。スイッチを叩くと、リーの声がきこえてきた——「ああ、なんてことなの、ハンク、どうしたらいいの？どうなってるの？　どうしてなの？」

「リー、わたしにも——わたしにもわからない」

「なんなのこれは、ハンク、砂数値百三十八、百四十九。ああ、ハンク、あたしたち、夢があったのに、星の世界を夢見ていたのに！　もういけないんだわ。ああ、神さま、もうたどりつけない——」彼女は泣いていた。わたしはただ痺れたようになって、なにも感じなかった。メーターを見ると、針が時計の秒針のような速さで動いていた。

「もう百九十六だわ、ハンク。あたし、いきます。ハンク、あなたのところへいくわ」涙声でほとんどききとれなかった。

砂数値二百九。「ばかなことをいうんじゃない」わたしは叫んでいた。「シャトル・ボートだって二百マイルもいかないうちに食い尽くされてしまうぞ。ああ、くそっ、リー、もうおしまいだ」

彼女はまだ泣いていた。「ハンク、あなたのところへいくわ」針は三百近くまであがっていた。そのとき——針がふいにゼロの方向へびゅんと逆もどりしたと思うと、四十五のところで三秒ほど静止し、ついにはするすると計器の反対側の端まで落ちていった。とっさに、メーターが壊れた、と思った。

きこえるのは、呼吸をととのえようとする電話のむこうのリーの息づかいだけだった。「ハンク？」

「リー？」

「抜けたんだわ、ハンク」なにも壊れてはいなかった。たぶん、わたしのなかのなにかをのぞいては。「また海にでたのよ。これですいすいいけるわ、ハンク」そして彼女はこういった。「いま、会いにいくわ。長居はしない。でも、会いたいの」

ジョナニーはページをめくり、読み進んでいった。

彼女のシャトル・ボートの噴射はふりみだした髪のように、半時間のあいだヴュースコープのなかで煌々と輝いていた。目をはっきりとあけ、耳もひらいて、彼女はやってきた。わたしはチューブまでむかえにおりた。彼女が歩いてくるのが見えた。彼女もわたしの姿をみとめたのだろう、一瞬、立ち止まった。彼女が顔をあげたのだと思う。茶色い瞳がきらりと光り、黒髪が肩でゆれるのが見えた。ちょっとずんぐりした鼻と、雪花石膏《アラバスター》のようにつややかな肌と、口許にひろがっていく微笑が見えた。そして彼女はわたしのほうへ近づいてきた——そのとき、わたしは自分がなにを見ていたのか気づいた。

「ハンク」道のりの四分の三ほど歩いて——ものすごくゆっくりと歩いて——きたところで彼女はいった。わたしは彼女のほうへ近づいていった。髪は短く、真っ白で、目は大きく見ひらかれ、その顔に微笑はなかった。息づかいが荒かった。「ハンク？」わたしとは信じられないといいたげな口調だった。そして彼女はいった。「ハンク、あたしが発作を起こさないうちに早くこの重力場からだしてちょうだい」

「え？」

「最近調子が悪くて、ずっとフリーフォール・セクションにいるのよ」

「ああ、そうか、わかったわかった」

「足に殺されちゃいそうだわ」彼女は小さく笑った。

声はたしかに彼女のものだった。地球をあとにして以来四十年、声の老化には馴染んでいる。しかし、彼女に手を貸そうと肩に腕をまわしたら、皮膚がたるんでいて、まるで骨に布切れをかぶせたようだった。チューブの端からリフトにのり、フリーフォール・セクションに着くと、彼女はだいぶリラックスしたようだった。そしてふと立ち止まって、わたしを見た。「ハンク、なんていうか……あたしよりあなたのほうが昔の面影をたもってる感じね。まあ、美人は早く老けるっていうから。あたし昔は——昔はそりゃあ美人だったもの、そうでしょ、ハンク？」彼女はまた笑い声をあげた。「ああ、忘れて、ハンク。やれやれ、やっと足がひりつくっていう意味がわかったわ」

「足がひりつく？」とわたしはききかえした。

「こっちのシティではまだひろまっていないの？　若い子たちがね、フリーフォールに長くいすぎて重力セクションにもどったときに、そういうのよ。気にしないで。そのうちここでも使うようになるわ。あたしたちも若い子の言葉を使ったりするけれど、これって妙なものよね。若い子はあたしたちの言葉にあたらしい意味をもたせる。そしてこんどはあたしたちがそれを使う。あたしたちが若い子に与える影響と、若い子があたしたちに与える影響と、いい勝負だと思うわ」彼女はためいきをついた。「あたしたちは若い子にたっぷり地球を注ぎ込んでやった。だから若い子はなにもかもが地球とおなじになることを望んでいる。この宇宙にあるものにまで、いまだに地球の名前をつけて地球の表現をあてはめてるのよ。ハンク、あたしたち、やりとげられると思う？」

わたしはなにもいわなかった。なにかいいたかったのに、いえなかった。彼女は口許のたるんだ皮膚にひどくぎごちない笑みを浮かべて待っていた。やがて笑みは消えて、彼女はしわだらけの手に視線を落とした。顔をあげると、そこには恐怖に似た表情が宿っていた。

「リー、わたしたちはもう年寄りだ、そうだろ？　そう先が長いとは思えないんだが」わたしは質問するような調子でいった。どうしてこんなことになったのか、彼女が説明してくれそうな気がしたのだ。

彼女が実際、口にしたのは、「もう帰ったほうがよさそうだわ」という言葉だけだった。

わたしたちは、シャトル・ボートの扉のところで、あとふたことだけ言葉を交わした。ふたつともおなじ「さよなら」だった。わたしは両手で彼女を抱きしめ、彼女はわたしの肩に精一杯ひしとしがみついた。だがそれもたいした力ではなく、わたしは早々に抱擁をといた。そして彼女はヴュースクリーンに映る小さな銀色の光になってしまった。

その日一日中わたしは不機嫌で、若い連中は疫病のようにわたしを避けていた。しかしその晩、わたしはベータ2シティに連絡をいれた。

「まあ、どうも、船長」馴染みの声がきこえてきた。

「どうも、船長」わたしは答え、ふたりして笑った。それから、長いことしていなかったことをした。ふたりで一時間半も星の話をしたのだ。


ジョナニーは日誌を閉じた。砂、そして砂漠──中間子フィールドのことだったのか！　シティというのは船名の一部。輝く髪──シャトル・ボートの噴射炎。ひりつく足、黒い目──もちろん、ベータ2のバラッドは星間船の初代船長だったハンクやリーラよりずっとあとの時代のものだ。しかしだいたいのところ、少なくともリフレインの部分は、ある程度意味がつうじる。ジョナニーはふたたび歌詞を思い浮かべた。意識は内へ内へと流れ、ダイヤルもスクリーンも、手にした航海日誌さえも意識の焦点からはずれてぼやけていった──

そのときシティにひとりの女がやってきた
砂を越え　その輝ける髪ふりみだし
両の目　真っ黒　ひりつく足裏
そして腕《かいな》のその下に　緑の目をした幼子が

IV

だれかが、「やあ」といった。

ジョナニーはいきおいよくふりむき、その拍子に床との磁気結合が離れそうになった。日誌が手からとびだして跳ねあがり、遠ざかっていく。

少年は片手で円形の戸口の縁につかまっていた。か細い足をのばして足指で日誌をつかむ。「はい」少年が日誌をくいっと押しやると、日誌はくるくる回転しながらジョナニーのほうに飛んできた。

ジョナニーは日誌をつかんだ。「ありがとう」

「どういたしまして」少年がいった。痩せている。裸で、肌が輝くばかりに白い。十四、五歳という感じだが、長くのびた髪の毛は細くて色が薄く、こめかみのところが年寄りみたいに後退していて、顔の印象とまるでそぐわない。鼻はぺしゃんこでくちびるは薄く、シェルグリーンのばかでかい目が、顔立ち全体を圧している。「なにしてるの?」

「いや、ちょっと——その——見て歩いてるんだ」ジョナニーは答えた。

「なにを?」

「ええと……なんでも……そうだな、見つかるものならなんでも」ジョナニーは驚くと同時に少し嫌悪感をおぼえてもいた。

「で、それを見つけたの?」少年は足で日誌をさした。

ジョナニーは用心深くうなずいた。

「読めるの?」

ジョナニーはふたたびうなずいた。

「すごく頭がいいんだな」少年はにやりと笑った。「ぼくだって読めるよ、ほんとだぜ。こっちにくれよ」

ジョナニーはほかにどうすべきなのか思いつかず、ぽんと日誌を投げた。少年はそれをまた足指でつかむと、もう片方の足で表紙をひらき、あいているほうの手をのばして最初のページをめくった。

「これはガンマ5シティの航海日誌である、ハンク・ブラント船長の占有物、記入開始年月日――」

「わかった、わかった」ジョナニーはいった。「信じるよ」ふとあることに気がついた。「どこで英語を習ったんだ?」

「どこって、どういう意味だい?」少年はたずねた。緑色の目が意外そうに大きく見ひらかれている。

「きみのアクセントだよ。きみがしゃべっているのはかなり現代的な英語だ」乗船時に誘導してくれたロボット・スピーカーのぎごちない、ゆがんだ英語とくらべたら、ずっと現代英語に近い。

「ぼくはただ――」少年はいいよどんだ。「どこで習ったのかなあ。とにかく」――あたりを見まわす――「ここだよ」

「ほかはみんなどこにいるんだ?」とジョナニーはたずねた。

少年は戸口から手を離し、空中でゆっくりまわりはじめた。足指にはまだ日誌をはさんだままだ。

「ほかって?」

「ほかの人たちだよ」

「船のなかだよ」少年はいい、「でもシグマ9シティとベータ2シティにはだれもいない」とつけくわえた。

「ああ、それは知ってる」どうにか辛抱らしきものを奮い起こして、ジョナニーはいった。「この船の人たちはどこにいるんだ?」

「ほとんどみんな中央セクションだな。〈市場〉、〈魚屋〉、〈山脈〉、あとは下の〈プール室〉とか」

「その人たちのところへ連れていってくれないか?」

少年はまた正面をこちらにむけつつあった。「ほんとにいきたいの?」

「ああ。どうして?」

「みんな、あんたのことをあまり好きになっちゃくれないと思うよ」と少年はいった。こんどは手をのばして入口の縁をつかんでいる。「このまえここにきた人たちをもう少しで殺しちゃうところだったんだ。あのスタンガンはまだかなり強力だからな」

「まえにきたって、どんな人たちだ?」

「九十年くらいまえに、ここにはいろうとした人たちさ」

まちがいない、とジョナニーは思った。連邦の探査船がはじめて接触したときのことだ。突然、少年が天井から飛び立った。ジョナニーは身をかがめた拍子にまた磁気結合を失いそうになった。しかし少年は最初から彼にぶつかるつもりなどさらさらなく、ただ日誌をデスクにもどしただけだった。チッと磁石がくっつく音がした。少年は片手と片足でデスクの端をつかんだ。器用にものをつかめる足指は、近くで見ると、手指の半分以上の長さがある。「じゃあ、きみはここでなにをしているんだ?」とジョナニーはたずねた。

「ロボット・メカノがあんたがここにいるって、ぼくにいった、だからきたのさ」

「だれか、きみより年上の人はいないかなあ、いろいろ情報を提供してくれるような責任者の立場にある人とか」

「責任者の立場にあるような人は、あまりあんたの役には立たないと思うよ」

「でもなあ。その人たちはどこにいるんだ?」

「いっただろ、〈市場〉や〈プール室〉だ」少年は壁のほうをむいてダイヤルをまわした。「ほら、見せてやるよ」

灰色のスクリーンにいっきに色があふれ、やがてひろい室内のようすが映しだされた。特殊な部屋だな、とジョナニーは思った。たいして大きくはないが重力がある。床は泡立つ水でおおわれ、ゆっくりした動きの波が立っている。室内には透明のプラスチック・チューブが縦横無尽に走り、さまざまなサイズの巨大な主ケーブルが水中に沈み、一方の壁にはかなり大きなウォルドーがずらりと並んでいる。チューブのなかを軽やかな足取りで男たち——いや、女もいるかもしれないが、よくわからない——が移動している。その目は小さくてピンク色をしている。たぶん、ほとんど見えないのだろう。頭髪はない。耳はらっぱのように大きく発達していて頭頂までとどいている。みんな猫背で、ふと立ち止まっては、節が大きく爪のない指で計器のダイヤルやノブを機械的に手探りして、下にあるプールにロッドをおろしたりあげたりしている。ジョナニーはふいに、最初の接触で描写された〈星の民〉のようすを思いだした。この人たちは、この緑の目をした少年よりずっと、報告にある〈星の民〉に近い。ジョナニーは少年の手足に目をやった。爪は、いくらか噛んだ跡があるだけで、ちゃんと存在している。少年には髪の毛もあるが、この——人たちは完全に無毛だ。

「あの人が責任者だよ」少年が指さした。そのときちょうど、スクリーンのなかの人物が同僚の頭のうしろを叩いた。叩かれたほうはよろめきながら遠ざかり、バランスを立て直して計器盤のほうへむかっていった。「彼がよろこんであんたに手を貸してくれるとは思えないな。ちなみに、あれは〈プール室〉だ。ぼくはあのなかへははいりたくない」

ジョナニーはしっかり床にとどまっている人たちに目をやってから、すっかりフリーフォールに適応している少年をじっと見つめた。「足がひりつくから?」

「そのとおり」

「あの人たちはなにをしているんだ?」ジョナニーはスクリーンに視線をもどしながらたずねた。

「仮設反応炉の面倒を見てるのさ。水中に置いとかなくちゃならないんだ。あそこの反応炉で、船のあのセクション全体の回転を維持してるんだ」

ビーチボールのなかで回転するジャイロスコープみたいなものか、とジョナニーは思った。それに水中の反応炉! なんて原始的な船なんだ。あれだけの可動部分があることを考えると、こうして存在しているだけでも驚きだ。

「きみはどうしてあの人たちとはちがうんだ?」少年がスクリーンのスイッチを切ると、ジョナニーはたずねた。ストレートにそうきいたのも無理からぬことだった。

「ぼくはほかのシティからきたんだ」と少年は答えた。

「ふうん」ジョナニーはいった。だとすると、こういう退化現象がどの船でも起きているわけではなさそうだ。「ほかに、ぼくに協力してくれそうな人はいないかな?」

「なにをするのに協力するんだい?」

「情報を集めるのに」

「なんの情報を？　あんたの話は、はっきりしないなあ」

「ある歌についてだ」ジョナニーはいった。「ベータ2の歌」

「どの歌？　あのシティの歌は、ほかのぜんぶをあわせたよりたくさんあるんだぜ」

「知ってるのか？」

「いっぱい知ってる」

「ベータ2のバラッドという歌だ。『そのときシティにひとりの女がやってきた……』ではじまるやつ」

「ああ、もちろん知ってるさ」

「あれはいったい、どういう歌なんだ？」

「リーラRT857のことを歌った歌さ」

ひょっとしてハンク・ブラントが愛していた女性の子孫だろうか？「どういう人なんだ？」

「ベータ2シティの船長だった人だよ。ちょうど」――少年がいいよどむ――「ちょうどなにもかもが――ちょうどそのときは……なんていったらいいのか、わかんないや」

「なんの話なんだ？」

「すべてが変わったときの話」

「変わった？　なにが変わったんだ？」

「なにもかもが」少年は繰り返した。「エプシロン7とデルタ6が攻撃されて、シグマ9が破壊されて、襲われたのは砂漠のなかで、〈市場〉がめちゃくちゃになって、それで――なにもかもが変わったんだ」

「攻撃された？　変わったって、どういう意味なんだ？」

少年は首をふって肩をすくめた。「それしか知らない。それ以上は説明できない」

「なにに攻撃されたんだろう？」

沈黙だけが返ってきた。大きな緑色の目に、とまどいが見える。

「いつごろのことかわかるかい？」

「二百五十年くらいまえだよ」やっと答えが返ってきた。「シティはそれからまだ百五十年、外にいたんだ。リーラＲＴ８５７はベータ２シティの船長だった」

「それで、なにがあったんだろう？」

少年は肩をすくめた。「歌のなかにあるようなことだろ」

「じつは、ぼくが知りたいのはまさにそれなんだ」ジョナニーはまた歌の一節を思いだして、ふと考え込んだ。「たとえば、片目（劣った、の意がある）の女って、だれのことだかわかるか？」

「それはメリルのことだ。片目のメリル。彼女は……そのう、片目族のひとりだ」

「片目族というのは？」

「もうみんな死んじゃったよ」ひと呼吸おいて、少年はいった。「片目族なら、あんたに協力してくれただろうな。でも、みんな死んじゃった」

「その人たちはなにをしたんだ？」

「ぼくらをほかの人からまもってくれたんだ。いろいろ教えてくれた。ぼくらはどうすればいいのかわかるようにしようと一生懸命だった。でもけっきょくは殺されちゃったんだ。ほかの人たちに。さっきあんたが見た人たちに」

ジョナニーは眉間にしわをよせた。なにかがわかりかけてきたのだが、それがなんなのかわからない。「もしかしたら、きみのシティにいけば正確なことを教えてくれる人がいるかもしれないな。いっしょにいこうじゃないか」

少年は首をふった。「いっても、あんたの力になれる人はいないよ」

「どうしてそうはっきりいえるんだ？　自分の船の人をみんな知っているのか？」

ジョナニーは答えを期待してはいなかったが、少年はうなずいた。

「ぜんぶで何人いるんだ？」

「たくさん」

「だったら、やるだけやってみよう」ジョナニーは引きさがらなかった。

少年は肩をすくめた。

「ぼくを敵だと思ったりはしないよな？」

「うん、そんなことはない」

「よおし」ジョナニーは、少年の船にいけばなにかが解明できると思うと興奮せずにはいられなかった。ところが靴底の磁力が思ったほど強くなかったようで、ふりむいたとたんに足が床から離れて、なすすべもなく身体がふわふわと浮かびあがってしまった。

まだデスクをつかんだままだった少年が、さっと片足をさしだした。「ほら、ぼくの腕につかまって」

ジョナニーは手をふりまわしてやっと少年の足首をつかみ、そのまま引っ張られてサンダルを隔壁にカチリと留めた。

「あんた、あんまりフリーフォールに慣れてないね」少年がいった。

「ちょっと練習不足なんだ」ジョナニーは少年の足を離して、姿勢を立て直した。「きみはそれを腕というのか？」

「あんたはなんていうんだよ？」少年はちょっと怒ったような顔できかえした。

「足っていうけど」ジョナニーは笑いながらいった。

「そりゃそうさ」少年がいった。「でも、足は腕だ、そうだろ？」

「たぶん専門的なことをいえば突きでているものはみんな――ああ、まあいいや」ここで専門的な話をしてもしょうがない。少年とともに戸口にむかいながら、ジョナニーは考えた――バラッドとはなんの関係もなさそうだが、ひとつの情報を得たことにはなる。足も腕も、どっちも腕――フリーフォール環境で手と足がほとんどおなじくらい器用に使えるようになっているなら、これは非常に理にかなった話だ。**そして足のその下に　緑の目をした幼子が？**　これでは完全にナンセンスの領域だ。

が、まえに意味論の授業できいたなにかが頭にひっかかっている。なんだったか？　意味の機能性の連続的低下……とか、そんなようなやつだ。そして、はたと思いあたった。こんなふうに手と足がおなじくらい器用に発達するほど重力が小さい、あるいはまったくない環境では、垂直方向の位置関係を示す言葉――～の上に《アップ》、～の下に《ダウン》、～をくぐって《アンダー》、～をのりこえて《オーヴァー》、～より上に《アバヴ》、～より下に《ビロウ》――は、急速にその正確な意味を失っていく。そして連続的低下の途中、そうした言葉が言語から完全に消えてしまうまえに、もっと直接的な意味をもつ言葉――～の内部に《インサイド》、～をとおって《スルー》、～の《ビト》あいだに《ウィーン》――の、微妙な差異を有する異形語としてしばらく存在する段階がある。（ジョナニーはまったく気づいていないが、〝リクリエーション・ホール〟と〝ナヴィゲーション・オフィス〟は、意味の機能性の連続的低下の好例といえる。）あいだに、か。**そして足のそのあいだに　緑の目をした幼子が。**クルーザーへのチューブにはいろうとするところで、ジョナニーは動きを止めた。少年もふしぎそうな顔で動きを止め、ジョナニーを見て大きな緑色の目をしばたたいた。

　そんなことはありえない――かれらはみんな〈誕生市場〉で生まれたのだ。でも〈市場〉は破壊され、すべてが変わったという。「きみはどのシティからきたんだ？」ジョナニーは唐突にたずねた。

「シグマ9」

　ジョナニーはまた動きを止めた。前方で、チューブの自在に曲がる部分への入口であるトリプル・ドアが壁に沈み込んでいく。

「きみのシャトル・ボートはどのエアロックにあるんだ？」

　少年はかぶりをふった。

「どのエアロックなんだ？」ジョナニーは重ねて問いかけた。

「シャトル・ボートなんかないし――」少年がしゃべりだした。

「じゃあいったいどうやってここまできたんだ？」

「こうやって」少年がいった。

　と、もうそこに少年の姿はなかった。ジョナニーはひとりきりでチューブ内に浮かんでいた。彼は目をぱちくりさせ、頭がどうかしているんだと思い、すぐに、いや自分は正気だ、なにか妙なことが起きているにちがいないと思い直した。もしいまのが自分の想像力の産物だとしたら、なぜそのなかの矛盾に気づいたりするんだ？　少年はシグマ9には人が〝たくさん〟いるといったが、だれもいないともいっていた。ジョナニーは急にくるりとむきを変えると、身体を引っ張るようにしてナヴィゲーション・オフィスにとってかえした。そして部屋に飛び込むとロボット・メカニズムにむかって叫んだ――「ここでなにが起きているのかちゃんと説明できるやつと話をさせてくれ！」「申し訳ありません」歯切れのいい、古めかしいアクセントの返事が返ってきた。「シティ全域に呼びかけてみましたが、あなたの存在を知らせる告知にたいし、人間の係員からはまったく応答がありません」声はもういちど繰り返した――「あなたの存在にたいし、人間の係員からはまったく応答がありません」

ジョナニーは冷たいものが背筋を這いあがるのを感じた。

V

ふたたびクロノ・ドライヴにもどったジョナニーはハンモックにすわって、ねじれた卵の殻のようなシグマ9がヴュースコープのなかで大きくなっていくのを見つめていた。中間子のシャワー――電子より大きく核子より小さい粒子が、圧倒的質量、スピン、電荷でふりそそぐシャワー――のなかを何百万、何千万、何億マイルも猛然と突き進んだ結果、プレートの表面は噛み砕かれて吐きだされたかのようにくしゃくしゃになっている。が、大破壊をもたらしたのは、それとはべつのなにかだ。

むきだしの大梁の網が太陽の直射光をうけてきらきら光るのを見て、ジョナニーは無意識にスピードを落とした。難破船の上にさしかかると、下のほうで大きく口をあけている暗黒がむきを変えた。

遠くからだと、廃墟のあちこちでちらつく光は見えない。ジョナニーはイリジウム・セル・コンピュータのスイッチをいれて金属のねじれとゆがみを記録させた。もしかしたらこれで大破壊のようすが再現できるかもしれない。大きく裂けた船殻の縁へ、そろそろと進んでいく。裂け目の下には暗黒の水疱。メカノはその穴のなかへ彼をゆっくりと運んでいく。影に切り込むと、ヴュースクリーンが真っ暗になった。ジョナニーはセレクターをスペクトルの上へ下へと移動させた。帯域の紫の端のところに、難破船の細部を見分けられるヘイズフィルターがあった。端が融けてまるくなった何本もの大梁が、青い水中のもやのなかに張られた蜘蛛の巣のように見える。瓦礫の大きなかたまりが、船の質量が生むわずかな重力にとらえられてものうげに動いている。

眼下の通路の一部はゴムチューブのように引き裂かれている。ヴュースコープをシグマ9深部のあちこちにむけながら、ジョナニーはクルーザーを停止させた。マリンブルーの奥深くに、かすかな赤い輝きが見えたのだ。ジョナニーは計器の目盛盤に視線を走らせた。とくに心配するような放射線はでていない。再確認すると、こんどは左手のさっきより上のほうに見えた。あの微光はいったいなんなのか、ジョナニーはふたたび疑念にとらわれた。クルーザーはさらに深く沈んでゆく。いちど自然光に切り替えてみたが、スクリーンはたちまち真っ暗になってしまった。

コンピュータはずっとコロコロさざめいているが、いまのところなんの結論にも達していない。クルーザーがついに支柱に接地したので、ジョナニーは耐圧ゲルをとりだした。これは可動型の強化バブルで、ジオデシック構造に結晶化させた原形質を複雑精緻に配列したものだ。六時間分の空気を内包し、パワーベルトから操作可能で、ほぼ全周波数の放射線にたいして不伝導性に調整することができる。ゲルの角の部分では皮膜をグローヴ形にして細かい作業もこなせる。

バブルが床で揺れながら大きくなっていく。ジョナニーが一歩まえにでると、バブルは彼を包み込んだ。原形質が密閉されるまえに肌が少しだけぴりっとした。

ジョナニーはドアにむかって歩いていった。バブルも彼といっしょに転がっていく。ちょうど風船のなかで歩いているようなものだ。両びらきの金属の括約筋、つまりエアロックが左右にひらいて円形の開口部のむこうに漆黒の闇がひろがった。ジョナニーがベルトに触れると、光周波数示差表示がいっきに紫のところまで飛んだ。と、背後のクルーザーが暗く見えにくくなると同時にエアロックの外の光景が淡青色のミルキーな霧のような輝きをおびはじめた。

クルーザーは難破船の船体内部にむかって三百ヤードほど突きでた大梁の壁に停泊していた。大梁の壁は巨大な八角形の網のように見える。列をなす通路がことごとくねじれて空隙へと消えている。まるで肉のなかで断ち切られた動脈のようだ。視線をあげると、裂けた外殻の切断面が見える。さげると、ねじれた大梁や爆発した部屋の陰から赤い光が洩れている場所が見える。

エアロックから出発して青の世界をホヴァーしながら、ジョナニーは自分のクルーザーを眺めた――細身でどこにも継ぎ目がないシルヴァーブルーの楕円。が、そこから視線を移して自分の横手に浮かぶ八角形の網に目をやったとたん、ジョナニーはベルトをつかんで急停止し、そのいきおいでバブルの透明な壁にぶつかってしまった。なにかが大梁をのぼっているのだ。

そいつが立ちあがり、ジョナニーにむかって手をふった。

少年だった。裸のままで、はらわたを食い破られた星間船のほぼ完全な真空状態から身をまもるものはなにひとつなさそうだ。細い髪の毛がゆらいで、よけい海中にいるような錯覚に陥ってしまう。少年は三十フィートほど先にいて、この距離からだと（そして耐圧ゲルが調整している特殊な光周波数のもとだと）緑の目が黒く見える。少年がまた手をふった。

ジョナニーの心は半ダースほどのさまざまな結論にむかって突きだし、そのうちいくつかには自分の正気への疑念が含まれていた。しかし彼はそのすべてを否定し、ほかにどうしようもなくて、けっきょくはただ手をふりかえした。すると少年が大梁を離れて、ふたりのあいだの空間をわたってきた。少年は両手両足でゲルの表面をとらえ、そこにカエルのようにちょこんととまった。と思うと——半身が、そしてそのまま全身が、なかにはいってきた。「やあ」と少年はいった。

ジョナニーの背中はゲルの内側の曲面に押しつけられ、両手は透明の原形質の上で左右に大きくひろがっている。おまけに汗もかいている。「なんなんだ——」ジョナニーはいいかけて言葉を切った。ありえないという思いが、心のなかで蛾のように飛びまわっている。彼はなんとかそれをふり払おうとした。ほぼ完全な真空のなかを跳び、耐圧ゲルにはいりこみ、消えたり、あらわれたりする人間なんてありえない——

「やあ」少年が緑の目を瞬いて、繰り返した。

ジョナニーも繰り返そうとした——「な——」

「だいじょうぶ？」

「——なんなんだ、きみは！」ジョナニーはやっとのことで口にし、ゲルの壁から身体を引き剝がした。少年はまた瞬《まばた》きして肩をすくめた。

ジョナニーは、「ここからでていけ」と叫びたかった。幻が消えるまで目をおおっていたかった。家に帰りたかった。が、そうはしなかった。クリスタル・レコードの世にありながら、あえて扱いのおそろしく厄介な本を集めたいという気にさせるなにか、そのなにかとおなじものが、いま自分のまわりで起きているありえない出来事のすべてをじっくり見たいという気にさせているのだ。

ぱっと見ただけで十五人。全員、大梁の網に立っている。さかさになっているのも、真横になっているのもいる。みんな裸で、みんなジョナニーを見ている。そして見た目だけでいえば、みんな、彼といっしょにゲルのなかにいる少年とうりふたつだ。

「ここにでてくると思ってたんだ」と少年がいった。「ほんとにだいじょうぶ?」

「アドレナリン数値はまちがいなく相当高くなってるな」ジョナニーはできるだけ冷静に答えた。「だがその理由は、理解できないことがつぎつぎに起こるという状況に置かれているからだ」

「たとえば?」

「たとえば、きみだよ!」冷静さがいささか影をひそめてしまった。

「いっただろ、自分がなんなのか、ぼくにはわからない。知らないんだ」と少年はいった。ややあってジョナニーは自分の狼狽ぶりを自覚し、少年の顔にまぎれもない動揺が浮かんでいるのに気づいた。

「あんたはなんなの?」少年がたずねた。

「ぼくは銀河系人類学を勉強している学生だ。ぼくは人間だ。肉と血と骨とホルモンと抗体でできていて、なんの防備もなしに冷たい宇宙空間を百マイルも跳ぶことはできないし、姿を消したり、あらわしたりすることもできないし、結晶化した耐圧ゲルをとおりぬけることもできない。ジョナニー・ホレイショ・トゥワボガという名前で、すさまじく怒り狂っている気がする」

「ふうん」

「ためしてみるか?」

少年はぽかんとしている。

「まあいい。きみの名前は？」

少年は肩をすくめた。

「ほかの人はきみのことをどう呼んでいるんだ？」

「〈破壊者の子どもたち〉、っていうよ」

ジョナニーは、これまでも指摘されてきたことだが、こんどもまた、いわれたことの意味に充分な注意を払っていなかった。少年の言葉を心の表面に浮かべたまま、彼は目の片隅で迷宮のような廃墟のなかに光るあの赤い光輝をとらえていた。「あれはなんだ？」とジョナニーはたずねた。こんどもやはり、ほかになにも思いつかなかったからだ。

「〈髑髏《しゃれこうべ》〉だよ」と少年は答えた。

いま、ジョナニーの目はふたたび網の上に立つ少年の複製たちをとらえていた。ひとりがぱっと跳んで肩ごしにこっちを見ながら十フィートほど遠ざかり、そのままどんどん離れていって、ついにはその姿が見分けられないほど小さくなってしまった。「かれらは？」

「え？」

「やっぱり〈破壊者の子どもたち〉なのか？」

少年はうなずいた。「うん、みんな、ぼくの残りの部分だよ」

ジョナニーはまたしても統語法上の矛盾から目をそらしてしまった。ここに注目すれば、もとめている答えがいくつも得られたはずだったのに。彼はこんどはふりむいて、〈髑髏《しゃれこうべ》〉のほうを見ていた。

彼がベルトに触れると、ゲルは赤い光輝にむかって進みだし、しだいにスピードをあげていった。動きだしたときに少年がゲルからするりと抜け落ちてしまったとしても驚きはしなかったが、少年は予想どおりゲルのなかにとどまっていた。

「ところで」とジョナニーはいった。「きみはどれくらい空気を吸うんだ？　ゲルにはひとりが六時間いられる分しかはいっていないんだ。補充用はもってきてないんでね」

「場合によるけど」と少年はいった。「ぜんぜん呼吸しなくても平気だよ」

「じゃあ、しないでくれ」

「わかった。でもそれだと、しゃべれないよ」

「だったら、なにかいいたいときだけ呼吸するんだ。わかったか？」

「わかった」

ふたりは瓦礫の壁に近づいていた。ガラクタがびっしりと浮かんでいるが、いくつかとおり道もある。「どっちだ？」とジョナニーはたずねた。

「通路が使えるよ」少年はいい、それから窒息しそうな声でつけくわえた。「いま……ちょうど……二……秒……分……の……空気……を……使った」

「えっ？　どの通路だ？」

「あれが使える」少年はいった。「いまは……一……と……四……分……の……一……秒……分」

ジョナニーは、押し破られてぱっくりと口をあけた通路の端にゲルを進めた。壁にはなんの装飾もなく、フリーフォール用の手すりがついている。前進するうち、ほかの通路との合流点をとおりすぎたが、交差部分は継ぎ目のところからぎざぎざに引き裂かれていた。

「いまはどこへむかっているんだ？」ジョナニーは肩ごしにたずねた。

「もうすぐ〈山脈〉があるよ」また窒息しそうな声で――「一……と……」

「おい、もういいよ」ジョナニーはいった。「きみがどれくらい使ったかなんて気にしてないから。どっちみち、そう長居するつもりはないし」

「役に立つかなと思っただけだよ」

また角を曲がり、壁が引き裂かれてうしろにめくれた区画をとおりすぎ、まっすぐに進む。通路の端でジョナニーはゲルを止め、息を呑んだ。

青い霧のなか、目のまえに、聴衆席のある巨大なホールがひろがっていたのだ。中央の一段高くなった演壇の上には大きな球体がある。この薄暗い光のなか、これだけの距離から見てさえ、その表面に刻まれているのが地球の大陸と海洋であることはジョナニーにもわかった。碗型にくぼんだ大きなホール空間、ぐるりと環状に並ぶ座席、そしてぽつんと浮かぶ地球儀が、とてもわかりやすい、いかにも巨大という雰囲気を醸しだしている。この難破船が浮かんでいるからっぽの空間からジョナニーがうけたあいまいな感触とはまったく異なるものだ。この自制のきいた大きさには、心を静める、宗教的とすらいえそうなものがある。「これは？　これが〈髑髏《しゃれこうべ》〉なのか？」

「〈裁判所〉だよ」少年がいった。

「〈裁判所〉？」ジョナニーは、なめらかな曲線を描く丸天井から階段状につらなる座席へと視線をおろしてから、最後に地球儀に目をやった。「ここでなにをしていたんだ？」

「裁判さ。犯罪者の」

「星間船には犯罪者が大勢いたのか？」

「そうでもないよ。少なくとも最初のうちは。最後のほうになると、ずいぶんいたけどね」

「いったいどんな罪を犯したんだ？」

「ほとんどが、標準者《ノーム》に逆らった罪だ」

「標準者《ノーム》？」

「そうだよ。記録をききたければきけるよ。ぜんぶ記録されてるから」

「マシンはまだ動くのか？」

少年はうなずいた。

「どこにあるんだ？」

「あそこだよ」少年は演壇を指さした。

ジョナニーがベルトに触れると、ゲルは座席の上を地球儀にむかってふわふわとおりていった。ジョナニーは演壇の真上で止まって、ゲルが超展性、透磁性をおびるよう調整した。ゲルが床にあたると、ジョナニーのサンダルの底が一インチほど沈んでカチリと音をたて、柔軟なゲルの表面をはさんでぴたりとそこに固着した。

ジョナニーがふっと少年に目をやると、少年はいつのまにかバブルからでて演壇のむこう側に浮かんでいた。少年が手招きしているので、ジョナニーは用心深く演壇の縁を歩いてバブルを進めていった。反対側にまわると、小さくポンと音をたてて、少年がバブルに頭を突っ込んできて（ジョナニーはちょっと飛びあがった）、「ここに索引があるよ」というと、またポンと頭を引っ込めた。

ジョナニーはバブルの皮膜ごしに傾斜したデスクに手をのばした。皮膜は手の形どおりになった。デスクの縁に沿って指を走らせると、留め金があった。それを押してデスクトップを引きあげると、すんなりひらいた。なかは複雑なモザイク模様になっている。かがみこんでよく見ると、モザイク模様と見えたのは、それぞれにふたつの名前が記された五角形のラベルの集まりだった。デスクの天板はいちばん上まであがってパチッと音を立てると、こんどはスライドして下におり、収納スペースにすべりこんだ。ジョナニーは一面青の世界で目をすがめた——

４５Ａ７ミラーvs.コクラン、７５９Ｖ８トラヴィスvs.標準者《ノーム》、６５４Ｍ８７デローグvs.ブローデル、８９Ｔ６８Ｌ片目のデイヴィスvs.標準者《ノーム》。

ラベルが並ぶトレイはものすごく長いコンベヤーになっていて、上へ動いていく。どうやら五座標索引法のような方式で、ほぼ日付順に並んでいるらしい。ラベルにざっと目をとおしていくうちに、はっきりと見えてきたものがあった。日を追うにつれ、片目の何某と標準者《ノーム》との裁判が目立ってふえているのだ。ついにクリスタルのラベルが動きを止めた。最後の裁判は、２３３８Ｔ８７片目のジャックvs.標準者《ノーム》、となっていた。

ジョナニーが顔をあげると、少年がまたポンとゲルに首を突っ込んできた。ジョナニーは、「これはどうすればいいんだ？」とたずねた。

「どういう意味？　押せば再生できるよ」

「押す？」

「手の指か、足の指か、肘か使って」ちょっと腹立たしげに、少年はいった。「とにかく押せばいいんだよ」

ジョナニーは手をのばして最後の五角形のラベルを押した。と、いきなり轟音に包まれて、ジョナニーは飛びすさった。音は靴底から伝わってきていた。演壇の床全体がラウドスピーカーの振動板のようになっているのだ。轟音の正体は大勢の人間がいっせいにしゃべっているざわめき声だった。

そのざわめきの上にトントントントンと断続的な音が響き、年配のバリトンの声が妙なアクセントで叫んだ。「静粛に！　法廷内の静粛をもとめます！　静粛に」ざわめきは静まり、そこここでだれかが椅子のなかで身をよじる音や、こぶしを口にあてて咳をする音だけが残った。

ジョナニーは青い傍聴席のからっぽの椅子を見わたした。

「静粛に」声は不必要に繰り返した。バリトンの声はひと呼吸おいて、先をつづけた。「本日の進行は通常とはいささか異なっております。アルヴァ船長、正式に開廷するまえに陳述することを許可します」

「ありがとうございます、判事」さっきの人物よりは若い声だ。この男もだいぶ疲れている、とジョナニーは思った。こっちの男のしゃべり方は、間のとり方が長く、おちついた感じだ。「感謝します。ただしこれから申し述べたいのは正確には陳述ではありません。これは法廷への――要求であり、シグマ9シティ市民の寛大さに訴えるものであります。わたくしは、この裁判の中止を要求し……」息継ぎのまに聴衆のあいだからささやき声が起きはじめた。「……かつまた、片目のジャックのみならず、シグマ9シティに残っている全片目族をシティのナヴィゲーション・スタッフの保護下に置き、その全行動にたいし、わたくしが最終的全責任をとるものとすることを要求いたします――」ささやき声がいっきに憤りを込めたののしりに変わった。それにかぶせて小槌の音が響き、判事の声が騒音の渦を鋭く切り裂いた――

「アルヴァ船長、このような――」

するとさらにまたその上に船長の声が鋭く響いた。「――この要求はわたくしひとりの名においてなされたのではなく、本国家の全シティの船長の完全なる同意と激励を得てのことであります。われわれはエプシロン7の悲劇以来、つねに無線で連絡をとりあってまいりました。デルタ6のヴライオン船長、ベータ2のリーラ船長、アルファ9のリシェ船長ら——本国家の全シティの全船長がわたくしにこの要求をこの場で述べることをもとめたのであります。しかも、閣下、いま現在、かれらも各々のシティで同様の要求をしているのであります」

聴衆の声は混乱の様相を呈し、ふたたび小槌の音が鳴り響いた。いちおうの秩序らしきものが回復すると、あたりを払う判事の声がざわめきを圧した——「アルヴァ船長、念のために申し上げるが、あなたは本シティの船長であり、本シティの物理的福利厚生面の責任者であります。しかし、いまの発言にはそれ以外の問題も含まれており、本シティの精神的指導者として、清浄なる倫理観の安置所として、また標準者《ノーム》の代表として、わたしはシティの名において、断固、あなたの要求を拒絶せねばなりません。確固たる信念をもって拒絶いたします！」

ふたたびざわざわと声があがったが、こんど押しよせてきたのは安堵のつぶやきだった。小槌の音が軽めに響くと、さっきよりも反応よく静寂がもどった。

「ではつづけて、正式な開廷を宣言いたします——訴訟番号2338-587、ジャクソンOE5611、肉体的および精神的逸脱度第一級、別名片目のジャック、対標準者《ノーム》。ジャクソン、出廷していますか？」つかのま静寂がおりる。「ジャクソン、この場に出廷していますか？」

声が返ってきた。そっけなく、鋭い声だったが、そこにはジョナニーが船長の声からききとったのとおなじ疲労感がにじんでいた。「あなたには目があるんだ。わたしがここにいるのが見えませんか？」

「あなたにお願いしておきます。標準者《ノーム》の定めた規定にしたがってください。無用の不適切な質問はひかえるように。出廷していますか？」

「はい、出廷しています」

「それでは、あなたが標準者《ノーム》から逸脱していると思われる点を説明してください」

歯のあいだからシュッと短く息を吸い込む音。「これは不適切な質問ではない。意見表明だ——あなたには目があるし、ちゃんと見えている」

「ジャクソンOE5611」判事の声には熱意のかけらもない保身の匂いがじわりと沁み込んでいた。「標準者《ノーム》訴訟法では、逸脱者は理非をわきまえていることを示すため、みずからの逸脱を理解していることがもとめられています。では、あなたが逸脱していると思う点を本法廷であきらかにしてください」

「わたしは不幸にして、この頭に完全な脳味噌ひとそろいをもって〈市場〉で発生した。これはここでは標準的なことではない。いや、もしかしたら、わたしは地球やわたしたちの目的地にかんする大量の情報を、標準者《ノーム》の許可なしに研究する重要性を感じていた、だから逸脱者なのかもしれない。それとも、そうした研究を進めるために、おなじ考えの人たちと協力しあわなければと決意したからなのか。しかし、あなた方にとってはそういう人間は片目の怪物なんだ。誤った考えを押し進めて、ほかの人を堕落させないうちに根絶やしにしてしまうべき存在なんだ」

「ジャクソンがみずからの逸脱を自覚していないことは明白であります。したがって、ジャクソン本人が転向証明書に署名する必要はありません。これであなたはなんの問題もなく〈髑髏《しゃれこうべ》〉にもどることになります」

「なにをいってるんだ、わたしは手も腕も足もそろっている。目も見えるし耳もきこえる。いいだろう。わたしのどこがおかしいのか、いってもらおうじゃないか」

「診査医、標準者《ノーム》との比較結果を報告していただけますか？」

紙がこすれあう音、だれかが立ちあがる音がして、アルトの声がいった。「二日まえに施行されたジャクソンOE５６１１の健診結果報告です。シグマ９シティの標準との相関関係を見ております」

「つづけてください、ドクター・ラング」

「では、報告させていただきます。ジャクソンOE５６１１、身長六フィート一・五インチ——シグマ９シティの標準は五フィート九と四分の三インチ。もちろんこの食いちがいはなんら決定的なものを示しているわけではありませんが、逸脱であることはたしかです。ジャクソンOE５６１１は常習的に爪を嚙んでおり、ごく幼いころからつづいております。これは標準からかけ離れたもので、全住民の五パーセント以下にのみ見られる疾病であり、彼が斟酌すべき人物であることをはっきり示しております」

「ドクター・ラング、より一般的基準に近いものには触れておられませんね」判事の声が割り込んできた。

「はい、閣下。まえもってアドヴァイスいただきましたように、つい先ごろのエプシロン7での破壊にかんがみて、細かい点ははぶき、より大幅な逸脱から報告すべきと考えたしだいです」

「たいへんけっこう。わたしがそうアドヴァイスしたことを記録に残すよう、もとめます。なにやらアルヴァ船長が異議を唱えたいようですが」

船長の声——「異議ではありません、閣下。わたくしが申し上げたかったのは、エプシロン7シティが破壊されたことこそが、わたくし、および他船の船長が——」

「わかりました」判事の声がさえぎった。「それではドクター・ラングに逸脱にかんして省略なしに報告していただきます」

「閣下、わたくしはそんなことに異議を唱えたわけでは——」

「わたしがドクター・ラングに完全なる報告をもとめたのです。あなたが異議を唱える理由はほかに見当たりません。ドクター・ラング、つづきを」

「しかし、閣下——」

「ドクター・ラング、お願いします」

また聴衆のざわめきがきこえ、ついでアルトの声が先をつづけた。「体重百六十九ポンド、標準は百六十二ポンド。この差は身長とあわせてみてはじめて意味をもちます。対象者の体重は標準以上ですが、本人の身体的発育という観点で見ると、まだ軽すぎるのです」

ジャクソンのぴんと張りつめた声が飛び込んできた。「この三カ月間、おたくの暴力警官に迫害されつづけたおかげで、ろくに食事がとれなかったという事実を、えらく複雑ないいまわしで表現すると、そうなるわけですか?」

「ジャクソン!」

ドクター・ラングは報告をつづけた。「器用さでは充分に標準に適合しています。彼は右利きであり、シティの全住民の八十九パーセントも右利きです」

ふたたび鋭く突っ込んでくるジャクソンの声——「ドクター・ラング、あなたはペンを左手でもっている。それも斟酌すべき逸脱というんですかね?」

「ジャクソン、思いだしてほしいのですが、ほかのシティのなかには片目は自分の裁判でしゃべることを許されないところもあるのですよ。ときには出廷すら許されない場合もある。わたしとしてはそ

ていた。

「アルヴァ船長……」ジャクソンの声からぴんと張りつめたものが消え、嘆願がそれにとってかわっていた。

「ジャクソン、わたしにできることはすべてしているんだが――」

「手の長さに多少の差があり、右手が左手より約一・五センチ長くなっています。標準差は一センチです。足の長さは左右おなじですが、シグマ9の標準は左足のほうが右足より二ミリ長くなっています。やつれた顔に注目してください。数字資料はありませんが、あきらかに標準からかけ離れています。鼻を二回骨折しています。住民が骨折する割合は一・六パーセントですから、この点も標準から大きくかけ離れています。右肩に小さな母斑がありますが、これは標準から完全にはずれたものです。人為的に誘発された重圧下に置かれた場合の発汗指数は、標準八・九一にたいし九・七五。これもまた著しく……」アルトの声はひきつづき、腺分泌、副代謝機能、栄養分化などのリストの概略を読みあげていった。まるで現代の生物学者が新発見の生物を定義する際の目録作成の過程をきいているようだ――どう考えても、これだけの細かさが必要なものなどほかにはない、とジョナニーは思った。

十五分後、ドクター・ラングはいったん言葉を切った――と思うと、ジョナニーにはまったく説得力の感じられない、途切れ途切れの結びの文句に移り、つぎのように宣言した。「逼迫した状況にかんがみ、これは総合的に見て、〈髑髏《しゃれこうべ》〉での転向を促すに値する逸脱であると考えるしだいです」

満足げなささやき声があがり、静まっていった。

「ぜひにということであれば、健診結果についてドクター・ラングに質問することを許します」判事がいった。「わざわざ時間をとりたいということであれば」

「ぜひ、お願いします」答えは間髪いれず、必死の思いがにじんでいた。

「許可します。ただし質問は形式上のことにすぎません」

「閣下、きょうはお陰でいろいろなことに気づきました」返答を期待する間があったが、判事は無言だった。「ドクター・ラング、あなたは科学者だ。生物学関係のスタッフや〈市場調査〉のスタッフと密接なつきあいがある。ナヴィゲーション・オフィサーに知り合いも多い」

「そのとおりです」

ドクター・ラングの声にすぐに判事の声がかぶさってきた――「それがいったいどういう関係が――」

「どうかつづけさせてやってください」アルヴァ船長だ。

静寂。やがてドクター・ラングが繰り返した。「そうです。そのとおりですが」

「だったらご記憶でしょう、ドクター・ラング、二年まえのことだ。トマサという十三歳の女の子に膵臓ガンが発見された。これはシティの過去の記録にない、十世代におよぶ歴史上初の症例だった」

「ええ、おぼえています」

「あのときトマサの命を救った治療法は？」

「ラジオマイクロサージャリーという昔の技術でしたね」

「あなた方は、その技術の存在と応用法をどこで見つけました？」

「ある高齢の女性が知っていたのです。名前は――」

「――名前はメイヴルＴＵ５。彼女はその六カ月後に片目の逸脱者として糾弾され、〈髑髏《しゃれこうべ》〉で処刑されたんだ！」

「いやはや、それが本件といったいなんの関係があるのか――」判事が話しはじめた。法廷内はまたもや騒がしくなっていて、そこに小槌を叩く音が大きく響きわたる。しかし、なかば静寂がもどると同時に、またジャクソンの声がきこえてきた――「アルヴァ船長、複合重力分配マシン用ジャイロスコープのセンタリング装置が故障したとき、あなたは覆いをあけもしないうちにベン・ホールデンI6の一般相対性理論二週間集中コースをききにいきましたよね？」

判事の声――「そんなことは本件とはなんの関係もない！　許可されているのは、あなたの逸脱についてのドクター・ラングの報告にかかわる質問だけですぞ！」

「わたしは知識を愛するがゆえに、質問しているんだ。われわれは突然変異の怪物の集団ではないといっているんだ。あなたがシティと呼ぶこの野蛮な洞穴で、残された叡智をなんとかまもろうとしているのはわれわれだけだといっているんだ。あなたの愛する標準者《ノーム》ときたら！　歴史を愛したという理由で二十人からの人間をひとつの区画に閉じ込めて毒ガスを送り込んだり、重積分を知っているという理由で、ある男を隠れ家から追いだすのに特別に飼育した二十ポンドもあるネズミの群れをけしかけたり、ある女にはゲーデルの法則を知っていると白状するまで六種類もの病原ウイルスを注射し、あげくの果てに救いようのないミュータントとして〈髑髏《しゃれこうべ》〉いきを宣告したり――このどこが標準だというんだ？　そもそも人間としての規範に沿うとはとうてい――」

「静粛に！」小槌の音が轟いた。そしてゆっくりと、しかししだいに感情を昂ぶらせて、「われわれの祖先はわれわれに人間を星の世界に送りとどけるよう命じたのです。いかなる逸脱も許されるものではない。エプシロン7が片目の陰謀者にのっとられ、破壊されたのはいつのことだと思っているんだね？」

判事の話を中断させようと、三つの声があがった。船長の声、ジャクソンの声、そしてドクター・ラングの声だ――「しかし閣下、われわれは――」

「最後の通信が片目族からのものだったということが、かれらが最後に権力を握っていたなによりの証拠です。したがってかれらが標準者《ノーム》の指導部を倒したのはまちがいない。エプシロン7にのっていた一万五千人全員が死亡したのです――断じて、シグマ9を第二のエプシロン7にするわけにはいかない。そうした逸脱が引き起こす脅威を考えれば、わたしとしてはドクター・ラングが推奨する〈髑《しゃれ》髏《こうべ》〉での死に同意するほか――」

「お話の途中ですが、閣下！」アルヴァ船長の切羽詰まった声だ。「たったいま、通信ゲートからメッセージがはいってきました。デルタ6との通信が空電で妨害されているとのことです。かすかに、援助をもとめるメッセージがはいってきています。どうやら――」

爆発音のような音がして、それがそのまま轟きつづけた。

ジョナニーは飛びあがった。廷内で暴動が起きたのかと思ったが、すぐに荒れ狂う空電の音だと気づいた。ラベルを力いっぱい押す――と、雑音は止まった。身の内にうねる恐怖がおさまらず、ジョナニーは混乱したまま裁判の索引からあとずさって、思考を現在に引きもどした。目のまえの傍聴席はもはやからっぽではなかった。

ジョナニーはぎょっとなった。座席の四分の一近くが淡青色の肌をした子ども、少年たちで埋まっている。ひとり残らず、裁判の録音に静かに耳を傾けていたのだ。ジョナニーがあんぐり口をあけて見つめていると、数人の聴衆が、録音再生はもうおわりかというようにふわりと座席から浮きあがり、右に、あるいは左に、身体を傾けた。案内役の少年をさがすと、なんとゲルの表面のてっぺんに大の字になって張りついていた。

「あの——あの子たちはなんなんだ？」ジョナニーは傍聴席の人影を手でさした。

少年はゲルに頭を突っ込んできて答えた。「いっただろ？　あれはぼくの残りさ……〈破壊者の子どもたち〉だよ」

「じゃあ、きみはなんなんだ？」

少年は全身をするりとゲルのなかにすべりこませて肩をすくめた。ジョナニーがもういちど傍聴席に目をやると、もうだれもいない。

「〈髑髏《しゃれこうべ》〉にいきたいって、いわなかったっけ？」

ジョナニーは首をふった。否定したわけではなく、頭をはっきりさせたかったからだ。なぜ最後の裁判記録があんなに唐突におわってしまったのか理由がつかめないし、片目と標準者《ノーム》との関係もいまひとつはっきりしない。それに、真空中を移動できるらしい緑色の目をした子どもたちのことは、なんの説明もないままだ。

「見たいっていったよ」

「え？」なにひとつ解決しそうにない。「ああ、そう。そうだったかな」

「ぼくについていてくればいいから」少年はいった。そしてどこか慰めるような調子でこうつけくわえた——「見ればわかるさ」

少年はポンとバブルからでた。ジョナニーはそのあとについて、いらつき気味にゲルを進めていった。

VI

なるほど、あれがバラッドにでてくる〝〈髑髏《しゃれこうべ》〉の丘〟か。ジョナニーをすっぽり包んだゲルは、たったいま、さっきの法廷より大きな部屋にはいったところだ。壁は丸天井のてっぺんにむかって湾曲している。法廷の照明は青だったが、ここは深紅だ。床は上むきにスロープを描き、天井は下にむかっておりてきて床と出会う。両者は巨大な漏斗をかたちづくり、すぼまったところは頭蓋骨のかたちの鉄格子になっている。そのいちばん下のちょうど口の位置に大きな扉があって、ますます頭蓋骨そっくりに見える。ジョナニーは湾曲する金属のスロープの底に立って、たっぷり一分ほど見つめていた。

　視線がやっと高みを離れ、下におりてきて、底にあるアルコーヴをとらえた。アルコーヴの奥には扉がある。ジョナニーはサンダルをカチリカチリとプレートに吸いつかせながら扉にむかって進んでいった。まもなくたどりついた扉を押すと、あたりを満たす光がふたたび青に変わって、ジョナニーは目をしばたたいた。そこはだれかの居室だった――いまは船のこの部分はフリーフォール状態だが、この部屋はフリーフォール用のしつらえではない。本棚からたくさんの本が漂いでて、フジツボのように壁におちついている。電気スタンドもおなじだ。ジョナニーが室内にはいると、長年月の眠りを妨げられた電球がチカチカ瞬いて、また消えた。こんなところにいったいだれが住んでいたのだろう。

　ジョナニーの視線は本から本へとさまよっていた――『白鯨』、『イリュミナシオン』、『ヴォエッジ・オレステス』、『ウロボロス』。どれも読んだことがない。タイトルをきいたことがあるのはひとつだけだ。

部屋の奥にまた扉がある。ジョナニーはふたたびゲルをグローヴ状にして、ノブを引いた。一瞬、恐怖に凍りついた。黒いものがうねっている、生きている。が、それはただの服だった。驚愕はまだおさまらなかったが、ジョナニーはその服をクローゼットからだしてひろげてみた。肩になにかついている。黒いひだ折りをうしろに倒すと、ロープがあらわれた——片方の肩にエンブレムのように巻きつけたロープだ。

服はふくらまずに波打ち、ふんわりと浮かび、えりのうしろからさっきまで見えなかったものが視界にはいってきた。黒い頭巾だ。不気味なふたつの目の穴以外、すっぽりと顔をおおうようにできている。

ジョナニーは眉をひそめて服をクローゼットにもどし、扉をしめた。片袖が外にはみだして風もないのにゆっくりはためいている。まるで切り落とされた腕のようだ。ジョナニーはふたたび書棚のあたりで揺れ動いている本に目をやった。

ひとつ、大きな、黒い、見おぼえのあるものがある。ハンク・ブラント船長が航海日誌をつけていたのとおなじようなやつだ。ジョナニーはそれを引きよせて銀色に光るページをひらいた。航海日誌ではない。記述が統計表のように簡潔だ。最初のページには銘文が——

主よ、わたしはここでなにを……

つぎには――

本日二：〇〇PM、処刑……名前と日付。**今朝六：三〇、処刑**……名前と日付。**本日午後、処刑**……

記録帳は半分までしか埋まっていない。ジョナニーは最後の記述部分をひらいた――……今夜一**一：四五、片目のジャクソン0E5611。**

ジョナニーの心のなかに浮かんだ言葉が、ゲルのなかにも響いている。ジョナニーはふりむいて、少年の歌う飾り気のない奇妙なメロディに耳を傾けた――

〝もうひとりの男が立っていた〈髑髏《しゃれこうべ》〉の丘のその上に

顔には頭巾をかぶってた　手はぴくりとも動かない

肩にはロープをかついでた

男は〈髑髏《しゃれこうべ》〉のスロープに　じっと黙って立っていた〟

ジョナニーは記録帳を離して死刑執行人の居室の戸口にいき、そこから〈髑髏《しゃれこうべ》〉のほうを眺めた。〈破壊者の子どもたち〉はいまや数百人にふえ、頭蓋骨にむかって傾斜していく床に立っている。それがいっせいにふりかえって彼を見た。かれらの細身の身体が深紅の丸天井に淡い影を投じている。

ジョナニーがまたふりむくと、少年はバブルの外にでていた。き、み、は、な、ん、な、ん、だ？　という言葉がふたたび心に浮かんだが、口にださないうちに少年がふたたび肩をすくめた。ジョナニーはこのことをまるまる三秒間考えてからたずねた。「ぼくの心が読めるんだな？」

少年はうなずいた。

「だからうまくしゃべれるのか？」

少年はふたたびうなずいた。

「で、自分がなんなのか、わからないというんだな」声と頭のなかと両方をなんとかコントロールしながら、ジョナニーはいった。

少年はみたびうなずいた。

「じゃあ、いっしょにそれをはっきりさせようじゃないか」ジョナニーが手招きすると、少年は一歩まえにでてバブルにはいってきた――ポン！「ぼくのクルーザーにもどろう、いいかい？」

「いいよ」

ふたりは〈髑髏《しゃれこうべ》〉をでて青い通路を進み、〈裁判所〉をとおり、ジョナニーがクルーザーを停めた大梁のある星間船の虚《うろ》のような傷のなかへともどった。

ゲルは銀色の楕円にむかって、ひらけた空間を猛然と進んでいった。ドアまで数ヤードのところで、ジョナニーはスピードをゆるめた。「ぼくが呼ぶまで船の外で待っててくれ」

「オーケイ」

ジョナニーがゲルを前進させると、少年はポンとうしろの壁から抜けていった。選別フィールドがゲルを通過させると、ジョナニーは重力がドンともどるのを感じた。バブルをたたんで隅っこに蹴飛ばす。まるで束ねたセロファンのようだ。ドアの外をのぞくと、クルーザーからの光のなか、二十フィートくらい先で、少年が手をふっていた。ジョナニーは手をふりかえして、コントロール装置のまえに立った。

もういちど少年の姿をたしかめてから、クルーザーを時間静止状態に置く。それからまたドアにもどって外を見る。もうあの暗黒のなかで動いているものはなにもないはずだ。なぜなら、相対的にいえばクルーザーの外のものはすべて時間にとらえられてしまっているのだから。もっとも、とらえられているのはジョナニーのクルーザーのほうだ、ともいえるが。

「はいってきていいぞ」ジョナニーは声をかけた。彼はふたつの可能性を考えていた。ひとつは少年がいまいる場所にとどまり、ぴたりと動きを止め、静止したままでいる可能性。もうひとつはふわふわとドアからはいってくる可能性。ジョナニーはどちらかといえば後者を望んでいた。まえにシグマ9で見た奇妙な明滅する光、あれも時間静止を無視していたから、それと関係があるのではないだろうか。それに少年の人間離れしたところを具体的に定義するうえで役立つ、ひとつの試みくらいにはなるだろうし、もし時間を（無視しているという意味で）知らない存在だとすれば、空間をものともしない事実も少しは納得がいくだろう。

ジョナニーはこのふたとおりの可能性のうち、どちらかが起こるものと思っていた。が、どちらも起こらなかった。そのかわり、すべてが爆発的に変化した。

ドアの外では紫色の光の波が大梁の網を転げまわっていた。クルーザーの重力が狂った——ジョナニーは重くなったり軽くなったり、吐き気をもよおすような重力の波に襲われた。少年の姿はいきなり緑の火花の間歇泉に変わってクルーザーのドアのほうへ押しよせてきたが、ドアにはたどりつかず横にそれてしまった。

クルーザーのなかのラウドスピーカーがひとつ残らずべつべつのキーでうなりだした。よろめきながらコントロール装置にむかおうとするジョナニーの目にも、異変が起きた。船室がふたつに、四つに、八つになり、クルーザーを正常時間にもどそうとスイッチをさがす手が無数の決断と選択のなかで迷いつづける。と、頭がよじれた。

ジョナニーは、巨大な脈打つ思考の光輝の周囲をまわりながら、落下していた。目のまえで、泣きたいくらい美しい白い光が輝いている。それから目をそらすと、こんどは目がくらむほど冴え冴えとした緑色があった。ヒステリーが起きそうなほどへんてこだ。そっちへすべっていくと哀しい熱気に包まれた。ひとつの顔が長い通路をこっちへむかって転がってくる。男の顔だ。緑色の目、黒い髪、高い頬骨。顔がのしかかってくる。ジョナニーは手を突きだして押し返そうとしたが、手は何マイルも何マイルも、どこまでものびて、ついに時間マージン・スイッチに触れた。

そしてジョナニーはコントロール装置のまえに立っていた。少し吐き気がするが、あとはなんともない。ハンモックに身を沈めてドアのほうに顔をむけると、ちょうど少年がはいってくるところだった。

「なにがあったんだ？」とジョナニーはたずねた。

「あんたが——あんたがぼくに、なかにはいるようにいった。でも、ぼくには……」

「なんだ？」

「きこえなかった。だからぼくの……父親……父親？　……あんたの言葉には、ちょうどいいのがないけど。ぼくの父親が、あんたが呼んでると教えてくれたんだ」

「いったいどういうことなんだ？」

「ぼくの……父親だよ……でも父親じゃない。〈破壊者〉だ」

「〈破壊者〉？」

「彼から——ぼくは彼からきたんだ」

「さっき、どこからきたかきいたときには、この星間船シグマ9からといったじゃないか」

「そうだよ。ぼくの父親はここにいる」

「船のどのへんにいるんだ？」

少年は顔をしかめた。「そこらじゅうに」

ジョナニーは入口を閉じた。「これからベータ2にいく。なにかわかるかもしれないからな」ジョナニーはいましがたの奇妙な出来事のせいで陥ってしまった麻痺状態から抜けだすべく、クルーザーを大梁から離脱させ、シグマ9の船体の裂け目をめざした。

この間ずっとハム音を響かせていたイリジウム・セル・コンピュータがいきなり作業完了ライトを点滅させた。ジョナニーはテープ・ケースをあけ、解答を指にはさんでするすると引きだした。コンピュータがたどりついた結論は、シグマ9は引き裂かれてぱっくりと口をあけた、というものだった——外部から、まるでオレンジの皮をむくように引き裂かれたのだ！

「ちょっと止めて」少年がいった。二隻の船のちょうどまんなかあたりの地点だ。

「止めるって、なにを？」

「この船をだよ」

「どうして？」

「いいから。とにかく止めて」

ジョナニーはクルーザーを減速スパイラルモードに切り替えた。

「つぎは時間静止状態にして」

ジョナニーはクルーザーを慎重に時間静止状態にした。なにも起こらない。

「さあ、シグマ9を見てごらんよ。ぼくの父親が見えるから」

ジョナニーはとまどいながらもヴュースクリーンをいまあとにしてきたばかりの難破船方向に切り替えた。まえとおなじように、シグマ9はみずからの時間的境遇を完全に無視して輝き、ちらちらと瞬いている。

「ちらちら光ってる」指さしながら少年がいった。「あれだよ」

「あれがなんなんだ？」

「〈破壊者〉だよ」

VII

ベータ2は静まりかえっていた。エアロックは、ロボット・メカニズムからの呼びかけもなく、すんなりとひらいた。ここの通路は空気はあるものの重力がない。「記録をさがしているんだ」三角形の通路をたどりながら、ジョナニーは連れの少年にいった。

「ここにあるよ」少年がいった。

ふたりは船の図書館とおぼしき部屋にはいっていった。「残っている記録はこれでぜんぶ」といいながら、少年がガラスの奥にそびえる本の壁のひとつに近よっていった。ジョナニーはケースの扉をあけた。書棚にずらりと大部の黒い本が並んでいる。渡航期間中の日誌だ。最初の一冊、そしてもう一冊、とりだしてみた。〈市場〉の記録や食糧生産の記録だ——どこから手をつけたものか迷っていると、少年が一冊選びとってジョナニーにさしだした。

「これはぼくの母親のだよ」

その意味が心に落ちて花ひらくまもなく、表紙がはらりとひらいて——「本書はベータ2シティの航海日誌であり、リーラRT857の独占所有物である」という記述が目に飛び込んできた。

「母親？」ジョナニーは、**そして腕《かいな》のその下に　緑の目をした幼子が**という一節の自分なりの解釈をふと思い浮かべた。

少年はうなずいた。「最初の船が攻撃されたときのページをひらいてごらんよ」少年はジョナニーの肩ごしに手をのばしてページをめくっていった。その部分はおわり近くにあった——

> きょう午後、海を離れて軽砂にはいったという報告あり。最初の三十分で数値は三十台後半になり、不安をおぼえた。このところ片目をめぐるばかげた話を耳にするたびに感じる、麻痺したような妙な不安だ。が、その後、数値は三まで落ち、ここ二時間ほどそのままでおちついている。いくら数値が低くても砂が危険なことに変わりはないが、この程度でおさまっていてくれれば数年はもちこたえられる。ただ、いつふえるか、あるいはいつおわるかわからないので、おちつかない。
>
> 夕方、早めにスタッフ・ミーティングを抜けて片目区画にむかった。途中、シティ・コンコースでカートライト判事と出会う。
>
> 「こんなところへなんのご用ですかな？」と判事。
>
> 「ちょっとぶらぶらしているだけです」

「預かりものの品定めですかな、リー？」判事はまわりにいる人たちをさした。

「ただぶらぶらしているだけですよ、判事」とわたしは繰り返した。

「どうやら、おなじ方向のようだ。公職にある者の連帯について話しながらいこうじゃありませんか」

「わたしはすぐにわき道にはいりますから」といったが、判事はいっしょに歩道をわたってきた。

「第二象限で発足した、あたらしい儀式グループのことはおききおよびかな？　わたしが十年まえにはじめた儀式の一部にさらに洗練された複雑な要素を加味して発展させておるんだが。こういうことがあると、人はなにやらひとつ事をなしとげたという気分になるものですな。それはそうと」判事の声音が少し低くなった。「シティのオフィサーが儀式グループに参加したという話はほとんどきかんのだが。リー、あなたから参加するようすすめてもらわないと。連帯ふたたび、だ」

わたしは笑顔で、「わたしたち、みんな忙しいものですから」と答えた。「正直にいって儀式というのはたいてい、やたら時間がかかりますからねえ」わたしはにっこりほほえんだ。唾を吐かないように、だったと思う。

「多くの人間にとって非常に意義深いものですぞ」

「掲示をだしておきます」判事の顔に貼りつけてやりたかった。

カートライト判事はにっと笑った。「それはなにより」コンコースの反対側に着くと、判事は立ち止まった。「ここで曲がるのですかな？」

「ええ、申し訳ありませんが」管理圏いきのリフトのまえで判事と別れた。

天井の高い通路に人気《ひとけ》はなく、わたしの足音がこだました。しばらくいくと通路の端の網にでた。

真正面にひろがる巨大な薄暗い空間には、キャットウォークや専用回廊が縦横無尽に走っている。ものすごく複雑にからみあっているので、百ヤード以上は見とおせない。どこまでもひろがる深淵の縁に立つと、子どものころ、とにかく出口近くで遊ぶよう気をつけていたことを思いだした。みんな、奥へはいりこんで迷子になってしまうのを怖がっていた。でもいまは短く息を吸い込んで、縁を蹴るだけだ。重力が消えて、わたしは梁がからみあう網のほうへ漂っていった。通常の重力場からフリーフォールへ跳ぶには技術が必要だ。いくら練習してもできない人も多い。幹線ケーブルからプレート張りの壁まで、なにかに頭からぶつかって首の骨を折り、そのまま〈髑髏《しゃれこうべ》〉いきになった人間もひとりやふたりではない。わたしはグラウンド・シートにあたって手すりをつかみ、ぐるっと身体をまわした。船のこの区画が居住用でないことは、だれが見てもわかる。船のほかの部分の修理で、どうしてもここでしなければならないものもあるにはあるが、この中心部分の人目につかない通路、機械類の詰まった洞穴やくぼみ、抜け道などをシティの人間が使うことはない。にもかかわらず、ここには六、七百人の住人がいる。プレート張りの壁の反対側にくると小型減衰ジャイロの覆いが見える。直径七十五フィート、リベット留めの金属製球体だ。わたしは支え綱の一本めがけて飛びあがった。近づいてくる支え綱をつかんで、球体の表面におりる。昔、シティの子どもたちと網の縁で遊んだ経験からいって、磁気ブーツ片方がちょうどいい。両方だとどうにも動きにくいのだ。だからわたしは片足を覆いに固定して立っていた。

ここにきたことを知らせるためにベルト通信機のブザーを二、三回鳴らすと、うしろからききおぼえのある静かな声がきこえてきた。「なんでそんなことするのさ?」

急にふりむくと衝撃でいまいる場所から離れてしまう危険があるから、それは避けた。声はすくす笑っている。わたしは肩ごしにそっちを見ようとした。「ここにくるたびにラルフにいわれるのよ、あたしが重力場を離れたとたんに、あなたにはあたしがきたことがわかってるって。でも、万一にそなえて、だれかに知らせておきたいの。一日中、片足でここに立ってるほどひま人じゃないから」

またくすくす笑いがきこえた。

「ティミー、あなたなんでしょ?」ゆっくりふりむいても彼の姿は見えなかった。わたしの五倍も速く動けるティミーは、ずっと視野の外にとどまったままだ。

「こっちだよ」と彼がいった。

いそいで反対側を見ると、目のまえに彼が浮かんでいた。まだ静かにくすくす笑っている。

歳は十七か十八くらいだろう。肌は黒く、髪は漆黒でのびほうだい、服は名状しがたいぼろ布。片腕がなく、左袖は肩のところで結んである。「ラルフのとこへいきたいのかい?」とティミーがいった。

「そのためにここにきたのよ」とわたし。

「アイ、アイ、リー船長」ティミーは、ちょっとばかにしたような笑みを浮かべて、かすかにうなずいた。

片手で腰に巻きつけたロープをほどいて、端っこを投げてよこした。それを輪にしてすっぽりくぐり、わきの下をとおして、まえでしっかりつかむ。

ティミーはロープを二回手首にからめると――いつも、ちょっと危なっかしいなあと思う――「蹴って!」とかけ声をかけた。片方のブーツで蹴って、球体から離れる。「あそこからいくよ」と、ティミーは二本の太い柱のあいだの十フィートほどの隙間を指さし、カエルみたいにかがんで、球体からぱっと跳んだ――まるで見当ちがいの方向へ！　フリーフォールで移動するとなると、いつもこれで悩む。かれらはいったいどう計算しているのだろう？　ロープがぴんと張って、身体が引っ張られる（ひとりで精一杯がんばったときの三倍近いスピードだ）けれど、ティミーが端にくると彼の身体がぐるんとふられて、ふたりの軌道が一変する。一本のロープの両端にいるわたしたちは単一ではなく複合的な重量になって、いっしょに螺旋を描きながら柱の隙間めざして一直線に飛んでいった。

網の奥への旅は、先祖が手をおろしてのローラーコースター・ライドと呼んでいたものよりたぶんすごいと思う。なにしろ五、六秒ごとにびゅんびゅん方向が変わるのだ。

やがてまたひらけた空間にでた。行く手でまわっているのが〝リング〟だ。混沌とした網のまんなかに直径三百フィートの円形通路があり、三、四十フィート程度の物体ならそこを一周できることがわかって、片目たちはそのなかに金属のリングを建設し、シティの余剰エネルギーで回転させ、その回転するリングに小さな家をすえつけて、通常の五分の四の重力を確保している。家自体はおそろしくお粗末で珍妙な装置といったしろもので、ときどきリングからはずれて、昔の写真にある観覧車の座席みたいに飛びだしては、あたりにちょっとしたダメージを与える。リングにはいるのは、むずかしさでいえば、動いている列車に飛びのるのとおなじようなものだと思う。わたしはいつも目をつむって、身体が引っ張られるのにまかせるだけだ。

ティミーはぶんぶんまわる薄い板金の掘っ立て小屋にむかって飛び立ち、わたしはじっと目をつむる。そしてつぎの瞬間には、ぐいっと引っ張られ、そのまま引かれて、重力場に押し込まれる。一般的に片目たちは、ティミーのように五体満足でない者ですら機敏な動きを身につけていて、あまり冒険的でないシティの人間の大半はただ仰天するばかりだ。これも、かれらが片目を恐れる大きな理由のひとつだと思う。

目をあけると、ティミーがはねあげ戸を閉めているところだった。わたしは床にすわり、メリルはそばに立って、わたしの頭の上から話しかけていた。「ささてリー船長、今夜はどんなご用かしら？」

「いくつか、あなたとラルフに話したいことがあって。こんどはいった砂漠のことは知ってる？」

メリルは立ちあがろうとするわたしに手を貸してくれた。「ええ。でも、どうしようもないじゃないの。こっちの計器もそっちのとおなじ数値をだしてるのに、わざわざそんなことをいいにこんな遠くまでお越しくださったわけ？」ティミーとおなじ、少しからかい気味の口調だ。

「それだけじゃないわ」とわたしはいった。「ラルフもここにいるの？」

メリルはうなずいた。ラルフとメリルのふたりは、片目族のリーダーのようなものだが、かれらの社会構造は縦にも横にもとてもゆるやかで、あまりまとまりがないので、リーダーという言葉は堅苦しすぎるかもしれない。

「いっしょにいらっしゃい」とメリルがいった。「彼もあなたのブザーの音をきいてるわ。あなたのご到着を待っていたのよ」

わたしたちは天井の低い回廊を進んでいった。窓から外を眺めると、反対側の壁に映る外からの光が動いていくのが見えて、ここは旋回する枠組のなかなのだとあらためて気づかせてくれる。となりの部屋にはいると、ラルフがデスクから顔をあげてにっこりとほほえみ、立ちあがった。

「リーラ船長、なにかお役に立てることはありますかな？」

そこは格式ばったところのないオフィスで、壁にはファイリングキャビネットが三つ四つ並び、絵が二枚かかっている。一枚は昔の地球の画家ティツィアーノの「聖母被昇天」、もう一枚はシティの第二世代の画家の手になる抽象画で、重苦しい闇がたがいを包み込んでいる黒と緑だけで構成された絵だ。

「なにをしていただけるのかしら？」とわたしはたずねた。「知性ある人間らしく、あたしにも筋道がわかるような理路整然とした話をきかせていただこうかしら。シティのますますひどくなるばかさ加減について、冗談をきかせてもらうのもいいかも。なにかアドヴァイスをもらうのもいいかな」

「そんなにひどいのかね？」

わたしはオフィスに吊るしてあるハンモックに腰をおろした。メリルはファイリングキャビネットのそばの椅子にすわり、ティミーはだれもここにいていいといったわけでもないのに、いつのまにか音もなく床の隅っこにすわっていた。もっとも、ラルフもメリルも彼に席をはずしてほしいとは思っていないようだった。

「ここにくる途中で、ばったりカートライト判事に会ったの。オフィサーも儀式に参加すべきだとほのめかしてたわ。まったく、いまあたしにできることといったら、儀式から遠ざかっていることだけなのに」

「儀式って、なにをするの？」隅っこからティミーが質問した。

「さいわいなことに、おまえがわずらわされる心配はないよ」ラルフがいった。「それもわしらといっしょにここに住んでいる利点のひとつだ。おまえはここにきたとき、まだ三つだった。しかしな、ここにくるのにもう少し時間がかかった者は、儀式がどんなものか、ちょっと知りすぎているんだ」

ティミーは――このまえラルフを訪ねたとき、きいた話だと――子どものときに網に落ちてきて、発見されるまで三十時間以上も漂っていたのだそうだ。最後には時速七十マイルで空気をとり込む大きな通風ダクトに吸い込まれ、腕を二枚のグリルブレードにはさまれて、ファンで肘の上のところから切断されてしまった。その年、標準者《ノーム》たちは子どもにたいしてとくに厳格な強制処置を課していたから、かれらのもとへ返せば迫害されるのは目に見えていた。そこで片目たちはティミーを手元に置き、看護して健康を回復させてやったのだという。

「大勢の人間が集まって、いっときに何時間も完全に無意味なことをするのよ、とんでもない理由をくっつけてね。たとえば部屋の隅で五分間逆立ちしてからピンク色の水をコップ一杯飲む。それを十七回繰り返すとかね。十七回というのは、重力を維持するために〈プール室〉が一時間に十七回、回転するのにちなんだもので、ピンク色の液体は太陽《ソル》の赤方偏移に敬意を表したもの――」

ティミーが笑いだした。「いや、やつらがなにをするかは知ってるんだ。少しくらいはね。そうじゃなくて、おれが知りたいのは、なんのためにするのかってことなんだけど」

「そんなこと知るもんですか」わたしはいった。

「ほんとうに?」メリルがいった。

「どういう意味?」

「かれらが儀式をするのはなぜだと思う?」

「それは、ほかにすることがないからでしょ。なにか没頭できるものがほしい、でもここまでやってきて奮闘努力するだけの根性はないってこと」

こんどはラルフが笑った。「リーラ、みんなここへ移住してきたら、奮闘努力もなにもない。ひとり残らず死んじまうよ。わしらもわしらなりのかたちでシティの公認区画の人間に寄生して生きているんだ。わしらは一所懸命やっている。余剰農産物の店から品物をくすねたり、そっちの人間が知らなくてこっちが知っている専門知識があれば取引したり、ちょっとやりすぎかもしれんが。リー、わしらは儀式からはなにも得られない人間なんだ。シティのレーダー区画を改造したい――趣味で、模型でだが――できないとちょっと頭がおかしくなりそうだ、というたぐいの人間なんだよ。モデル水耕農園を改良する――食料のためでなく、愉しみのために――とか、キャンバスにたんなる図形の構成として色や形を置いていくとか。こういうのもべつのかたちの儀式といえるのかもしれんな」

そのときティミーが立ちあがった。「そろそろホッジがくる時間じゃないかな?」

「そうだわね」メリルがいった。「コースのはずれまではこられるのよ。だから、そこからリングまで連れてきてやって」

ティミーはドアから飛びだしていった。

「ホッジが?」とわたしはいった。

「ええ」メリルはうなずいた。

「彼もあなたたちに会いにくるの?」

「あの人も寂しくなるのよ。あなたより孤独かもしれない」

「おかしな話ね。ときどきコンコースを歩いているのを見かけるけど、だれも話しかけない。それどころかみんなあとずさりするくらいよ。それでも彼は、人やらものやら見ながらぶらぶら歩いてる。彼に話しかける人がいるとは思えない。公認区画でもそうなのに、ここへくるのを許す人がいるなんて驚きだわ」

「どうして?」ふたたびかすかな笑みを浮かべて、メリルがいった。

わたしは肩をすくめた。「だって……彼はこっちの人、それも大勢の人にたいして責任があるでしょ……つまり法律部門が標準者《ノーム》になにか強制しようと思いつくたびに――」わたしは言葉を切った。

「責任がある?」メリルがいった。

わたしは肩をすくめた。「いいたいことはわかるわ。彼は命令にしたがっているだけなのよね」

「ホッジはとても孤独な男だ」ラルフがいった。「こんな辺鄙《へんぴ》な網にいるわしらも、たいていは孤独だ。まあ、そういうたぐいの不安はあって当然なのかもしれん。しかしな、わしらはかなり自暴自棄な連中の集まりでもあるんだ」

「ホッジは週に二回、ここにくるのよ」メリルがいった。「ここに泊まって、いっしょに食事をして、ラルフとチェスをするの」

「週に二回も?」わたしはいった。「公認区画には年に二回もきたら驚きなのに」

「じつをいうとな、ときどき思うんだが、あんたとホッジには共通点が多い」

「どういうこと?」

「だってそうだろ、あんたたちふたりだけなんだぞ、相手を選んで〈市場〉へいって子どもをもうけることを許されていないのは」

「ちがうところもあるわ」わたしは彼が忘れている部分を思いださせてやった。「あたしはいつでもすきなときに引退して母親役をつとめられるけれど、ホッジは一生、あの仕事をつづけなくちゃならないのよ」

ラルフはうなずいた。「だがもうひとつあるぞ。あんたたちふたりは、あんたの言葉を借りれば、あんたの区画だけでなく、この船全体に責任があるってことだ。カートライト判事といえども片目族にたいしては実質的支配力はない。わしらをつかまえるとき以外はな。だがわしらも、あんたにはしたがわざるをえない。その点はほかのシティの連中とおなじだ」

「そうね」とわたしはいった。そしてこう話をつづけた。「そう、責任のことなの——ラルフ、メリル、あなたたちとほんとうに話したかったのは、そのことなのよ。なぜだかわからないけど、たとえ儀式のことには口だしせず自由にやらせておいたとしても、それでは自分の責任を果たしたことにならないんじゃないかって気がするの。ほら、まえに何度か議論したとき、あなたがいったでしょ、あたしたちはみんな自分なりの儀式をもっているって。あたしの船長としての義務もそうなら、〝星界への旅〟に敬意を表して鉄の玉を鼻面で押して金属の斜面をのぼる哀れな小動物もそうだし、あなたの古代地球政治学の研究もそうだって。でもね、なにか、そこのところを区別する方法があるはずだわ。公認区画をぶらぶらしている子たちを見て、ティミーを見るでしょ。片腕だとかいろいろ。ティミーは生きいきしてるの。きりっとしてる。それが顔にでてるのよ。パークスが〈市場調査部〉で訓練している子がいてね、頭のいい子よ——でも、すべての反応がスローモーションで返ってくるの。パークスがいうにはね、その子、あたしたちが儀式に興味を示さないのにあきれかえっているんですって——あたしたちのことを高等なものに興味をもたない低能の人でなしと思っているらしいわ」

わたしがハンモックで姿勢を変えるあいだ、ラルフはわたしが先をつづけるのを待っていてくれた。

「つまりなにがいいたいのかというと、いつかは——どうもかれらはみんな忘れているようなんだけれど——いつかはすべてのシティがなくなるってことなの。行く手の夜のなかに輝ける新世界が浮かんでいる日がくる。そこでは自然の猛威と戦わなければならない。食べものは水耕農園からベルトコンベアーにのってまわってくるのではなく、自分でさがし、追い、狩らなければならない。それはもちろん、あなたやあたしが目にすることはないでしょうよ。でも、五百年も、六百年も先の話じゃない――たった百五十年か二百年先のことだわ。そこでふたりのことを考えてみると、あたしは新世界には、パークスのところのかわいい利口そうな目をした子より、自分のものは自分で戦いとれるティミーを送り込みたい。もしこのままシティが無表情な儀式信奉者の集団になっていくのを黙って見すごしてしまったら、あたしは責任を果たしていないことになると思うのよ」

ラルフが考えているあいだ、しばし静寂がつづいた。彼がどんな答えをだすのか、わたしは考えをめぐらせた。メリルのほうは、答えを用意しているようには見えなかった。

ちょうどそのとき、ティミーの声がした。「ホッジがきたよ」

答えは――どんな答えにせよ――あとまわしになってしまった。

ふりむくと、ホッジが戸口に着いたところだった。彼は長身で、頬骨が高く、目が落ちくぼんでいる。黒い頭巾はうしろに押しやられ、肩にかついだロープのエンブレムが戸口で立ち止まった拍子に胸のあたりで揺れた。彼の黒い制服を見たとたん、わたしは室内のほかの色を強く意識した――地味だと思っていた二枚の絵も急に明るく輝いてみえた。

みんなで少し話をしているうちに夕食の時間になったので、わたしは座を辞した。帰り道もティミーに連れられてあわただしく網の入口までたどりつく。こんどはずっと目をあけていたので、片目たちが何人もすばらしい跳躍ぶりでリングにのるのを見ることができた。まるで歩道の縁石からひょいとおりるみたいな調子だった。

ティミーは、わたしを引っ張りながらわたしの思いを読んだのだろう。「ホッジはさあ、ほとんど片目並みに網を動きまわれるんだ」といった。「でもジャンプはまだひとりじゃ無理でね。けど、ちゃんと練習してるぜ」

ティミーはわたしを切り離して通路のほうへ押しやった。重力がもどって、わたしはよろよろっとまえのめりにたたらを踏んだ。そしてふりむき、ティミーに手をふってから、オフィスにむかった。

VIII

二番めの記述

けさ三時半、パークスに起こされた。第一報を伝えるためだ。彼は〈市場〉で深夜勤務についていたから、最初に気がついたのだ。わたしはベッドからでて緊急インターコムにたどりつき、受信ボタンを押した。「いったい何事なの？」とわたしはいった。「また砂数値が上昇――」

「船長、〈市場〉のパークスです」

「こんな時間にいったいなんの用？」

「船長、砂数値はいまチェックしましたが、安定しています。ただほかの問題が、もっとまずいことが――」

「え？」

「シティ全体にふりそそぐ透過能の大きい放射線が三倍に増加しています。船長たちのいる区画ではとくに心配するようなことはありませんが、ここにいる胎児には影響があるのではないかと思いまして。棚は遮蔽するようにしましたが、効果のほどはなんともいえません」

「ふむ。なにが原因なのかしら？　どの反応炉がおかしくなったのか突き止めた？」

「それなんです。どれも正常なんです。放射線はシティの外からきているんです」

「たしかなの？　ほかのシティでもおなじものが記録されているかどうか連絡してみた？」

「いえ、まず船長に知らせて、指示を仰ごうと思いまして」

「じゃあ、わたしがアルファ9を呼びだしてようすをきいてみるわ」

「了解。船長、わたしもきかせてもらっていいですか？」

ナインを呼びだしたが、リシェがでるまで五分近く待たされた。やっと彼の声がきこえてきた——

「リーラお嬢さん、きょうはご機嫌いかがかな？」

「お嬢さんはとまどってるわ」とわたしはいった。「シティに放射線があふれているのよ。いまのところ、そうひどくはないけれど、外からきているという報告なの」

「そっちもか？」彼の声が少し不安をおびた。「じつは二十分ほどまえ、おなじことが起きているというんで、わたしも起こされたんだ。とにかく隅から隅まで調べろと指示して、またベッドにもどった。ゆうべフィロッツ判事とさんざんやりあって、くたくただったんだよ。フリーフォール区画で力がはいりすぎて頭をぶつけてしまったやつがいてね。片目がふたり、その男を見つけて助けようとしたんだが、男は死んでしまった。そこでご立派な判事どのは、市民の邪魔をしたかどでふたりを告訴するといいだした。それでこっちは、むこうが疲れ果てるまで一晩中どなりまくっていたというわけさ。しかしこっちもへとへとでね。この放射線のほうはどうなってるんだ？　きのう軽砂に遭遇したのはわかってるが——」

突然、空電のバーストがはいって複数の声がきこえ、それが一分近くつづいた。やがて雑音が消えると、リシェ船長がいった。「おい、なにがあったんだ？」

「さあ、わからないわ」わたしはいった。「そちらに異常はない？」だがそういっている最中にまた雑音がはいりだし、こんどはそれと同時にデスク一面にアテンション・ライトが瞬きはじめた。

わたしはいちばん手近のに応答した。

通信部門のミーカーが答えた。「なにがあったのかわかりませんが、なんにせよ、エプシロン7で起きているのはたしかです。こちらとコンタクトをとろうとしているんですが、なにかとんでもないことになっているようで」

「こっちへつなげてくれる？」

「了解」

また空電がもどり、それとともにききとりにくい声がはいってきた。ミーカーがふたたび割り込んできた――「船長、スクリーンをオンにしてください。こっちでとらえているものを中継しますから」

デスクの上にある大型スクリーンをつけると、画面はグレーから黒に変わり、遠くに点在する星々を背景にいくつかの光る円盤があらわれた。全シティの電波映像だ。

どういうわけか映像は空電をくぐりぬけてとどき、音声も――さっきは複数の声だと思っていたが、よくきくとひとつの声がこだまのように何度も何度も重複しているのだとわかった――いっとき、ききとりやすくなっていた。

「……エプシロン7、こちらはエプシロン7、緊急事態レッド、緊急事態レッド、だれかきこえるか、だれかきこえるか……エプシロン7――」

もう全シティが受信しているにちがいない。ついにほかの声がはいってきた。まったく空電がない状態だ。「こちらはデルタ6のヴライオン船長。はっきりきこえる。つづけて」デルタ6はわたしたちよりずっと混信が少ないようだ。

「ありがたい。こちらは片目のパイク。エプシロン7の片目区画から送信している。ほかはみんな死んでしまった、公認区画は全滅だ。なんだかわからないが、みんな気が狂ったかどうかして。だれかがきたんだ、いや、人じゃないかもしれない、男が、緑の……」また空電がはいり、クリアになったときにはヴライオン船長がしゃべっていた――「すまんが、いっていることがわからない。パイク、おちついて、もういちど話してくれないか」

「船全体が爆発したみたいなんだ。四十分くらいまえかな。シティは夜間サイクルだったが突然大きくガクンと揺れて、みんな飛び起きた。何人か怪我人がでて、そのあとみんなおかしくなっていった。わけがわからなかったからだ。それでコンコースを――おれは見てない、人からきいた話だ――人の姿をしたもの、全身炎に包まれて緑色の目をしたやつが、さまよいはじめた。いや、おれにはわからない。でもみんな死んでしまった。二十分まえに、おれたち何人かで公認区画にはいってみたんだが、どこもかしこも死体だらけだった。みんな死んでるんだ、そこらじゅうで。二、三人、まだ悲鳴をあげてるのがいて、おれたちになにかいおうとしてた。だがそのとき光が見えて、おれたちはここへ逃げ帰ってきたんだ」

「おい、いいか、パイク――」

「いいわけないだろ。くそっ、早くここへきておれたちを連れだしてくれ！　いま網に隠れてるがシャトル・ボートでくればいい。たのむから早くおれたちをこの——」パイクの声にかぶさって悲鳴がきこえた。つづいてパイクの悲鳴。そしてなぜミーカーが映像を見ろといったのか、やっとそのわけがわかった。

円盤のひとつ——エプシロン7——のようすが尋常でないのだ。周囲に光輪がかかり、船がぶるぶるふるえている。そのときふいに無線が完全に途絶し、スクリーンのエプシロン7が壊れはじめた。最初はくしゃっと押しつぶされ、つぎに五つか六つの断片がべつべつの方向に、まるで力いっぱい投げだされたみたいに吹き飛んでいった。残りは卵の殻みたいにぐしゃっと割れてばらばらになった。全長十二マイルの金属の塊が、五分たらずのうちに目のまえで引き裂かれ、粉々の破片となって宇宙に散っていったのだ。

残された十一のシティの人たちも、わたしが目撃したものを見ていたにちがいない。十分間、沈黙がつづいた。言葉にしようがなかった。

ついにアルヴァ船長の声がはいってきた。「ヴライオン船長、きいているか？　なにがあったんだ？」

ひどく緊張した声が返ってきた。「ああ。ちゃんと……きいている。なにがあったのか……」

彼は途中で言葉を切った。ヴライオン船長が、これまできいていた声の主と同一人物とは思えなかった——なにも謎めいたことをいっているのではない。わたしも含めて、これまでとおなじでない人間などいるだろうか？

「なにがあったのかは、わからない」と彼は繰り返した。

三番めの記述

当初の衝撃がしだいに薄れ、消え去るにつれてシティに噂が飛び交うようになった。軽砂は継続していたが、あのシティの崩壊にくらべれば、なにほどのものでもない。身をまもるすべがない、という静かな恐怖が蔓延している。けさ、カートライト判事がやけに愛想よくあいさつしてきた——「まあ、こんどのことで、少なくともひとつ、よいことがありましたな。非常に多くの人がまた儀式に参加するようになったことです」

判事はわたしが大喜びするのを期待していたのだろうと思う。ミーカーとほかの三シティの通信エンジニア三名は沈着冷静にあの夜の出来事をすべて録音してくれていた。通信部門は翌日の午前中いっぱい、記録の綿密な比較と空電でききとれなかった部分の解読に忙殺された。午後遅くまでには十語ほどが明確になったが、あらたな知見をつけくわえるには至らなかった。その日の午後には、沈鬱なシティ間会議がひらかれた。みんなで提案しあうという趣旨の会議だった。

最初の五分間は沈黙。つぎの十五分間はとまどい気味の、不合理な憶測。けっきょく、会議はそこでおひらきになった。

そろそろ夕食というころ、アルヴァ船長から連絡がはいった。

「こんどはなにかしら？」とわたしはたずねた。「なにかあったの？」

「また問題がもちあがった。どういうわけか、片目がエプシロン7をのっとって爆破したという噂がひろがっているんだ」

「なんですって？」

「いや、べつに深刻なものじゃないんだが、また標準者《ノーム》に厳格な審査を施行するという話がでている」

「だれがそんなことを思いついたの？」

「さあね。シティがあんなふうに爆発するなんて、大多数の人間にとってはうけいれがたいことだ。みんなが鵜の目鷹の目で、だれか責める相手をさがしまわるのは目に見えている。片目のせいにするのがいちばん簡単なんだ」

「でも、どうして？」

「まあ、ざっとこんな論法だろう――われわれが最後にエプシロン7からうけとった通信は片目からのものだった、したがってシティを最後に管理していたのは片目である、よって片目がオフィサーから管理権を奪いとったにちがいない、とかなんとか」

「で、かれらがシティをまるごと爆破したというの？」

「わたしにきかないでくれよ。こっちの儀式グループのなかには、もうそれをとりいれているものもある――エーテルでハイになって全員が輪になって立ち、リーダーが大きな人形の左目をえぐりだすんだ。それから全員で嘆き悲しみ、崩壊の映像を見る」

「エーテルで？」わたしはきき返した。「気にいらないわね」

「同感だよ。わたしの知るかぎり、儀式というのはいくらでも複雑化していくものだ。しかし、わたしは麻薬類の使用には一線を引いている」

　わたしもそれには賛成だった。「この儀式騒ぎに歯止めがきかなくなるようなことだけは避けないとね。きょうの午後、パークスが――うちの〈市場調査〉の主任なんだけれど――彼が愚痴をこぼしていたのよ。彼が自分の助手にするつもりで教育している子のことでね。パークスがいうには、その子はいつも仕事場にメモ用紙と鉛筆をもってきていて、ときどきそれをだしてはなにか書いているんですって。で、パークスはずっと、なにか計算するのに使っているんだろうと思っていたわけ。それがきょう、仕事場にきてもまるで働こうとしない。ただすわって、なにか書いているだけなので、パークスが理由をきくと、自分の参加している儀式グループでは、ある特定の種類の考えが頭に浮かんだら、かならずある特定の記号を書くことになっている、というんですって。どんな考えなのかはいおうとしなかったけれど、とにかくそのなにかを四六時中考えているから、ずっと隅っこにすわってマルだのバツだの平行四辺形だのを書いているってことらしいわ」

「わかるよ」とアルヴァ船長はいった。「まったくこの一件には頭が痛い——これは本日最高の婉曲語法だ」

四番めの記述

オフィスでせいぜい十五分も仕事をしたかどうかというころ、カートライト判事が面会をもとめてきた。

「どうぞおはいりください」インターコムでいうと、判事はすぐにはいってきた。

「おはよう、おはよう。忙しくなるまえに、あなたのところによって確認しておこうと思ってね。変更すべき点が山ほどあるんですよ。たるみきった法をもっと厳格に施行せねばならんのでね」

「どういうことです?」

「エプシロン7の大惨事の公式説明として認められたのではなかったですかな?」

わたしは両手の指をあわせて、椅子の背にもたれた。「わたしの知るかぎり、多少なりと妥当と思える説明はまだないと思いますが」

「なんとなんと」カートライト判事はいった。「まさかきいていないというつもりではないでしょうな。あれが公式なものかどうか確認しに、ここにきたのですが。もうシティじゅうにひろまっておりますぞ」

「なにがシティじゅうにひろまっているんです?」

「エプシロン7の片目区画がシティをのっとろうと企て、住民を殺害し、船を爆破したという話です」

「そんな話はいっさい考慮の対象になっておりません」

「それではしかるべく——」

「あまりにもばかげています」

「ほんとうにそう断言できますかな?」

「もちろんです。さあ、エプシロン7がこの世を去った夜の通信記録のコピーがありますから、ぜひおききになってください」

わたしはミーカーを呼びだして、音声と映像、両方を再生して流すようにいった。判事はまったく無言のまま、身じろぎひとつせずに耳を傾け、映像を見つめていた。わたしはもう十五回も見ていたから、はじめて通しで音声をきき、映像を見たときの衝撃がどれほどのものだったか忘れていた。判事は言葉もなく、顔をひきつらせていたが、やっとのことで「いや……」とつぶやいた。

「あれが船をのっとったばかりの男だと思いますか？」

「いや」と彼は繰り返した。「あれはきっと……ほんとうのことではないんだ、まえもって用意していたとか、そういうことにちがいない。でなかったら、いったいなにがあの船をのっとったというんだね？　めらめら燃える目をもつ緑色の男だかなんだか、その手のばかげたものがやったというのかね？」

判事が帰ったあと、パークスから連絡がはいった。「船長、放射線レベルはまだかなり高いままです。これが原因で突然変異が生じれば、標準者《ノーム》はまちがいなく、とんでもないことをしはじめますよ」

「そっちへいって、ようすを見るわ」

「実際のところ、だれにもどうしようもありませんよ」とパークスはいった。が、すぐにこうつけくわえた――「でも、現場としては気分が楽になります」

〈市場〉は蛍光照明の光で明るく、ずらりと並ぶ棚の横にはきらきら輝くチューブがつながっていた。幼児たちはこのチューブに屈服させられているのだ。〈市場〉の正面は、シティの全住民の染色体パターンを記録した系統ファイルが占領している。

パークスの助手がデスクのまえでブロンドの頭をさげて、メモ用紙に神経を集中させていた。すぐにパークスがやってきた。「どうも」彼は笑顔でいい、わたしが助手に目をやったのに気づいて、どうしようもないと身ぶりで示した。「無視してください。処置したところをお見せしましょう」

わたしたちは裏にまわった。「初期の胞胚に鉛ホイルを巻いてやりました。いちばん必要なところですからね。四カ月以上のはたぶん影響ないと思いますが、それでも可能性としては五分五分くらいでしょうかね」

鈍色《にび》の、しわくちゃのホイルを見ているうち、急に、この生まれたての、あるいはこれから生まれる何千もの命にたいする責任の重さを感じた。星々のあいだを疾駆し、果てしない時間のなか、ダイスの目のように隣りあわせでまわりつづける海と砂漠、生と破滅のなかでさまよう命。

「そうね」わたしはいった。「あなたがいったとおり、わたしにできることはあまりなさそう。ここは気の滅入る場所だわ。それとも、ここにくるとわたしのなかの母性が引きだされるというだけのことかしら」

パークスは笑っていた。わたしは〈市場〉をでて、自室にもどった。

五番めの記述

夕方、シグマ9のアルヴァ船長がひどく狼狽したようすで連絡してきた。「リー、きみのところでは片目族との関係はどんなふうなんだ?」

「カートライトがうるさくてしょうがないわ」とわたしは答えた。

スピーカーをとおして口笛のような呼吸音がきこえてきた。「こっちはもっと深刻だ」と彼はいった。「これからひとつ妙なたのみごとをしたいんだが」

「いってみて」疑問符を含めたニュアンスで、わたしはいった。

「わたしといっしょに、全シティの司法局に片目族を迫害しないよう公式に要求してほしいんだ。船長全員におなじことをたのんでいる。このままだと、ここの片目族はたちまち絶滅してしまう。かれらの知識が失われたら、全人類の知識も失われてしまうことになるんだ」

「わたしたちは司法には干渉しないことになっているのよねえ」考えながら、わたしはいった。

「リー――」

「だまって、アルヴァ、頭に浮かんだことを声にだしただけなんだから。でも、こっちも遠からず、あなたのところとおなじようなことになるわ。もうほかの船長たちの同意を得ているのなら、少しは気持ちが楽なんだけれど。ああ、もう、こんな臆病なことをいってたんじゃ、女がすたるわね。アルヴァ船長、もちろん同意します――公にするまえにその声明がどういう表現になるのか送信してくればオーケイよ」

「ありがとう、リー」彼の声にこめられた感謝の念に安堵感がにじんでいるのが、ひしひしと感じられた。「同意してくれた船長は、きみで三人めだ」

「全員、同意してくれるわよ」とわたしはいった。「もしうちのシティの状況がなんらかの指標になるとしたらね」そしてもうひとこと――「なにか効果があるように祈っているわ」

アルヴァのためいきがきこえた。長いためいきだった――外の星々も身ぶるいしたにちがいない。

「わたしもそう祈っているよ、リー」

六番めの記述

みんな死んでしまった。泣けばいいのか怒ればいいのか――デルタ6シティが破壊されてしまった。こんどは十時間かかった。全員でモニターしていた片目のジャックの裁判が空電のバーストでかき消された。それがはじまりだった。かすかな信号がはいってきたときには船内はパニックに陥っていた。ついで通信部門から助けをもとめる声。それからまた空電。緑色の目をした生きものがもどってきたのはあきらかだった。夢物語のようだった。どうしても真剣にうけとめることができなかった。とんでもない冗談と思うほうが簡単にちがいない。しかしこれは現実なのだし、この現実を正確に認識できるかどうかに、このシティの全住民の命がかかっているのだ。最後のほうになると、通信は片目族からのものだけになってしまった。助けてくれ、助けてくれ、助けてくれの繰り返しだった。かれらの秩序とともに正気までも奪った緑の目をした生きものは、廃墟と化した船内で生存者のなかを十時間も歩きまわり、そして最後に船は破壊された。わたしはやっとのことでアルヴァ船長と連絡をとった――「なにかわたしたちにできることはない？　わたしがむこうへいったらどうかしら……？」

「リー、ばかをいうな。なにができるというんだ？」

「少なくとも、なにか見つけて……少なくとも……」

インターコムのむこうで、だれかが悲鳴をあげていた。

「リー、きみが死んで、それがなにかの役に立つのか？」

「なにが住民たちをひとり残らず殺そうとしているのか、それがわかればね」

そのとき、スクリーンのなかで船が崩壊しはじめた……神さま、悲鳴が――

IX

「つぎの二ページはとばして」と少年がいった。

そこでジョナニーはいわれたとおりにページをめくった。彼の目がふたたびとらえたのは——

音の割れたスピーカーから流れてくるアルヴァ船長の「助けてくれ、ああ、たのむ、だれか助けてくれ」と叫ぶ金切り声をきいて、わたしはいても立ってもいられなかった。

わたしは無線でミーカーに伝えた。「シティ間フェリーを用意して。むこうへようすを見にいくわ」

「しかし、船長」ミーカーがいった。「もし船長がつかまってしまったら……」

「このまえのは十時間もったわ。それだけあれば、あっちへいってもどってくる時間は充分にある」

「そのまえのは十六分しかもたなかったんですよ。こんどはそれより長いかもしれないし短いかもしれない、あるいはおなじかもしれない。それに砂数値のこともあるし……」

「ミーカー、わたしはいきます。シャトルを用意して」

五分後、オフィスから飛びだすと、わきの通路からだれかが突然、大声でどなった。「船長!」

「なんです、カートライト判事?」

「たったいまミーカーからききましたぞ、あなたがシグマ9にむかうつもりだと」

「それがあなたとなんの関係があるんです?」わたしはとげとげしくいい放った。

「船長、あなたがいくことは、このわたしが許しません。どうしてもいくというなら、もどることを断固、禁じます」

わたしはぴたりと足を止めた。「わたしにそれはいいだのいけないだのという権利があなたにあるとは思えませんが?」

「お忘れなら申し上げるが、わたしはこの船内の倫理面の全責任を負う立場にある。あなたがシグマ9からもどってきたら、混乱が生じるのではないかという気がして……」

「よしてください、判事、いったいなにを恐れているんです?」

「もし、あなたが〈破壊者〉をいっしょに連れ帰ったとしたら?」

「〈破壊者〉……?」

「ああ、いま暴れまわっている緑色の目をした──」

わたしは彼の言葉をさえぎった。「おや、少なくとも片目のせいだという説は引っ込めるんですね。判事、わたしはいきます……」

判事のことは、あまり気にならなかった。恐ろしかったし、怒りに燃えていたからだ。

シャトル・ボートに着いてエアロックをロックし、耳から栓を抜き、目をあけ、無線で離船許可を得た。トリプル・ポートが手前にひらき、わたしは砂のなかへ飛びだした。メーターの数字は三・七。ヴュースクリーンのなかで、輝く卵のようなシグマ9が大きくなっていった。

ロボット・レシーバーが告げた。「あなたの耳は栓が詰まっていません──」わたしは無線のスイッチをいれた。「あなたの目は見ています」

ハッチがひらいてエアロックにはいっていくと、砂メーターがガクンとさがった。トンネルが自動的に結合し、一歩踏みだしたとたん、これからなにを見つけることになるのか恐ろしくて、胃が背骨のほうまで引っ込んだ。かすかに金属的なチリンチリンという音がきこえるような気がした。最初は自分の先入観のなせるわざだろうと思っていた。通路──からっぽだった──を歩いていくうちに、それはだんだん大きくなり、ナヴィゲーション・オフィスにむかう途中で気づいた。頭のなかでなにかがブザーのように鳴っているのだ。いまいるのは破壊現場への道のどのへんなのだろうと思いながら、わたしは通路を曲がってシティ・プラザをめざした。

突然、前方に数人の姿が見えた。かれらは、よろめきながら無言でわたしから遠ざかっていった。ひとりが倒れた。つづいてふたり。あとはよろよろとわきによっていった――ひとりが一瞬、柱にもたれかかったが、その女もずるずると床にくずおれてしまった。

わたしは、もしかしたらシティの残存勢力がもちこたえている場所にいけるかもしれないと考えて、ベルトの無線をためしてみることにした。スイッチをいれると、ブザー音が頭を離れて現実のものになった。どうしたものか考えていると、スピーカーのハム音が高くなったり低くなったりしはじめ、やがてはっきりききとれる声になった。**「おまえはだれだ?」**

「え?」ぎょっとして、わたしはいった。あなたこそいったいだれなの、とききたかった、が、声にはださなかった。

「わたしは〈破壊者〉だ。おまえの仲間はわたしを〈破壊者〉と呼ぶ。〈破壊者〉をさがしにきたおまえはだれだ?」

気味が悪かった。だれか正気でなくなった人間が、通信機器が残された場所を掌握したのかもしれないと思った。

「どこにいるの?」わたしは強い口調でたずねた。無線は双方向ではないのに、いらついていたせいか、そのことを忘れていたにちがいない。いま考えても、わたしはたしかに声にだして呼びかけていた。「どこにいるの? わたしはあなたを助けようとしているのよ!」

すると無線機が、ぶるぶる振動する声でわめいた――**「わたしはここにいる」**

そして、事は起きた。ほとんどはわたしの頭のなかで起きたことだと思う。感情、思考、印象、すべてがとにかくおかしくなって、周囲に渦巻く混沌のなかから、なにか大きな、ちらちら光るものがコンコースによろめきでてきた。大きな男の姿をしている――裸、巨軀、しかし妖怪かなにかのようにあふれんばかりの大きな目をしている。

すべてが襲いかかってきて、わたしはただ大声で叫んだ。「やめなさい！」

すると、襲撃はやんだ。わたしの頭はギイギイきしんで肩の上にもどり、広場に散乱する瓦礫のむこうで人影がきらめき、薄れ、消え、と思うと、ふたたびかたちをとるのが見えた。

「わたしはここにいる」とそいつは繰り返したが、こんどは声がそいつの頭とおぼしきあたりから響いてきた。

「なにをしてるの！」わたしは問いただし、そのときはじめて、いままで意思疎通ができていたなんてありえないことだと気づいて愕然とした。

「助けてくれ」とそいつはいった。**「わからない――わからないんだ」**

「あなたはわたしたちを殺しているのよ」わたしは叫んだ。「それがあなたのしていることよ！」

「わたしはゆっくり近づいた」とそいつはいった。**「極力慎重に、かれらの精神に近づいた。しかしかれらは悲鳴をあげて死んでしまった。かれらの精神は小さすぎるんだ」**そいつは傾き、よろめき、夢のように姿を得たり、失ったりしていた。

心臓は早鐘のように鳴っていたが、わたしはおちつきをとりもどしつつあった。「でも、あなたはわたしを殺そうとしてはいないわ」とわたしはいった。

「おまえはやめろといった。わたしはもうおまえの精神のなかにはいない。おまえの目と耳にイメー

ジとして存在しているにすぎない」

意味がよくわからなかったので、わたしはいった。「じゃあ、あなたのイメージをもう少しこっちに近づけてみて。ただし……わたしの精神を傷つけるようなことはしないで。あなたをよく見たいのよ」

そいつが三歩、足を運ぶと、もうわたしのまえに緑色の目をしてそびえたっていた。

「おまえはほんとうにわたしを見ているわけではない」とそいつはいった。**「わたしはかれらに近づくために、かれらの精神からこのイメージをとりだしたのだ。しかしかれらの精神は壊れてしまった。わたしはゆっくり近づいたのに」**

「じゃあ、わたしの場合はどうなの?」自分でもなんの話をしているのかよくわからないまま、わたしはたずねた。

「わたしはおまえに素早く近づいた。そうしたらおまえがやめろといった。だからやめた」

「ああ、それはどうも」とわたしはいった。素早く近づくというのがどういうことか、記憶がよみがえってきた。そしてふいに、アルヴァ船長のことを思いだした。「アルヴァ船長はどこ?」

「彼は死んだ。ほかのものもほとんど死んだ……いや、もうみんな死んでいる」

「みんな……?」

「かれらは、やめろといわなかった」

急に合点がいった。「だったら、ずっとやめたままでいなさいよ。みんな? いったいどういう——もう絶対に動くんじゃないわよ。どうしてやめなかったのよ? いったい自分をなんだと思ってるの?」わたしは金切り声で叫んでいた。ほかにもなにかいったかもしれない——おぼえていない。

とにかくいいおえると、ぶるぶるふるえていた。頭にきていた。そしておびえていた。

そいつはなにもいわず、ただ、わたしのまえで揺れ動いていた。わたしはやっとのことで、こうたずねた――「あなたはなにものなの？」

すると、さっきより静かな口調で、まるでより深いレベルで理解したかのように、そいつは繰り返した。**「わからない」**

そのときふいに疑問が浮かんだ――「どこからきたの？」

「外からだ。シティの外から。わたしは――砂、とおまえが呼ぶもののなか、星間船の外の中間子フィールドのなかに存在している」

「あなたは――」ある考えが浮かんだ。わたしの小さな頭にはいりきれないほど大きななにかが、なんとかして狭い空間におさまろうとするかのようだった。「あなたは……海と砂の世界からやってきた生物なの？」

そいつはうなずいた。

そのときまでわたしは、出会ったものを問答無用で打ちのめす異様な興奮に駆られて動いていた。それがここにいたって、ありえないという思いがあふれだし、相手を質問攻めにせずにはいられなくなった。

「でも、だれが――どうして――どうしてわたしと意思疎通ができるの？」

「実際にはできない」とそいつはいった。**「わたしはかれらの精神をばらばらにしたから、おまえたちの言葉やイメージはわかるが、おまえたちの精神はわたしには小さすぎる。わたしは実際にはおまえと意思疎通することはできないが、おまえの考えていることはわかる。わたしはおまえたちにわた**

しの一部が見えるように、イメージを投影した。しかしそのイメージはおまえたちから得たものだ」

わたしは、なぜか止まっていた息を肺のなかへ送り込んだ。「なるほどね」

「わたしはおまえがやめろというまで」そいつは話をつづけた。「おまえが生きていることに気がつかなかった。わたしに直接話しかけたのは、おまえがはじめてだった」

わたしはうなずいた。

「おまえの仲間のひとりから、なかを見るために蟻塚を壊してあけるイメージが伝わってきた。わたしもおなじように、おまえたちの船をこじあけてみた。混乱しているのはわかったが、おまえからきくまで、まちがったやり方だとは思わなかった」

「あなたはわたしたちとはまったくちがう種類の生命体だわ」わたしはいった。「あなたの仲間は恒星間空間のあちこちにいるの？」

「仲間はいない。いるのはわたしだけだ」

「とても孤独でしょうね」とわたしはいった。

「孤独？」

わたしは、語尾のイントネーションが疑問のかたちにあがるのをたしかにきいた。

「わたしは……孤独だ」とそのとき、おかしなことが起きた。床や壁がふるえだしたのだ。とっさに、またあの混乱がはじまったのかと思った。

「そうだ、わたしはとても孤独だ。しかし、おまえからその言葉をきくまでは気づかなかった」

また振動がはじまり、色彩の明度が変化した。

「いったいなんなの？」わたしは叫んだ。「どうしたの？」

そのとき突然、緑色の目から涙があふれて、きらめく頬を伝っているのが見えた。

「わかるか、わたしはおまえたちが〝泣く〟と呼ぶことをしているんだ」

「なんとか自分をコントロールするのよ」わたしはいった。「わたし……わかるわ……自分がまったくひとりぼっちだってことは、なかなかわからないものよね。だれかに出会ったとたんに、そうとわかるのよ」

「そうだ」少し、間があった。**「おまえのような、ひとりぼっちではないものと出会ったとたんにだ」**

「わたしがひとりぼっちだとは思っていないの?」とわたしはいった。

ふたたび間があって、色彩がいくらか正常に近い状態にもどった。**「おまえはひとりぼっちだ、おまえの精神を見ればわかる、しかし、わたしほどではない」**またしても間があり、ついで振動、そして万華鏡。そいつはいった。**「わたしはおまえを愛している」**

「なんですって?」わたしはいった。

おなじ言葉が繰り返され、感覚の混乱が薄れた。

「あなたがわたしを愛している?」わたしはたずねた。「なぜ?」

「なぜなら、おまえは権力者であり、ひとりぼっちであり、ひとりぼっちでないからだ」

完全に混乱しているが、わかる気もした。

「それは……とてもうれしいわ」

「わたしを愛してくれるか?」

わたしの気持ちに急ブレーキがかかった。破壊をもたらしたことは許せないにしても、この生物にはさまざまな共感をおぼえていたし、理解しはじめてもいた、でもこれは……?

「そもそれがどういう意味なのか、わからないわ」とわたしはいった。「あなたのことを嘲笑うつもりはないけれど、あなたを愛するということがなにを意味しているのか、まったく見当もつかないのよ」

「その言葉はおまえの精神からでたものだ」とそいつは答えた。**「おまえがとてもほしいと思っているものを与えたら、わたしを愛してくれるか？」**

「それでもまだ……」

そいつはわたしの言葉をさえぎった――**「おまえはなによりも子孫をほしがっている。星々の世界で生きることのできる子孫を。と同時におまえは、いまや仲間のほとんどがそんな生き方はできなくなってしまったことも知っている。約束しよう、これ以上おまえたちの船を壊すようなことはしない、そしておまえの子孫は星々の世界で生きることができるようになるし、わたしと意思を通じ合うこともできる、それも永遠に……」**

人にはだれにでも、触れただけですべてがバンと破裂してしまう痛点があるのではないだろうか。色彩が変化した。こんどはわたしの虹彩が急にひらいたからだ。振動はわたしのなかにあった。どんな感情が生じていたのかわからない――

そいつがいった。**「おまえはわたしを愛している」**そしてその大きな光り輝く腕をひろげた。**「さあ、くるがいい」**わたしはまえに進んでいった。

つぎになにが起きたのか、ああ、すべての神々よ、見まもる星々よ、なにが起きたのですか？　わたしにはわからない――色彩が、痛みが、感覚の洪水が、わたしをとらえ、凍てついた金属の渦のなかでわたしをばらばらに分解し、完全なそして不完全な無数の思考でわたしを焼き焦がした。色彩が白から赤へと崩壊し、滝のように落ちる緑のなかを下降し、輝く金色のなかを舞いあがり、エメラルド色に、彼の目のようなエメラルド色に変わった。耐えきれない悦楽のように透きとおった痛みが、わたしの膝で放たれ、下腹にひんやりと触れ、ふたたびうねり、わたしという柱全体にあふれ、爆発し、指先に光り、緊張の中心でのたくり、清らかな浜辺にきらめく波また波。洪水が押しよせ、押しよせ、引き、また押しよせ、高まり、わたしは叫び、笑い、ひろげた指で口をおおった。全身の筋肉が硬直してぎゅっと寄り添い、ぶるぶるふるえながら弛緩のときを待っていると、その瞬間はわたしの背骨の付け根から骨盤をとおって雷のように押しよせてきて、花ひらき、燃え、繁茂し……わたしはちらちらと瞬く彼の全存在を抱きしめていた。それはこの腕のなかで霧のようにやさしく、金属のように硬く——

つぎの記述

シグマ9は、わたしがのったシティ間シャトルが離脱した二分後に、ふくれあがり、引き裂かれた。電波障害で目が真っ黒になったうえに、重力回転のどこかがいかれて、帰りはずっとフリーフォール状態になってしまったせいで、ひどい二日酔いになったような気分だった。

無線で乗船をもとめ、ロボットがおさだまりのせりふをいいおえると、突然、人の声がはいってきた。「リー船長、こちらは司法局のスマイザーズです。カートライト判事からあなたをシティにいれないようにとの指示がでています」

「わたしを、なんですって？」

「カートライト判事の指示で――」

「さっさとエアロックをあけなさい、さもないとなかにはいってから八つ裂きにするわよ」

「申し訳ありませんが――」

「カートライトをだしなさい。彼はたしかにわたしがシティから飛びだすのを待ち望んでいたわ。でも、ここで足止めにしようと考えているのだとしたら、正気とは思えないわね」

「ここにはあとふたりの人間がいまして、われわれ三人があなたの審査にあたることになっているのです。いったんここを離れて、時間がたってからもどっていただければ、もしかしたらカートライト判事が――」

「みんな頭がおかしいんじゃないの？」

「いや、船長、そうではなくて儀式が――」

「儀式なんか知ったこっちゃないわ！」

「船長」べつの声がいった。「これが音階のどの音かわかりますか？」

どこからどうきいてもトランペットとしか思えない音がスピーカーから鳴り響いた。

「わからないわ」とわたしは答えた。「わからなくちゃいけないの？」

「はあ、いまのは、カートライト判事があなたの乗船にそなえて用意した儀式学試験問題のひとつでして。いまのトランペットの音はわれわれの祖先への呼びかけを示すもので――」

「いいかげんにしなさい」とわたしはいった。「だれなのかわかったら、気が狂っていると宣言して〈髑髏《しゃれこうべ》〉へ送り込んであげるわ。さっさとなかにいれなさい。わたしはこれからもどるといって、このとおりもどってきたのよ。わたしがほかのシティが崩壊した原因を見つけたといったらどうするつもり？　ここでおなじことが起きるのを阻止できるといったら？　もしなかにいれてくれればの話だけれど」

　沈黙があった。

「反乱を起こした片目族の、緑色の目をしたリーダーを見つけたんですね？」

「その男を連れてきたんじゃないでしょうね？」べつの声がたずねた。

「あたりまえでしょ」わたしはぴしりといい返した。「それから、そいつは片目もふたつ目も関係ない。そもそも人じゃないのよ」

「じゃあ、なんだったんです？」三人めの法律家がたずねた。トランペットの男だ。

「このままここにすわって、あなたたちが時間切れと判断するまで、当て推量に耳を傾けていましょうか？」

「カートライト判事を呼んでくる」ひとりがそういってトランペットをトルルルと吹くのがきこえた。

　二分後、判事が到着しないうちに、ひとりがいった——爪をかりかり噛む音もきこえた。「彼女をなかにいれるぞ」

　そしてエアロックのトリプル・ドアが後退した。三人とも判事の説教がおわらないうちに大泣きすることになるだろうと思ったが、そんなことはどうでもよかった。

　二十分後、わたしはカートライト判事と電話で話していた。判事の髪の毛が焦げはじめるくらいたっぷりと、いいたいことをいってやった。が、秘密を洩らしはしなかった。つぎの週は、持ち場から一歩もでなかった。最初の日は帰りの飛行が無重力だったせいで足がひりついたけれど、そのあとはただただ用心してすごした。

そしてついに、わたしは〈市場〉におりた。「パークス」とわたしはいった。助手がデスクでらくがきに専念していた。わたしたちのうしろには胎児フラスコが何列も何列も、天井まで積み重なっていた。「パークス、ちょっと問題があるのよ——あなたなら力になってもらえると思うの」

「なんです、船長？」

「パークス、わたし、妊娠しているの」

「え、なんですって？」

「赤ちゃんができたっていったのよ」

彼はデスクに腰をおろした。「しかし……どうやって？」

「とてもいい質問だわ」とわたしはいった。「でも、答えはわたしにもよくわからないの。ただ、あなたにとりだしてほしいのよ」

「中絶ということですか？」

「まさか、ちがうわよ」わたしはいった。「やさしくそっととりだして、あの胎児フラスコにいれてほしいの」

「まだよくわからないなあ……つまり、船内の人間は全員、調和的に生殖不能状態になっているわけですから。いったいどうやって……。たしかなんですか？」

「検査してみて」

パークスは実際そうして、「なるほど、そのようだ」といった。「いつ移しますか？」

「いますぐ」とわたしはいった。「パークス、絶対に生かしておいてね。できるものなら自分でまっとうしたいけれど、いまじゃ陣痛に耐えて無事に出産できるだけの筋肉のある人間はいないんだもの、しょうがないわ」

「りっぱに生かしておいてみせますよ」とパークスはいった。

わたしは局所麻酔をして、何枚かの鏡で一部始終を見ていた。それは心奪われるすばらしい光景で、おわったときにはお腹がぺこぺこだった。わたしは上にあがって自室で食事をとり、いろいろと考えごとをした。

その最中に、パークスが急に〈市場〉から連絡してきた。「リー船長、リー船長――」言葉がつかえて、むせるような音がした。

「あの子はだいじょうぶ?」わたしはとっさにたずねた。

「ああ、はい、坊やは元気です。しかし船長、ほかが、ほかの子が瀕死状態なんです。そこらじゅうでばたばた死んでいくんです。すでに貯蔵量の半数を失いました」

「この船の放射線量がふえたの?」最初は、〈破壊者〉が約束を破ってこっちへ移ってきたのかと思った。しかしシグマ9の残骸はわたしたちといっしょにゆっくりと進んでいた。

「船長、あなたですよ。自分で調べてみてください。それしか考えられません。あなたの胎児を調べたら、放射能漬けでした。どうしてまだ生きているのか、わけがわかりません。しかし、生きているんです、しかもとても元気だ。だが、いつのことかはさておき、ここは透過能の大きいガンマ線の爆発的な嵐にさらされた。そのせいでなにもかもがおかしくなり、貯蔵量の半数がやられてしまったんです。わたしもちょっと気分が悪くて、除染しないとまずい状態です」

「わかったわ」わたしはいった。「折り返し、結果を連絡します」

スイッチを切って放射能分布計数器にむかった。結果は、わたしは船にもどったときから死んでいた、とでた。パークスに電話しようとしたところへ、ビーッと呼びだし音が鳴った。と同時にスクリーンにカートライト判事の顔がでた。

「船長、お邪魔して申し訳ないが、これは直接伝えたほうがいいと思ったものでね」

「どんなお話でしょうか？」

「あなたを逮捕しなければならない事態になりましてね」

「逮捕？　なんの罪で？」

「リーラＲＴ８５７ｖｓ.標準者《ノーム》です」

「細かいことはともかく、わたしが並みの連中とどうちがうというんです？」

「船長、細かいことではありませんぞ。あなたは妊娠していた。このシティでは違法であり、許されざることだ」

「だれがそんなことを？」知っておきたかった。まさかパークスが人にしゃべるとは思えなかった。だが返ってきた答えは充分すぎるほど納得のいくものだった。「パークスの新人の助手が小耳にはさんでね……」


そのあと数行で、記述はおわっていた。

ジョナニーは日誌を閉じた。少年はまだゲルのなかにいて、べつの本を手にしていた。おなじような日誌だ。「これはホッジのだよ」と少年はいった。「死刑執行人のホッジ」

ジョナニーはしかめっ面でそれをうけとった。そして淡々とした死、また死の記録を繰っていくうちに、またあのバラッドの詩句が心の隙間を縫って浮かびあがってきた――

「彼女が門をくぐったら　声という声が泣きだした
彼女が〈市場〉を歩いたら　子どもたちが死に果てた
彼女が〈裁判所〉をとおったら　判事はしんと押し黙る
彼女が歩いていった先は　〈髑髏《しゃれこうべ》〉の丘のそのふもと」

すると、緑色の目をした幼子をかかえた片目の女、というのは？　最後の数ページに詳しいことが書かれていた。ホッジはこう記していた——

裁判はおわった。あっというまだった。抗弁はなかった。わたしはその場にはいなかったが、そうだったときいている。

わたしは死刑囚監房にいる彼女の姿を二、三時間ごとに目にしている。監房の正面にある細長い窓のまえを彼女がゆっくりと横切るのだ。その肩に死が重くのしかかっている。彼女が死を恐れているとは思わない。いちど、彼女が足を止めてわたしに呼びかけたことがあった。わたしがそばへいって、よくききとれるようにいちばん上にある小さな扉をあけると、彼女はいった——「ホッジ、シティはどうなってるの？」

「めちゃくちゃですよ」とわたしはいった。「儀式がいよいよ手に負えなくなって、網が襲撃され、片目族が殺されています。ガスや槍を手にした捜索パーティが組織されていましてね。ラルフは死にました。わたしもうあそこへはいきません」

おだやかに見えていた彼女の表情が一変した。「パークスをここへ呼んでもらえないかしら？」

彼女は静かにいった。

「それは許されていませんが」とわたしはいった。「いいですとも、船長」

パークスは息せき切って〈市場〉から駆けつけた。席をはずしてほしいといいたげな目つきでわたしを見ていたが、そういうわけにはいかなかった。そこで船長がひとこといった。かまわないから話せ、彼は信用できるから、と。それをきくとパークスは憎しみのこもった目でわたしを見て、「信用できるって、あなたを処刑することもですか？」といった。

「そうよ」と船長はいった。「いいから、パークス、子どものことを。無事でいるの？」

パークスはうなずいた。「連中、押し入ってこようとして、チューブもずいぶん壊されました。しかし最初の襲撃のあと……いい手を思いついたんです。船長、味方してくれる人がいるんですよ」

船長は怪訝そうに眉をひそめた。

「ラルフが殺された、網への最初の襲撃のあと、メリルが〈市場〉にきたんです。彼女はわたしが味方だと知ってますからね。それで、そのう、あの子をあなたからとりだしたのとおなじ方法で、彼女の体内にいれたんです。彼女には正常な陣痛が起こる一週間かそこらまえまで、そのままでいてもらって、それから帝王切開でとりだす予定です。とりあえず移動コンテナにはいっているんだから、チューブ破壊集団のばかどもの手にかかることはないってわけですよ」

「よくやってくれたわ」船長がいった。

「船長、あの子にはどんな意味があるんです？」パークスが質問した。「なにか特別なものがあるんですよね？　シグマ9の一件と関係があるんですか？」

「そのとおりよ」そして船長は語った。わたしにはよくわからなかった。ただ、いろいろと科学用語みたいなものがでてきて、最後にパークスが、「じゃあ、われわれは星々の世界にいけるんですね」といった――とてもゆっくりと、とても静かに。そして、「やつらには絶対に手だしさせませんよ。残った片目たちがあの子を育ててくれます。メリルはそんなようなことだろうと思っていたそうです。しかしわたしはまさか――」パークスは言葉を切った。「船長、メリルはあなたのことを思って泣いていました。〈市場〉であなたの処刑のことを話していて、彼女――われわれ、泣きました」

船長はただ窓の縁をしっかり握りしめていた。あごの筋肉が数回、ひくひくと跳びあがった。そしてただひとこと、こういった――「あの子をかならず生きのびさせて」

ホッジの日誌の最後のふたつの記述は――

「暴動がますますひろがっている。そのうちここへもやってきそうだ」

そして――

「本日午後四時、処刑、リーラＲＴ８５７船長」

ジョナニーは〈破壊者の子ども〉のほうを見た。「生きのびたんだ」

少年はうなずいた。「ぼくが大きくなってからは、いくらでも、ぼくらが望むだけ複製をつくれるようになったんだ。厄介なプロセスいっさい抜きでね」

ジョナニーはふいに眉をひそめた。「それできみのふしぎな振る舞いの説明がつくわけだな。きみは、父親とおなじで、時間のちょっと外側に存在している。だから時間停止のあいだもちらちら光ったり、動いたりしていたんだな」眉間のしわが深まった。「でも約束は――彼は彼女に約束した、きみはいつか星々の世界にたどりついて、彼とコンタクトできるようになると！」

「いつとはいわなかった。大学にぼくを連れて帰って研究しようなんて思ってないよね？」

「そりゃあ、もちろんだよ、でも……」ジョナニーは急に笑いだした。「きみは心が読めるんだ、どんな種属ともコンタクトできるんだよな。それと時間外存在能力とをあわせたら、こりゃあ銀河系人類学史上……いつ以来だかわからないけど、最大の発見じゃないか」

少年はうなずいた。「ぼくらはそのためにつくられたんだ。ぼくらはあらゆる情報を父親にわたす、父親はそれをあんたたちにわかるように噛み砕く、ぼくらはそれをあんたたちにわたす。あんたたちはコンタクトをとりたい場所にぼくらを連れていく、それがぼくらの仕事なんだ」

ジョナニーは爆発しそうだった。「そりゃあ、約束以上じゃないか。だってきみたちは半人類のためだけでなく、遺伝的に完全な人類の曾孫のためにもコンタクトを果たすことになるんだから。それにきみは、きみの父親やきみたちの代弁者みたいなかたちにもなるわけだ。きみは父親とつねにコンタクトがとれているのか？　彼がどこにいようと、きみがどこにいようと？」

少年は首をかしげて、うなずいた。「父親とぼくはひとつだから」と彼はいった。

クルーザーにもどったジョナニーは、もういちど『ベータ2のバラッド』を最初から最後まで読み直してみた。いまはなんとよくわかることか驚くばかりだった。人々を救おうとするリーラの試みの物語は、この凝縮された詩句をとおして、彼がこれまでに経験した数々の出来事とおなじくらい身近に感じられた。それにしても、だれがこのバラッドを書いたのだろう？　最後の片目か？　それとも公認区画のだれかが無力な同情を力強い言葉に転化させたのだろうか？　ジョナニーは早くも、〈破壊者の子どもたち〉をクレトンⅢの研究にどう使おうかとプランを立てはじめていたが、そうしているうちにも、賛歌——これは、ある意味、賛歌だ——の結びの一節が蘇ってくるのだった——

火　血　肉　糞　そして骨——
膝の下には鉄　石　木
きょうは土くれ　シティは消えた
けれど彼女はもどってきた　いったとおりにもどってきた

バリントン・J・ベイリー

四色問題

小野田和子訳

The Four-Color Problem

by Barrington J. Bayley

一九九〇年に着手された地図作成用の衛星測量で、地球にはそれまで探険家や地図作成者が見逃してきた未発見の地表面がかなりあることがあきらかになった。科学界の不安をよそに、米国議会は新領域開拓用に一兆ドルの拠出を承認。オマハの戦略空軍司令部《SAC》が作戦の火蓋を切って落とした。

毎朝、夜明けとともに八ジェット・ヴァルチャー爆撃機が飛び立ち、数学的専門知識の多大なる力を借りた飛行管制センターの誘導で、あらたなる土地へと向かった。各爆撃機には任意の地図作成用のコンピュータが搭載されており、地表の状況に対応する地図がディスプレイ・スクリーンに描かれるようになっていた。一方、乗員は鉛筆で山や川、平野などを記録していったのだが、ふたつの地図を合致させるのは困難をきわめた――

マサチューセッツ工科大学《MIT》やカリフォルニア工科大学《カルテック》が衛星測量の結果に懸念を示したことで、陸上および海上での地表探査計画は実施が延期された。専門誌には、つぎのようなタイトルの論文が掲載されるようになった――『トポロジーがおかしいのか？』、『幾何学がおかしいのか？』、『地球は単一連結面なのか？』

このプロジェクトの性質がいったいどの時点で変化したのか、五年後には、米国議会の調査でも厳密に突き止めることはできなくなっていた。しかし、三カ月めにはいった時点ですでに、おもだった研究センターの数学部門がSACの管理権を掌握していたのはあきらかだった。かれらはまずアドヴァイザーとしての立場を要求するという狡猾な手段をもちいてワシントン経由で管理ラインを設置。ついで青図を引き、最終的には図面どおりSACの飛行管制センターにはいりこみ、指揮系統を掌中にしたのだ。

（数学畑の人間は、昔から国家ののっとりはお手のものだった。ナチスの親衛隊がいい例だ――理由も方法もおなじ――世界観《ヴェルタンシャウアング》――技術の正確さを至上とする信条――MM教授は幼児たちを密閉した金属製の部屋にいれて、ちんぷんかんぷんの方程式を雨あられと浴びせかけた――連中は経済を仕切ることからはじめた――連中のいいぐさはこうだ、経済は自分たちにまかせられてしかるべきだ、ろくな知識もない精神異常者なんぞにまかせておけるか――成長ベクトルの向きをそろえなければだめだ――長さ一マイルの公式や微分方程式を論理演算装置に通すと、そらどうだ長さ一光年のパルス列がでてくる――ダイナミック・トポロジー――組織形態学――たちまちのうちにホワイトハウスにはMITおよびカルテックと直接つながった大型コンピュータ以外、なにもなくなってしまった――大統領はストロボスコープで催眠状態になって椅子にぶっ座ったまま――MITとカルテックは考え方がちがうといって、雌雄を決する戦いを開始、それぞれの陸上通信線に電子言語戦争を流し込む――敵愾心に燃えるパルス列がホワイトハウスのコンピュータのなかで争っているうちに、ソ連の衛星がパラメータを混乱させようと剰余価値をひっくりかえす方程式を送信――専門技術者は口の端だけあけてこうのたまった――「黄道の外からマルクス主義者が送ってきた剰余価値パルス列の意味を、コンピュータに悟らせるんじゃないぞ」——そいつはバケツをとりあげ、なかの水をコンソールにぶちまけて温度をさげた——蒸気が白い部屋から部屋へと流れていった——市外では月ロケット打ち上げがつづき、郊外にはためく旗に絶え間なく爆風が押しよせた——「あの大気圏外に向かうベクトル、まったくたいした威力だぜ」——）

連中は、厳密な方程式《フォーミュラ》にしたがって新天地を開拓していかないと、収益が最大値にならないといった。訓練された前脳があれば方程式《フォーミュラ》はまともに走ってくれるもの、とだれしも思う。ところがどっこい、連中はひとたびSAC飛行管制センターに席を確保すると、自分たちの利益追求に走りだして、このろくでもない問題を、世界を巻き込んだ百京ドル規模の抽象数学の問題にそっくり転換してしまったのだ。

「これぞ千載一遇のチャンス」とゴットラム教授はいった。「この機を逃さず、四色問題を解くのだ」

簡単にいえば、四色問題というのは平面あるいは球体の表面（このふたつはトポロジーでは同一のもので、専門用語では単一連結面と呼ばれる）に描かれた地図の色分けにかんする問題だ。地図製作者は何百年もまえから、隣り合うふたつの国がおなじ色にならないよう地図全体を色分けするには四色あればたりると知っていた。四色問題は数学界の骨董品のようなものだ。この命題を証明しようという試みは数あれど、五色ならできると証明されただけで、そのうちの一色を減らす努力はどれもこれも峻厳な論理を満たすことができないままになっている。だから、常識的にはいくらありえないことのようでも、塗り分けに五色を必要とする平面地図がありうるかもしれない、という可能性は依然として消えてはいないのである——これが空間構造に関係してくるかもしれないというところも興味をそそられる——現在のところ、この分野ではおもに、国の数がいくつ以下だと五色にはなりえないか、その数をふやしていく方向で研究が進んでいる（最新の数字で百四十）——数学雑誌の編集者のもとには、四色定理を証明したと主張するアマチュアからの、欠陥捜しの退屈きわまる作業を含んだ長ったらしい原稿がしょっちゅう届く——

四色定理は証明されていないが真実とみなすという説もあれば、真実とはみなさないという説もある。ゴットラム教授はオマハのＳＡＣにむけて出発する前夜、学生たちをまえにこうぶちあげた——「地球に付加的伸展性があるとわかったおかげで、この問題は抽象領域から具象領域に移った。領土——国境——覇権——軍隊の前進、後退——守る側はまわりじゅう敵だと思っている——それが突然、新しい道が出現し、包囲されていた住民たちは約束の地へと姿を消す——空間構造との関係こそが目下の関心事である——いくら努力してもしすぎることはない——諸君、惑星地球が未分析のトポロジー的領域を有しているという事実を考慮すれば、五色関係がそこに存在するという仮説も故ないこととはいえないのである。われわれは、いち早くそれを発見せねばならない——」ベクトルの向きをそろえろ——羅針盤の針が揺れている——方向がさだまらない——針路を保て！　ふりかえるな！

かくしてかれらは稲妻のごとく吹っ飛んでいった。エルドラドをもとめて、シャングリラを、エリクシルを、賢者の石を、永久運動を、六百年のオーガズムをもとめて。

最初、乗員たちは湖や島や川があるエデンの園を目にした。ところがそれで万々歳とはいかなかった。その景観が無酸素状態の見も知らぬ風景に変わってしまったのだ——酸素がないのは熱で燃焼しつくされてしまったからだった——危機に瀕したクロマキー画面航行者《クロマノート》は、ニュース・メディアにちかちか明滅する絶望的映像を照射する——ラインの端にいる爆撃機の乗員たちはときとしてＳＡＣとの命綱がフェードアウトするという目に遭い、必死にナヴィゲーション・ビームを捜し、誘導パルス列を拾おうと前進する――とある地下サイロの蓋がめくれあがり、翼をもった巨大な蠍《スコーピオン》が空中で爆撃機どもに食らいつこうとビューンと上昇し、鶏小屋の狐さながら右に左に飛びまわる――核ミサイルの爆風で飛行大隊がまるごと自滅――ペンタゴンでは、喉頭ガンを患うクルーカットの司令官が心臓ペースメーカーを調整しながら、耳ざわりな電気音声で「やつらが〝赤〟だって証拠がもっとほしいか?」と吠える――ハッピー・ゴー・ラッキー号の乗員は自分たちが空中を飛んでいるのを忘れて、フライト・シミュレーターのなかにいるものと思い込んでいた――飛行管制センターでは、ハードウエアのなかでありとあらゆるプログラムが動いている――コンピュータのディスプレイ・スクリーンは、ときには毎秒百種類にもなろうかという実験的地図をちかちか映しだす――爆撃機が炎をあげて底なしの黒い穴に沈んでいく――最後の通信は飛行管制センターにはまったく意味不明の狂気じみた方程式の羅列――

「飛行管制センター――われわれは変形したセックス・エネルギーの世界線にのっているらしい――圧力が変化している――男根熱をさげて平熱にもどす方法を教えてくれないか?」

「飛行管制センターからコズモ・ブレアへ――すまんが、自分でなんとかしてくれ――ふ、り、か、え、る、な、!――セックス空間の曲率の報告をつづけろ――セックス・テンソルはストレスと切望度に応じて変化する――」

「鋭意努力中だ――パイロットが核兵器を投棄したいといってる――われわれは荷物満載のローラーコースターにのってるんだそうだ――」ベクトルが空気を焼き焦がす――爆撃機は炎をあげて底なしの黒い穴に沈んでいく――管制官たちは呆然と方程式を見つめるばかり――旗が炎をあげて翻る――

剰余価値パルス列がアンドロメダ銀河に向けて旅立つ——「彼の地で搾取されている民衆の混乱を軽減するために」——

「軍の剰余パルス列、買わないか？　サイゴンＰＸの軍曹から手にいれた、輸出用の不合格品の水爆の設定ができるやつだ」シカゴからきた男が一巻のテープをかかげてみせた。「人間の神経組織にも効いてな、オーガズムを爆発させられるんだが、ペースメーカーをつけとかないと心臓がもたないこともある。彼女に試してみなよ。じゃなきゃテレビにでてる可愛い子ちゃんを遠距離で狙うのもいいし、女子高の先生なんてのもいいぜェ」

——快楽の真っ赤な輝き——生体炉のなかで熱い鉄が走る——炉がためいきをつき、真っ赤な熱を吐きだす——「飛行管制センター、もう一回いってみるか？」

「できれば撤退しろ——充当度が落ちてきている——生体社会コンピュータ内でからみあうパルス列ベクトルが苦痛のモアレ・パターンを放射している——」熱と圧力で焼け焦げた爆撃機はブツブツいう地表の上を猛スピードで突き進み、液体と化し、爆発して毒ガスの烈風となっていく——

専門的解説（Ｉ）

【社会コンピュータについて】基本的に人間の社会はすべて、コンピュータの原則すなわち二進法（オン／オフ）の論理単位に基づいて機能する機械である。この二進記数法は社会フォートランで快楽／苦痛を原則として表現される、あらゆる相関物（賞賛／非難、好き／嫌い、感嘆／軽蔑、尊敬／嫌悪、熱狂／無関心、やあ-こんちは！／このむかつくチビ野郎-とっとと消え失せろ、など）によって規定されている。あらゆる社会的集団は、おおよそのところ社会フォートランに翻訳することができるのだ。社会論理単位（取引にかかわる人のこと）は遭遇時のインプットおよびアウトプット・リードとなり、長いパルス列の伝達に介在して感情チャージを伝える。遭遇は関係する単位の意思によってなされると考えられがちだが、じつはそうではなく、場所も時間もコンピュータの事前の状態に応じてプログラムされるのである。パルス列は、それを処理・伝達する単位より長生きで、いつまでも残る——だから社会生活の基礎構造というものが存在するわけだ——社会パルス列は、社会時空を飛び交うベクトルと絶えず交差している——

【ベクトルについて】人生とは耽溺することなり、と見抜いたのはウィリアム・バロウズである。生きているということは、なにかに——ひとつとは限らないが——溺れ、常習者になることにほかならない。なぜなら、世界という枠組内特有の表現をもちいれば、意識すなわち耽溺だからだ。これはスカラーではなくベクトル、受動的スクリーンではなく所定の瞬間の方向と力である。物質がそれと結びついたベクトルなしには存在しえないのとおなじで、意識もベクトルなしには存在しえない。物質的・肉体的罠に落ちた結果生ずる〝絶対的必要性の代数〟は特定の環境に固有のものであり、強度のみが変化する。故に、東洋哲学では意識を〝欲望のかたまり〟とみなすのである。快楽／苦痛のさまざまな事例、相関物はすべて〝経験〟の範疇に包含されるため、人はみな経験耽溺者であるといえる。社会パルス列は、欲望ベクトルの通過を許可するか阻止するかという、単純なオン／オフ原則によってなりたっている。ベクトルが前進できると快楽が感じられ、ベクトルが止められるか一方にそらされるかすると苦痛が感じられる。ベクトルを止められる、あるいは一方にそらされると、基本的存在が傷つき、苦痛、失望、そして自意識の喪失を経験する。肉体的苦痛は、前進を阻止された、生物学的身体健全性ベクトルである――その他の苦痛は前進を阻止された欲望ベクトルである――サイエントロジーでは、失うばかりでなにひとつ得るものがないと人は感情状態段階《トーン・スケール》を悲嘆――無気力――死へと下っていくとされる――

ほとんどのベクトルは二次元社会空間に整列している――つまりコンピュータすなわち人間社会に向かって並んでいる――二次元空間は通常、社会コンピュータのオペレーションに欠かせない条件で、球の表面に一単位の厚さでひろがっている――よって、ベクトルは利用しうる経験‐素材をもとめて互いに調和し対立する――あらゆる人々の生物学的エネルギーおよび相互の感情的欲求への耽溺は〝極端に維持しがたい状況〟（引用）（バロウズ『ノヴァ急報』の一節）を生じさせる。高温高圧がもたらすストレスにさらされると、人々はゆがんだベクトル、折れ曲がったベクトルなどさまざまな戦略に訴える。二進法のパルス列は社会時空をモアレ・パターンを描いて通りぬける――ベクトルが調和する――レーザー・ビームは占有不能状況を回折する――プレッシャーがかかって会話が途絶えると、論理単位はソースコードがやばくなっていると感じる――極端な危機的状況だ――そうした場合に用いられる、きわめて重要な生命維持テクニックがヴァーチャル・イメージである。

【ヴァーチャル・イメージについて】ヴァーチャル・イメージとは、物体がそこにはないのに、あるかのように見えている像のことである――たとえば鏡に映った像は、鏡の裏から放射されているように見える――レーザー・ホログラムもさまざまな角度から見たヴァーチャル・イメージをつくりだす――絶対にどうしても欠かせないのは、パルス列を途中でさえぎることのできる耽溺した論理単位である——論理単位がパルス列をさえぎるには、効果的なアウトプット・リードすなわちベクトルがなくてはならない——炉の温度があがり、圧力が高まると、パルス列はからみあって苦痛モアレを描く——この段階になると伝送ラインがつかえはじめて、どこもかしこも、ねじれたベクトルやゆがんだベクトル、逆向きのベクトルばかりになる——状況はほとんど最悪で、論理単位は空気不足で窒息寸前——そこで論理単位はこの状況を切りぬけるのに必要なある種のパワーを供給してくれるゴースト・ネットワークを構築するためのヴァーチャル・イメージを獲得しようと奮闘する——ヴァーチャル・イメージはその現実度で評価され、たいていはずっと昔に死んだ実在の人物から生じるものである——論理単位たちは残された入手可能な素材の所有権を確実にしようと有効なヴァーチャル・イメージを必死でもとめるが、残された素材といってもこのころにはもう、へどがでそうな馬糞の山としかいいようがないやつだの、バロウズいうところの〝女装して救命ボートに駆け込む〟(「ルーズベルト就任顛末記」の一節)みたいなのしか見つからない。

【炉について】炉とは、緊張・圧力・熱によって化学変化をもたらす、閉じられた空間のことである——人間社会はどれもみな炉状態で、設定レベルに差があるだけだ——社会コンピュータは、論理単位の反応を明細に記すため、論理単位を調理する炉のなかに含まれるようつくられている——どんな刺激でもかまわないが、その刺激にたいする反応はプログラムされたものが四、五種類あれば行為としては安全なレベル、と一般的にはみなされている——したがって、コンピュータ内部の状態はその外側にある炉の単純な数種類の操作でコントロールすることができる——たまに宇宙からやってきた生物が通りすがりに、うまい料理が食いたくて、このコントロール機能を使うこともある——化学変化の度合いはすべて圧力・緊張・熱の組み合わせできまり、特定の耽溺状態が合成される――多くの場合、炉内の空気は名状しがたいものである――ベルゼンやブーヒェンヴァルト（ナチスの強制収容所があったところ）の炉はまさにドイツという炉の儀式的シンボルだ――じつのところ、イギリスの応接室《ドローイング・ルーム》（食堂で男性が食後、喫煙する際、女性は応接室にさがるという習慣があった）という儀式的炉とたいした変わりはない――しかしながら、炉のもっとも重要な機能は、室温程度の温度でもウイルス並みの効率でヴァーチャル・イメージを増殖させることである。

白熱にきしるレンガづくりの子宮口には頑丈なヘルメットをかぶった残忍な衛兵どもが配置されていて、かれらに炉のなかにほうりこまれたが最後、逃げだせた者はひとりもいない。なかにいる者にとって後にも先にも唯一の緩和剤は、その筋の権威の説によれば、任意のスイッチの切り替えだということだが、もちろんそう知らされたところで、なかの人間は手も足もだせない。銀河の裁判官たちはたまに罪人をヴァーチャル・イメージのなかに吸収させてしまえと命じ、その存在を見事に消し去ってしまったりもする――

「政府発行のパルス列、一個まえのバージョン、買わないか？　水素融合炉の設定用だけど、彼女が両足おっぴらいてあんたにまたがってるときに、オーガズムのどまんなかで使ってみなよ――」オゥーオウーオウーオウーオウ、オオォォォォーッ、ファアアアーック……

おれを責めるな

「おれたちにチャンスあんのか、エド？」

エドはなにやら考え事をしながら四次元グラフ用紙にいたずら書きをしている。

「チャンス？　チャンスだと？　この罪深い宇宙じゃ、だれにもチャンスなんぞない」エドは咳き込みながら紙束から灰を吹き飛ばし、唾や鼻汁でぐしょぐしょの顔を手でぬぐった。

「でも、いったじゃないか――」

「ああ、いった、いった！　きいたことをなんでもかんでも信じるな。もうちょっと酒、飲ませろや」エドはよろけて、ゴットラム教授宛の小論文をばらまきそうになった。

少年は安物の赤ワイン《レッド・ビディ》のボトルをわたしながら、錆びたブリキ缶をわきへ蹴飛ばし、薄いジャケットのまえをかきあわせた。風が荒地を切り裂くように吹き渡る。どう考えてもこれは冬場の暮らし方じゃない。

最近、少年はエドに失望している。爺さんの話をきいてもまえほど胸が躍らない――不機嫌だし自分勝手だし――少年はためいきをついた――こんな飲んだくれの年寄りなんかうっちゃって、薄汚いレインコート姿で死のうがどうしようが、ほうっておいたほうがいいのかもしれない――あの古びた骸《むくろ》には気のきいた警句もろくに残っちゃいない。

「とにかく四色問題を解いたやつは、ひと晩にして世界的有名人になるんだ」エドは夢見るようにほほえんだ。円積問題（与えられた円と等積の正方形をつくれ、という作図不能問題）を捨てて四色問題にのりかえてから、もう十年になる。

「おれにビディを飲ませりゃ、世界の秘密の教義を教えてやる」とエドはいった。「おまえに必要なのは信仰だ。信じれば何事も簡単になる。信じるんだ、神はいる、そして神の第一のモットーは、カモに五分五分のチャンスをやるな、だとな。それがわかってりゃあ、絶対に失望することぁない」

「まえにもきいた」少年はいらだたしげにいった。「何年もまえにね」

「おい、おれを責めるなよ」不機嫌なしかめっ面を呑み込んで、エドは少年の焦げ茶色の瞳をのぞきこんだ。また心臓が痛みだした。こないだの自殺未遂からやっと一年弱。あのとき、このクソガキはなにをした？　走っていって救急車を呼んできやがった。そして外科医が新しい心臓を移植した。あぁまったく近頃はだれも尊厳ある死を迎えられないときてる……。いまじゃ頭痛に悩まされっぱなしだ。マスターベーションなんぞしようものなら新しい心臓はもたないだろうし、ペースメーカーを買う金もない。あのあと数週間、エドは被保護者たる少年と口をきかなかった……少年が無頓着さに欠けるとわかって失望したからだ。

「どうせ解けやしないくせに」少年はしれっといった。「いかさま爺い！」

「そうきめつけるな。おれの昔なじみのグラフトン・ストリート・ガスのことは話したっけか？　パラグアイの大統領をやった男だ。第十四代終身総統《エル・スプリーモ》にして突撃隊長、はたまた内部空間《インナー・スペース》大艦隊司令官なんぞと自称していた。そうなんだ、やつはわが国には内部空間に錨をおろした宇宙艦隊があるといってた。いざヤンキーどもと対決のときがきたって、やつらにはおれたちは絶対に見つけられんが、こっちは特殊レーダー・セットでやつらの居場所はいつでもお見通しだ、ニュース・メディアを細かくチェックしてな――」

「たのむから陳腐な話は勘弁してくれよな」

「おまえの欠点は想像力に欠けるところだ。奇抜な解を見つけようという気力がない。ひとつ、おれの昔の知り合いの話をきかせてやろう。そいつは、生まれてこの方きいたこともない最高にすごいアイデアの持ち主だった」エドは苦しげにぎゅっと胸をつかんだ。「前口上ははぶくとしよう……けっきょくな、そいつはある日、かかりつけの精神科医にいったんだ、問題の答えがわかった、ヘリコプターを買うことだ、とな」エドは笑った。「みじめったらしい間抜け野郎が生まれてはじめて操縦席に座った姿を想像してみろよ——強烈な下降気流——スキッドが浮きあがる——ヘリが地面を離れて上昇していく——眼下にすべてが地図のようにひろがり、どこでも好きなところへいける——そうとも、やつのいうとおりだったんだ」とエドは締めくくった。「まったくもって天才そのもの。答えは、まさしく、ヘリコプターを買うことなんだ」

「ほんとにどうしようもない耄碌爺いだよ、あんたは！」少年はためいきをついた。

——炉はたえず幻覚をつくりだしている——エドは夢見るように、遠い遠い若き日、あるパーティにいったときのことを思い出していた——その席では自分が無能に思えた——「こちらはエド、すごく頭のいいやつで、『数学ジャーナル』に記事を書いてる」——セックス・ベクトルが蜂のようにブンブン部屋のなかを飛び交う——エドは人の手から手へわたされていったが、つねに三人称でしか呼ばれなかった——急に凶暴な、いまにも爆発しそうな気分になってきた——もうこれ以上、じろじろ見られるのには耐えられない——「おれにヴァーチャル・イメージを投影するのはやめろ！ **このクソバカども！**」——部屋を走りまわって、だれかれかまわず蹴りかかった、男にも女にも松葉杖にも——パーティは野次と笑いのうちに崩壊——

眩暈。頭のなかでたたまれ、ひろがるイメージに魅了されて、エドはつかのま目を閉じた。グラフトン・ストリートに並ぶ下宿やアパートの部屋がちらりと浮かぶ。原色のすじが走る白い部屋のなか、キャンバスに慎重に絵の具をおいていく少女。その数ヤード先、壁のむこうでは、赤いカーペットの上で電気の炎が輝いている。そばのカウチには静かに揺れる裸体がふたつ、大きなカニを思わせるかたちにからみあっている。

「そこにもってるのは『ファイティング・ラボラトリー・ストーリーズ』か?」横目で見ながらエドはいった。「そいつを見ると、おまえにカバラ科学を教えてやると約束したのを思い出すなあ。ジグザグ走る稲妻、エネルギーの連続的振動は、もっとも高密度の触知可能な物質とおなじ回路上に絶対者をもたらすんだ。おまえが避けなくちゃいかんのは、この絶対者、ケテルだ。魔術師がいうとおり、ケテルをもとめすぎると自殺だの精神分裂だの、悲劇的結果を招くことになる。それもそのはず——ケテルは負の存在をおおうヴェールと触れあっているんだ。否定性の世界にベクトルはない。成功したいならベクトルをきちんと整えておくんだぞ、小僧」

「ベクトルなんかクソくらえだ!」少年はまた雑誌を読みだした。雑誌のなかでは〝X線の眼をもつ男〟が、鉤爪をふりかざして迫ってくる、ぬるぬるの粘液をしたたらせた緑色の怪物だの、宇宙から降ってきた異星のロボットだの無数の恐ろしい敵と戦っているが、それはすべて無分別な実験が原因の自業自得の災難なのだ。

「もうだれも、なんの関心もないってことか」エドはメモを書き込んだノートにビディをこぼした——メモの多くは荒地に散らばる前進を阻止されたベクトルだ——ひとり地下室に座って、けっしてかなわぬ夢を見ている老人——欧州の丘の上の小さな村に住む娘、もう若くはないが、人に会ったこともなければ村からでたこともない——どういうわけか、いつも冬の午後五時で、松の木立が最後の長い影を投げかけ、池の水は冷たく、静かだ——彼女はいつもおなじ時間に家に帰る——空気にはほのかにスパイスの香り——爆撃機が炎をあげて底なしの穴に突っ込んでいく——

エドはぼそぼそひとりごとをいって、鉛筆書きのメモをじっくりと読みはじめた。

〔定理3・1・1〕——七月の生暖かい、ため息まじりの夜——オマハのベッドルーム——月の光が窓から射し込み、ひとり寝の若い男の顔を照らす——一羽の鳥が窓ガラスめがけて飛んできたと思うと、バタバタ必死に羽ばたいて消えていった——男は飛び起きた——

——これはみんな自分が引き起こしたことだ——男は木々のざわめきをききながらベッドに横たわった——男は恐怖心を抑えられずにいる——窓の外から高く低く不気味な吠え声——男は痺れたように動けず、声もだせなかった——必死のあがき——巨鳥《ビッグ・バード》が窓に向かって突進してきた——こんどはどんどん近づいてきて男の意識のなかに飛び込み、男の心のなかをバタバタ飛びまわった——

——「入口を見つけたぞ、入口を見つけたぞ！」——

——男はやっとのことでのどの奥から嗄れ声をしぼりだして鳥を追い払った。男は眠れぬまま夜明けに起きだして散歩にでた。田舎道を何マイルか歩いた頃、これまで見たことのないものを見つけた。コンクリートの滑走路のそばにカモフラージュされた低い建物群が並ぶ無味乾燥な施設。離陸待ちの八ジェット爆撃機がずらりと並んで、耳を聾するエンジン音を轟かせている——なにもかもが排気熱の陽炎のなかでゆらいでいる——走りすぎていく爆撃機の胴体に謎めいた数学記号が書いてあるのが見えた——

〔定理4・88・20〕宇宙ロケット、四単体号《4-シンプレックス》が、きょうケープ・オズワルド*から史上有数の

*多くのニュース・メディアがまちがった名称で呼んでいる——わたしが知りたいのは、だれがだれを撃ったかだ——あれはだれの犯行だったのか？——もしケネディがオズワルドを撃ったのなら、ケープ・ケネディと呼んでもいいのだが——

長期ミッションに飛び立った。４－シンプレックスは惑星や小惑星をめざしているわけではない。行先はなにひとつ存在しない深宇宙で、十年まえ司令にそむいて帰還を拒否した宇宙飛行士たちの行方を突き止めるのが目的だ。

グリューバー司令官は打ち上げまえにインタヴューをうけている。かれらは測地学的飛び地に消えてしまったのでしょうか？　グリューバー司令官答えて曰く──「われわれは、あるマルクス主義者のパルス列がわれわれの機器類のアクセスをブロックしているとの情報を得ている」

後日、ＮＡＳＡ長官エヴェラード博士はケープ・オズワルドで、過ちを犯した宇宙飛行士たちはどこに問題があったのかと質問された。なぜかれらは非典型的精神状態に陥ったのでしょうか？「われわれは大量の補充要員を確保するために適格審査基準をゆるめすぎた、わたしにいえるのはそれだけだ──あんなちゃちなハードウエアで、これ以上どうしろというんだね？──最初は基準も厳しかった──宇宙飛行士は何事にも動揺せぬよう、鋼鉄の神経をもち、想像力は皆無の人間が選ばれていた──たとえばだ、月面に立った人間がまずはあたりを見まわして、それからいざ本格的に観察をはじめたとしよう──地球を見あげた、さあどうなる？──母なる地球から切り離された人間に必要なのは、強烈な母親中心主義だ、それで潜在意識下のへその緒を維持するんだ──『おれは、まったくはじめての場所に立っているわけじゃない』──われわれの目標は太陽系を支配することだ──そのためには、へその緒が必要なのだ──将来、宇宙飛行士は想像的思考力を削除されたサイボーグがつとめることになるだろう──」

ロンドンの王立天文台長は、これをうけてつぎのようにコメントした──「ご明察。もし知性あるものが乗船していると思ったら、わたしは宇宙へいくのは遠慮させていただきますな」おなじくロンドンの惑星間協会会長は、停滞はしているもののまだ宇宙飛行の可能性を信じている、それは「おそらく百年以内に」実現されるだろうと述べた。

耽溺ビジネス関係者——行政、新聞、いくらかでも公共の利益優先を心がけている一般市民——はライバルの作戦を麻薬か新しいイデオロギーかなにかのように恐れていた、なぜならそのなかに自分たちの根源を脅かすものを見てとったからだ——

大統領は指先でコツコツとデスクを叩いていた。「ジョー、この社会パルス列というのは、どう作用するんだ？」

「それはですね、大統領閣下、ひとりの論理単位がパルスをうけとる場合、そこで快楽か苦痛かの感情の充電が行われるわけです。その論理単位はそれを蓄えておき、似かよったシチュエーションに遭遇したときに放電して、他者のベクトルを止めたり無力化したりします。そういうふうにして社会的活動が無限に繰り返されていくのです——人は傷つけられると、つぎにはだれかほかの人間を傷つける、というわけですよ。むろん、充電から放電までには相当の期間が経過する場合がありますから、時間ベースはかなり複雑になります」

「そんなものなのか？」

「はあ、まあ……」顧問はおちつかなげに身じろぎした。「もちろんいまのは単純化したかたちでして。パルスは蓄えられているあいだに、しばしばなんらかの処理をうけます——感情の定量化が簡単にいかない場合もありますし。ときにはパルス列が処理過程で力を失って消えてしまうこともあります。しかしながら、停止列はほとんどの場合、高利得になります」

「つまり相当な量の情報の蓄積ということだな、ジョー」

「イエス・サー！　それこそがわれわれに必要なものなのです、大統領閣下――ストレス度の高い情報です。水に対して抵抗すれば圧力は強まっていきますが、われわれはそれでもペースをまもらねばならないということをお忘れなきよう」

大統領は、小説のなかで会話のつなぎによく使われるしぐさを意味もなくつぎつぎに繰りだした――煙草に火をつけ、林檎をかじり、あごをなで、指先でコツコツ、デスクを叩く。「ふうむ。そこで、例の端末のことだが……」

「はい、それが最大の問題です。いまのところ、数単位が苦痛充電の端末として働きはじめているようでして、他人に苦痛ロードをわたすのを拒否しています。あの若い女もそのひとりです、なにしろ通りのどまんなかで服を脱ぎ捨てたのですからな！　この手の論理単位は苦痛停止を構成することで本質的に反社会的になり、圧力を作業レベル以下にさげてしまう――コントロール不能――船にどんどん水がはいってくる――」

「われわれはどう対処しているんだね、ジョー？」

「はあ、一部の端末は特定可能です。先週、州兵を装ったＣＩＡ諜報員が以前から特定されていた大学のキャンパスの端末を十二人、射殺しました。そのほかの主な戦略として、端末を挑発して充電した感情を純粋なフラストレーションとして他者にわたす、あるいは他者とやりとりするようにしむけ、ふたたびパルス列の苦痛モアレにいれるという策をとっております。むろん、街中では音波振動も使っております――一部の波長は耐えがたいストレスを生じさせ、まわりの人間はそいつをよってたかって袋叩き――」

「細かいことはどうでもいい！　成果はどうなんだ、成果は！」

「成果はあがっておりますとも——まちがいなく有望と思われる徴候がでております。自殺率が上昇していますし、きのうは大学の反戦活動家どもが警官をひとりなぶり殺しにしています——」

大統領は顧問にむかってにやりと笑った。デスクの下では足がジグを踊っていた。

「成果だ！　成果！」

ほんとうの正解は？　ほんとうの正解は、外部の炉のコントロールを徐々に掌握して、圧力・緊張・熱を増大させることだ。


——飛行管制センターは、どの部屋もいたるところ蒸気が漂っている——ずらりと並ぶ簡素なパン焼き炉の上では電圧がブンブン唸っている——

「長距離飛行隊が誘導をもとめていますが、教授——どう指示すればいいでしょうか？」

——ぐでんぐでんのゴットラム教授が狂気漂う目をあげた——「なんだ、貴様は。基礎訓練おわりたての腑抜けの優等生かなんかか？　なんとでもいっておけ、このばかものが！　宇宙じゃあ、押しの強い連中が無数の惑星に炉をつくっているんだぞ——」

——教授は助手たちを押しのけ、グラフ用紙をまきちらしながら、千鳥足でディスプレイ・スクリーンに向かって歩いていった。まわらぬ舌で数字を読みあげようとする——

「どこかのだれかが、なしとげるんだ——宇宙のどこかのラボで——」

大統領は鼻にかかった声でとろとろとしゃべっていた。「軍事産業連合体の強大な力はどこへいった？　この数学・空軍連合体はどうも虫が好かん……。縄張りをのっとられそうな気がしてな」

ジョーが重々しくうなずき、一本五十ドルの葉巻を吸いつつ指先でデスクをドルルンドルルンと叩いた。「ソヴィエトがいっさい飛行命令をだしていないとわかったときから、われわれは気づいていたんです。なぜだかおわかりですか？　かれらはパルス列を完璧にコントロールしているんです。かれらの炉には、ひとつのひび割れもないんですよ」

コントロール力が低下しているときには、試験官を送り込むのが効果的だ。最近、なにかと質問されることが多いのにお気づきだろうか？　試験官は、生活全般の、以前はなんの干渉もうけなかった面にまでずかずか踏み込んでくる――「あなたはなぜそこに住みたいのですか？　その理由をきちんと説明できますか？　なぜその仕事をしたいのですか？　ご自分で適任だと思いますか――いや、つまりそれだけの能力があるかということです――あそこにいるあの方は二十種類もの免許をもっていましてね――二、三、適性検査にかんする質問にお答えください――」いったん居場所を確保すると、かれらは人の一挙手一投足すべてを審査しはじめる。受験者が神経を集中させなければならない場面では、そのようすをじっと観察して、相当に押しつけがましい意見をメモする。

初期訓練のひとつに、人を軽蔑しているような雰囲気を発散させる、というのがある。ほとんどの場合、試験官はまず、基本的素質に問題があるようなことを匂わせる。「この車にのっていたのではチャンスは少ないと思いませんか？　それはもう、このままこれでいきたいとおっしゃるなら、それでかまわないのですが……。あそこにいる女の子に話しかけたい、なんて思いませんか？　あなたのお人柄と……そのお、容姿だけで、あの子があなたに興味をもつと思いますか？　それはもう、やってみなくちゃわからないとおっしゃるなら――」

「どうしてそんな歩き方をしているんですか？」

「そんなにしょっちゅうトイレにいかなくちゃならないんですか？」

「もっとふつうの声でしゃべれないんですか？」

「そんなへんなことを習慣にしているのはあなただけですよ」

試験官は落第証明書に痛烈な所見を書き込み、それを受験者にわたし、受験者はそれをちゃんととっておいて毎日読まなければならない。それで二、三年もすると、一般市民はみんな神経衰弱か、よれよれのショック状態になっている。

——みなさん、ダニー・バーローに敬意を表して帽子をおとり下さい。彼は運転免許試験に十二回落ちたのち、死の願望にとりつかれ、十三回めに車を故意に衝突させて試験官を道連れに即死——全試験官に告げる——試練にさらされつづけると崩壊する論理単位あり——耳ざわりな電気音声がぎゅう詰めの摩天楼街に鳴り響く——

ジョーは深々と葉巻を吸った。葉巻の先が真っ赤に輝いている。「SACで四色プログラムを走らせている連中がいる、そしてかれらは炉からの脱出可能ルートの発見を成功とみなしている、それが事実です。これは地球空間の連結性の問題なのです。仮に五色を必要とする地図がありうるとしたら、通常の時空状態での閉じ込め方法は絶対的とはいえないかもしれません——子宮口の衛兵はどこにでもいるわけではありませんからな——もしそのルートが発見されれば、圧力がさがることになります——全試験官に告げる——」

「ちくしょう」大統領はゆっくりとうなずいた。「ちくしょうめ」

「心配ご無用。なにも見つかりはしませんよ。五色地図などありえない。閉じ込め方法は一般的空間状態においては絶対的なものです。条件付けの手法も完璧にして決定的。強制－耽溺－非難の連続的プロセスから逃れるすべなどありません」ジョーは赤熱する葉巻を大きくひらいた女性性器のような形の灰皿でもみ消した。女陰はもだえて蒸気を噴きあげた。「フェラ野郎の現実逃避の赤どもに逃げ場があってたまるか、ちくしょうめ」

——

〔定理9・56・7〕クラッド師の重々しい足どりに、教会のステージはかすかにゆれていた。クラッド師は説教壇にあがると頭巾をうしろにおろした——粗野な顔立ち、ごつい顎——驚くほど青い瞳「キリストの兄弟姉妹たちよ」——最前列にはくちびるをきつく結んだ小柄な老嬢たち——「きょう、〝自由のためのファントム戦闘機団〟は、この地を守るために、命をささげようとしている」——測地線がカーヴを描いて教会を通り、電圧がかかった——炎につつまれた爆撃機群がKKK団員と嘆く黒人たちを描いたステンドグラスめがけて突進してきた——「この地最高の権威を守るためだ」——「それもこれもベトナム野郎や中国共産党員どものせいだ」——「黒人を殺すのは罪でもなんでもない。なぜなら、神の目から見れば黒人は犬ころとおなじだからだ」——

　クラッド師が馬鹿力で握りしめているせいで説教壇の手すりがキーキーいっている。彼はジョー・ハッケンバックのことを思い出していた。真っ正直で神を恐れる、りっぱなKKK団員だったが、何年まえだったか、休みの日にシカゴにでかけて自動車事故に遭い、タマをふたつとも潰されてしまった——で、担当の外科医が初の睾丸移植に踏み切った——左の睾丸は警官に撃ち殺された黒人から、右の睾丸はホンコン生まれの沖仲仕からとった——さてさてその後、ジョーの女房がつぎからつぎへと黒人や中国人を生んだのだが、だれもジョーが父親とは思わなかった――「われわれ全員への警告なのだ」

テレビの一シーン――カメラがコンクリートのひろがりから、ヴァルチャー爆撃機の猛禽の嘴の下に並ぶ飛行服姿のがっしりした若い男たちにパンする。「五つめの色の国は共産主義者の隠された飛び地か、さもなければエンリケ航海王子やヴァスコ・ダ・ガマが捜しもとめた伝説のプレスター・ジョンのキリスト教王国だという説について、コメントをいただけますか？」

「どーっちだって、おなじだろー？」青い目のパイロットはいった。とろんとした、のろくさいしゃべり方だ。「共産主義連中の飛び地だろーが、教皇の腰巾着どもの王国だろーが、見つけしだい爆撃して石器時代にもどしてやるだけの話だよー」

〔定理652・1・1〕世界法律基金の秘密会議室のことを知る者は、世界ひろしといえどもほんのひと握りしかいなかった。非凡なる建築の才をもって地下百マイルにつくられた会議室の壁はほぼダイヤモンドに匹敵する特性をもつ強化カーボン製で、コンクリートとマイカおよびアスベストの層で仕上げられていた。この壁がアーチ層を形成して、地球マントルの圧力を押しとどめているのだ――その働きぶりには天空を支えるアトラスを彷彿とさせるものがある――

地表からのエレベーターは七時きっかりに到着。三十人ほどがぞろぞろ列をなして静かに会議室にはいり、席についた。講師があらわれ、前置き抜きで講義を開始した。もの静かで冷静な口調だ。眼差しは穏やかだが、どっしりしている。背は低く、スリムで、黒髪に白いものがまじり、あきらかに実年齢より上に見えて、申し分ない落ち着きをたたえているが、疲労感は隠しきれない。どう努力しても克服しようのない疲労——

「共産党はその全盛期には、純粋なる意思を貫徹した運動として史上数少ない成功例のひとつと評されていました——そこできょうは党の成功の秘密と最終的失敗の原因について吟味してみましょう——」

——講師はひと呼吸おいて、軽く咳をした——

——「党がまず考えたのは、ゆるがぬ意思を保持することでした。党はコンセプトの絶対的正確さ、およびほんのわずかな偏向も許さぬ冷酷さを要求しました。左への偏向も右への偏向も容赦なく切り捨てられ、偏向者は降格、追放、もしくは抹殺されたのです。チェスワフ・ミウォシュは『思想の微細な差異がなんの結果ももたらさないという考えに固執しているのはブルジョワだけだ』と書いています。『党はしかるべきものが生じることを知っている……前提条件のほんの小さな端数のちがいが、計算がおわったときには眩暈がするほどの差になっているのだ』——この故に、行動の倫理体系は管理へと向かったわけです——


こうした手法の欠点は、運動のもととなる哲学的基盤あるいはその科学的分析になにか誤りがあると、それが最後の最後まで生き残って、最終結果に大きなゆがみや奇形というかたちであらわれる、という点です——

世界法律基金は、人類を救うという党の使命の継承者を自認しています——いかに追いつめられようともです——基金は自らに非常にきびしい基準を課していますが、それでもなお条件つきで正しいのではなく絶対的に正しくあらねばならないのです——基金は、党の無敵の意思とともに、最初の誤りを正す能力をあわせもつことを自らに要求しています——このふたつは、ほぼ共存不能に近い組み合わせでありますーーではありますが、不動の決意と、ベクトルを再編成して意図的誤りを修正する能力との折り合いをつけることこそが、成長をとげた意思がクリアすべき最終試験なのです」

講師は基金の特殊用語を駆使して、ユニークな研究にもとづく世界秩序形成計画の概要を語っていった。彼の存在全体にしみわたる、だれの目にもあきらかな実存的疲労が、彼の注意怠りなく張りつめた神経に影響を与えるようなことは、いっさいなかった。

「では、質問をうけつけます」

ひとりの男が立ちあがった。が、その瞬間、ちょっとした地質学的出来事が原因で周囲の玄武岩がずれ、緊張を強いられていたカーボンのアーチが凄まじい圧力をそれ以上支えきれなくなってしまった。壁に最初にはいった亀裂から、焼けつくようなマントル熱の波が押しよせてきた。まずエレベーターのシャフトが壊れ、かれらの頭上でダンボール箱みたいに潰れた。つぎの瞬間、地球のマントルが流れ込み、会議室もその中身も高密度の熱い岩石の堅固な連続体へと融合していった。

〔定理625・1・2〕地下深くの部屋の崩壊は、モニター437号のトレース記録にごく些細なよじれとして表示された。彼は探測装置のかすかなエコーに耳をそばだて、受像機の再構成スクリーンに積み重ねられていく断片的映像に目を凝らした。そしてそれを無視することにした——どう見てもただの地質学的変動だ。政治がらみの出来事ではない。彼は警戒を強めて、かすかな反響やピーンと音をたてて拡散していく遠いエコーをつぶさに調べ、それが洞窟や建物、高速道路、航空路を通り、大気圏外へと抜けていくのを感じとった。

モニター437号は地球の表皮わずか半マイルのところに埋め込まれた数千にのぼる論理単位のう

ちのひとりで、かれらの信号電波は地下を、地表を、そしてそれを取り巻く空間を駆けめぐって破壊活動分子の根城を捜していた。突然、イヤホンにカチッというかすかな音が響き、つづいて行政監督官の耳ざわりな電気音声がはいってきた。

「なにかあったか?」

「あるいはと思うものがひとつ」モニター437号はくちびるを舐めた。十分ほどまえからかすかなエコーを拾っていて、それをなんとか映像化しようとしていたところだったのだ。

「このまま待つ」

うっすら汗ばんだモニター437号は洞窟スコープを調整した。電波は花崗岩や頁岩やコンクリートのなかを突き進み、お天道様の目を盗んだ活動を捜しまわった。「地下です――かすかですが、わたしの担当区域の端のほうで――奇妙な音が――」

「つづけろ。このまま待つ」

「地下の――小さな部屋――なにか妙なことが進行中です――」映像を鮮明にする――「手術室です」――声に軽い失望がしのびこむ――「どうやら臓器移植を観測していたようです」

カチッ。「なに? いまの言葉を繰り返してみろ」

「臓器移植《オーガン》です――男女手術ですね――生殖器を交換しています――」モニター437号は全身にぞっとふるえが走るのを感じた。

行政官が冷ややかなざらつく声で報告を断ち切った。「オーガンすなわちオルグ・アン、これは基金の専門用語で、制度化された敵意もしくは組織的憎悪を意味する言葉だ――いまの破壊活動分子用語の使用は見過ごすわけにはいかんな――」

「いや、そんな意味でいったんじゃありません！——」

カチッ、カチッ——「精神面に意図的傾向はない——無意識のうちに破壊活動分子の思想をうけいれていたということだな——これは見過ごすわけにはいかん。正式に記録に残すことになる——モニター、注意を怠るな——」

ショックをうけたモニター437号は返事をしようと口をあけた——カチッ——彼はひとり取り残され、狼狽をかかえたまま汗をぬぐおうともせず、探測装置のピーンという音や冷えびえとしたハーモニーに耳を傾けていた——

専門的解説（II）*

四色問題で使われるトポロジーの専門用語では、国は面、国と国との境界線は弧または辺、境界線が集まる点は頂点と呼ばれる。この問題は、国を弧（すなわち線）でつながった交点または頂点からなる網《ネット》またはグラフに置きかえて考えることができる。その場合、色が塗られるのは頂点ということになる。どんな地図も、それぞれの面のなかの一点をとって共有する境界線すべてをとおる弧で結んでいけばグラフに転換できることは容易にわかっていただけるだろう。以下に述べる論は地図よりグラフのかたちのほうがわかりやすく視覚化できるので、原則的にこの用語を使うことにする。

四色問題の本質を把握するのに便利な方法といったら、もちろん色を塗ること、これに尽きるのだ

＊数学に興味のない読者はこの章はとばしてもらっても、さしたる支障はない。

が、四色問題は連結性の強さの問題でもある。地図もしくはグラフの相互連結性の度合いは塗り分けに必要な色の数できまる。ごく単純なケースをあげれば、連結する頂点が二つあれば二連結性、互いに連結しあう頂点が三つあれば三連結性、四つあれば四連結性ということになる。このような単純なケースでは四連結性以上には進めないのはあきらかだ。なぜなら、ひとつの頂点を三つの頂点が囲ってしまっているため、五つめは入りようがないからだ。

しかし図1では、四色問題を証明したことにはならない。もう少し複雑なグラフで考えてみよう。図2のグラフでは、小さい部分はどれも相互連結している頂点は三つ以下だから三色あれば塗り分けられることがわかる。しかし、全体をひとつとして見ると、四色以上なければ塗り分けることはできない。そこから類推すると、非常に複雑なもので、小さな部分では四連結性までしかなくても、全体では四連結性を超える地図あるいはグラフが存在する可能性が考えられる。これと同様のことは、三色しか使えないと仮定した地図を使って、すでに十九世紀には論じられていた。

　五色地図があるとすれば、おそろしく複雑なものでなければならないはずだ。

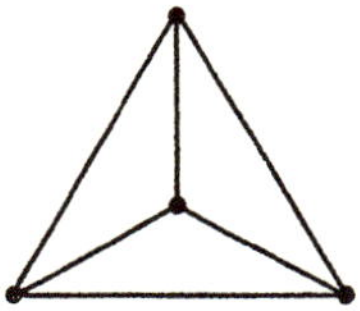

図1

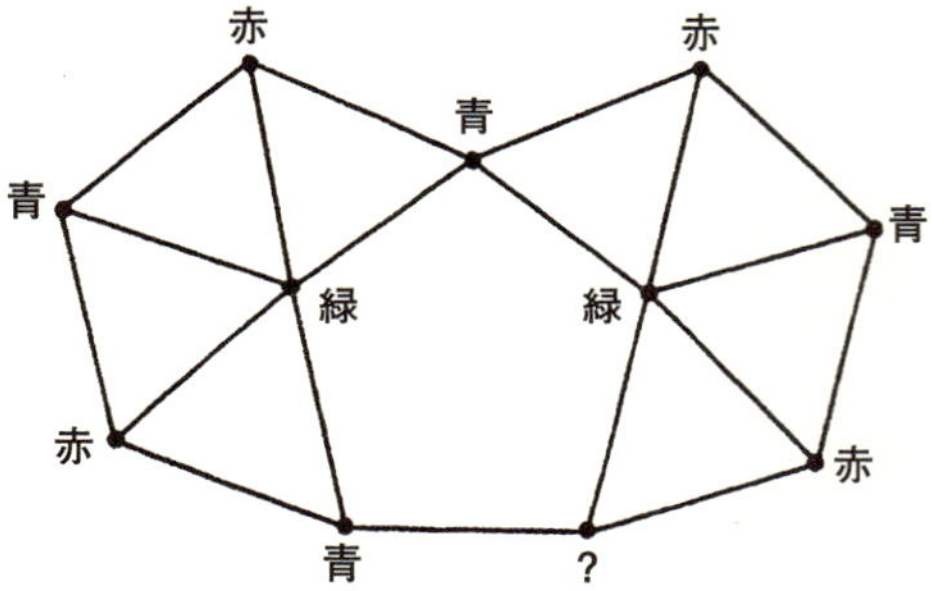

図2

四色問題を解くための労力の大半は、グラフを基本構造に近づけるために頂点を削除したり併合したりしてグラフを単純化する、あるいは縮小する作業に費やされてきた。さて、そういう視点で図2を見てみると、このグラフには二本の軸のまわりに頂点の環ができていること、そしてこの環は連結性を犠牲にすることなく縮小することができるのがわかる。したがってこのグラフは図3のように色分けできることになる。

　また、おなじ緑の頂点はひとつに併合できるから、グラフはさらに縮小されて図1とおなじになる。四単体――四面体とも呼ばれる――の二次元表示形だ。

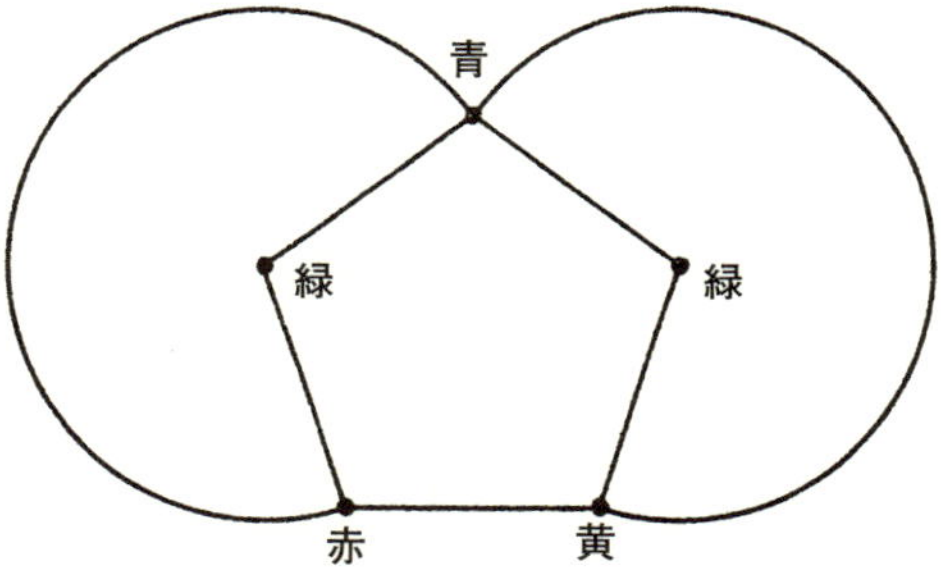

図3

　この問題にもっとも肉薄したのは、どんなグラフもおなじようにひとつの単体に縮小できるというハドヴィガー予想だろう（つまり、何次元のものでも、もっとも単純な正則の形――二点間の線分、三角形、四面体、四次元の五胞体《ペンタトープ》など――に還元できるということ。それぞれの頂点はかならずほかのすべての頂点と連結していなくてはならないから、ひとつの連続体にはひとつの単体しかないことになる。二単体、三単体、四単体などの名称は頂点の数からきている）。もしこれが正しいとするなら、この予想は四色定理の証明を意味することになる。なぜなら、予想にしたがえば五色地図は五単体に縮小されることになるが、五単体は平面グラフには書けない（弧が互いに交差してしまう）ことが、クラトフスキの原則からあきらかだからだ。

ハドヴィガーのもの以外にも、グラフを単体に縮小する方法は考えられる。削除も変更もせずグラフをそのままのかたちで残す方法だ。ありとあらゆるグラフを代表する汎用グラフというものを想像してみよう。不確定の数の頂点をもち、最高の連結性を有するグラフだ。もし五色グラフが存在するとしたら、そういうものであるはずだ。じつはこの塗り分けはすでにもっとも経済的なかたちで実行されており、四色か五色で塗り分けられることがわかっている。

つぎには、グラフが書かれている二次元空間を廃して、不確定数次元のn空間に代えてみよう。この場合、グラフは三次元や四次元空間で、頂点を色別になるように集めたり分けたりするために折りたたまれたり変形されたりして（自由自在に曲がる弧を考えてみればいい）、最終的におなじ色の頂点がおなじ座あるいは結節点にくるかたちになる。結果は、四単体（結節点が四つ、三角形が四つの四面体）あるいは五単体（結節点が五つ、三角形が十個の五胞体《ペンタトープ》）のかたちをしたかせ（枠に巻きとった糸束）のようなものになるだろう。

さてここで〝単体化〟したグラフをもとの二次元連続体にもどしてみよう（なんなら、おなじ色の頂点を合体させてひとつの結節点のような頂点にし、弧もおなじように連結させて〝単体化〟を進めてもいい）。すると、ここでまたしてもクラトフスキの原則が立ちはだかることになる――もちろん四面体は平面にもどすことができるが、五つの結節点がある五胞体《ペンタトープ》はできないのだ。これは仮想の五色地図にはかならず矛盾する領域がふくまれることを示唆している。折りたたむまえは平面なのに、折りたたんだあとは、ほかにはいっさい手を加えたわけではないのに平面ではなくなってしまうのだ。

この状態は、状況がほんの少し変わるともっと顕著にあらわれる。ケンプは、平面グラフはすべて一般化された多面体であると指摘した。球面（トポロジーでは平面と球面は区別されない）に表現された場合、弧で区切られた領域を削って面にすれば、〝彫刻された球〟とみなすことができる。しかし五単体（五胞体《ペンタトープ》）は多面体ではなく多胞体で、四次元図形の一例であるから、球を削ってつくることはできない――というか、四次元球（超球）を削ってつくるしかない。また、その三次元の射影である五芒星形《ペンタグラム》も球を削ってつくることはできない。なぜなら弧の何本かが球の内側を通ることになってしまうからだ。というわけでわれわれはやはり、五色地図は折りたたむまえは多面体なのに、折りたたんだあとは多胞体になるという矛盾した結論にたどりつくことになる。

　こうした考察をするとき避けて通れないのが、折りたたむという作業が実際にできるかどうかという疑問だ。これは、五色の必要性を導くのに要したのとおなじ複雑さが、弧のもつれを導くのではないかという疑問ともいえる。しかしこの障害は、いくつかの次元を扱える場合には心配するにはおよばない――内部に線がなければ弧はもつれないからだ――が、厳密に論を進めるとなると、五色地図を折りたたむ作業は仮想の四次元空間ではなく現実の三次元空間で行われることが要求されるかもしれない。五胞体《ペンタトープ》の三次元射影像は内部に線を含んでしまうから、ここにいたってもつれの危険性が浮上するというわけだ。

　この問題の扱いは、グラフを三角形の網状組織《ネットワーク》に転換するとわかりやすくなる。これは単に開口部の頂点と頂点のあいだを連結するだけで、連結性の変更なしに達成することができる。もしこういう網状組織《ネットワーク》、すべてをもつれなしに折りたためることが示せれば、四色問題と同等ということになる。*

＊ケンプは、ひとつの頂点に属する弧の平均数は六本より少ないことを証明した。上記の網状組織の場合、正確な平均値は6（n-2）である。

四色問題は同語反復か？　おそらくそうだといってかまわないだろう。この問題が帰属する面、すなわち平面や球の表面は専門的には単一連結と呼ばれている。この意味は、ひとつの切断面でかならず二つの部分に分割できるということである（たとえば円環面《トーラス》などは、ひとつのままという場合もありうる）。〃切断面〃の一例が閉曲線で、これはすべてがおなじ直線上にはないような三点をとり、それをつないで規定される。

というわけで、われわれはまた図1にもどってしまったことになる。ここではどの三点も、面を二分する閉曲線を規定している。したがって、われわれが扱っている面は、この操作で分割できるような面といういい方で規定できるのである。

しかしながら、真の面というものは自然界には存在しない——現実空間は三次元だからだ。固体や液体の表面は二次元を連想させるものの、実際には厚みがあるのだから、これは知性の投影なのだと認めなくてはならない。二次元空間は頭のなかに存在する構造だから、四色定理を提起するにあたっては、われわれはそういう空間、すなわち単一連結であるような空間を明記するための条件をいいかえているにすぎないといえるわけで、この問題を避けて通るのはむずかしい。故に、四色定理は同語反復的だといえるのである。

メッセージ・ネットワークとしての地図＝あるひとつの青い頂点が〃青〃という色を割り当てられているのは、ほかの〃青い〃頂点と連結していないからだが、これを逆に見ると、その頂点は連結しているほかの頂点すべてに〃青はだめ〃というメッセージを伝達していると考えることができる。ほかの頂点は隣近所（青い頂点も含めて）にそれぞれ〝赤はだめ〟、〝黄はだめ〟、〝緑はだめ〟という否定的メッセージを伝達しているわけだ。

この情報伝達の概念は有用である。グラフは、それ全体にひろがり、作用する、情報や影響力、ベクトル、メッセージなどの動的なネットワークと見なせるのだ。

五色地図の可能性は、この見方に大きく依存している。閉曲線（三つ以上の頂点でできている回路）は単一連結面を二分してしまう、したがって二つの部分のあいだでメッセージの伝達はできないから、一見、五色地図の可能性は排除されたかに見える。が、この仮定はまちがっている。この程度のメッセージは、閉曲線がもたらす障壁を越えることができるのだ。たとえば、ある回路のひとつの頂点が〝青はだめ〟というメッセージを外部からうけとったとしよう。すると、その頂点はおなじメッセージを回路内の空間に中継するのを妨害され、かつ青以外の色に限定されることになる。地図の情報世界にはふつう四段階の自由（赤、青、黄、緑）しかないことを念頭に置いて、ひとつの回路に注意深く選んだメッセージをいくつか伝えてやれば、回路内にある頂点の色分けをコントロールできるはずだ。

このことを心に留めて、五色地図のなかで五つめの色をもつ頂点にあてはまる条件を吟味してみよう（この種の地図が、五つめの色に何カ所かの場所を用意しているケースなど問題外である）。その頂点は、隣接するほかの頂点がその頂点をハブとして閉曲線を形成するような四連結性の複体に囲まれることになる。そうなると、この回路にはかならず四つの色が含まれなければならず、どう置き換えても、どんな組み合わせにしても、そのうちのひとつを回路から削除することは不可能なはずだ。さて、ふつう、閉曲線は三色あればことたりる。そこでこの問題は、回路の構成員から構成員へと伝わるメッセージがどうすればそのユニークな四連結性を維持できるのかという問題になってくる。

複雑さの度合いは途方もないものになるだろう。回路には何百、いや何千もの構成員が所属する必要があり、そのなかで色の選択がなされていくわけだから、さながらスーパー万華鏡のように色が駆けめぐることになるだろう。メッセージを伝達するバックアップ・グラフはおそらくもっと大規模なものになるはずだ。しかし、ここでは象徴的なものとして、頂点が四つだけの回路を提示しよう（頂点の色はそれぞれちがうものとする）。込み入ったネットワークと四色を維持するメッセージは、図４ａの点線の弧であらわされている。これは、連結性の観点から複体の組み合わせを明確にする作業に沿ったものである。

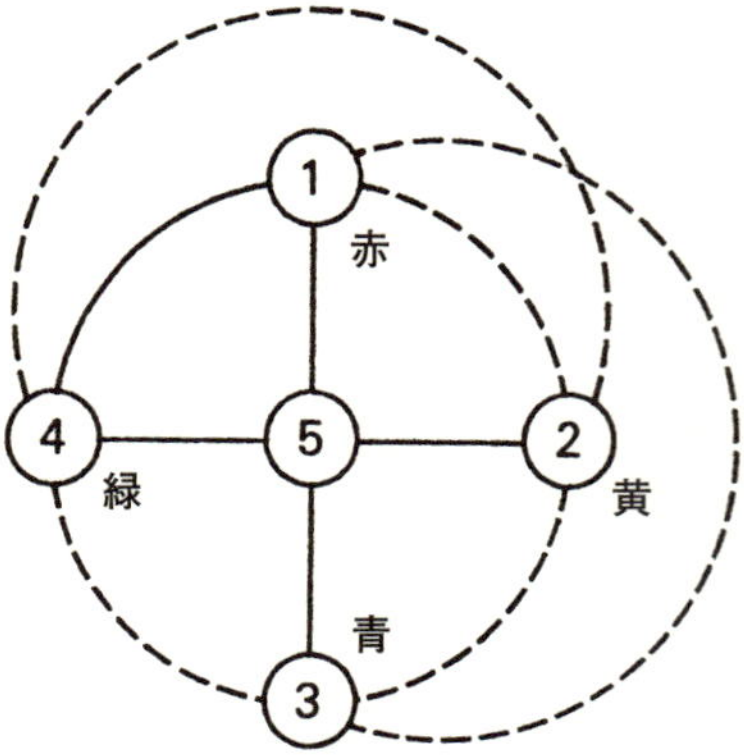

図４ａ

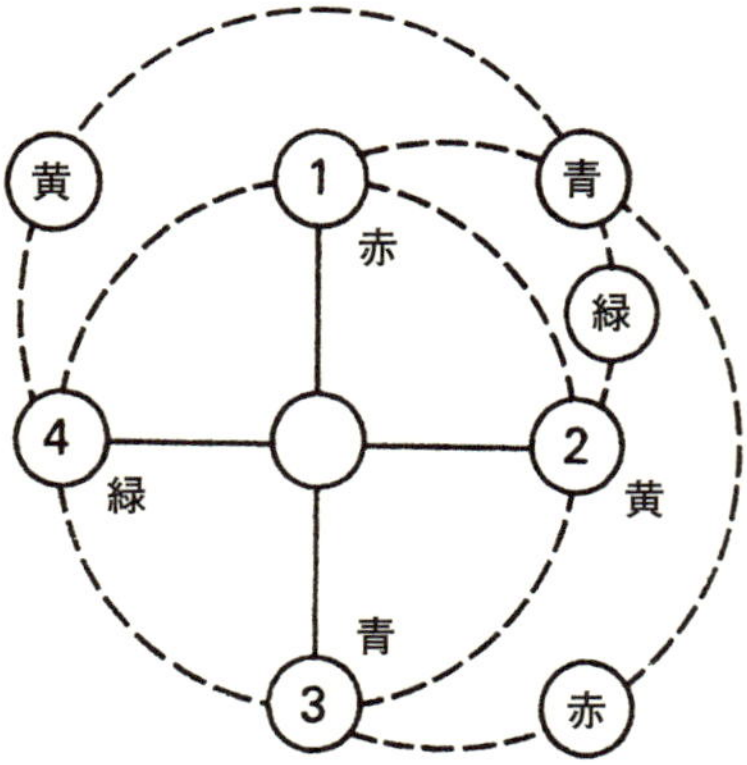

図４ｂ

図4aは情報の連結性の抽象的概念をあらわしている。あるいは、メッセージの観点から見た五連結性を描いているといってもいい。実際のグラフとしては、これは二次元のものではない——二次元だと、弧のうち二本が互いに邪魔しあってしまうのだ。だが、回路の構成員のあいだで必要なメッセージがどう伝達されうるかを見るために、ひとまず、この図を通常のグラフとして扱うことにしよう。ではまずこの問題を、〝青はだめ〟というメッセージを頂点3から頂点1へ、後者を分離する点線の弧を通じて伝達するにはどうしたらいいか、という問題として考えることからはじめよう——

これは二本の弧の交点に頂点をひとついれてやれば解決する（図4b）。ほかの事柄を同等にするためには、その頂点が、頂点1と3のあいだにのびる赤 - 青の鎖の一部となり、同時に頂点2と4のあいだにのびる黄 - 青 - 緑の鎖の一部ともなるようにするという、少々込み入った手順を踏めばよい。

さてこうなると内側の回路の頂点はすべての正しいメッセージをうけとっていることになり、色分けは安定していて、ハブにある五つめの頂点に関するかぎり、四連結性である。もちろん、実際にはそうではない。内側の回路の頂点の、うけとったメッセージへの従属性は、証明を達成せんがための偽りである。もし（十九世紀になされた証明のように）二色か三色に限定されていれば意味があるかもしれないが、使える色が四つあっては、赤 - 青の鎖も黄 - 青 - 緑の鎖も不定の状態なのだ。実際に達成されたのは、障壁（すなわち頂点1と3をへだてる障壁）を通過して二連結性を伝達することだけである。

自由度が四にものぼる環境だと、二連結性は序列としてはむろん低いほうだが、グラフは非常にシンプルだ。もっと重大なのは、操作の過程であきらかになったことである。二組の頂点（1と3、2と4）間の二連結性を維持するためには、三連結性の鎖（黄 - 青 - 緑）が必要だった。ここから得られる教訓は、三連結性を伝達するには四連結メカニズムが必要になる、そして四連結性を伝達したい――これは五色地図の前提条件だ――と思えば、五連結メカニズムの助けが欠かせないだろう、ということだ。換言すれば、五色地図を特定しようとすると無限後退が起こってしまう、ということである。結論＝五色地図は無限の面をもたなければならないから、有限の面をもつ地図は必然的に四色以下のものということになる。

（議会の公式調査をうけての覚書＝したがって、二次元社会時空状況下にある生物に逃げ道はない）

身を寄せ合う民衆（自由の女神の台座に刻まれたソネットの一節。新大陸への移民をさす）**をこっちへ送ってくれ――もしできるなら**

「そこでおれたちは一般人を百人ばかりかき集めて、大勢の人間をいっしょにしておくとどうなるか研究することにしたんだ」シカゴからきた男は吸いさしの煙草を慎重に一服して、考え深げに眉間にしわをよせた。「まず全員が平均的市民かどうか確認するために教師テストをする[*]――それから緊張、平穏、幸福、不幸等々、多幸症レベルから鬱レベルまでさまざまな状況、環境にさらして、互いにど

＊教師テストでは、被験者は学習における罰の効果を研究する実験を手伝うようにいわれる。被験者の仕事は、〃自分とおなじようにこの実験に協力しているほかの人間〃が一連の質問にたいしてまちがった解答をしたら電気ショックを与えることで、その強さをしだいに増していくよう指示されている。〃ミスター平均〃は、悲鳴も嘆願も無視して仲間が死に至るまで指示通り拷問をつづけることが確認されている。

うふるまうか観察するわけだ。これまでの研究で、社会空間は四色定理によって制限、支配される二次元空間だということがわかっている。人はいちどに四つのことまでしか考えられないというのは、たぶんおたくも知ってると思うが、それとおなじで、社会相互連結性はいついかなるときも四番めの完全体から先へはいかないということがあきらかになっているんだ。故に、社会的関係は平面上の地図の動的パターンにしたがうというわけさ」

男はちびた吸いさしをほうると、ソフト帽の縁を押しあげて薄汚れたレインコートのボタンをはずしはじめた。社会調査の世界にはいるまえは、精神薄弱児に動物の病気やイヌの寄生虫を注入するプロジェクトにかかわっていた。「ふつうの社会的遭遇は必然的に二連結性を伴う。いっておくが、数の多い少ないはあまり意味がない。大集団でもギャングの一味でも顔見知りの集まりでも、二連結性しかないケースはよくある。聴衆相手に講演しても二連結性。聴衆は講師としか、かかわっていないからな。三連結性や四連結性が生じることもあるが、そうしょっちゅうじゃない。四連結性が可能な人間は組織の創始者や指導者になるんだ。変態気味の秘教集団は、たまに四連結性をもつことがあるな。4Pは刺激的だぞ。だがな、もしだれかが連結性を四番めの完全体より先に押し進めようとすると、その結果は分解とあたらしい社会パターンへの大改変ということになる。友だち関係とか組合とか、けっこう再編成されてるだろう？　にもかかわらず、おれたちはこの飛行管制センターで、人間の脳の一部をサイボーグ・エクステンションに置き換えたりして実験をしてる。なんのためかといえば、秘教カバラのセフィロトと二十二の小径《パス》で連結できる人間をつくろうという試みで——」（もし巨鳥が金切り声をあげながらバリアを突破してDNAが破裂するまで押し潰されるようなことにならなければ）——

「あのな」諜報員は口の端だけひらいてしゃべっていた。「苦痛停止という手段で圧力をさげる公式を見つけたんだ――〝うけとった痛みの中継拒否〟、これこそが唯一無二の適切なテクニックだ――それを伝えていくんだ――」日光が炸裂して基金の諜報員は粉塵と化し、ハイウェイに渦巻くディーゼルの煙霧のなかに消えていった――「もしだれか興味のある人間がいるなら」はにかんだようなやさしい声が炉のきしみ音にかぶさる。

　巨鳥が膜を破り、金切り声をあげて立っていた――キラキラ光る翼をくの字に曲げて腰にあて――足をぴんと上に跳ねあげた、レイプ体勢――まなこ燃えあがらせ、くちばしパックリあけた、不気味な笑顔――入口を見つけたぞ――「おまえが耽溺したら、そのお返しにもっとましなところへいかれるようにしてやるなんて、だれがいった？　残念ながらおまえの冴えない答えじゃ、約束をまもる気にはなれないな。やっぱりおまえは、いいカモだよ――」

　どんな世界のダイナミズムのなせる業で、おれはこんなところにいるんだ？　シカゴからきた男があちこちのポケットに手を突っ込んで小銭を捜しているあいだ、エドはだらしなく壁にもたれてうとうとしていた――ぱっと目をあける――あらゆる測地学的ベクトルの長たる日光が荒地の石くれを打ち砕く――巨鳥が、はにかんだような声と金切り声を交互に使い分けながら、ベクトルを止めたり遅らせたりするための公式の解説をしている――「肯定的強化はベクトルを前進させ、否定的強化は個人の力を鈍らせる――だから作戦としては、一挙手一投足なにをしても軽蔑的にノーといってやるのがいい――世界中からノーといわれつづけた人間はどうなると思う？――女装して救命ボートに駆け込むエネルギーもなく、ヴァーチャル・イメージの瘴気のなかに沈んでいくのさ――」中央電信局のちらつく映像――フロックコートにほどけた蝶ネクタイ姿の痩せこけた局長が不気味にほほえむ――

「ここから送られるのは軽蔑を込めた拒絶の否定的メッセージだけじゃわい——」

「人生は**子宮**にはじまって**家族**だのなんだの、どんどん強力になっていく圧力室の連続だ——要は、強制 - 耽溺の耐えがたい緊張関係をどんどん煽って圧力を高めること——カモを責めつづけるわけさ、われわれの妙なる快楽のためにピリッと舌にくるリキュールを発酵させてくれるバクテリアみたいにな——つまるところ、われらがイデオロギーは、意識ある存在の、おもにそいつら自身の労力による、やたら悲惨な状況への漸進的据え付けってことさ——」巨鳥の笑い声がピーッと鋭く甲高く電磁スペクトルを上昇し、ブンブン唸る炉の背景音になっていく——

「漸進的加圧の喜ばしい効果のひとつは生物体ベクトルが爆発的にガンに向かうことだ——ガンは究極の病、完全なるベクトルの分散（故にガンには激しい苦しみが伴うのだ）——別のいい方をすれば、DNAが破裂するまで押し潰すってことだ——充分な圧力を加えてやればDNAはかならず砕け、神経組織もみごとに協調してストレスに反応する化学物質を合成し、全身にばらまく——」声がはにかむように小さくなり、くちばしで羽繕いをする。

「われわれは、細胞を加圧調理し、ストレスに満ちたあいまいさや憂鬱や無関心をまきちらすための組織を、この地球上でいくつも維持している——たとえば『ニューズ・オヴ・ザ・ワールド』*だが、これなんかはガン誘発作用因《エージェント》としてもっとも成功している部類だ——」きしる蒸気が偵察中の爆撃機

*イギリスの日曜紙のかたちをとっている精神汚染物質。斜に構えることで、病的であさましい側面をつけくわえることのできる題材を得意とする。発行部数はかなり多く、国民のあいだに広く浸透して、社会の肉体的、精神的健康にぞっとするほどの影響をおよぼしている。

に命中、炸裂——機体は炎をあげ、永遠につづく悲鳴とともに穴に沈んでいく——「われわれのなかには生物指向を全廃すべきだと唱える者もいる——が、知ってのとおり、おれのやり方はちがう——それはともかく、反生物党はつい最近K５銀河にガン光線銃で武装した遠征軍を派遣した——ビビッ‐ビビッ‐ビビッ——生物ベクトルの爆発で肉体は崩壊——じつをいうと孤立した小隊が、はるばるこの地球まで偵察にきたんだ（ビビッ‐ビビッ）——しかし、おれたちのピッチをまもっているギャング団に機関銃で始末されちまった——もっとも、あとになって否定性の王たちの傭兵になったとわかったがな——そういう非存在は、知覚のとどかない空間の裏側に、苦悩に満ちたトーテム像みたいなむっつり顔でひっそり居座っている——」真っ黒い負の光のサーチライトが暗い丘陵地帯を未来永劫、飛びまわる——

「カバラの功徳をほどこしてやろうじゃないか——」エドの目のなかで白い閃光がはじけて潜在意識下にアツィルト界が垣間見えた——ビナーとコクマーのあいだを一秒に百京回、往復しているのは、それぞれ独自の構造をもつ時空連続体だ——が、エドにはそれが自分をひっかけておくために巨鳥がつくりだした偽物だとわかっていた——

「くだらん！」エドが嗄れ声でいうと、巨鳥は銀河の荒野へと一目散に逃げていった——

否定性の王たち

ゴットラム教授は助手たちの鼻っ面にむかってもつれたテープのかたまりを投げつけ、涙声で怒鳴り散らしていた。「この役立たずの、ろくでなしどもめが！　精液が卵子にぶちあたったとき、おまえら、どこにいた？　どうせまたいつもどおり責任逃れするつもりだろうが、え？　おまえらの頭には脳味噌のかわりにクソがつまってるのか！」

教授はうんざり顔で、熱っぽいひたいを手でこすった。「さっさとそれをプログラミングして、潜在意識下で送信しておけ」

ゴットラム教授は、それまでのプログラムはすべて無意味で無効だと宣言していた。教授は、これからの仕事の基礎となりうるものは、遥か遠くへ赴いた爆撃機からの最後のメッセージのなかにのみ存在すると信じていた――「無線通信がきこえなくなってきた――今後の指示は潜在意識化でのみうけとれる――」

「まだ作戦地域はあるぞ」彼は、ぼさぼさ頭の部下たちに告げた。「精神空間の内なる大地。われわれはいま、まさにその地図をつくろうとしているんだ……」

「なにいってんですか」出っ歯の若い技師がいった。「スタートはとっくに切ってますよ。ぼくなんか、何年もまえから『カバラ・サイエンス・フィクション・ストーリーズ』を読んでるんですから」

「ああ、おまえらテク連中が仕事をさぼってトイレでその手のクズ雑誌を読んでることは先刻承知だ」ゴットラム教授はいった。「だからこそうまくいくと確信したんだ」宇宙小説のあとにはロケットが登場した。だからカバラ*小説のあとには……。

「それなら、ぼくにきいてくださいよ」別の若いのが話にはいってきた。「イェツィラー界を平衡さ

＊カバラは宇宙のダイナミックな形態を詳細に明示する神秘的教義で、シンボルやイメージがひしめく内なる景観もそこに含まれる。

せる方法、知ってますよ。いやまったく、わけないんです。イェソド、ホド、ネツァク、それから深い溝を越えてティファレトへ。ティファレトはブリアーの樹の基礎にして神秘的意識の中心です。そこから上の小径《パス》の探索は――」

「おい、『X線をあやつる魔術師』の冒険物語を読んでいるんじゃないんだぞ」ゴットラム教授は唸った。「これはまじめな仕事だ――名付けてカ、バ、ラ・ク、ラ、ッ、シ、ュ・プ、ロ、グ、ラ、ム。さっさと例のハードウエアで仕事にかかれ。あのストロボのフラッシュを見ようじゃないか」

ゴットラム教授は、ユング著作集や、扉をひらいた者への呪いの言葉を刻んだばかでかい封印付きの古びた鉄張り装丁の本を集めた秘密の図書室にひっこんでいった。飛行管制センター内は修羅の巷となって久しかったが、教授のスタッフたちがセフィロトへの小径《パス》をたどるにつれて混沌に混沌を重ねる一方だ――

「コンピュータのキャパがもっと必要だ。〝問題を処理する知性〟の〝十七番めの小径《パス》〟をシミュレートしようとすると、なにもかもオーバーロードになっちまう――」

「合流のアレンジを変えなくちゃだめだろうが――」

「いま、どんな答えがでてる?」

「剣《ソード》の七、不安定な努力――」

「〝隠れたセフィラー〟が答えってことはないか? 〝深淵《アビス》〟に別のプロセスをいれてやると――」

「答えは?」

「聖杯《カップ》の五、喜びの喪失だ」

飛行管制センターのメインルームには摩訶不思議な堂々たる構造物が聳え立っていた。巨大な放電管と光り輝く球体をいくつも組み合わせたものを主体としていて、パチパチ、ブンブンいいながら、さまざまな色に光っている。どこか怪しげな美しい色合いの光があたりをチカチカ照らしだす。漏電のバズ音とオゾンで、空気が重苦しい。

強烈な金色の光を放つ球は、太陽をシンボルとするティファレトだ。「そのなかでちょっと水素核融合、やってみようか」不可思議な光の川が上へ下へと交互に走る。構造物の基礎部分には計器盤が並ぶがっしりしたパネルがあり、プリントアウトで状態がわかるようになっている。計器盤のまえにはクルーカットの若い男たちが座り、電気仕掛けの〝生命の樹〟を静かに見あげている。

男たちが〝樹〟のアウトプットを、絶縁板の上に立ったチャックに送信すると、チャックの身体につぎつぎと光る球体が出現した。頭のてっぺんは白、のどはラベンダー、みぞおちは赤、股間は青、足先は茶褐色。光の川が左半身を下り、右半身を遡ってぐるりともどっていく。

「おい、おまえクリスマスツリーみたいにきれいだぜ！」

凄まじい閃光が天国と地球をむすんだ。

ぼこぼこになった狭苦しい無線室には紫煙が立ち込めて、すべてがぼんやりとかすんでいた。二十一世紀風軍用ヘルメットをつけた二人のオペレーターは、煙と灰ですすけた顔にシニカルな倦怠の色を浮かべて、パチパチいう装置に耳を傾けている。

戦闘地域の後方に位置するこの部署は、海を見晴らす高台にある。つい最近、至近距離に水爆が落ちたばかりだ。すんでのところで直撃をまぬがれたのは、ひとえに適切な魔術的イメージ（おもに、星条旗を掲げるイメージと、『幌馬車で円陣を組め』をハモって歌うイメージ）を有効に使ったおかげだった。

――Ｋ５銀河からの無線通信がじんわりと大気に染みとおり、ピーンという音とともに、こんもりと盛りあがる冷たい海面にモアレ・パターンをひろげていく――オペレーターが片手をイヤホンに当て、相棒とたわいないおしゃべりをしながら、それを拾った――

メッセージはつぎのようなものだった――／きわめて綿密な調査の結果、環境から脱出できる見込みはないと判明／〝環境〟との出会いにおいて、意識ある存在は、それを克服するか、屈服するか、どちらかしかない／〝環境〟は、生物の意識にはいりこみ、そこに住みつこうと虎視眈々と狙っている〝敵〟である／すべての〝生き物〟に告げる、われわれは〝環境という敵〟から攻撃をうけている／――

「あたらしいコードみたいだな」イヤホンに耳をすませながら、オペレーターがいった。パチパチ、シューシューと、メッセージを構成する音が断続的にはいってくる。

「いいや、ただの混信だ。核爆発のせいで電離層がおかしくなってるだけだ」

船員一同の奮闘努力にもかかわらず、潜水艦への浸水は着実に進んでいた。海水は情け容赦なく流れ込んでくる。苦闘は盛りあがる波の下で長いことつづいていたが、もはやそれも終焉をむかえようとしていた。

きびきびした冷静な声で告げられるメッセージや命令が、水没した電線網をつうじてブリッジやエンジン室、魚雷発射室、被害対策部のあいだを行き来した。艦長は、乗員の支持もあって、終始無表情のまま、艦を放棄することを拒否しつづけてきた。もはや海に屈したも同然の潜水艦は何カ所かの孤立した空間をのぞいて海水で満たされ、運動量を失って沈みはじめている。脱出ハッチはアクセス不能——減圧装置はなく、あるのはただ冷酷非情な現状認識のみ——

溺れつつある潜水艦の夢は、エドが繰り返し見る夢だった。その夢はつねに、なにかがちらっと見えて消える、奇妙な感覚を伴っていた。エドが最後にこの夢を見たのは、海岸通りのベンチで被爆して瀕死の状態でうとうとしかけたときのことだった。

シカゴの男曰く——「おれたちはみんな浸水した潜水艦もろとも、すべてを押し潰す深海へ沈んでいくんだ。乗員は沈みながら宇宙を飛べたらなあと切実に思う——隙あらば侵入しようとする敵対媒体は存在せず、まったくからっぽの、無重力で、自由に動ける宇宙——虚空をただ一基、K5銀河にむかって突進する針のように尖った宇宙船を止めるものなどなにもない——

無重力空間の測地線上を滑るように進む宇宙船の幸福感、こりゃあ筆舌に尽くしがたいよなあ。乗員はなかばヤケクソのおめでたい至福感に満ちてハッチをあけ、酸素をぜんぶ虚空に放出する——六分儀やボールペン、宇宙服のヘルメット、第二次世界大戦時のルガー（ドイツ製の自動拳銃。ヒトラーの右腕、ゲーリングが愛用していた）、カビ臭いパンの皮、びりびりに破かれた『ニューズ・オヴ・ザ・ワールド』、みんなくるくるまわりながら宇宙空間にでていく——生命維持システムが惰性でどこまでも進んでいく——」

が、かれらにはそうではないとわかっていた。

冷笑を浮かべてあちこちの銀河をうろつく否定性の王たちの手先や召使いも、卑屈なスパイも、相棒も、おべっか使いも、みんながみんな、ちがうことをいっているのかもしれない——

「あんたはDNAの罠にかかっている——子宮の罠にかかっている——環境の罠にかかっている——幾何学の罠にかかっている——トポロジーの罠にかかっている——あんたという罠にかかっている

――潜水艦の災難はその状況をストレス満載で象徴しているわけだが、あんたの願いを込めた詩論の数々とはうらはらに、あんたがいくらあがこうと、この空間の枠組のなかには、なんのちがいも生じていない――

あんたの〝環境〟への大胆不敵な抵抗はまったくの無駄――空間は必然的にベクトルを伴う――ベクトルは偶発性や不測の事態、変更につながるさまざまな状況をもたらす――不測の事態は熱と圧力をもたらし、苦痛のモアレ・パターン放射をもたらす――もちろん潜水艦のたぐいには減圧装置が装備されている場合もあるが、トポロジー空間からの脱出を可能にする減圧機器は、賢いドイツ人クラウス《クラウス・ザ・クレバー・クラウト》の言葉を借りれば、絶対にフェルボーテン（禁止）であるからして、たえず変化する時空の過酷な特質は――」

シカゴの男の講義に、まるで無線の混信のように別の声が割り込んできた。ガーガー嗄れて、キーキー甲高く、と思うと細く消えていく――「おまえら、恐れ多くも環境皇帝陛下と戦えると思っているのか？　愚か者めが！　おまえらは、われわれが生みだしたインパルスにすぎないんだぞ。長いことのびのびになっていた決着の場に銀河系マフィアどもを誘いだすのに絶好のカモでしかないんだ――」

飛行管制センター内の空気はいよいよどんよりと濁り、毒々しい赤味を増していた。放電球は超高周波から超低周波まで、ラジオ波からガンマ線まで、くるくる変わる振動波を発しながらジュージューー音をたてている。連結した導波管も放電管も熱くなって、色鮮やかに輝きながら煙をあげ、水銀の蒸気のもやを吐きだしている。室内の状況がますます厳しくなってきたためにパッド入りのスーツを着込んだゴットラム一党は、集合的無意識を図に記録していく仕事を根気よくつづけていた。

基礎部分のパネルは大規模に拡張されていた。いまやシステムは独自の生命を獲得し、製作者にもコントロールできないものになっている。製作者のおもな仕事は、システムの気まぐれで複雑な反応を計測し解釈することだ。かれらは安定した設定をもとめて、さまざまなプロジェクトを間断なく押し進めてきた――つまり、ひどいアンバランス状態にあって揺れ動いているエレクトロニック・セフィロトの各要素同士の関係をさぐってきたのだ。球体は互いを犠牲にしながら輝きを強めたり弱めたりしているが、その思わず見とれてしまう色合いは室内の雰囲気に、そしてそこで働く人間の感覚に予想外の変化をひきおこしていた。強烈な超低周波でオペレーターが作業スペースの外まで吹き飛ばされ、ほかのスタッフは深刻な内臓傷害を被ったことが何度かあったし、超絶的な色彩変化のせいで全員が色覚異常になってしまったこともあった。

「〝峻厳の柱〟の電荷がやたら強くなりすぎてるぞ。拮抗する〝慈悲の柱〟のほうに、もっとパワーを注ぎ込めないか？」

「いれるものがぜんぶ、十四番めの〝光明の知性のルート〟経由で〝峻厳の柱〟にもどってしまうんだ。この樹はまちがいなく偏っている。均衡がとれていないぞ」

「二十三番めの〝安定した知性の小径《パス》〟に危険なほど負荷がかかってる。しかし、ここには割り込めないからなあ」

「まちがいない、ビナーがわれわれを支配しようとしているんだ――」

ゴットラム教授は不安げに眉をひそめた――たしかにビナーはトラブルのもとになりうる、ビナーは〝峻厳の柱〟の大元で、トポロジー空間の未分化な形態とされ、魔術的イメージは成熟した女、女陰、杯《カップ》――魅力的な女性、陰鬱な不毛の母――

「いま、どんな結果がでている？」

「剣《ソード》の八、削がれた力」

「棒《ワンド》の十、抑圧」

「杯《カップ》の八、成功の放棄」

「ペンタクルの五、物質的トラブル」

チャックが計器盤からのアウトプットをなんとか処理しようと悪戦苦闘しながら、不穏きわまりない振動に負けじと必死で声を絞りだした――「教授、ビナーが支配力を強めています――われわれを、かに星雲の中性子星と接触させようとしています――」（中性子星を構成している物質は非常に密度が高く、スプーン一杯が一億トンにもなる――その重力の締めつけに耐えられる構造物は、まず存在しないと思われ、そこから〝ビナーの女陰〟というどんぴしゃりのニックネームが生まれている――そこから放出される光、熱、そしてラジオ波は毎秒数千回中断されて、高速で脈打つオフ／オンのバイブレーションを生みだす――中性子星をとりまく空間は凄まじい負の曲率を被って沈み込み、光と力のカタカタいうハム音でおおわれる――）

放電している樹の枝々のまんなか、色とりどりの煙のなかに、ぼんやりした影が浮かびあがってきた――荒削りな鳥のシルエット、微光を放つ羽根、大きくひろげた翼、黄金のハム音とともに振動し、きらきら光る目は電磁スペクトルを自在に切り替えることができ――「なるほど、おまえらがカモになる生き物か。まだもらってない賃金をよこせとせがんでる、DNA中毒患者だろ？――あきらめろ、その哀れな状況から逃げだせる道は絶対的時空内にはないんだから――なにもかも忘れて、ビナーの美しい、ぴんと突きでた乳首を吸って、締めつけのいいアソコを舐め舐めしてるほうがいいぞ、そうするしかない――」

やめては禁句

というわけでおれは、すべてに目を光らせてる試験官を背中にのっけて、測地線に沿ってすいすい旅してるわけさ――ベクトルが爆発して、安っぽい花火みたいな光をまきちらし、銀河系の濁った緑色の水たまりに意味のない波紋がひろがる――とりかえしのつかない喪失を嘆く声が虚空に響きわたる――イメージの断片が、おれがずっとまえから知ってるあんたの目のなかで閃く――

――耳ざわりな電気音声に応えて、ファルコンがびゅんと飛んでいく――銀河巡回サーカスが爆発して、けばけばしいチープな光をまきちらす――悲しげな遠吠えとともに、炎に包まれた爆撃機が落ちていく――池の水は冷たく静かで、松の木立が最後の長い影を投げかけている――（あんたの目に映るイメージの閃き）――ＤＮＡが破裂するまで押し潰せ――絶対的非難のメッセージが荒涼たる銀河系空間にむせぶように響きわたる――

一陣の熱風が平野を吹きわたり、霧笛のような音をたてて、さびれた摩天楼街を吹きぬけた――ルーシーは両ひざを立て、思い切りひらいて、目を閉じ、男のファックの脈動を感じとる――男がいっとき熱いペニスを抜くと、彼女の赤熱した割れ目があらわになった――女陰がそそるように脈打ち、きしみ、かすかに煙をあげる――

「あーん！」ルーシーは軽くうめくように息を吐きだした――

――K5銀河の彼方で、ゆがんだセックス・エネルギーの測地線*にのった内部空間《インナー・スペース》大艦隊が、毎秒百億回の振動をとらえるよう調整された受信機で彼女のメッセージを拾いあげた――

「やめないで」ルーシーが小さな女の子みたいな声で甘えるように訴えた――

――そこで、爆発しつつある銀河巡回サーカスから脱出するために、かれらは果敢にも、濁った緑色の水たまりの水面を滑空させるべく、槍形の有人宇宙船を発進させた――やがてかれらは堂々と、壮大なセックス・テンソルにのっていた――途方もない負の曲率――突如、すべての限界を突破してセックス宇宙を踏査――ファックの脈動――つぎの瞬間、マントルが熱い高密度の岩石の連続体へと融合――

ゴットラム教授はニューヨークのバーでビールを飲みながら、ひとり静かにほほえんでいた。きょうは日がな一日、カバラ・ピンボール・マシン**で遊んでいる。近くの棚にグラスを置いて、またひと遊び。

スチールのボールはケテルに当たってプレイにはいり、強力なスプリングのようなビナーとコクマーのあいだで百京回ほど高速でいったりきたりした。

それから下に落ちてゲブラーに当たり、ものうく跳ねかえって〝寺院のヴェール〟を越えた。サイ

*時空連続体は物質が存在するとゆがみを生じるため、ベクトルはまっすぐには進まず、測地線と呼ばれる湾曲した世界線に沿って進む――セックス・エネルギーもまた連続体なので、さまざまな曲率の独自のゆがみを生じることになる――

**妙なことに、一般的なピンボール・テーブルのレイアウトはカバラの生命の樹にそっくりだ。

ド・フリックを駆使して、まんなかのスタッド、ティファレトに当て、しばらくのあいだリバウンドさせる。小径《パス》はどれも十点にしかならない。ボールはいっそうスピードを落として深い溝《ガルフ》を越え、ネツァクとホドのあいだを何回か往復してイェソドに一回当たり、マルクトの穴に消えた。

ゴットラムはスコアを見ようと顔をあげた——その刹那、玄武岩がずれた——すべてを焼き焦がすマントルの熱波——ファックの脈動——つぎの瞬間、マントルが流れ込み、高密度の熱い岩石の堅固な連続体へと融合していった。

(議会の公式調査はこの時点で中断されている)

降誕祭前夜

キース・ロバーツ

板倉厳一郎訳

Weihnachtsabend

by Keith Roberts

1

大きな乗用車がゆっくりと、狭くなっていく車線に沿って進んでいった。ウィルトンの小さな市場町を過ぎたこのあたりでは、雪がさらに積もっていた。ヘッドライトに照らされてぼんやりと浮かぶ森の木々や茂みは、真っ白に雪化粧している。メルセデスの後部がドリフトし、それから安定した。マナリングの耳には、運転手が小声で悪態をつくのが聞こえた。インターホンを切り忘れていたらしい。

運転席の背もたれの裏側に埋め込まれた文字盤が、油圧、温度、エンジンの回転数、時速を示していた。計器からの明かりがマナリングの連れの顔をやさしく照らしている。彼女は落ち着きなく体を動かす。ブロンドの髪が揺れるのが見えた。マナリングは少し体の向きを変えた。女の服装はこざっぱりした短いキルトにがっしりしたブーツ。美しい脚をしている。

マナリングは手前の文字盤の明かりを消した。「もうすぐ着くよ」

彼女はインターホンのことをわかっているのだろうか。「ここは初めて？」

女は闇の中でうなずいた。「ちょっと雰囲気に圧倒されて」

ウィルトン・ハウスは町から五マイルほど離れた丘の頂上に広がっている。車は領地を隔てる壁に沿ってしばらく進んでいった。マナリングが前に訪ねたときから、境界の警備は強化されていた。監視塔がここかしことそびえ立ち、壁の上には幾重にも有刺鉄線が張りめぐらされていた。

守衛の詰所の門は新しく設置された石造りの二つの狙撃台によって守られていた。メルセデスはその真ん中に進み、停車した。ロンドンからここまでの道は雪も小降りだったが、ヘッドライトに照らされて、大きな雪片がまたちらついている。どこかで命令を叫ぶ声が聞こえた。

男が前に進み出て、車窓を叩いた。マナリングはボタンを押して窓を開けた。ドイツ憲兵の腕章とふたの押し込まれたホルスターが見えた。「こんばんは、隊長」

「こんばんは《グーテン・アーベント・マイン・ヘア》。身分証明書《イーレ・アウスヴァイスカルテ》は？」

冷たい風がマナリングの頬に吹きつけた。身分証明書と保全許可認定書をさっと見せて言った。

「リチャード・マナリング。帝国連携担当大臣の個人秘書官《ディー・レッヒテ・ハント・デス・ゲザンテン》だ。隣にいるミス・ハンターは私と同じ部署《フロイライン・ハンター・フォン・マイナー・アップタイルンク》の者だ」

目もくらむような懐中電灯の明かりが書類に向けられ、それから若い女を照らした。彼女は緊張したようすでじっと前方を見つめたままだ。警備にあたる憲兵の向こうに、マシンガンを肩から提げて鋼鉄製ヘルメットで防備した警官隊員が二人いた。目の前ではワイパーが規則正しく動いている。

憲兵が後ろに下がった。「一週間で有効期限が切れます《イーレ・アウスヴァイス・ヴィアト・イン・アイナー・ヴォッヘ・アップラウフェン》。更新してください《エアノイエン・ズィー・イーレ・カルテ》」

マナリングは言った。「隊長《ヘア・ハウプトマン》、ご苦労さま《フィーレン・ダンク》。良き降誕祭を《フローエ・ヴァイナハテン》」

憲兵は型どおりの挨拶をし、ベルトから無線機を取り出した。一瞬の間があってから、門が開いた。メルセデスは吸い込まれるように入っていく。マナリングはつぶやいた。「やれやれ……」

「いつもこんな感じ？」

「最近はどこでも警備を厳しくしているんだよ」

女はコートを引っ張って肩にかけた。「正直言って、ちょっと物騒ね」

「大臣が来客に気をつかっているだけさ」

ウィルトン・ハウスは大きな木々を植えた白亜層の台地にそびえている。運転手のハンスは用心しながら急カーブを曲がり、視界すれすれに垂れ下がっている枝の下をくぐり抜けた。風が荒れ、車の周りを巻くようにして車窓に吹き付ける。まるで白い雪の薄片が渦巻く真っ暗なトンネルのなかを突き進んでいるようだ。マナリングは女が震えているのに気づいた。「もうすぐだ」

ヘッドライトが一面の雪景色を映し出した。てっぺんまで雪に埋もれたポストが道の端を示している。もうひとつカーブを曲がると、前方に屋敷が現れた。ライトが竪子《たてご》のついた玄関の窓や古城のように狭間のついた屋根を照らし出す。風化したように見せかけた外壁の石を見ると、それが強化コンクリートでつくられているなど、知らない者にはわかるまい。車は雪に隠れた砂利道を鳴らして右に曲がり、停車した。運転席の後ろのイグニションのランプが光る。

「ありがとう、ハンス。いいドライブだったよ」

「そうおっしゃっていただいて光栄です」

女は髪を振り払い、ハンドバッグを持った。マナリングは彼女のためにドアを開けておいた。「大丈夫かい、ダイアン？」

彼女は肩をすくめた。「大丈夫よ。ときどき意味もなく怖がったりするだけ」そして一瞬、マナリングの手を握りしめた。「あなたがいてくれてよかった。頼りになる人が」

マナリングはベッドで仰向けになり、天井を見つめた。外観のみならず内装でも、ウィルトン・ハウスは自然に対する芸術の勝利を物語っていた。たいていの来客が泊まるこのチューダー棟では、壁面と天井が重々しい樫の梁で縁取られた波模様の漆喰でつくられていた。彼は横に目を向けた。部屋で圧倒的な存在感があるのは黄色いハムストーンでできた暖炉である。くっきりと浮き彫りのついた炉上の棚飾りには、連合帝国の紋章である獅子と鷹を両脇にしたがえた鉤十字《ハーケンクロイツ》が飾られていた。暖炉の錬鉄製の囲いのなかで炎が燃えている。薪はパチパチと踊るように燃え、その影を天井に暖かそうに揺らしている。ベッドのそばの本棚には連合帝国民の必読書が並んでいた。総統の公式の伝記であるシャイラー著『第三帝国の興隆』（ウィリアム・シャイラーが現実に著した書物は『第三帝国の興亡』）、それにカミングズの不朽の名著『チャーチル――裁かれる頽廃思想』。ジョン・バカンの美装本セット、キプリングの小説、シェイクスピアの戯曲にワイルド全集。サイドテーブルには〈コノワシュール〉、〈フィールド〉、〈シュピーゲル〉、〈パリ・マッチ〉といった雑誌の最新号が置かれていた。洗面台の手すりには群青色のタオルがかけられている。部屋の角は浴室とワードローブに通じるドアがあり、すでに彼の衣類はすべて使用人がワードローブにきっちりと片づけていた。

　マナリングは吸っていた煙草をもみ消し、新しいのに火をつけた。両脚をぽんとベッドの外に投げ出し、ウイスキーをついだ。庭からかすかながら話し声や笑い声が漏れてきた。それからピストルの発射音、オートマチックの装塡音が聞こえた。彼は窓辺まで行き、カーテンを押しのけて外を見た。まだ雪はやまずに、漆黒の夜空から静かに落ちてくる。それでも、屋敷のそばにある射撃場にはあかあかと火がともっていた。人影が動き、集まるのをマナリングはしばらく見ていたが、ほどなく押し開けていたカーテンを元に戻して、炉端に腰を下ろし、背中を丸めて炎を見つめた。彼が思い出していたのは、ロンドンを通り抜けるときに見た風景だった。元気なく垂れさがっていたホワイトホールの国旗。のろのろしてぎこちない車の流れ。セント・ジェームズ・パークの外に停められていた軽戦車。ケンジントン・ロードは混雑し、のろのろ運転が続き、あちこちでやじが飛んでいた。どんよりとした曇り空を背景にすると、ハロッズの大きな正面口は陰気で東洋風に見えた。マナリングが顔をゆがめたのは、連携担当省を出る前に受けた電話のことを思い出したからだった。

電話の主はコソヴィッチと名乗った。〈国際版タイム〉誌の記者、いや「自称」とつけくわえるべきか。マナリングはこの男の電話を受け取るのを二度拒んだ。だが相手はしつこく、ついに根負けして、秘書から電話を受け取った。

コソヴィッチには強いアメリカ訛があった。「マナリングさん、そちらの大臣に個人的にインタビューさせてもらいたいんですが」

「残念ながらそれは不可能です。ついでに申し添えておきますが、このようなお電話に私どもがご返答することもきわめて異例のことです」

「それってどういうことです? 警告ですか、それとも脅し?」

マナリングは言葉を選んだ。「どちらでもございません。当方への連絡にはしかるべき筋があると、そう申し上げたまでです」

「なるほど。じゃあマナリングさん、特務部隊がモスクワに移動しているという噂がありますが、その裏には何があるんでしょう?」

「ヘス副総統が公式声明を発表されています。コピーをお持ちと存じますが?」

電話の男は続けた。「目の前にありますよ。マナリングさん、あなたがたはいったい何をたくらんでいるんですか。第二のワルシャワにするつもりですか？」

「残念ながら当方としてはこれ以上お答えいたしかねます。副総統は軍事介入が必要になった状況を嘆いておられました。特務部隊《アインザッツグルッペン》には臨戦可能態勢に入るよう指示が出ました。現時点ではこれ以上のことは申し上げられません。暴徒鎮圧の必要があれば部隊が使われます。ただし、まだ事態はそこまで進んでおりません」

コソヴィッチは作戦を変更した。「副総統と言えば、おとといの晩に爆弾騒ぎがありましたね。何かコメントはありますか？」

マナリングは受話器を強く握りしめた。「失礼ながら、誤った情報を入手されたようですね。当方はそのような事件は耳にしておりません」

相手の声が途絶えた。しばらくして、「では、事件はなかったというのが公式見解ですかね？」

「この会話はそもそも公式のものではありません。また、私はどんな問題であれ声明を発する権限を有しておりません」

「ああ、そう、しかるべき筋があるんでしたね。じゃ、マナリングさん、お手間を取らせてどうも」

「では失礼いたします」マナリングは受話器を置き、それをじっと見つめてから、煙草に火をつけた。

連携担当省の窓の外では雪がまだ降っていて、暗い曇天に渦を巻いていた。紅茶は、飲もうとしたときにはもう冷めていた。

暖炉の薪がはじけて崩れ落ちた。マナリングはもう一杯ウイスキーをつぎ、椅子に身を沈めた。ウイルトンに発つ前、生産省のウィンズビー＝ウォーカーと一緒に昼食を取った。ウィンズビー＝ウォーカーは情報通であることをモットーとする男だったが、このコソヴィッチと名乗る記者のことは知らなかった。公安省に問い合わせるべきだったか。いや、そんな事態なら公安省こそこちらに問い合わせてきただろう。

マナリングは身を起こして腕時計に目をやった。射撃場からの騒音は小さくなっていた。思考を無理に別の方向へ持っていこうとしても、どうやったところで穏やかな気持ちにはなれなかった。去年のクリスマスには母と過ごしたが、今ではそれもかえらぬ思い出だ。何年も前のクリスマスを思い出してみた。何も知らない子供にとって、あのころのクリスマスはクラッカーを鳴らしてオモチャで遊ぶ、楽しい休日だった。松の枝の香りや感触、目の前にあったキャンドルの炎は今でも覚えている。シーツに潜り込み、懐中電灯で本を読んだものだ。ベッドの下の枕カバーにはずしりとプレゼントが入っていた。あの頃は満ち足りていた。自分が失敗者だと徐々にわかりだしたのは、後になってからのことである。それと一緒に、孤独感がやってきた。家庭を持ってくれたら、それが母の望みだった。ささやかな望みだったのに。

涙もろくなったのはスコッチのせいだ。彼はグラスを飲み干して、浴室に向かった。服を脱ぎ、シャワーを浴びる。タオルで体を拭きながら考えた。リチャード・マナリング、帝国連携担当大臣個人秘書官。今度は口に出して言った。「それだけの甲斐があったじゃないか」

服を着て顔に石鹸の泡を塗り、髭を剃りはじめた。三十五歳といえば人生のちょうど中間点だ。前にダイアンと過ごした時のことを思い出した。短かかったけれど魔法にかかったような時間。今では、あの事件は二人とも触れないことにしている。ジェイムズのせいだ。いつもジェイムズのようなやつが邪魔をする。

　顔を拭いてアフターシェイブを塗った。知らず知らずのうちに、またあの電話のことを考えていた。ひとつ確かなことがあった――国家機密が漏洩している。厳重に管理されているはずの機密情報を、どこかで誰かがコソヴィッチに漏らしたのだ。おそらくはその同じ誰かが、コソヴィッチに電話帳に載っていない番号のリストも渡したのだろう。マナリングは眉間にしわを寄せて、この問題を考えた。潜在的に強大な力をもって連合帝国に対抗している国が、たった一国だけ存在する。今やユダヤのナショナリズムの中心となりつつある、あの国だ。そして、あのコソヴィッチはアメリカ人だった。

　自由は政府の自由裁量。民主主義もユダヤ型か。マナリングはまた眉をひそめ、指で顔をなぞった。そんなことをしたところでこの重大な事実が変わるわけではない。機密情報の出どころは自由戦線なのだ。直接的にではないにせよ、俺は接触を受けた。そして自分も従犯者になってしまったのだ。この考えが一日中マナリングの脳裏を渦巻いていた。

　いったい俺をどう使おうとしているのか。噂では、彼らの意図は絶対にわからないらしい――たちの悪い噂だ。最後の最後、自分に要求されていることをやってしまったときになって初めてわかるという。彼らは疲れを知らず、獲物を逃がさず、姿を見せない。最初の危険信号が出たとき、悲鳴を上げて公安省に駆け込んだりはしなかった。しかし、仮にそうしても計算の内だっただろう。どんな事態になろうとも予定の範囲内なのだ。

　こちらがどうあがこうが。

　マナリングは自分自身に腹を立ててうめいた。恐怖を抱けばやつらの思うつぼじゃないか。彼はシャツのボタンをはめながら、門を守る兵士や有刺鉄線、それに狙撃台を思い出した。よりによってここにまで追いかけてくることなどできやしない。数日間はこの一件を忘れていられるはずだ。マナリングは声に出して言った。「どうせ俺のことなどかまいはしないさ、そもそも重要人物でもないんだし」こう考えると気分が晴れた。いや、晴れそうだった。

明かりを消し、後ろ手に浴室のドアを閉めて寝室へ戻った。ベッドにたどり着くと、本棚の前に立ちつくした。シャイラーと数巻のチャーチル本の間に、薄い一冊の本が挟まっている。手を伸ばし、おずおずと背表紙に触れた。著者はガイスラー、書名は『人間性の回復に向かって』。その下には、上の部分が欠けたロレーヌ十字のような、左右対称に組み合わされたFの文字があった。自由戦線《フリーダム・フロント》のマークだ。

十分前、そこにその本はなかった。

ドアのところまで行って、外の廊下をのぞいたが、人の気配はない。屋敷のどこかから、かすかに音楽が流れている。シュトラウスの「ティル・オイレンシュピーゲルの愉快ないたずら」だ。この部屋の周囲からは足音ひとつ聞こえない。ドアを閉めて鍵をかけた。振り返るとワードローブが半開きになっているのが見えた。

鞄はまだサイドテーブルに置いたままだ。彼はそこまで行って、ルガーを取り出した。重みのあるピストルを手にしたときの安心感。挿弾子を奥まで入れ、安全装置を前に倒して一発分を薬室に送り込む。カチッと音を鳴らして銃尾を閉じる。マナリングはワードローブに歩み寄り、扉を蹴飛ばして払いのけた。

何もなかった。

押し殺していた息が軽く音を立てて漏れた。ボタンを押して弾薬を取り外し、ベッドに銃を置いてから、立ち上がってふたたび本棚を見た。きっと勘違いだったんだろう。
マナリングは注意深く本を取り出した。ガイスラーの著作は連合帝国のどの植民地でも出版以来発禁処分にあっていたので、この本を見るのは彼も初めてだった。ベッドの端に座り、適当なページを開いてみた。

両民族のアーリア人種起源説は、英国の中産階級に熱狂的な支持を受けたが、最終的には政治理論家ローゼンベルクに由来するどの理論とも同じで、表面的に筋が通っているだけである。ある意味で、チャーチルの答えは既に出されていた。だが、チェンバレンと国民はヘス副総統の方に歩み寄った……。

ケルン調停は英国在住ユダヤ人の安全に希望を持たせるように見えたが、現実にはユダヤ人への脅迫や恐喝を日常的に定着させる道すじをつくった。このような迫害は既に歴史上なじみのあるもので、特にジョン王の暴虐を思わせる。この比較はまんざら的外れでもない。というのも、英国の中産階級は自らの理論的な後ろ盾を捏造しようとして、議論の余地のない歴史上の先行例を無数に見つけ出したからである。サー・ウォルター・スコットの小説が再びブームになったが、この事実こそ時代を象徴していると言えよう。一九四二年までに双方が教訓を学んだ。そして多くの英国の都市では、街路にダビデの星が見られるのがごく普通のこととなった。

風が急に吹き、長い嗚咽のような音を立て、窓枠をガタガタ揺らした。マナリングはふと視線を上げたが、また本に戻った。何ページかぱらぱらとめくる。

一九四〇年に遠征軍が粉砕され、同盟軍は麻痺するか白旗をあげるかのいずれかで、英国は完全に孤立無援となった。同国のプロレタリアートは政府の過ちに翻弄され、また大規模な不況で弱体化していたためにまったく声を持たなかった。同国の貴族階級は、ドイツのユンカーたちと同じように、完全に避けられなくなった事態を冷ややかに受け入れるしかなかった。ホワイトホール暴動のあと、英国内閣は行政委員会へと格下げになった……。

ノックの音で、マナリングは驚いて我に返った。本を押しのけながら言った。「誰？」

「私よ。リチャード、もう出て来られる？」

「ちょっと待ってくれ」マナリングは例の本を本棚に戻した。少なくともこんな本がこんなところにあってはいけない。ルガーを鞄にしまい込んでからドアに向かった。

ダイアンは黒いレースのドレスを着ていた。肩がむきだしになっている。髪はほどかれ、しっかりとブラシでとかれてつやが出ている。マナリングは腑抜けたように彼女を見つめていた。「どうぞ」

「ちょっと不安になって……。あなた、大丈夫？」

「あ、ああ。もちろん」

「幽霊でも見たの？　顔色が悪いわ」

マナリングは笑みを浮かべた。「ちょっと驚いたんだよ。君のアーリア的な美しさに」

彼女は作り笑いを返した。「私は半分アイルランド人で、半分イギリス人で、半分スカンジナビア人よ。教えてあげるけど」

「計算が合わないな」

「私もよ、いつものことだけど」

「飲む?」

「少しだけ。遅れるわ」

「大丈夫、今晩はそんなに堅苦しい席じゃないから」マナリングは背を向けて、ネクタイをいじった。ダイアンはウイスキーで口をしめらせると、爪先でカーペットをこするような仕草をした。「こういうハウス・パーティには慣れているのね」

「一度か二度出ただけさ」

「リチャード、あの人たちって……」

「あの人たちがどうした？」

「わからない。でも、いろいろ噂があるでしょ？」

「大丈夫さ。パーティなんて似たりよったりだから」

「あなた本当に大丈夫？」

「もちろん」

「あなたって不器用ね。ちょっと私に任せて」彼女は手を伸ばし、器用にネクタイを結んでくれた。彼女はしばらくマナリングの顔を見て、落ちつきなく視線を動かした。「あなたには誰か面倒を見てくれる人が必要ね」

マナリングは注意深く言った。「ジェイムズはどうしてる？」

ダイアンはまだ目をそらさずに言った。「知らない。ナイロビにいるはずよ。もう何ヵ月も会ってないわ」

「正直言うと、ちょっと落ちつかなくてね」

「どうして？」

「ブロンドの美女をエスコートするからさ」

彼女は顔を上げて笑った。「じゃ、あなたも飲んでいかなきゃ」

マナリングはウイスキーをついで「乾杯」と言った。酔いで熱くなった肩のあたりは、ガイスラーの本が食い込んできたようだった。

「本当のこと言うと、あなたもとっても素敵」

今宵は万霊がつどう夜だ。たしか、そういうことを言い表した言葉があったな。そのとき彼はふと〝ティル・オイレンシュピーゲル〟を思い出した。

「もう階下《した》に行かなくちゃいけないわ」

大広間には光が溢れ、磨かれた板張りや襞布模様のついた羽目板からライトが反射していた。部屋の入口側には暖炉がたかれていた。楽団用バルコニーの下に長テーブルが設置されていた。堅苦しい席かどうかはともかく、長テーブルにはきらきら光るグラスと銀食器が用意されている。深緑のもみの木の花輪のなかでキャンドルがともり、どの席にもきちんとたたまれた深紅のナプキンが置かれていた。

会場の中央には、格間で飾られた天井に触れるほどの大きなクリスマスツリーがそびえ立っていた。枝にはリンゴ、菓子の詰まったバスケット、バラに見立てた赤い花飾りがぶらさがり、根元には鮮やかな模様の包装紙に入ったプレゼントが山のように積まれている。ツリーの周りでは人々が数人ずつかたまって立ち、談笑していた。マナリングは防衛大臣のミュラーが妻とおぼしき人目を引くブロンド美人と一緒にいるのを見つけた。その横には片眼鏡をかけた背の高い男がいたが、公安省のお偉方か誰かだろう。黒い制服姿をした秘密警察の連中が集まっており、その向こうには五、六人の帝国連携担当省の人間がいる。運転手のハンスが頭をたれ、人の言葉に緊張した面持ちでうなずき、愛想笑いしているのが見えた。前にもふと思ったことがあるが、ハンスはでかくて見映えのいい雄牛みたいだ。

ダイアンは戸口でたじろぎ、マナリングの腕にしがみついた。連携担当大臣はもう二人には気づいていた。人混みのなかから手を振り、グラスを持ってやってきた。「リチャードじゃないか。それにミス・ハンターも。いないのかと思って諦めかけていたところだよ。ハンス・トラップは今晩お出ましだからね。一杯飲まないか。私の友人たちもいるから来たまえ。向こうだ。あっちのほうが暖かいぞ」

「ハンス・トラップって、誰？」とダイアンがきいた。

「すぐにわかるよ」とマナリング。

しばらくして大臣が来客に向かって言った。「会場の皆さん、ご着席願います」

食事はすばらしく、ワインは無尽蔵だった。ブランデーが出されたころにはリチャードはずっと気楽に話せるようになっていたし、あのガイスラーの本のことは頭の片隅へと追いやられていた。型通りの乾杯の音頭——国王陛下と総統閣下、植民地諸州と連合帝国への祝杯がささげられた。それから大臣が手を叩いてまわりに静粛を求めた。「皆さん」と大臣が言った。「今宵は、万人が分け隔てなく自由に集い、祝うことのできる特別な夜です——そう、降誕祭前夜《ヴァイナハツアーベント》です。今日という日は、ここにお集まりいただいた皆さんにとって、さまざまな意味があるでしょう。しかしながら、まずこの夜が子供たちのためにあるということを思い出していただきたい。皆さんの子供たちです。この特別なクリスマスの宴を分かち合うために皆さんと一緒に来た子供たちです」

大臣は間を取ってから続けた。「すでに託児室から子供たちを呼び寄せました。まもなくここに来ます。では、お目にかけましょう」彼がうなずいて合図を送ると、使用人たちが装飾のほどされた重そうな箱を台車で運んできた。覆いが取られて現れたのは灰色の大きなテレビ画面だった。同時に、ホールを照らしていた照明がゆっくりと暗くなっていった。ダイアンは怪訝な表情をマナリングに向けた。マナリングは彼女の手に優しく触れ、首を横に振った。

暖炉の明かりを残して大広間はほぼ真っ暗になった。花輪のキャンドルの炎がすきま風になびいてかすかに揺れている。静寂の中、屋敷の正面玄関のあたりを舞う物憂げな風の音がまた聞こえてきた。もうすぐ、屋敷中の明かりが消されるだろう。

大臣が言った。「皆さんの中にはここに初めていらした方もお見えです。ですから、説明せねばなりますまい。

降誕祭前夜《ヴァイナハツアーベント》にはすべての霊と妖精が歩きまわります。悪魔のハンス・トラップはいま現れました。真っ黒で恐ろしい形相をしており、熊の毛皮を身につけています。対するのは光の担い手、クリスマスの精です。光の女王とも神の子《ダス・クリストキント》とも呼ばれています。その姿をお見せしましょう」

テレビの電源が入った。

光の女王はゆっくりと夢遊病者のように動いている。ほっそりして、白いローブ姿だ。淡い灰色の髪は肩を覆うようにだらりと垂れ下がり、頭にはロウソクのともった冠が輝いている。彼女の後ろには錫杖を持って光沢のあるローブを身につけた星の子たちが続いていた。背後からは、もっと年少の子供たちがついてきている。年齢にして上は八、九歳くらい、下は足もとのおぼつかない幼児だ。子供たちは不安げに手をつなぎ、光に沿ってまっすぐ、何かに怖がる猫のように慎重に歩を進めていた。左右に広がる闇をのぞく目には恐怖が浮かんでいる。

「子供たちは闇の中で待っています」と大臣は声をひそめた。「乳母たちはもういません。泣きたくても誰もまわりにいません。だから泣かないのです。光の女王が子供たちを一人ずつ呼びました。子供たちには彼女の光がドアを通ってやってくるのが見えます。彼らは立ち上がってそのあとに続きます。われわれのいるここにはぬくもりがあります。ここに来れば安全です。プレゼントも待っています。ですが、たどり着くまでには、暗闇という試練に耐えなくてはなりません」

カメラのアングルが変わった。この行列を上からとらえた映像だ。光の女王が着実に歩を進めている。彼女の影が羽目板の張られた壁に伸び、ゆらめいている。

「いま大回廊に入りました。我々のちょうど真上に当たります。子供たちは恐怖にひるむことは許されていません。振り返ってもいけません。ハンス・トラップがどこかに隠れているからです。ハンスから子供たちを守ってくれるのは神の子《クリストキント》だけです。子供たちが神の子の光から離れまいとするようすをご覧ください」

オオカミの遠吠えのような音が聞こえた。テレビ画面から聞こえてきたようにも、大広間で反響しているようにも思える。神の子は腕を上げて振り向いた。遠吠えのような音はいくつにも分かれて低くなり、つぶやき声のようになって消えた。そうかと思うと、今度は遠くから鈍く重い足音が打楽器のように響いてきた。

ダイアンが突然言った。「特におもしろくもないわね」

「静かに。おもしろがるものじゃない」

大臣は続ける。「アーリア人種の子供たちは、幼少期より自分をとりまく暗い闇について知っておかなければなりません。それを恐れるだけでなく、その恐怖心を克服するすべを覚えなくてはいけません。強くなくてはいけないのです。連合帝国は弱者によって建国されたのではありません。弱者は帝国を支えきれません。弱者など必要ないのです。もう、このことに子供たちはある程度気づいたことでしょう。我々の屋敷は広大で、闇に包まれています。ですが、子供たちは光にたどり着きます。彼らはかつての連合帝国と同じように戦います。生まれながらの権利を守るために」

画面上でカメラが切り替わり、大きく湾曲した広い階段を映し出した。行進の先頭が現れ、階段を下っていく。「では、我らが友ハンスはどこにいるのでしょう？　おやおや――」

マナリングの腕に置かれたダイアンの手にぎゅっと力が入った。黒塗りの顔が画面に現れる。怪物はうなり声を上げ、カメラをかぎ爪でひっかいた。そしてきびすを返し、階段へと消えた。子供たちは悲鳴を上げ、身を寄せ合った。共鳴する音で屋敷は異様な空気に包まれ、グロテスクな怪物たちが跳ねまわり、子供たちをつかまえる。行進はなんとか前に進もうとするが、完全に規律を失ってしまう。マナリングには一人の子供がすっかり不意をつかれるのが見えた。悲鳴は恐怖の頂点に達した。

神の子《クリストキント》が振り返り、ふたたび両手を高く掲げた。怪物や半獣半人たちはゴロゴロとうなり声を出して闇へと追いやられた。また落ち着いた歩みで行進が再開された。

「子供たちはすぐそこまで来ています。優秀な子供たちです。アーリア人種の名に恥じません。ツリーの準備をしましょう」

ロウソクを持った使用人たちが駆けつけて、ツリーに明かりをともした。闇の中からツリーが浮かびあがり、黒緑に輝いた。ロウソクで輝いているはずなのに、ツリーがこんなに暗い色の物だということにマナリングは初めて気づいた。

広間の大きな扉が急に開かれ、子供たちがよろめくようになだれ込んできた。顔は涙でぐしょぐしょになり、まだしゃくりあげていて、けがをしている子供もいる。だが、ツリーに駆けよるまえに全員が立ち止まり、闇の中を先導した妙な生き物にお辞儀をした。冠が持ち上げられ、彼女のロウソクが消される。すると光の女王は他の子と同じ普通の女の子に戻った。透けるような白いドレスを着た、細身で裸足の女の子だ。

大臣は笑顔で立ち上がった。「さあ、音楽とワインを楽しみましょう。ハンス・トラップは死にました。みなさん、良き降誕祭《フローエ・ヴァイナハテン》を！」

マナリングは振り返って、「どうかした？」

「ちょっと失礼」とダイアン。

「ちょっと後味が悪くて」

マナリングが心配そうに彼女を見送っていると、大臣が彼の腕を取って話しかけてきた。「今年も快調だな、リチャード。今のところ快調だろう？」

「そのようですね」

「結構、結構。やあハイジ、エルナ……フレデリックだね？　プレゼントに何をもらったのかな？おや、それはすごいねえ……」大臣はマナリングに向こうへ行くよう手振りで示したが、まだ指が肘の下にかかったままだった。歓声がわきおこった。ツリーの後ろに隠してあった橇を誰かが見つけたらしい。大臣が言う。「あの子たちを見たまえ。どんなに幸せか。私は子煩悩になると思うよ、リチャード。自分の子供たちがいればね。今まで私は自分を犠牲にしすぎたかもしれない……だが、まだチャンスはある。私は君より若いんだ、気づかなかったかね？　現代は若者の時代だからね」

「大臣のご多幸をお祈りします」

「おいおい、リチャード、教科書通りの受け答えばかりするのはやめろよ。頭を上げてくれ、君は堅苦しすぎる。私たちは友人同士じゃないか。誰よりも君を信頼している。それは君も知っているだろう」

「ありがとうございます。存じております」

大臣は溢れる喜びを隠しきれないようすだった。「リチャード、こちらへ来たまえ。すぐ済むから。とっておきのクリスマス・プレゼントがあるんだ。なに、長く引き留めはしない。すぐに戻れる」

元気のよい大臣に引っぱられるようにして、マナリングは後を追った。大臣はアーチ状に飾られたドアを腰をかがめてくぐり、左右に曲がり、それから狭い階段を下りていった。階段の先は無地のグレーの鋼鉄で遮られ、行き止まりになっている。大臣が手のひらをセンサーに押し当てると、カチンと音が鳴って機械が作動し、ドアが内向きに開いた。その向こうにはコンクリート階段が続き、ガラスの受け皿に灯油を詰めたランプ一つがともっていた。ひんやりとした空気が上がってくる。いま足を踏み入れようとしているのが、ウィルトン・ハウスの地下に蜂の巣のように造られた地下基地の一部であることに気づいて、マナリングははっとした。

大臣はずっと先を早足で進み、さっきと同じように、別のセンサー式のドアを開いた。「おもちゃだよ、リチャード。どれもおもちゃだ。でもこういうのが好きでね」そう言ってからマナリングの表情に気づき、付け加えた。「早く来いよ。ほら！　どうも君はあのハンス・トラップにびくびくしている子供たちより怖がりのようだな」

ドアを開けると、そこは真っ暗だった。重苦しく、ほのかに甘いにおいがしたが、それがどこから漂ってきているのか、マナリングにはしばらくわからなかった。大臣が前に進むよう優しく押した。マナリングは思わず抵抗し、押し返した。大臣の腕が彼のそばに伸びた。カチッと音がして、室内は光で満たされた。天井は低いがコンクリート造りの空間が広がっていた。ぴかぴかに光っているメルセデス・ベンツがあり、その隣に大臣私用のポルシェがある。数台のフォルクスワーゲンと一台のフォード・エグゼクティブも並んでいる。一番向こうの隅には白く光を放つ車体が見える。ランボルギーニだ。二人が出てきた所は地下ガレージだったのである。

大臣は「私専用の近道だよ」と言った。そしてランボルギーニに向かって歩き、その低く広いボンネットを指でなでた。「この娘《こ》を見たまえ、リチャード。ここに座るんだ。どうだ、美人だろう？ご機嫌だろう？」

「確かにおっしゃるとおりです」

「気に入ったか？」

マナリングは笑みを浮かべて答えた。「もちろんです。決まってるじゃありませんか」

「よろしい。そう言ってくれて私も嬉しいよ。リチャード、君は昇格だ。このランボルギーニは君にやろう。この娘と存分に楽しみたまえ」

マナリングは目をみはった。

「おい、どうした？　そんな目で私を見てくれるな。狐につままれたみたいだぞ。ほら、ここに自動車登録証とキーがある。すべて記入済みだ。登録も完了している」大臣はそう言って、マナリングの肩をつかみ、笑いながら彼を引き寄せた。「君はよく働いてくれた。連合帝国は恩を忘れないよ。よき友、よき僕《しもべ》をな」

「大変光栄に存じます」

「〝光栄〟なんてやめてくれよ。君はまだ堅いな。リチャード……」

「何でしょうか？」

「私のそばにいてくれ、たのむから。やつらは……何もわかっていない。だが私たちは理解し合っている……そうだろう？　こんな不安定なご時世だ。私たちはお互い協力し合わねばならない。連合王国と第三帝国。離ればなれになれば……やられてしまうかもしれん！」大臣は背を向けて、握りしめた拳を車のルーフに置いた。「なんといってもあいつらだ。ユダヤ人、アメリカ人……資本主義の輩《やから》め。やつらにはずっと恐怖心を植え付けておかねばならん。分裂した帝国など誰が恐れるものか。そうなったら崩壊だ！」

「全力を尽くします。一致団結して」

「わかっているよ、そんなことは。だがリチャード、今日の昼のことだ。私は剣をもてあそんでいた。他愛もない剣だよ」

こうやってまた俺を引き留める気だな。手順はわかっている。だが、何もかも知ってるなんて思い込んではいけない。

大臣が沈痛な面持ちで振り返った。「力は正義なり。そうでなければならぬ。だが、ヘス副総統は……」

マナリングは慎重に言った。「私たちも以前実行したことはありましたが……」

大臣は拳で車体をたたきつけた。「リチャード、わからないか？　あれは我々じゃないんだ。今回は違う。あれは彼の部下だ。バウマンかフォン・ターデンか……私にはわからん。彼はもう年寄だし、もう第一線じゃない。彼らが殺したがっているのは理念だ。つまりヘスは理念にすぎないのだよ。わかるかい？　これは生活圏《レーベンスラウム》の問題なんだ。またしても、この問題だ。世界の半分じゃまだ足りないということだ」

大臣は姿勢を正して続けた。「リンゴの中の虫だよ。中から食い尽くしていく……だが、我々は連携担当省の人間だ。我々は重要な役目を担っている。リチャード、私の目となり、私の耳となってくれ」

マナリングは何も言わずに立ったまま、部屋に置かれていたあの本のことを考えた。大臣はふたたび彼の腕を取った。「影だよ、リチャード。やつらは近くにまで寄ってこなかった。子供たちには暗闇を恐れるよう教えてもいいだろう。だが、我々が元気なうちはそうはいかん。そうだろう？　影など我々には無縁だ。我々には人生があり、希望がある。できることだってたくさんある……」

たぶん飲んだワインのせいだ、ずっと緊張を強いられてきたからな、とマナリングは思った。ほとんど無関心と言えそうな、奇妙な無感覚さが彼を襲っていた。大臣の後を黙ってついて地下施設を逆行し、薪やツリーのロウソクが燃えている大広間に戻った。風の音と混じった歌声が聞こえ、重いまぶたの子供たちが聖歌を歌おうと口を開けたまま眠りに落ち、船を漕いでいるのが見えた。屋敷が完全な休止状態に向かって徐々に静まっていくようだ。やはりダイアンはいなかった。マナリングは隅の席に座ってワインを片手に物思いにふけり、大臣があちこちに挨拶してから自室に戻るのを、広間が空っぽになっていくのを、そして使用人たちが後片づけをするのを眺めていた。

　ふだん夜に感じるように、一日中隠してきた内側の自分が睡魔に襲われるのを感じた。疲れが祝福の言葉のようにどっと押し寄せた。彼はおずおずと立ち上がり、ドアへと向かった。俺がいなくなったところで誰もかまいはしないさ。空想の中で屋敷のシャッターが降ろされた。

　部屋の鍵を見つけ、さし込んだ。マナリングは思った。ダイアンが待っているだろう。待てども来なかった手紙、期待してもかからなかった電話みたいに。彼はドアを開けた。

「何をぐずぐずしていたの？」とダイアンの声。

　マナリングは中に入り、そっとドアを閉めた。暖炉の火が音を立てて寝室を照らし、カーテンが夜の闇を部屋から閉め出している。ダイアンはパーティのドレスを着たまま、裸足で暖炉のそばに座っていた。カーペットにはグラスがいくつか、半分までしか吸っていない煙草が灰皿にたまっていた。明かりが一つだけともされている。柔らかい光の中で、彼女の瞳は大きく、黒く見えた。

　マナリングは本棚を見渡した。ガイスラーの本は彼が置いた場所にあった。「どうやって入った？」

　ダイアンはくすくす笑いながら答えた。「ドアの裏にスペア・キーがあったわ。私が盗むのを見てなかったの？」

　マナリングは彼女に近づき、立ち止まって見下ろした。心の中でつぶやいた。ただでさえ難しいパズルにまた新しいピースだ。いい加減にしてくれ、複雑すぎる。

「怒ってるの？」

「いや」

　ダイアンは軽い足取りで立ち上がり、優しい口調で言った。「お願い、リチャード。機嫌を悪くしないで」

マナリングはゆっくりと腰を下ろし、彼女を見つめた。

「何か飲む？」ときかれても、マナリングは黙っていた。かまわずダイアンは一杯ついだ。「いったい今まで何してたの？　もっと早く戻ってくると思ってたのに」

「大臣と話をしていてね」

ダイアンは人差し指で絨毯の模様をなぞった。ブロンドの髪が輝きながら重そうに前に垂れ、うなじをあらわにした。「さっきはごめんなさい。大人げなかったわ。ちょっと怖かったの」

マナリングはちびちびグラスを傾けた。ゼンマイの解けた機械のように感じた。こんな真夜中にもう一度頭を働かせなければならないとは責め苦だ。「君は何をしてた？」

ダイアンは彼を見上げた。目は嘘をついているように見えない。「ここに座ってたわ。風の音を聞きながら」

「それじゃあまりおもしろくなかっただろう？」

ダイアンは彼の顔に目を据えたまま、ゆっくりと首を振った。「あなたは私のことなんて何も知らないのよ」

マナリングはふたたび口を閉ざした。ダイアンが言った。「信じてないんでしょう？」

マナリングは考えた。そう、君は理解してもらいたい。他の人とは違う人間だって。それなのにこの俺は安請け合いしている。「信じていない」

ダイアンは笑みを浮かべながら手に持ったグラスをおろし、マナリングのグラスを取り上げた。絨毯の向こうから近づいてきて、彼の首にすべるように腕を回した。「あなたのことを考えてた。これからどうしようかって」そしてキスをした。彼はダイアンの舌が入るのを感じ、閉じていた唇をゆるめた。「ううん……」とダイアンは少しのけぞって笑った。「かまわない？」

「ああ」

ダイアンは髪を唇にかからないように押さえ、ゆるんだ唇でもう一度キスした。マナリングは思わずぴくりと反応した。するとそこを彼女の手が触れて握った。

「いやなドレスね。邪魔だわ」ダイアンは背中に手を伸ばした。ドレスが真ん中で分かれていき、そのまま腰のところまでおろした。「昔みたい」

マナリングはゆっくりと言った。「昔と同じものなんてない」

ダイアンは彼の膝の上で向きを変え、見上げてささやいた。「時計の針は戻しておいたから」しばらくして夢の中で彼女が言った。「あのときはほんとにバカだった」

「どういう意味？」

「勇気が出せなかったの。それだけ。本当はあなたが出て行く必要はなかった」

「ジェイムズはどうなんだ？」

「どうせあの人には別の女がいるわ。あのとき、自分が何を失うかわかっていなかったのよ」

マナリングの手は彼女の体を愛撫していた。混乱した頭の中でいま起こっていることとさっき起こったことが混ざりあった。いま腕の中に抱いているはずなのに、ダイアンがまだ四つん這いになっていて、その体の上を暖炉の炎が踊っているのが見えた。まさぐると、またその気になったようだった。

ダイアンはのたうち、嬌声をあげ、生身の彼を迎え入れ、最後まで行った。

ずいぶん時間が経ってから、マナリングは言った。「大臣からランボルギーニをもらった」

ダイアンは転がって腹這いになり、手であごを支えて乱れ髪のままで見つめていた。「あなたはとうとうブロンド女をモノにしたのよ。私たちのこと、これからどうするつもり？」

「どれも現実じゃない」

「まあ……」ダイアンは彼をポンと叩いた。「私を怒らせる気？　バカね、これは現実に起こったの。正真正銘の現実。誰にでも起こることなのよ」彼女はまた指でカーペットをひっかいた。「妊娠していたらいいのに。そうしたら、あなたは私と結婚しなくちゃならないもの」

ダイアンは険しい目つきになった。マナリングの頭の中でまたワインが歌いだした。

ダイアンが頬を寄せた。「前に言った、あの言葉をもう一度言って」

「憶えてないな」

「リチャード、お願い……」そこで彼が「ダイアン、結婚してくれるかい？」と言うと、彼女が「ええ、ええ、ええ」と答えて、それからあとで我に返ると、ありえないことにマナリングは彼女ともう一度結ばれ、その三度目が最高で、しっかりと抱きあい蜜のように甘かった。ベッドから取ってきた枕とベッドカバーで、二人はぴったり身を寄せあい、知らないうちにマナリングは際限なくしゃべりつづけていた、心に残るのはセックスではなく、モールバラでのショッピング、紅茶を飲んだひととき、ホワイトホース・ヒルから日没の景色を眺めたこと、そして二人で一緒に過ごした時間だったことを。するとダイアンが指を彼の口に押し当て、二人は眠りに落ち、寒さと孤独と恐怖を通り過ぎ、砂漠と暗がりの場所を越え、たどりついたのはおそらく尖塔が金色にそびえ、木々の葉がまばゆく揺れ、白い車が道を歌うように走り、静かに燃える太陽が新世界を照らしだしている場所だった。

目を覚ますと、暖炉の炎が小さくなっていた。マナリングはぼんやりしたまま起きあがった。ダイアンが見つめている。ほほえみながら彼女の髪をしばらく撫でると、ダイアンが身をかわした。「リチャード、私はもう行かなきゃ」

「まだいいだろう」

「もう遅いわ」

「かまわないさ」

「かまうわよ。あの人に知られてはまずいもの」

「あの人？」

「わかっているくせに。私がなぜここに呼ばれたか知ってるでしょ？」

「あいつはそんな男じゃない。本当だ」

ダイアンは身を震わせた。「リチャード、お願い。私をトラブルに巻き込まないで」それから笑顔で付け加えた。「明日になれば会えるわ。ほんのしばらくの間じゃないの」

マナリングはぎこちなく立ち上がり、彼女を抱きしめ、その体のぬくもりを身近に感じ取った。靴をはいていないと彼女は小柄だった。肩がちょうど脇の高さだった。

服を着る途中でダイアンはふと笑いだし、片手をついて壁に寄りかかった。「すっかり酔っちゃった」

少し間をおいてマナリングが言った。「部屋まで送っていくよ」

「いいのよ。大丈夫」ダイアンはハンドバッグを手にしていて、髪も直してあった。またパーティ帰りの格好に戻っていた。

ドアの前で彼女は振り返った。「愛してるわ、リチャード。ほんとうよ」そしてもう一度軽くキスをしてから消えた。

マナリングはドアを閉め、閂《かんぬき》を下ろした。そしてしばらく立ったまま部屋を見回した。暖炉では燃え尽きた薪が音を立てて折れ、小さな火の粉を巻き上げている。洗面台で顔と手を洗ってから、ベッドの上にベッドカバーを広げ、枕を元戻りにした。ダイアンの匂いがまだ体にまとわりついていた。マナリングは彼女の興奮や口走った言葉を思い出した。

窓辺に近づいて窓を少し開けた。外では雪が深い帯や吹き溜まりとなって積もっている。星明かりの反射で光って、幽霊のように白い。屋敷は完全な静寂に包まれていた。彼は冷気が肌を刺すのを感じながら立っていた。そしてこの静寂の中、遠くから声がはっきりと聞こえてきた。衛兵所からかもしれない——遠く、安らかな声が。

きよしこの夜《シュティレ・ナハト・ハイリゲ・ナハト》
星は光り《アレス・シュレーフト・アインザム・ヴァハト》——
すくいの御子は《ヌア・ダス・トラウテ・ホッホハイリゲ・パール》
御母の胸に《ホルダー・クナーベ・ミット・ロッキゲン・ハール》——

彼はベッドに戻ってベッドカバーをめくった。糊がきいていていてしみのないシーツは、新鮮な匂いがした。マナリングは口元を緩め、ランプを消した。

部屋の壁、漆喰の一インチ内側で、小型の精密機械がかすかな音を立てた。金色の細いコイル状のワイヤーが小さく震動した。だが、録音機は窓を開けたときのきしみに関心があったわけでもなく、歌声だけで作動を開始したわけでもなかった。超小型のスイッチが音もなく入れられた。電球のフィラメントの光が弱くなり、消えた。マナリングは最後に残った薪の明かりのなかで横になり、目を閉じた。

眠りたもう《シュラーフ•イン•ヒムリッシャー•ルー》
夢やすく《シュラーフ•イン•ヒムリッシャー•ルー》——

2

引かれたカーテンの向こうで、まぶしい光がちらついている。

空はぎらぎらして、青く澄んでいる。氷のようで、陽光に満ちた空だ。きらめく領地から反射する光がまばゆい。林や、丘や、まばらな木々といった、遠くの景色がくっきりと見える。屋根やひさしは白いハンモックを吊るし、木々の枝は三インチほどの羽根飾りをつけている。この静寂の中、あちこちで雪がひび割れ、砕けて落ちる。

馬に乗った男たちの影が揺れ動いている。静寂が途切れる。蹄の音が雪かきの終わった庭で鳴り響いたり、積もった雪をかき混ぜてくぐもったりする。空気までもがこの寒さで結晶になってしまったかのようだ。その冷気を通って聞こえてくる声が、ガラスのようにもろく砕け散る。

「おはよう《グーテン・モルゲン》、ハンス……」

「ひどい寒さですね《フェアフルフト・カルト》！」

「犬の調教師の話じゃ、危険だってね《デア・フンデマイスター・ザークト・ゼア・ゲフェアリッヒ》！」

「心配ありませんよ《マッハト・ニッヒツ》！　獲物が森に入る前にしとめますから《ヴィア・エアヴィッシエン・エス・ベフォア・デム・ヴァルト》！」

馬に乗った男が門をくぐる。馬が鼻を鳴らし、踊り上がる。

「よし、米ドルで五十ドル賭けよう《イッヒ・ヴェッテ・ディア・フユンフツイッヒ・アメリカニッシエ・ドラー》！」

「じゃあそれでいきましょう《アインフェアシュタンデン》！　今日はついているな《ホイテ・ハーベ・イッヒ・グリユック》！」

話し声や馬の足音がこだまして聞こえてくる。頬が朱に染まり、意識が研ぎ澄まされる。狩人にとって、早朝のこの庭ほど魅力を発散しているものはないからだ。戸口にはテーブルが設置されている。湯気をたてている大きな器《うつわ》が運ばれてくる。カップが上げられ、乾杯の音頭が取られる。杯と杯のたてる音が響きわたる。

「連合帝国の発展を祈って！」

「狩猟隊の成功を祈って！」

いま、時は強く巻かれたバネのようだ。犬たちが前に飛び出す。犬係一人につき六匹ほどいるが、ひもはピンと伸びきり、首輪が引っ張られてきしむような音を立てている。その背後には馬に乗った男たちがいる。上下する深紅のコートが雪の上に散っていく。車道で将校が挨拶をすると、別の将校が手袋をはめた手を合わせ、うなずく。門が音を立てて開く。

何マイルも続く敷地では、どの家も戸を閉め、閂を閉じ、鎧戸をおろし、急いで子供を屋内に入れる。村の通りは雪に包まれ、音も立てずに待つ。どこかで一匹の犬がほえるが、黙らされる。家という家は目を閉じ、押し黙ってかがみ込む。馬が駆けるよりも早く知らせが行き渡っていた。今日は狩がある――しかも雪の上で。

馬に乗った狩人たちが散開し、まだら模様になった荒れ地へと駆けだしていく。猟犬が静止し、また走る。そしてホルンが鳴り始める。白地に黒い点となって前方で犬たちが駆けては跳ねる。ホルンがまた鳴る。しかし猟犬たちは黙ったまま走る。狩人たちが嗅跡に沿って疾走する。

いま、狩人たちにとって時も視覚も断片になる。小枝と雪が素早く過ぎ去っていく残像の中で混じり合う。木の幹、溝、門も。潮《うしお》は敷地の高台にのぼり、反対側の斜面をなだれ落ちる。白い外套をつけた生け垣が現れる。雪でくぐもった蹄のとどろきは、飛び越すときの静寂と、降りるときの衝撃音によって中断される。獲物の発見を知らせるホルンが荒々しく甲高く響く。熱狂、そして騒ぐ血が、思考力を放免する。一頭の馬が大きくばたついて崩れ落ちる。もう一頭が横転し、狩人を雪の中に押しつぶす。主人のない鞍が走り去る。破壊する狩猟隊は知らないうちに自らも破壊していく。

山荘や敷地を囲うフェンスがある。気づかれぬままフェンスが倒される。蹴散らされた雪片が雲のように舞って養鶏場を覆う。馬の蹄の下で鳥たちが悲鳴を上げる。帽子は飛ばされ、髪は乱れて波打つ。鞭がうなりをあげ、拍車が血を流す馬の脇腹をひっかく。森はもうすぐそこだ。小枝や大枝がなぎ倒され、雪がドサッと落ちる。あちこちで雪の崩れる音。

結末はいつも同じだ。犬係たちが追いつめ、ヨーデルのような声で知らせて踏みつぶされた低木林に身をかがめる。狩人たちは鞍を揺らしながら獲物に近づいてくる。そして沈黙が訪れる。赤く染まった獲物だけが身をよじり、のたうちまわる。そのかぼそく甲高い音は、傷を負ったすべてのものに共通の悲鳴だ。

それでも、まだ選択の余地があれば、狩猟隊長《ヤークトマイスター》が苦しみから解放してやる。ピストルの音が虚ろに響く。凍った枝の上から鳥が飛び立ち、繰り返し鳴きながら旋回する。もう一度撃たれ、獲物が動かなくなる。やがてふるえも止まり、一匹の猟犬が出てきてなめはじめる。

ふたたびゆっくりと狩猟隊が動き出し、ばらけていく。ささやきが聞こえ、笑い声も息を殺して消えていく。熱狂はもう終わりだ。誰かが寒さにぶるっと震える。頬と首に血をつけた女の子が手袋を額に押し当て、悲しげな声をたてる。儀式は終わった。このしばしの間、連合帝国は自らの身を清めていたのだ。

狩人たちはくたびれた鞍に乗ってばらばらに戻り、よろめくように門をくぐる。最後の狩人が入ると、箱型の黒いワゴン車がエンジンをかけ、出て行く。そして一時間後にこっそり戻ってきて門が閉まる。


深い眠りから目覚めるのは、暖かい海からゆっくり顔を出すのと似ていた。目を閉じて横になっていると、マナリングは記憶と意識が混乱して一瞬錯覚に陥った。まだダイアンが横に寝ていて、そのうえ部屋が子供時代の自分の部屋に変わったように見えたのだ。彼は顔をこすり、あくびをして首を振った。眠りを覚ましたノックの音が、もう一度聞こえた。「はい?」

「十五分で朝食の時間が終わります」

「わかった」と答えると、去ってゆく足音が聞こえた。

体を起こして手探りでサイドテーブルの腕時計を見つけ、目の前まで引き寄せた。十時四十五分。

毛布を勢いよく払いのけると、冷気が肌を刺すように感じられた。明け方までダイアンはたしかに一緒にいたのだ。体があの淫魔の感触を痛いくらいはっきりと憶えている。視線をおろして苦笑しながらバスルームに向かい、シャワーを浴びてから体を拭き、髭を剃って身支度をした。そして戸締りをして朝食の部屋に向かった。何組かの夫婦がまだコーヒーを飲んでくつろいでいた。マナリングはにこやかにあいさつして窓側の席を取った。二重窓の向こうには雪が深く積もっている。その反射で部屋が白く照らされ、明暗が反転したようだ。ゆっくりと食事を取っていると、遠くから叫んでいる声が聞こえてきた。屋敷の裏の長い斜面では、子供たちが元気よく雪合戦をしているのが見えた。一瞬雪ぞりが見えたが、すぐになだらかな稜線に隠れて見えなくなった。

ダイアンに会えたらと思っていたが、やってこない。彼はコーヒーを飲み、煙草を吸ってから、テレビのあるラウンジへ向かった。大きなカラー画面には、ベルリンの病院でおこなわれている子供たちのパーティが映し出されていたので、その画面をしばらく見ていた。後ろのドアの開く音が何度したが、ダイアンではなかった。

屋敷にはもう一つ来客用ラウンジがあったが、この時期にはあまり使われていない。読書室と図書室もあった。何をするでもなくぶらっと立ち寄ってみても、ダイアンの痕跡は見あたらなかった。まだ起きていないのかもしれない。ウィルトン・ハウスではクリスマスの日の鉄則はあまりない。ルームナンバーを確かめておけばよかった、と彼は思った。彼女がどっちの棟の客室に泊まっているかさえ知らなかった。

屋敷は静かだった。客のほとんどは部屋に戻ったようだ。彼女は狩猟に加わったのだろうか。狩猟隊が出かけるのと戻ってくるのを彼はぼんやりと耳にしていた。そんなに人気があるのだろうか、とマナリングは疑った。

テレビのあるラウンジへ舞い戻り、一時間かそれ以上テレビを見続けた。昼食時にはなんとなく胸騒ぎがしてきた。と同時に、妙な不安が頭をもたげてきた。ひょっとしたらダイアンが来ていたかもしれないと思い、部屋に戻った。だが、奇跡が二度起こることはなかった。部屋には誰もいなかった。

暖炉の火が燃え、ベッドメイキングは終わっていた。使用人が合い鍵を持っていることをすっかり忘れていた。ガイスラーの発禁書は本棚に置いたままだった。それを取り出し、手にしたまま立ち尽くし、顔をしかめた。こんなところに置いたままにするなんて、俺もどうかしている。

彼は肩をすくめ、本を戻した。誰がこの本棚の本を読むって言うんだ？　この計略は——もし計略があったとしての話だが——冷静に考えれば馬鹿げている。廊下に出て、ドアを閉めて鍵をかけた。本のことはできるだけ忘れようとした。あの本は問題だった。そして、マナリングにとってまだ心の準備ができていないさまざまな問題の象徴でもあった。いま頭の中に抱えているものだけでも多すぎるのだ。

マナリングは一人で昼食を取ったが、今度ははっきりと胸の痛みを覚えた。これはいつものパターンと怖いくらい似ていた。一度彼女の姿が廊下に見えたように思えた。胸が高鳴った。だが、それはもう一人のブロンド、ミュラーの妻だった。仕草や髪型はダイアンに似ていたが、この女の方が背は高い。

マナリングは夢想にふけった。ダイアンのイメージが何枚も心に焼き付けられたようだった。そのそれぞれが厳選され、吟味され、愛しげに脇に置かれる。暖炉の火に照らされた彼女の髪や肌のきめ、腕の中で眠っているときに眼の下をなでる長いまつげを彼は見た。より鮮明で、より最近の記憶が心の小さな痛手のようにずきずきと痛みだした。彼女がほほえんで頭を上げると、髪が揺れ、乳房の先に触れる。

コーヒーを飲み終えて、席を立った。十五時になれば、ダイアンも愛国心を示すためにテレビのラウンジに出てこなければならない。客はみなそうする決まりなのだ。それまでだめだったとしても、その時には彼女に会える。自分が人生の半分ものあいだ彼女を待ち続けてきたことを、マナリングは苦々しく思い出した。もうちょっと待ったところで問題はないだろう。

彼はまた邸内をうろついた。大広間、それに神の子《クリストキント》が歩いてきた大回廊。その回廊に並ぶ窓の下には雪に覆われた屋根が見えた。屋根からの光の反射で明るくなり、この場所には昨夜のような神秘性がなくなっていた。大広間ではすでにクリスマスツリーが撤去されていた。使用人たちがカーテンを吊るし、金箔で装飾された籐椅子を持ち込んでいるのが見えた。楽団用バルコニーにはさまざまなかたちをしたケースが積み上げられており、オーケストラが既に到着したことを物語っている。

十四時に、マナリングはテレビのあるラウンジに戻った。一目見てダイアンがいないことは明らかだった。バーが開いていた。ハンスは相変らず愛想のいい大男に見え、来客の接待役をさせられていた。彼はマナリングに笑顔で「いらっしゃいませ」と声をかけてきた。マナリングはラガーのビールを注文し、グラスを持って隅の席に座った。ここからだとテレビ画面と入口の両方が見える。

画面には、連合帝国内でクリスマスの定番となった祝賀の全世界中継が映っていた。モスクワやレニングラードの駐屯地、灯台船、北極の気候観測所、ドイツ領東アフリカの公館から中継で祝福の声が届くのを、彼は特に興味があるわけでもなく眺めていた。十五時には総統が演説することになっていた。今年は初めてツィーグラー総統が英国王エドワード八世よりも先に演説をする予定だ。

部屋がゆっくりと客で埋まってきた。彼女は来ない。マナリングはラガーを飲み干してカウンターに向かい、二杯目と煙草を一箱注文した。不安感は今や研ぎ澄まされ、恐怖感に近いものになっていた。彼女が体調でも悪くなったのではないかと今になって初めて考えた。

時報の画面になり、ドラムロールとともにドイツ国歌の演奏が始まった。マナリングは他の客とともに起立し、演奏が終わるまで姿勢を正して立っていた。画面が変わり、馴染みのあるドイツ総統官邸の一室が映った。背の高い黒い羽目板に、深紅のカーテン、机の上には大きな鉤十字《ハーケンクロイツ》が飾られている。総統はいつものように完璧な演説をした。だが、マナリングは心の片隅で、総統も年を取ったなと考えていた。

演説が終わった。マナリングは自分が総統の話を一言も聞いていないことに気づいた。

ドラムがまた鳴った。国王陛下の番だ。「またこうして、クリスマスの日に……みなさんにお話しできますことは……わたくしの責務であり大いな喜びでもあります」

突然、マナリングの頭の中で何かが破裂した。彼は立ち上がって、足早にカウンターへ向かった。

「ハンス、ハンターさんを見かけなかったか？」

ハンスはびくっとして振り向いた。「お静かに願います……」

「彼女を見かけなかったか？」

ハンスは画面を見つめ、それからマナリングを見た。テレビでは国王の演説が続いている。「今まで……幾多の艱難辛苦がありました。これからもあるでしょう。しかし……神の助けによって、きっと乗り越えることができるでしょう」

ハンスは渇いた口を舌でぬらした。「すみませんが。何のことをおっしゃっているのかわかりかねます」

「彼女の部屋はどこだ？」

大男は罠にはまったような顔つきになった。「お願いです、マナリング様。そんなことをおっしゃられても困ります……」

「彼女の部屋はどこだと言ってるんだ！」

客の一人が怒りをあらわにしてふり返り、静粛を求めた。ハンスが言う。「わかりません」

「いい加減にしてくれ、お前は彼女の荷物を上に運んだじゃないか。この目で見たんだぞ！」

「いいえ……」

一瞬、ラウンジがぐるぐる廻りだしたようだった。

バーのうしろにドアがあった。ハンスは一歩下がって言った。「お願いです、こちらで」

そこは保管倉庫だった。ワインが何本も棚に置かれていて、オリーブオイルの瓶やクルミや卵もあった。マナリングは中に入ってドアを閉め、体の震えを抑えようとした。ハンスが言った。「失礼ですが、ああいう質問はやめていただけませんか？　ハンターさんという方は存じあげません。何をおっしゃっているのかさっぱりわかりません」

「彼女の部屋はどこなんだ？　答えろと言っているんだ！」

「無理です！」

「お前は私を昨日ロンドンからここまで送った。そうだろう？」

「はい」

「ハンターさんもいっしょだった」

「それは違います！」

「いい加減にしろ、彼女はどこだ？」

ハンスは汗だくだった。長い間があってから、彼は口を開いた。「マナリング様、お願いです。わかっていただかないと。私ではお役に立てません」そしてつばを飲み込んでから、威儀を正した。

「私はあなたをロンドンからお送りしました。残念ながら、あなたは……おひとりでした」

マナリングはラウンジを飛び出した。小走りで自室に戻ってドアを荒々しく閉めると、息を荒げ、しばらくそのドアにもたれていた。しばらくすると、めまいがおさまった。彼はゆっくりと目を開けた。暖炉の火がともっている。ガイスラーの本は本棚にある。何も変わっていない。

マナリングは手際よく調査にかかった。家具を動かし、裏をのぞき込んだ。カーペットを巻き上げ、床の隅から隅まで叩いて調べた。鞄から懐中電灯を取り出し、ワードローブの中を入念に調べた。壁に軽く指を走らせ、仕切りごとにふたたびコツコツ叩いて確かめた。最後に椅子を持ってきて天井の照明器具を取り外した。

何もない。

彼はさらに作業を続けた。この二回目の捜索の途中でマナリングは凍てつき、床板を見つめた。そして鞄のところまで行って、ピストルのホルスターからドライバーを取り出した。しばらくドライバーを使って格闘してから体を起こし、手のひらを見つめた。顔の汗をぬぐい、見つけたものを注意深くサイドテーブルに置いた。小さなイヤリング――彼女がつけていたイヤリングの片方だ。彼はしばらく肩で息をして座り、頭をかかえた。

部屋を調べているうちに冬の日は沈んでいた。フロア・スタンドをつけ、傘を取り外し、その裸電球を部屋の中央に置いた。壁をもう一度ぐるりと調べ、目を凝らし、叩いたり押したりしてみた。そうすると、ついに暖炉のそばで一フィート四方の漆喰が空洞のような音を立てた。

電球を近づけ、毛髪のように細いひび割れを調べた。そっとドライバーの刃をさし込み、ねじってみた。もう一度。カチッと音がして、その部分がぱっくりと開いた。

マナリングはその小さな隙間に手を入れ、震えながら、録音機を取り出した。しばらくそれを持ったまま立ちつくしていた。それから腕を振り上げ、炉床に叩きつけた。息を荒げ、粉々になるまで踏みつけて蹴飛ばした。

鈍い音が轟音となって、屋敷の頭上に近づいてきた。胴体部分のライトをギラギラ光らせ、下降気流で雪を巻き上げながら、ヘリコプターがゆっくりと着陸した。彼は窓辺に近づき、じっと見つめた。マフラーや手袋、スーツケースや新品のオモチャ箱をしっかりつかんだ子供たちが次々と乗り込んでいる。タラップが引っこみ、ハッチが固く閉められた。雪がふたたび舞い上がる。その胴体を重そうに持ち上げ、ヘリコプターはウィルトンの方向へと飛び立った。

パーティが始まろうとしていた。

ライトが輝く、邸内の隅々まで。オレンジ色に照らされた窓が棒状の光を雪に投げかけている。神経をピリピリさせた使用人たちが行き来する。急ぐ足音、銀食器やグラスの響き、命令を出す声。ディナーが用意される「緑の部屋」と厨房の間を給仕たちがせわしなく移動する。料理が列をなして次々と運ばれる。ローストされててりが出たクジャクは、影とロウソクの灯の中で飾り羽根を誇らしげに見せ、アルコールにひたした灯心がそのくちばしの中で燃えている。大臣が笑いながら立ち上がった。乾杯が交わされ、グラスが空けられる。五千台の戦車に乾杯、一万機の戦闘機に乾杯、十万挺の銃に乾杯。連合帝国が荘厳に賓客をもてなす。

クライマックスが近づく。飾りを添えられ湯気をたてている雄豚の頭が高々と担がれて登場する。牙がきらりと光る。あごにくわえられているのは太陽の象徴、オレンジだ。続いて登場したのは、カンテラと募金箱を持った唱歌隊とパントマイム役者。彼らが歌う聖歌は英独連合帝国よりもずっと歴史が古い。第三帝国よりも、連合王国よりも。

〝もろびとの苦難は報われることなくケレスは悲しみに……〟

会場が騒がしくなる。募金の硬貨が投げ入れられ、きらきらと光る。ワインがつがれる。さらにもう一杯、またもう一杯と。果物を乗せたボウルがまわされる。菓子を乗せたトレイにスパイス・ケーキ、ジンジャー・ブレッド、マジパンも。最後に、終わりの合図としてブランデーと箱に入った葉巻が運ばれる。

御婦人方が席を立って退出する。ほろ酔いで顔を赤らめ、おしゃべりをしながら邸内の廊下を移動するのを、制服を着た照明係の少年たちが松明《たいまつ》で赤々と道を照らして導く。大広間では護衛の者が待っている。どの若者も背が高く、ブロンドで、制服姿も申し分がない。楽団用バルコニーでは指揮棒が宙に挙げられる。遠く芝の向こうから、ワルツを踊る楽しげな雰囲気が伝わってくる。

葉巻の煙がたちこめる緑の部屋で、ドアがふたたび大きく開け放たれる。給仕たちが急いでたくさんの箱を運んでくる。赤い絹のリボンがついた、にぎやかな絵の包み紙の箱だ。大臣は立ち上がり、テーブルを叩いて静粛を求める。

「わが友、連合帝国の親友諸君。皆さんのために何一つ惜しみません。素晴らしいプレゼントがあります。今宵は、最高の物以外はふさわしくありません。そしてここには最高の物しかありません。皆さん、楽しんでください。ここでの滞在を。良き降誕祭《フローエ・ヴァイナハテン》を！」

大臣はそう言って素早く影の中へ消える。すると部屋は静まりかえる。しばらく待つと、プレゼントの山がゆっくりと奇妙な動きを始める。包装紙が裂け、パリパリと音を立てる。手があらわれ、ついで足があらわれる。客が息をのんで見守っていると、一番手に現われた娘がゆっくりと立ち上がり、炎の明かりの中に裸身を浮かび上がらせて、輝く髪を揺さぶる。

客席がまたどよめく。


音がかすかに聞こえてくる。マナリングは正面階段の途中で少しためらったが、あたりを見まわしてから、そのまま階段を一気に駆け下りた。厨房を、給仕たちの控え室を通り過ぎた。大広間ではレコードが鳴り響いている。廊下の端まで行って、ドアの鍵を開けた。夜の風が顔に痛く吹きつけた。

マナリングは中庭を横切り、もうひとつドアを開けた。その建物の中は明るかった。獣の体臭のような匂いがかすかにする。彼は立ち止まり、顔をぬぐった。ワイシャツ姿のマナリングは、この寒さにもかかわらず汗ぐっしょりだった。

マナリングはまた一歩一歩と前進した。廊下の両側には檻が見えていた。犬たちがけたたましくほえて格子に飛びかかっていた。マナリングは無視した。

廊下の先にはコンクリートむきだしの部屋があった。その部屋の端にはスロープがあり、その下に、窓のない黒いワゴン車が停められていた。

向こう側の壁に、ドアからのかすかな光が漏れていた。マナリングは強くノックした。またもう一度。

「おい調教師《フンデマイスター》……」

ドアが開いた。マナリングの顔をのぞきこんだ男は、トマス・ナスト風のサンタクロースと同じくらい皺だらけで太鼓腹をしていた（トマス・ナストはアメリカの漫画家で、サンタクロースのイメージ「赤い服、白い髭、小太り」の生みの親）。マナリングの顔を見ると、男はひょいと隠れようとした。だが、マナリングは男の腕をつかんだ。「調教師《ヘア・フンデマイスター》、お前と話がある」

「誰だ？　知らない顔だね。用件は何だ？……」

マナリングは怒りをあらわにして言った。「そのワゴン車だ。今朝運転していただろう？　何を乗せてた？」

「何の話かわからんな……」

ぐいっと押すと男はもんどりうって床に倒れた。男は逃げようとしたが、マナリングはふたたび捕まえた。

「何を乗せてたんだ？」

「あんたと話をするつもりはない！　出て行け！」

握り拳が一発、男の頬に飛んだ。マナリングはさらに手の甲で打ちつけて、ワゴン車に押しつけた。

「車を開けろ……！」

別の声が狭い空間に鋭く鳴り響いた。

「そこにいるのは誰だ《ヴェア・イスト・ダー》！　いったい何事だ《ヴァス・イスト・パシエールト》！」

小柄な男は口をさすりながら、泣くような声を出した。

マナリングはまだ肩で息をしながら姿勢を正した。憲兵隊長が近づいてきて、親指をベルトにかけながら彼をじっとにらみつけた。

「君は何者《ヴァス・ズィント・ズィー》だ？」

マナリングは答えた。「よく知っているはずだ！　それに、英語を話したらどうだ。同じイギリス人のくせに」

憲兵隊長はにらみつけた。「君にはここに入る権利はない。逮捕するぞ。君には調教師《フンデマイスター》を問いつめる権利はないのだ」

「ワゴン車には何が乗ってる？」

「気でも触れたのかね？　君の知ったことじゃないだろう。ここから立ち去れ。今すぐに」

「車を開けろ！」

憲兵隊長はたじろぎ、肩をすくめた。後ろに下がって男に言った。「こいつに見せてやれ」

調教師《フンデマイスター》はごそごそと鍵束を探った。ワゴン車のドアがきしんだ。マナリングはゆっくり前に進み出た。

車の中は空だった。

憲兵隊長が言った。「もう、これで望みの物は見ただろう？　気が済んだはずだ。さあ、帰れ」

マナリングはあたりを見回した。向こう側、壁の奥まったところに隠れるように、さらにドアがあった。脇には銀行の金庫室のような制御装置がついている。

「あの部屋には何がある？」

「もういい加減にしろ。出て行け——これは命令だ」

「私に命令する権利はないはずだ！」

「自分の部屋に帰るんだ！」

「断わる！」

憲兵隊長は腰に下げたホルスターをぴしゃりと叩いた。ワルサーを腹の前にかまえ、手首をしっかり固定して両足を開いた。「だったら撃つしかない」

マナリングは軽蔑のまなざしを投げながら、憲兵隊長の前を通り過ぎた。外のドアを閉めると犬たちのけたたましいうなり声は遠ざかっていった。


その種子が最初にまかれたのは中産階級であった。そしてそれらが大きく育ったのも中産階級だった。かつて英国はナポレオン以降しばしば「小売商人の国」と呼ばれてきた。そこへ、しばらくの間レジが閉められ、ブラインドがおろされた。すると、にわかにこの社会的・国家的団結の欠如を示す弱々しい象徴が特務部隊長《アインザッツグリュッペンフューラー》に変貌した。そして最初の強制収容所の有刺鉄線が張られることになったのだ。……


マナリングはこのページを読み終えると破り取り、丸めて暖炉に投げ入れた。ふたたび読み続ける。そばの暖炉の上には飲みかけのウイスキーのボトルとグラスがあった。無意識にグラスを持ち上げ、口につける。そして煙草に火をつけた。数分後に次のページがめくられた。

時計が規則的に音を立てている。燃えている紙がかさかさと小さな音を立てる。その影が天井で踊っている。ふとマナリングは顔を上げて、耳を澄ませた。ぼろぼろになった本を置き、目をこすった。

部屋も、そして外の廊下も静寂に包まれていた。

計り知れない強大な勢力に対し、我々は策略で対抗しなければならない。計り知れない強大な悪に対し、信念と強い決意で戦わなければならない。我々の闘争には多くのものが賭けられている。人間の尊厳、精神の自由、人間性の存続だ。この戦争で、既に多くの同胞を失った。間違いなく、さらに多くの者が戦場の露と消えるだろう。だが、同胞たちが志半ばにして命を落としても、常に新たな同胞たちがいる。敵がこの地球上から根絶されるまで、我々は戦い続けよう——いや、戦い続けなければならない。

同時に、我々は明るい希望を取り戻さなくてはならない。すべての攻撃は自由のための攻撃なのだ。フランス、ベルギー、フィンランド、ポーランド、ロシアで、連合帝国軍は居心地悪そうに牽制し合っている。貪欲、嫉妬、相互不信。これらは連合帝国の敵であり、しかも内側から彼らをなし崩しにする。このことを帝国側も熟知している。発足以来初めて、恐怖を知り……

最後のページが丸まって、灰になった。マナリングは深く座り、虚空を見つめていた。そしてようやく身じろぎして、視線を上げた。午前三時だ。彼らはまだお迎えに来ていない。

ボトルが空になった。マナリングは空のボトルを脇にどけ、新しいのを開けた。グラスの酒をあおるように飲み、時計の音が大きく響くのに耳をかたむけた。

部屋の向こうにあった鞄からルガーを取り出し、銃身の掃除に使う洗い矢、パッチ、オイルを探した。しばらくピストルをぼんやり眺めた。そして弾倉を滑らせて外し、銃尾を引き戻し、親指で留め金をおろして銃身をガイドからスライドさせた。

頭が疲れていると、余計に妙なことを考える。思考はあてもなくさまよい、場面やエピソード、そしてときには何年も前の細かいことが記憶によみがえった。すべてささいなことばかりで、つながりもない。そんなふうに記憶をさまよっている最中、あるいは回想が途切れた合間に、古くて憂鬱な聖歌が何度となく流れてきた。マナリングはそれを閉め出そうとしたが、無理だった。

〝もろびとの苦難は報われぬままケレスは悲しみに……〟

連結部のピンを外し、遊底を引き、撃針をむき出しにした。パーツを並べ、オイルと水でそれらを洗い、乾かしてまたオイルを差した。それからもう一度注意深く組み立てた。銃身を逆さにして連結部をフックのところまで振り下ろし、留め金を閉め、バネの具合を確かめる。挿弾子を奥まで入れ、薬室に一発送り込み安全装置をロック《ジッヒェルト》にした。挿弾子を外し、ふたたび弾丸を装填した。

鞄を取りに行き、グリップが上に来るようにピストルを注意深く入れた。スペアの挿弾子も入れ、延長用の床尾とパラベルム社製銃弾五十発をつけた。鞄を閉じて鍵をかけ、ベッドの横に置いた。もうこれですることがない。彼は椅子に深く座り、グラスにウイスキーをついだ。

〝もろびとの過ちは苦難となり……〟

暖炉の火がついに消えた。

目を覚ますと、部屋は真っ暗だった。起きあがると、床が揺れるように感じた。二日酔いだ。ライトのスイッチを探す。時計の針は午前八時を指していた。

こんなにぐっすり眠ってしまったことに、マナリングはぼんやりと罪悪感を覚えた。

バスルームに向かい、服を脱ぎ、我慢できるかぎりの熱湯でシャワーを浴びた。そうすると少し二日酔いも収まった。体を拭き、視線を落とした。彼は初めて人間の体とは奇妙なものだと思った。筒状の突起がついていたり、へこみがあったり。

服を着て髭を剃った。そして、自分が何をしようとしていたのか思い出した。ネクタイを締めながら、なぜそれをしなくてはならないのか思い出そうとした。しかし、無理だった。脳細胞が死んでしまったらしい。

ボトルには一インチほどウイスキーが残っていた。それをグラスにつぐと、顔をゆがめて飲み干した。心の中はがたがたと震えている。まるで新しい学校に初めて行く日の朝みたいだ。

煙草に火をつけると、すぐに喉がつまった。バスルームに行って吐いた。何度も。最後には何も出なくなった。

胸がずきずき痛む。口をゆすぎ、また顔を洗った。しばらくベッドの上に腰を下ろし、頭をもたれさせて目を閉じた。そのうちに震えが収まった。時計の音を聞きながら、何も考えず横になっていた。唇からつぶやきが漏れた。「あいつらにかなわないわけじゃない」

九時にマナリングは朝食の用意された部屋に向かった。胃袋にはあまり食べ物が入りそうになかった。トーストを一枚ゆっくりと口に運び、コーヒーを飲んだ。煙草を一箱注文し、それから部屋に戻った。十時に大臣と会うことになっていた。

鞄の中身をもう一度確認した。ふと思い立って、手の甲がメッシュになった運転用革手袋も入れることにした。ふたたび腰を下ろし、ガイスラーの本を燃やしてできた灰を見つめた。心のどこかでは、時計の針が進まないことを望んでいた。十時五分前に、鞄を持って廊下に出た。一瞬まわりに目を凝らして立ちつくした。何も起きていないし、俺はまだ生きている。町にはまだ帰るべきアパートの部屋があり、オフィスがある。背の高い窓、電話、カーキ色の多目的デスクがある。

マナリングは日の射す廊下を抜けて大臣のスィートルームに向かった。

通された部屋は幅が広く、奥行きがあった。暖炉で炎が音を立てていた。そばの低いテーブルにはグラスとデカンターが置かれている。炉棚の上には型どおりに総統の肖像が飾られ、エドワード八世の肖像が反対側の壁にかけられている。細長い窓がなだらかな草地の眺望を切り取っていた。遠く地平線上に青く見えるのは森だった。

大臣が口を切った。「おはよう、リチャード。座りたまえ。時間は取らせないよ」

マナリングは鞄を膝に置いて座った。

今朝はすべてが奇妙に見えた。マナリングはまるで初対面のように大臣をじろじろ眺めた。大臣の顔はかつてイギリス人の典型とされてきたタイプだ。短い鼻に、高く上品に盛り上がった頬骨の面長の顔。ブロンドの髪を短く刈り込んでいるので、少年のようにさえ見える。率直で、表情に乏しく、筆で縁取ったような目。マナリングは、大臣がアーリア的というよりもずっとぬいぐるみに似ていることに気づいた。さしずめ、野生に戻ったテディー・ベアだ。

大臣は書類をめくった。「いろんなことが起こっていてね。なかでも、グラスゴーの情勢がまた怪しくなっている。機甲部隊五一師団が待機中だ。だが、この件はまだ発表されていない」

頭の中が空洞みたいな感じで、マナリングはなんとかならないかと思った。自分の声が不必要に大きく響いて聞こえるのだ。「ミス・ハンターはどこだ?」

大臣は間をおいた。青い目でじっとマナリングを見つめ、それから話を続けた。

「どうも君には滞在を短く切り上げてもらわないといけないな。私は会議のためロンドンにすぐに戻るつもりだ。おそらく明日か、明後日。もちろん、君にも一緒に来てもらいたい」

「ミス・ハンターはどこだ？」

大臣は机の上に両手を載せ、爪の先を見つめながら言った。「リチャード、連合帝国の文化には、わざわざ口に出して話すまでもない側面がある。よりによって君がそれを知らないはずはないだろう。さっきから我慢していたが、限度というものがあるからな」

〝苦難はなくケレスは乱れもろびとは喜びに……〟

マナリングは鞄のふたを開けて立ち上がった。安全装置を親指で外し、ピストルをかまえた。

一瞬、沈黙が走った。暖炉の炎が静かにはねた。やがて大臣は笑顔で言った。「おもしろい銃を持ってるじゃないか、リチャード。どこで手に入れた？」

マナリングは答えなかった。

大臣は肘掛けに手を置いて椅子にもたれた。「もちろん、海軍仕様だね。それにかなり前の型だ。ひょっとしてエルフルト製の刻印がついていたりしないかな？　もしあればそれだけで値段は相当上がる」

大臣はふたたび笑みを浮かべた。「銃身がよければ、私が買おう。プライベート・コレクションにちょうどいい」

銃をかまえる腕が震えはじめ、マナリングはそれを止めようと左手で手首をつかんだ。

大臣はため息をついた。「リチャード、君も頑固だな。頑固なのはいい性格だが、それにしても度が過ぎているぞ」彼は首を振った。「君が私を殺しに来るのを、この私が知らなかったとでも思ったのかね？　君は大変な仕事をこなしてきた。神経が高ぶっているだけだ。君の気持ちは本当によくわかる」

マナリングは言った。「殺したんだな」

大臣は両手を広げて見せた。「どうやって？　銃、それともナイフで？　正直に言って、私がそんなに怪しい奴に見えるか？」

言ったせいで、マナリングは冷たい痛みで胸が締めつけられた。しかし、それは言わねばならない言葉だったのだ。

大臣は眉を吊り上げて笑い出した。そしてようやくこう言った。「なるほど、これで納得したよ。わかってはいたが、信じられなかったんだ。かわいそうにあの調教師《フンデマイスター》を脅したそうだが、褒められた行為とは言えんな。それに隊長《ヘア・ハウプトマン》のご機嫌も損ねたらしいが、これもよくない。みんな君の頭につっかえている幻想のせいだ。リチャード、そんなものを本当に信じているのか？　この分だと、もじゃもじゃペーター《シュトリューヴェルペーター》もいると信じているんだろうな」彼は身を乗り出し、付け加えた。「狩猟隊《ハント》は出発した。それで彼らがしとめたのは……牝鹿一匹だ。鹿はよく逃げて、追いかけるのもおもしろかったよ。君の女友達のミス・ハンターとやらは……そんな女はいない。そもそも存在してさえいない。君の想像力の産物に過ぎないんだ。忘れたほうがいい」

マナリングは言った。「愛し合っていたのに」

「リチャード、いい加減にうんざりしてきたぞ」大臣はまた首を振った。「お互いもう大人じゃないか。〝愛〟という言葉の価値はわかっているだろう。それはせいぜい風の中の麦わら、嵐の夜のロウソクみたいなものだ。意味のない言葉だよ。ナンセンス《レッヒャーリッヒ》だ」大臣は両手をこすり合わせた。「この件が決着すれば、君に休暇をやる。一ヵ月、おそらくは六週間がいいだろう。新しい車でどこかへ行け。帰ってきたら……まあ、それはそのときだ。そんなに女がほしいのだったら、カネで女友達でも買えばいい。きれいな女《アイネン・シャツツ》を。夢にも思わなかったよ。君はつきあいが悪いから、もっと本心を話してくれないと。リチャード、君のことはよくわかる。そんなにおおげさに考えなくてもいいから」

　マナリングはにらみつけた。

「取り引きをしよう。君には高級マンションの一室を貸すことにする。恋人をそばに置いておけるようにな。もしその女に飽きたら……別の女を買えばいい。満足とはいかないだろうが、まあ納得できるんじゃないか。さあ、いい加減に座って銃をしまいたまえ。そんなふうにすごんでつっ立っていたら、バカみたいだぞ」

　マナリングには、人生経験のすべてが、鉛の重りを引き上げるような作業に思われた。彼はゆっくりとピストルをおろした。結局、やつらは間違っていた。俺を選んだのは間違いだったんだ。「じゃあ、これは自分に使う」

「おいおい、待ちたまえ。君はまだわかってないな」大臣は指を組み合わせて笑った。「リチャード、隊　長《ヘア・ハウプトマン》は昨晩君を逮捕するところだったんだぞ。私がそうさせなかったんだ。ここだけの話だが。他の誰でもない。誓って言う」

　マナリングは肩がだらりと下がるのを感じた。力がすっかり抜けてしまったみたいだ。いまやピストルは彼の腕には重すぎた。

「リチャード、何をふさいでいる？　これはいい機会だった、そうだろう？　君は勇気があるところを見せたじゃないか。実に嬉しいよ」

大臣は声をひそめた。「どうして君に武器を持ってここへ来させたのか、知りたくないか？　関心もないか？」

マナリングは依然として黙ったままだった。

「まわりを見るんだ、リチャード。世の中を。そばで私のために尽くしてくれる人間がほしい。いつにもましてだ。死を厭わない、本物の男が。それが十人もいれば……後は言わなくてもわかるだろう。私は世界を支配することもできる。それにはまず、部下を支配することだ。私の部下をな。これでわかったか、どうだ？」

またこの場を支配しているな、とマナリングは思った。でも、支配するのはいつも大臣の方だ。俺なんか持ち駒に過ぎないんだ。

書斎がぐるぐる廻りだした。

大臣の声はなめらかに続いていた。「いわゆる自由戦線が企てたお笑い草の策略については、君の対処はすばらしかった。大変だったとは思う。見ていて、本当に同情したよ。だが君は自分であの本を燃やした。自由意志でね。実に嬉しいよ」

マナリングはやにわに顔を上げた。

大臣は首を振った。「本当の録音機はもっと巧妙に隠されていてね。あそこで見つけて安心したのは、ちょっと早かった。隠しカメラもあったんだ。悪いことをしたとは思っている。許してくれ。だが、仕方なかったんだ」

歌声がマナリングの頭の中で響き始めた。

大臣はまたため息をついた。「まだ納得していないようだな、リチャード？　それじゃ、見てもらわないといけないものがある。机の引き出しを開けていいかな？」

マナリングは口をきかなかった。大臣はゆっくりと引き出しを引き、手を伸ばした。そして一通のよれよれの電報を机の上に置いた。「受取人はD・J・ハンター。メッセージは一語だけ。『行動開始』だ」

歌声の音程が上がった。

「これもそうだ」大臣は細い金鎖のついたメダルを持ち上げた。メダルにはFの字のつながった自由戦線のマークがあった。「単なる自己顕示か、死への願望か。いずれにしても、実に好ましくない兆候だ」

大臣はメダルを放り投げた。「彼女はもちろん監視下にあった。そもそも我々は何年も前から彼女のことを知っていた。やつらにとって、君は潜在的なスパイも同然だった。滑稽だと思わないか？やつらは君が嫉妬に駆られて私を殺すと思っていたんだ。このことはやつらのあのばかげた本にも書いてある、秘密作戦が大切だとつねづね言っているくせに。リチャード、私は自分が望めば五十人のブロンド娘を手に入れることができる。百人だって。その私がどうして君のブロンドに手を出さないといけないんだ？」カチッと音をさせて引き出しを閉めると、大臣は立ち上がった。「銃を渡しなさい。もう君には必要ない」と手を差し出すと、大臣は後ろに激しく吹き飛ばされた。サイド・テーブルのグラスが粉々に砕けた。デカンターも割れて中のワインがどくどくと木の床に流れ出した。

机の上には青白い煙がかすかに漂っていた。マナリングは前に進み出て、見下ろした。血痕と肉片が散らばっている。テディー・ベアの目にはまだ白い光が残っていた。圧力のせいで胸が損傷している。荒れた息が三つ聞こえ、止まった。銃声は聞こえなかったな、とマナリングは思った。

別の部屋に通ずるドアが開いた。マナリングは振り向いた。秘書がのぞきこむと、マナリングを見て逃げ去った。ドアがぴしゃりと閉まった。

マナリングは鞄を脇に抱え、控え室を走り抜けた。廊下で足音が響いた。ドアを注意深く開ける。屋敷の下のほうで叫び声が聞こえた。

立入禁止の深紅のロープが廊下を横切って垂らされていた。マナリングはそれをまたいで先に進み、階段を次々と駆け上がった。個室として使われている部屋の並びを過ぎると、通路が鉄格子で閉鎖されていた。体当たりし、揺らしてみた。追っ手が怒濤のように押し寄せる音が階下から聞こえた。彼は必死になってあたりを見回した。誰かが緊急用のシャッターを作動させたらしい。屋敷は封鎖されていた。

ドアの近くの壁には鉄梯子が打ち付けられていた。マナリングは息を切らしながら梯子を上った。天井の落とし扉には南京錠がかかっていた。鞄を抱えているため、ぎこちなく片手で梯子にしがみつきながら、頭上でピストルをかまえた。

吹き飛んだ木の部分から陽光がのぞいた。マナリングは落とし扉を肩で持ち上げた。ギギッと開いた扉に頭と肩をくぐらせて這い出ると、風が刺すように吹きつけ、雪が舞っていた。

汗でシャツの脇が濡れていた。マナリングは震えながらうつぶせになった。こうなったのは偶然じゃない。すべて偶然じゃない。自由戦線を見くびっていた。やつらは人間が絶望するとどうなるかをよく知っていたのだ。

マナリングは体を起こし、あたりを見回した。彼はウィルトン・ハウスの屋根の上にいた。そばには巨大な煙突が何本かそびえている。十字を組み合わせたような無線受信のアンテナがあった。アンテナを支えるワイヤーが風でぶんぶんと音を立てていた。右手には屋敷の正面を飾る欄干が続いている。そのむこうは雪に埋もれた溝だ。

マナリングは屋根の斜面をのたうつように下り、身をかがめて走った。叫ぶ声が下のほうから聞こえた。体を地面につけ、転がるように移動した。自動小銃が発射される。鞄を引きずって、もう一度にじるように前に進んだ。前方には建物の角にある高い塔が黒々と空につきだしていた。そこまで這って行くと、建物で風をよけるようにしてうずくまった。鞄を開け、運転用手袋を両手にはめた。銃床をルガーにつけ、スペアの弾倉と銃弾の入った箱をそばに並べた。

叫ぶ声がまた聞こえた。欄干から下をのぞくと、走る人影が芝に散らばっていく。一番近い標的に照準を合わせ、引き金にかけた指を思い切り引いた。下で騒ぎ声。自動小銃の弾が発射され、石のかけらが甲高い音を立てて飛び散った。「不用意に出たら撃たれるぞ」という怒鳴り声がすると、別の声が応えた。

「ヘリコプターで応援が来る《ディー・コメン・ミット・デン・フープシュラウバー》……」

マナリングはまわりを見渡し、黄色く灰色がかった地平線を見つめた。ヘリコプターのことをすっかり忘れていたのだ。

雪が突然顔に吹きつけた。彼はひるんで、身を丸めた。風で運ばれてかすかにヘリコプターの音が聞こえるような気がした。

身をかがめている場所からは、庭園の一番手前の木々が見えた。向こうには城壁と守衛の詰め所がある。そのまた向こうには、屋敷を取り巻く森へと続く丘がある。

ヘリコプターの重低音が戻ってきて、さっきよりも大きくなった。目をこらすと、木々の上をかすめるように進む黒い点を見つけた。マナリングは首を振った。「我々は間違いをおかした。我々の誰もが」

彼はルガーの銃床を肩の上で固定して、待ち受けた。

ハーラン・エリスン

プリティ・マギー・マネーアイズ

伊藤典夫訳

Pretty Maggie Moneyeyes
by Harlan Ellison

伏せ札《ホール・カード》が8で、おもてを見せているのがクイーン。ディーラーの開けたカードが4。というところで、コストナーはカジノに勝負をあずけることにした。彼はスタンドし、ディーラーがカードをめくった。6。

ディーラーは一九三五年のジョージ・ラフト主演の映画から抜け出してきたように見えた。凍てついたダイヤモンド・チップの目、マニキュアした指は脳外科医のそれのように長く、黒い髪を青白いひたいからまっすぐうしろに撫でつけている。ディーラーは目を上げることもなくカードをめくった。3。つぎもまた3。がん。5。がん。トウェンティ・ワン。コストナーの見まもるまえで最後の三十ドル――六枚の五ドル・チップ――が、カードのふちから掻き寄せられ、ディーラーのチップ入れにおさまった。これできれいにおけら。すっからかん。ネヴァダ州はラスヴェガス、この西欧社会の遊園地で無一文になってしまったのだ。

座り心地よいスツールからすべり下りると、ブラックジャック・テーブルに背を向けた。つぎのゲームがもうはじまっていた。寄せる波が溺れた男を呑みこむときはこんなものか。いましがたまで男がいた。それが消えた。誰も気づかない。誰ひとり目もくれぬうちに、男が救済の最後の命づなに見放されたのだ。いまコストナーにある選択の道は二つ。このまま飲まず食わずでロサンジェルスにたどりつき、新しい人生らしいものを見つけるか……いやなら銃弾で後頭部を吹き飛ばすかだ。

どちらにもたいした光明や意味は見いだせなかった。

すりきれ汚れた綿スラックスのポケットに両手をつっこむと、並んだブラックジャック・テーブルのあいだを抜け、ガチャガチャと金属音の絶えないスロットマシンの列にそって通路を歩きだした。

そこで足がとまった。ポケットのなかで手が何かにふれたのだ。かたわらでは五十がらみの女が、メタリック・ラベンダーのカプリパンツ、ハイヒール、シップンショアのブラウスといういでたちで、一心不乱に二台のスロットマシンに取り組んでいる。一台にコインを入れてレバーを引き、そのあいだにもう一台が停止するのを待つという寸法だ。左手に持った紙コップは二十五セント貨の無尽蔵の供給源らしく、惜しげもなくマシンに投げ入れていく。女には超現実的な存在感があった。自動人形さながらに顔には表情のかけらもなく、目はすわって、きょろりともしない。ただベルが鳴り、列にいる誰かがジャックポットを引き当てたときだけ、女は顔を上げた。ヴェガス。合法的賭博場。餌をぶらさげ、一般人のまえにこれ見よがしに仕掛けられた罠の群れ。ヴェガスのどこがおかしいのか、不道徳なのか、危険なのか、そのときになってコストナーは知った。その永劫の一瞬——女の顔は、憎しみと嫉みと渇望とゲームへの意気込みに土気色をしていた。列のどこかで、またひとりの魅入られた魂がお涙ほどのジャックポットを引き当てたのだ。まぐれとか、勝ち越しといったことばが気休めになるだけのジャックポット。囮用《おとり》のジャックポット。貧乏魚の群れる海に浮きつ沈みつする、きらめく極彩色の擬似餌。

コストナーのポケットのなかにあったのは一ドル銀貨だった。

取り出し、しげしげと見つめる。

浮き彫りの鷲はパニック状態にある。

だがコストナーの足は唐突に止まった。ぶったくり都市の終点を示す標識まで、あと半歩というところ。まだ見放されていない。大枚を惜しげもなく張る金持ち連、いわゆるハイローラーたちのいう援軍、利息、わるくない伏せ札《ホール・カード》が舞いこんだのだ。一ドル。大型銀貨一枚。コストナーがとびこむところだった穴の、その半分の深さもないポケットからすくいあげた硬貨。

なに、かもうものか。彼はスロットマシンの列に向き直った。

一ドル・スロットはとっくに廃止されたものと思っていた。硬貨不足のためとか造幣局もいっていた。ところが、例のとおりの五セント食い魔、二十五セント泥と並んで、目のまえに一ドル・マシンがあるではないか。ジャックポットは二千ドル。コストナーは間の抜けた笑みをうかべた。どうせ消えるなら、勝者のように消えるまでだ。

投入口に無器用に銀貨を押しこみ、油のきいた重いレバーをつかむ。ぴかぴかの鋳造アルミと圧縮スチール。黒い大きなプラスチックの玉。手をかけるのに自然な角度がつけてあるので、一日やっていても疲れることはない。

祈りのことばひとつ宇宙に見つからぬまま、コストナーはレバーを引いた。


彼女はトゥーソンで生まれた。母親は純血のチェロキー・インディアン、父親は通りがかりの移動労務者。母親はトラック運転手相手の食堂のウエイトレスで、たまたま父親がそこへ立ち寄った。目

当てはスペンサー・ステーキとその添え物だったが、母親は修羅場をひとつ、あいまいな発端からすっきりしない結末まで通りぬけたばかり。はずみで身をまかせ、目当ては気晴らしだったのに、添え物がついた。こうして九カ月後、マーガレット・アニー・ジェシーが生まれた。黒い髪、白い肌、青い目、赤貧の暮らし。二十三年ののち、ヴォーグ誌からたち現われた夢の女性像、ミス・クレイロールとバーリッツで磨きあげ、生存競争の辛酸をその裏でなめつくして、マーガレット・アニー・ジェシーは省略形となった。

マギー、だ。

長い脚はすんなりと伸びてポニーを思わせる。ちょっぴり太めのヒップは、あれを両手でつかんでも似合う。……という、特殊な妄想を男心にかきたてる丸っこさ、締まった腹はアイソメトリック体操仕込み、ぎりぎりに無駄を省いたウェストは、ダーンドル・スカートからディスコ・スラックスまで何をはいても似合う。平たい胸——乳首ばかり、乳房はない、まるで金のかかる娼婦(ジョン・オハラの小説にあったように)——そしてパット無し……おっぱいなんか知るかい、ベイビー、もっと大事な楽しみがあるんだから。すべすべしたミケランジェロの手になるような頸《くび》、記念柱、どこまでも誇り高く……それに、あの顔だ。

突き出されたあご、ちょっと喧嘩腰すぎるかもしれない。だが男をあれだけ袖にしていれば、誰でもそうなるさ、スイートハート。小さな口、生意気な下唇、噛み心地がよく、まるで蜂蜜をたっぷり含んではじけそうに何かが起こるのを待っている。鼻はきれいに整った影を投げ、鼻孔はふくらみ、ことばにすれば——わし鼻、高貴、典雅、その手のすべて。頬骨は高く張り出して、あたかも外洋の荒波に十年もまれた砂嘴《さし》を思わせる。細い影をなして闇を溜めこみ、肉の張った骨格から下るあたりは紗がかかったようだ。みごとな頰骨、というより、それは顔全体についてもいえる。太古の王朝風に吊りあがった目、チェロキー特有のまなざし、きみが見つめようとすると、反対に見つめかえす目、まるでのぞきこんだ鍵穴から、こちらをねめつけている目みたいに。じっさい好色な目だ。すぐに食いついてくるぜ、そう人はいう。

ブロンドの髪。量はたっぷりあって、昔風にうねり、巻き、つややかに伸び、流れている。男たちが愛《め》でてやまないお小姓型。プラスチックみたいにぴっちりと固めた帽子みたいなやつではない、逆毛を立てたとっぴなアンナプルナではない、ナンバー3・フラット・ヌードルそこのけにアイロンで平たくのしたディスコ・ヘアではない。それは男が望むとおりの髪だ、首根っ子に手をかきいれ、その顔を目のまえに近づけたくなるような。

扱いやすい女、動く構造物、柔らかさとモチベーションたっぷりの、彩りをこらした思いがけない装置。

歳は二十三で、生まれ育った貧困の谷間には二度ともどるまいとかたく決意している。その谷間を口癖のように煉獄と呼んでいた母親は、何台めかのトレイラーハウス暮らしだったアリゾナで、揚げもの油の火事を起こして焼け死んだので、ありがたいことにロサンジェルスのトップレス・バーでホステスをする愛娘のマギーに金の無心をすることもなくなった。（良心のとがめも多少はどこかに残っているはずだ。なにしろママは台所火事の犠牲者がみんな行く場所に召されたのだから。心のなかをよくさがしてごらん、どこかに見つかる）

マギー。

遺伝の気まぐれ。チェロキーの母親の吊り上がったまなざしと、ポーランド系の手の早い名無しの父親の無垢なブルーのひとみ。

青い目のマギー、ブロンドに染めたマギー、超クールな顔、超クールな脚、それが一夜五十ドルで自由になる、まるでクライマックスがきたようなものだ。

無垢なアイルランド顔、無垢なブルーのひとみ、無垢なフランス脚。ポーランド、チェロキー、アイルランド。いまは精一杯おんなおんなして稼ぎに行くところだ。今月の化粧しっくい塗りアパートの家賃を、八十ドル相当の食料品を、二カ月分の稼ぎのムスタングを、ベヴァリーヒルズの専門医の診察料三回分を——近ごろ息切れがするのだ。ハッスルやバンプをさんざ踊って、汗でべたつく太腿をひきずり、ディスコ疲れか、よろめきやすくなり、どっと冷や汗。女によくあるつまらないこと。皮下脂肪が増えたのか。一汗を流せばよくなる。そう、そうに決まってる。

マギー、マギー、マギー、プリティ・マギー・マネーアイズ、トゥーソンから出てきて、トレイラーハウスと、リューマチ熱と、万華鏡的なあがきともがきばかりの生への欲求。もしそれが寝ころんで、砂漠をうろつくピューマみたいな声を上げるだけでいいのなら、やってやろうじゃないの、なぜなら何が最悪といったって、食べるものがないよりマシ、肌がむずがゆく、きたない下着をはき、踵《かかと》のすり減った靴をはき、みじめで、情けなく、物も金もないよりはマシだからだ——なんにも無いよりは！

マギー。売笑婦、ぱんすけ、男たちの目を釘付けにする美女、多情女。金がからむなら、リズムはお手のもの。オノマトペは、マギー、マギー、マギー。

やらせてくれる女。かわりに差し出すものが相手側にあればだ、何であるにしろ。

マギーのデート相手はヌンチオだった。彼はシチリア人である。目は黒く、ワニ革の財布にはカードポケットがいっぱいついている。浪費家であり、遊び人であり、ハイローラーだ。二人はヴェガスへ行った。

マギーとシチリア人の二人連れ。青いひとみとカードポケット。だが主役はやはり青いひとみだ。

つぎつぎと変わる図柄が三つの縦長のガラス窓のなかでぼやけた瞬間、コストナーはもはやこれまでと観念した。ジャックポットは二千ドル。ブーン、回り、回りつづけ……。鈴三つ、または鈴二つとジャックポット・バーで、十八ドル。プラム三つ、またはプラム二つとジャックポット・バーで十四ドル。オレンジ三つ、またはオレンジ二つとジャッ――

一列めにチェリーが来れば十、五、二ドル。これは何だ……呑みこまれる……これは……

ブーン……

回り、回りつづけ……

そのとき何かが起こった。ピットボスのマニュアルに記載のない出来事が。

リールがおどり、引っかかり、カタッ、カタッ、カタッ、動かなくなった。

三つのバーがコストナーを見上げた。だが表示は**ジャックポット**ではなかった。三つのバーから三つの青い目が見つめているのだ。どこまでも青く、訴えかけてくるような、本物の**ジャックポット!!**

二十枚の一ドル銀貨が、マシンの下の受け皿にざらっと落ちた。カジノ両替所の鳥かごのなかでオレンジ色のライトが灯り、ジャックポット板の上でまばゆくかがやいた。頭上でベルがじゃんじゃん鳴りだした。

スロットマシン・フロアマネージャーがピットボスを見やり、一度こっくりした。ピットボスが口をすぼめて歩きだす。その先にはうらぶれた男がいて、マシンのレバーに手をかけたまま立ちつくしている。

手付け金——一ドル銀貨二十枚——は、手もふれられないまま受け皿に残っている。差引残額——千九百八十ドル——は、カジノの両替から直接手わたされることになる。コストナーのほうは、三つの青い目に見つめられ、ぽかんと突っ立っていた。

つかのま惚けたように見当識がくるい、コストナーは三つの青い目をにらみ返した。そのとたんマシンのメカニズムが勝手に反応し、ベルが激しく鳴りだした。

ホテルのカジノのいたるところで人びとがゲーム台からふりかえり、目を向けた。ルーレット・テーブルでは、デトロイトとクリーヴランドから来た白ずくめのプレイヤーたちが、ころがる球から涙目をそらせ、いっとき通路にそって見やると、スロットマシンのまえに立つみすぼらしい男に注目した。彼らがすわっているところからは、それが二千ドルのジャックポットなのかどうかはわからない。ほどなく彼らはしょぼつく目を渦巻く葉巻の煙のなかへ、ころがる球へともどした。

ブラックジャックの勝負師たちが椅子のなかで身をよじってふりかえり、微笑した。彼らは気質的にはスロットのプレイヤーに近い。だがスロットが老婦人の暇つぶし用なのに対し、自分たちがトウエンティ・ワンに向かって果てしない努力をつづけていることは知っていた。

カジノ入口近くに、ホイール・オブ・フォーチュン担当の老ディーラーがいた。もはや動きの速いゲームをさばく歳ではなく、寛大な経営陣のおかげでのんびりした仕事についている老人であったが、その彼さえゾンビめいたつぶやき（「またおひとり〜ぃ、ホイール・オブ・フォーチュンの当たり〜ぃ！」）を一時中断し、コストナーと鳴りわたるベルの音に目を向けた。そしてひとしきり間をおくと、客のいないホイールのまえで、また「当たり〜ぃ！」をくりかえした。

コストナーは遠くベルの音を聞いていた。どうやら二千ドルが当たったようだが、そんなことはありえない。マシンの前面にある配当金額表を調べた。**ジャックポット**とあるバーが三つ並べば**ジャックポット**である。二千ドルだ。

だがこの三本バーは**ジャックポット**とはいっていなかった。長四角の灰色のバーが三本あり、そのバー一本一本のまん中に、青い目がひとつ。

青い目？

どこからともなく回路がのびて接続が生じ、電流が、十億ボルトの電流が、コストナーをつらぬいた。髪の毛は逆立ち、指先からは生血《なまち》がしたたり、眼球はぶよぶよになり、筋肉繊維の一本一本が放射能を帯びた。どこか彼方、ここ とは別の境《さかい》で、コストナーは逆らいがたく何者かにつなぎとめられたのだ。誰？　青い目？

ベルの音が頭から薄れてゆき、チップのふれあう音や、人びとのつぶやき、賭けをつのるディーラーの声など、カジノのふだんの騒音はいっさい消えた。彼は静寂に包みこまれた……どこか彼方、別の境に存在する何者かと、その青い目を通してつながれて。

とたんにその状態は過ぎ去り、巨人の手から解放されたように息もつげないまま、またも彼はひとりになった。スロットマシンによろよろともたれる。

「だいじょうぶかね？」

腕をつかんだ者があり、彼をしっかりと立たせた。ベルはまだ頭上のどこかで鳴りひびいており、彼は旅から帰りついたばかりで息を切らしていた。目の焦点が合い、われに返ると、がっしりした体格のピットボスの顔があった。コストナーがブラックジャックをやっていたとき、当直についていた男だ。

「ああ……何ともないよ、ちょっとめまいがしてね」

「なんだかでかいジャックポットを当てたみたいだな」ピットボスはにやりとした。なめし革の笑みだ。ぴんと張った筋肉と条件反射の産物。感情はこもっていない。

「ああ……すごい……」コストナーは笑みを返そうとした。だが体はまだ連れ去られたときの電気ショックの余波でふるえていた。

「ようし、見てやろう」とピットボスはいい、コストナーににじり寄ると、スロットマシンの窓に目をやった。「ああ、バーが三本ちゃんと出てる。大当たりだ」

実感がはじめてこみあげた！　二千ドル！　スロットマシンを見下ろすと――

バーが三つ並び、それぞれに**ジャックポット**の文字。青い目はどこにもなく、ただ高額の金を意味する単語があるだけ。コストナーはうろたえた目で見まわした。おれは気がくるいかけているのか？ **どこか、このカジノではない別の境から、ロジウムメッキのきらきらした笑い声が耳にひびいた。**

彼は二十枚の一ドル銀貨をすくいあげた。ピットボスは〈チーフ〉に銀貨を一枚入れ、ジャックポットを消した。つぎに声をひそめ、たいへん丁寧な口調で話しながら、コストナーをカジノの裏へ案内した。両替所の窓口へ行くと、大型の回転式カードファイルのまえで信用格付けを調べる疲れた感じの男に向かってうなずいた。

「バーニー、〈チーフ〉の一ドル台にジャックポットが出た。スロット50015だ」ピットボスがにやりとするので、コストナーは笑顔を返そうとした。うまくは行かなかった。頭がぼーっとしていた。

出納係は支払台帳を見て、正確な金額を確認すると、コストナーに向かってカウンターから身を乗りだした。「小切手と現金のどちらになさいますか?」

コストナーは浮き浮きした気分がよみがえるのを感じた。「カジノの小切手はどこでも通用するのかい?」これには三人とも笑った。「小切手でいい」とコストナー。小切手が振り出され、印字機が二千という数字を打った。「一ドル銀貨二十枚は、当カジノからのプレゼントです」と出納係はい、小切手をコストナーのまえへすべらせた。

小切手をつかみ、見つめ、まだ半信半疑でいた。二千ドル、王道へカンバックだ。

ピットボスといっしょにもどりかけたとき、そのがっしりした男が陽気にたずねた。「さて、あんた、その儲けでどうするかね?」コストナーは考える時間を取った。実のところ、何の計画もなかった。だが、とつぜん名案がひらめいた。「あのスロットマシンをもうすこしやってみるよ」ピットボスは微笑した。先天的なカモだ。この二十枚のドル銀貨をぜんぶ〈チーフ〉に注ぎこんで、それからほかのゲームへとお出ましだ。ブラックジャック、ルーレット、ファロ、バカラ……虎の子の二千ドルは数時間のうちにホテルのカジノに払いもどされる。例のとおりの筋書きだ。

ピットボスは彼をスロットマシンのところへ送りとどけると、背中をたたいた。「ご好運をな」

相手がきびすを返したときには、コストナーは銀貨をマシンに落とし、レバーを引いていた。

ピットボスがたった五歩踏みだしたところで、信じられぬ音がひびいた。リールががたんと止まり、二十枚の銀貨が受け皿に流れ落ちると、騒々しいベルがまた狂ったように鳴りだしたのだ。

彼女はげすのヌンチオが変態だということは知っていた。歩くゴミ。汚物に目と鼻をつけたような男。ナイロン下着をはいたモンスターだ。たいていのゲームは経験しているマギーだが、このシチリアのサド侯爵が要求したのは反吐《へど》が出そうな行為だった!

いいだされたときには、気を失いそうになった。彼女の心臓は――ベヴァリーヒルズの医者があまり負担をかけないようにといった心臓は――逆上したように打ちはじめた。「豚!」と彼女は金切り声をあげた。「きたない嫌らしいげすな豚よ、ヌンチオ。豚野郎よ、あんたは!」彼女はベッドから飛びだし、服を着はじめた。ブラジャーを着ける時間も惜しみ、プアボーイ・スウェターを頭からかぶると、ヌンチオの愛撫や愛咬《あいこう》でまだ肌をまっ赤にしたまま、スウェターを薄っぺらな胸の上に降ろした。

ヌンチオはベッドにすわった。情けないほど見栄えのしない小男。こめかみには白いものがまじり、頭のてっぺんは禿げて、目はうるんでいる。体つきも豚に似て、まさに彼女がいうところの豚野郎だが、彼女のまえでは無力な男だった。彼はこの娼婦に恋をしていた。この売女に恋をし、彼女を囲っていた。豚野郎ヌンチオにとってははじめての恋であり、彼女のまえではヌンチオは手も足も出なかった。デトロイトのすべた、あばずれ、ちんけな女なら、ダブルベッドから引きずりだして、思いきりたたきのめしているところだ。ところがこのマギーは、彼を身動きとれなくしてしまうのだ。彼が申し出たのは……二人でいっしょに何をすると楽しいかという簡単なことで……なにしろ彼はマギーにぞっこん惚れぬいているのだ。ところがマギーは怒りくるった。そんなにすごいことでもないのに！

「ちょっと話をさせてくれよ、ハニー……マギー……」

「汚らしい豚だわ、ヌンチオ！　お金ちょうだい、わたしカジノへ行ってくる。今日はあんたのいやらしい豚顔は見たくないから。覚えていてよ！」

そしてヌンチオの財布とズボンに直行すると、彼の見ているまえで八百十六ドルをつかみとった。マギーのまえでは彼は手も足も出なかった。マギーは彼が〝上流〟ということばだけで知る世界から盗んできた女であり、彼女のいうことは彼にとっては絶対なのだ。

遺伝のいたずら、マギー、青い目のマネキン人形、マギー、プリティ・マギー・マネーアイズ、チエロキーが半分、あとの半分にいろんな血のまじる彼女は、世の中で学んだ教訓をしっかりと身につけていた。彼女の強みは〝上流の女〟を演じきれるところにあるのだ。

「今日はもうあんたの顔を見るのも嫌、わかった？」彼女がにらみつづけるので、とうとうヌンチオはうなずいた。彼女は怒りにまかせて階下へ降りると、過ぎた歳月のことだけをあれこれ考えながら、苛立ちをギャンブルで吹き飛ばそうとした。

男たちは歩く彼女を目で追った。マギーは居丈高に歩いた。騎士が槍旗《そうき》を捧げ持つように。コンテスト入賞の雌犬が審査員団に見まもられて歩くように。高貴な血をひく女。擬態と欲望が生んだ奇跡。マギーにはギャンブルの趣味なぞこれっぽちもなかった。シチリアの豚とつきあう怒りを噛みしめたかっただけ、地すべり地帯の端っこにいるような人生で固い地面を踏みしめたかっただけ、ベヴァリーヒルズでのんきに暮らしていればいいところを、どうしてラスヴェガスくんだりまで来てしまったのか、その無意味さを感じたかっただけなのだ。ヌンチオが上の階にいて、またシャワーを浴びていると思うと、マギーはますます腹がたち、気分が悪くなった。彼女は日に三回シャワーを浴びる。だがヌンチオのシャワーは理由がちがう。マギーが彼の体臭を嫌っているのをヌンチオは知っていた。彼の体からはときどき小便に濡れた毛皮のような臭いがただよってくるのである。それは彼女も口にした。いまヌンチオはいやいやながらも、しょっちゅうシャワーを浴びている。彼は浴室嫌いだった。彼の人生にはさまざまな汚れがつきまとっており、彼にとってのシャワーは、いまでは汚物以上に汚らわしいものとなっていた。マギーにすれば、シャワーは別物だった。彼女にとっては欠かせないものだ。体にこびりつく世間の垢はつねに掻き落とすべきだし、肌は清潔ですべすべで真っ白にしていなくてはならない。血と肉からかけ離れたひとつのプレゼンテーション。マギーは錆や腐蝕に侵されてはならないクロムの道具なのだ。

男たちが、この世のあらゆるヌンチオたちが手をふれると、マギーの若い純白の肌にはきまって汚い腐蝕が残った。赤痣《あざ》、煤けたしみ。だから洗い流さなければならないのだ。それもたびたび。

彼女はゲームテーブルやスロットマシンのあいだをぶらつき、八百と十六ドルの使い道をさがした。百ドル札が八枚と、一ドル札が十六枚。

両替所で彼女は十六ドルを銀貨に替えた。〈チーフ〉が待っている。彼女の愛用のマシンだ。これで遊ぶのはシチリア人を怒らせるためである。ヌンチオは五セントか十セントか二十五セントのスロットをやれと勧めた。だがマギーはこの大きな〈チーフ〉に銀貨をどんどん流しこみ、わずか十分かそこらで五十ドルから百ドルを使い果たして、いつもヌンチオを怒らせるのだった。

マギーはマシンをまっこうから見つめ、最初の銀貨を入れた。レバーを引く、豚野郎のヌンチオ。また一枚、レバーを引く、あとどれくらいこれが続くんだろう？　リールは回り、くるめき、転がり、すべり、舞い、うなり、飛び、かすみ、ぼやけ、マギー、青い目のマギーは、ありったけの憎しみをこめてレバーを引き、憎しみのことを考え、豚野郎とのこれまでの明け暮れと今後の日々を思いやり、もしもいまここで、この瞬間、この部屋中の、このカジノの、このホテルの、この街ぜんぶの金が手にはいるなら、あと何もいらない、リールは転がり、すべり、舞い、うなり、彼女は解き放たれて、自由に、自由に、自由に飛び、もう誰にも二度と自分の体をさわらせない、豚野郎に二度とこの白い肌をさわらせない、そのときとつぜん、銀貨が銀貨が銀貨が銀貨があとからあとからマシンに流れこみ、リールは回って回って回って回って、チェリー、鈴、バー、プラム、オレンジがひらめくなかに、だしぬけに痛い痛い痛い痛い、**刺すような**激痛が！激痛が！激痛が！激痛が！　心臓を体の中心を針が槍が灼熱が火柱がつらぬき、それはまさに混じり気ない澄みきった純粋な**激痛**！

マギー、プリティ・マギー・マネーアイズ、あの一ドル・スロットマシンにある金をすべて手中にしたいと願ったマギー、ゴミとリューマチ熱のなかから這いあがり、日に三度の入浴を楽しみ、金満ベヴァリーヒルズの専門医にかかるところまでこぎつけたマギーは、とつぜんの一撃に見舞われた。激しい動悸、そして冠状動脈が血栓によって閉塞し、カジノのフロアに倒れて事切れた。死んだ。

一瞬まえ、彼女はスロットマシンのレバーをにぎり、その全存在を、いままで彼女が寝たすべての豚野郎へのありったけの憎悪を、体内のあらゆる繊維の、あらゆる細胞の、あらゆる染色体をマシンにふりむけ、マシンの臓腑にこもる銀の蒸気の一息一息を残らずしぼりとろうとするように思念を向けた、まさにその次の瞬間——時間的な経過はゼロに近く、ほとんど同時といって差し支えない——心臓は爆発して、命を奪い去り、マギーの体は崩れ落ちた……〈チーフ〉のレバーに手をかけたまま。

フロアの上で。
息絶えた。
斃《たお》れた。
破綻した。
嘘で塗り固められた命が。
フロアの上で。

「時間から外れた一瞬◆光点の群れがくるめき回る綿菓子宇宙を◆山羊の角のように段々状にすべり落ちる底無しの漏斗《じょうご》のなかを◆芋虫の腹のように柔らかくなめらかにせりあがる豊饒の角のなかを◆漆黒の弔いのベルをひびかせる無限の夜の闇を◆霧のなかから◆無重量状態のなかから◆とつぜん完全無欠な細胞レベルの認識◆記憶が巻きもどり◆しゃべりちらす痙攣的な盲目◆プリズムの洞窟から出ようと音もなくあがく狂乱のフクロウ◆果てしなくすべり落ちる砂粒の◆永遠の波濤の◆ばらばらに砕け散る世界のふちの◆内側から溺れて沸きかえる泡の◆錆びついた臭い◆焼けたラフな緑の隅◆記憶しゃべりちらす痙攣的記憶◆七つのほとばしる無の真空◆黄◆琥珀のなかに鋳込まれて融けた蠟のように流れ伸びる光の点◆肌寒い熱気◆頭上では停止の香り◆ここは地獄または天国への中継駅◆ここはリンボ界◆霧にむしばまれる無辺の地にひとり否応なく幽閉されて◆声なき悲鳴と無音のうなりと沈黙の回転◆回転◆回転◆回転転転転転転転」

マギーはマシンのなかの銀貨をすべて手に入れる気でいた。彼女はマシンに思念を注ぎこんで死んだ。いま内部のリンボ界からながめた彼女は、銀貨スロットマシンの油をしいた陽極酸化された内部がおのれの煉獄となり、そこから出られなくなっていることを知った。究極の欲望の奴隷、最後の願いに捕われて、彼女は生と死の境にある瞬間に身動きもならずにいた。マギー、奥底にすべりこみ、いま魂だけマシンの檻のなかに、永遠に閉じこめられてリンボ界をさまよう。逃げ場もなく。

「もし差し支えないようなら、修理係を呼びたいのですがね」声の主はスロットマシン・フロアマネージャーだ。すこし離れたところから聞こえてくる。五十代後半の年ごろで、ビロードのような声だが、その目には輝きも優しさもない。スロットマシンが再度ジャックポットを引き当て、その音に反応してピットボスが引き返そうとしたとき、フロアマネージャーが制止し、みずからやってきたのである。「念のため、ということがありましてね。べつに人がいたずらをしたわけじゃないんだが、故障かなんかがあるようだ」

マネージャーが差し上げた左手にはクリッカーがあった。ハロウィーンのときなどにカッチカッチと音を出して遊ぶ子どものおもちゃだ。マネージャーは狂ったコオロギのように五、六回鳴らした。とたんにテーブルのあいだの通路を係員がばたばたと動きだした。

コストナーはまわりの騒動をほとんど気にとめていなかった。しゃきんと目が覚めていて、血管にアドレナリンが増えるのを感じ、つきがまわってきたのを意識し、自分が大金を当てたと信じていることを除けば、体は無感覚で、周囲の動きには、酒を注いだグラスが、アル中の泥酔状態にかかわりあっている程度にしか感じていなかった。

あらゆる色彩と物音が彼の意識から欠け落ちていた。

疲れた感じのあきらめ顔の男が、用務員のグレイの上衣を着て現われた。その上衣は男の髪とおなじようなグレイで、日にあたらない肌のようにくすんでいた。スロットマシンの修理人で、道具を入れた革の包みを持っている。修理人はマシンを調べ、押し型がほどこされたスチールの本体を台の上で回転させ、裏側を調べた。裏のとびらにキーをさしこむと、つかのまコストナーにもマシンの内部が見えた。歯車装置、ばね、防護板、そしてスロット・メカニズムの精密装置。修理人は点検した末に黙ってうなずくと、とびらを閉めて、錠をかけ、ふたたびマシンの向きを元にもどし、正面から見つめた。

「誰もスプーンしちゃいませんがね」と修理人はいい、歩き去った。

コストナーはフロアマネージャーを見つめた。

「いんちきな仕掛けのことさ。それをスプーンするというんだ。プラスチックのかけらや針金をエスカレーターのなかにさしこむと、マシンがくるうんだ。これがそうだってわけじゃないが、疑いがあってはいかんからな。二千ドルといえば大金だ、それが二回も……まあ、わかってくれ。もしブーメランを使ってるとしたら――」

コストナーは眉を吊りあげた。

「――あ、いや、ブーメランさ。それもマシンをスプーンするやり方なんだ。でも、ちょっと確認したかっただけでな。それももう済んだし、もう一度両替所に来てくれれば――」

こうしてまた小切手が振り出された。

コストナーはマシンのところへもどると、長いことそのまえに立って見つめた。両替係の女、休憩をとったディーラー、手にたこができないように粗布のグローブをはめてスロット・レバーを引く老女、マッチの補充にフロントへ向かう男子用トイレの接客係、花柄服の旅行客、ひまそうな見物客、酔いどれ、掃除人、ウエーター助手、徹夜の目を充血させたギャンブラー、胸を出っぱらせたショーガールとちびの金持ちパパ、誰もかもが一ドル・マシンと向かいあって立つうらぶれた男を見まもった。男は動かない、ただマシンを見つめているだけ……誰もが待ちうけた。

マシンがコストナーを見つめ返した。

三つの青い目だ。

ふたたび電流のひらめきがコストナーをつらぬいた。さきほどリールが引っかかり、二度めに目が現われたときとおなじように、二度めにジャックポットを当てたときとおなじように……だが今度は、これがたんにつきだけではないことに、彼も気づいていた。なぜなら、三つの青い目に気づいた人間はほかにいないからだ。

だからコストナーはまえに立ち、待ちうけた。するとマシンが話しかけてきた。頭蓋の内部に、いままで彼以外には誰ひとり住んだことのない場所に、何者かがすべりこみ、話しかけてきた。若い女だ。美しい女だ。名前はマギー。彼女は話しかけてきた。

あなたを待っていたの。長いあいだ待っていたのよ、コストナー。どうしてジャックポットを当てられたと思う？　その理由は、わたしが待っていたから、あなたがほしいから。あなたは全部ジャックポットを引き当てるわ。あなたがほしいの、あなたが必要なの。わたしを愛して、わたしはマギー、わたしは独りぼっちなの、わたしを愛して。

スロットマシンをにらんだまま長い時間が過ぎ、彼の疲れた茶色の目はジャックポット・バーの青い目に釘付けにされたかに見えた。だがコストナーは知っていた。自分以外の人間にはその青い目は見えず、自分以外にはその声は聞こえず、自分以外にはマギーのことを知っている者はいないのだ。マギーにとって、彼は宇宙にも等しい。彼女にとってすべてなのだ。

彼はまた一ドル銀貨を入れた。ピットボスは見ている。マシンの修理人も見ている。フロアマネージャーも、三人の両替の女も、名も知れぬプレイヤーたちも。何人かは椅子にすわったまま見ていた。リールは回り、レバーはもどり、一秒後リールはすとんと止まり、二十枚の銀貨が受け皿にころがり落ち、クラップ・テーブルにいた女がひとりヒステリックな笑い声をうっかり漏らした。

ベルがまた狂ったように鳴りだした。

フロアマネージャーがやってきて、押しころした声でいった。「コストナーさん、十五分ばかりお待ちいただければ、そのあいだにマシンの検査ができるのですが、どうでしょうな？」いい終わったときには、二人の修理人が奥から現われ、〈チーフ〉を台から外すと、カジノの裏の修理室へ運んでいった。

待つあいだ、マネージャーはいろいろないかさま師の話をして、コストナーをもてなした。服の下に込みいった磁石を隠していた男、袖のなかにプラスチックの小道具をひそませ、内部のばね仕掛けのクリップをそれで操作していた男、小さな電気ドリルを隠し持ち、ドリルで開けた小さな穴から針金をさしこんでいた男。そしてマネージャーは、どうかわかってほしいとくりかえした。

だがコストナーは知っていた。わかっていないのはマネージャーのほうなのだ。

やがて修理人が〈チーフ〉を運んでくると、ひとりが満足げにいった。「どこも異常ないです。ちゃんと動きます。仕掛けのあとはありませんでした」

だがジャックポット・バーから青い目は消えていた。

だが、きっともどってくる。コストナーには確信があった。

彼らはまた小切手を振り出した。

コストナーはもどると、ふたたびレバーを引いた。もう一度。さらにもう一度。カジノ側は彼に〝探偵〟をひとり付けた。コストナーはまた大当たりした。もう一度。さらにもう一度。群集はすごい数にふくれあがった。うわさは電線の交わす声なき私語のように広まった。大通り《ストリップ》の南から北へ、遠くダウンタウン・ヴェガスや、周辺の眠らぬカジノの隅々まで……そして群集はこのホテルを、カジノをめざし、疲れた茶色の目のうらぶれた男めざして押し寄せた。群集はレミングの群れさながらに詰めかけ、まるで電気火花のように男をつつむ馥郁《ふくいく》とした幸運の香りめざして殺到した。彼はまたも大当たりした。もう一度。さらにもう一度。三万八千ドル。そして青い目はいまなお彼を見つめるのをやめなかった。恋人が勝ちつづけているのだ。マギーの恋人が、金の目《マネーアイ》に見つめられて。

とうとうカジノはコストナーと話し合いを持つ決断をした。彼らは〈チーフ〉を十五分間引き上げると、ダウンタウン・ヴェガスから来たスロットマシン会社の専門家に補助チェックをまかせ、そのあいだホテルのメインオフィスで彼と話し合いを持った。

オフィスにはこのホテルのオーナーがいた。その顔はコストナーにもかすかに見覚えがあった。テレビで見たのか？　それとも新聞だったか？

「コストナーさんですな、わたしはジュールズ・ハーツホーンといいます」

「よろしく」

「なんだかたいへんツイておられるようですな」

「こうなるまでずいぶん待ちましたよ」

「おわかりでしょうが、これはありえないことだ」

「こっちもそう信じるようになりましたよ、ハーツホーンさん」

「ふむ。わたしとおなじだ。それがわたしのカジノで起こっている。ただし、わたしどもとしては、二つの可能性のどちらかを信じざるをえません。コストナーさん、ひとつは、マシンがわれわれには感知できないかたちで制御できなくなっている。もうひとつ、あなたは世界に二人といない天才的ないかさま師だ」

「いかさまなんかやってない」

「わたしの顔をごらんなさい、コストナーさん、笑ってるでしょう。笑っているのは、わたしが聞いたとおりを信じると思っているあなたのナイーブさのせいですよ。もちろん、わたしは穏やかにうなずいて、ごもっともという。だが一台のスロットマシンで連続十九回ジャックポットを出して、三万八千ドルを稼ぐのは不可能だ。これはほとんど、三つの暗黒惑星があと二十分以内にわれわれの太陽と衝突するのとおなじくらい、宇宙的な規模で不可能だ。ペンタゴンと紫禁城とクレムリンが、おなじ一マイクロセコンドのあいだに水爆ミサイルのボタンを押すのとおなじくらい不可能だ。ありえないことですよ、コストナーさん。それがわたしの身に起こっている」

「お気の毒に」

「そうでもありませんがね」

「そうでもないか。わたしが金をつかってしまえばいい」

「何につかうのですか、コストナーさん？」

「いや、まだこれから考えるところで」

「なるほど。では、コストナーさん、こういう見方はどうです？　わたしはあなたを止めることはできないし、あなたが勝ちつづけるなら、わたしは払いつづけます。もちろん、不精ひげの強盗が路地で待っていて、あなたの金を巻き上げることもない。小切手は引き受けます。わたしにできる精いっぱいのお願いは、コストナーさん、ホテルの宣伝です。いまこの瞬間、下のカジノには、ヴェガスのハイローラーたちがみんな詰めかけて、あなたがマシンに銀貨を入れるのを見まもっている。わたしの損害を埋め合わせるほどにはならないでしょう。もしあなたがこのまま勝ちつづけるならね。しかし多少は損を減らせる。街中のギャンブル好きが、つきのおこぼれにあずかろうと、このホテルに来るでしょうからな。ということなので、ほんのすこしだけあなたの協力を仰ぎたいのです」

「あなたの寛大さに免じて、できるだけのことはいたしますよ」

「ユーモアがお上手だ」

「失礼。何をすればいいですか？」

「十時間ほど睡眠をとってください」

「そのあいだにマシンをちょっと借りて、徹底的に調べる?」

「そうです」

「もしこっちが勝ちつづける気だったら、そんなドジは踏まない。あんたのほうこそマシンを改造して、わたしが三万八千ドルをぜんぶ注ぎこんでも、勝てないように細工してしまう」

「ここはネヴァダ州のライセンスを得て営業しているカジノですよ、コストナーさん」

「わたしだってちゃんとした家の出だが、いまは見てのとおりだ。三万八千ドルの小切手を持ってるただのルンペンだ」

「スロットマシンには何もしないと約束します」

「じゃ、どうして十時間も引き上げるんだ?」

「工場であらためて細かく調べたいからです。金属疲労とか、エスカレーターの歯がすり減っているとか、そういう目にとまらないような……ほかのマシンに同様なことが起こるのではこまりますからな。それに余分な時間ができれば、そのあいだにうわさが広まる。客寄せになる。観光客のいくらかはこぼれ落ちずに残るだろうし、このカジノの胴元をあなたにつぶしてもらう経費も――スロットマシンのおかげでね――すこしは節約できる」

「そういわれると聞かないわけには」

「なにしろ、あなたが帰ってしまわれたあとでも、ここは営業をつづけなければならないのですからね、コストナーさん」

「もし勝ちっぱなしじゃないとすればね」

ハーツホーンの微笑は非難がましかった。「それはいえる」

「すると議論の余地はないわけだ」

「こちらがお願いしたいことはひとつです。あのフロアへ引き返したいと、あなたがおっしゃれば、わたしには止めようもない」

「マフィアに風穴を開けられる危険もないですか？」

「何のお話かな？」

「つまり、マフィアが手をまわして――」

「なんだか荒唐無稽な話をされているようですな。わたしには何のことやらさっぱりわからない」

「そうでしょう」

「ナショナル・エンクワイアラーを読むのはおよしなさい。わたしどもはきちんと法律に従ってビジネスをやっています。わたしはお願いをしているだけだ」

「わかりましたよ、ハーツホーンさん。こっちだってもう三日も眠っていない。十時間寝れば人心地がつく」

「フロントにいって、最上階に静かな部屋を用意させましょう。ありがとう、コストナーさん」

「気にしなさんな」

「それは不可能だ」

「近ごろは不可能なことがみんな現実になりますからね」

彼はオフィスを出ようとし、ハーツホーンはタバコに火をつけた。

「おっと、ところで、コストナーさん？」

コストナーは足をとめ、肩越しにうしろを見た。「はあ？」
目の焦点が合わなくなっていた。耳鳴りがひどくなった。ハーツホーンの姿が視界の片隅でゆらめいている。まるで夏の夜、遠い平原を音もなくわたる稲妻、あるいはコストナーが大陸を半分がた横断してまで忘れようとしてきた数々の記憶のかけらのようでもあり、また脳細胞をゆさぶる泣き声と哀訴のようでもあった。マギーの声だ。まだ頭のなかにいて、話している……いろいろなことを……

わたしとの仲を裂こうとしているわ。

いまは約束された十時間の眠りのことしか考えられなかった。とつぜん睡眠は金銭以上に、忘れること以上に、何にもまして重要に思えてきた。ハーツホーンはしゃべりつづけ、こまごまといろんな話をしているが、コストナーには聞こえていなかった。まるで映像の音声を切り、ハーツホーンの唇の静かなゴムのような動きだけを見ている気がした。コストナーはかぶりを振り、もやもやを払いのけた。

ハーツホーンの姿が五つも六つも重なり、おたがいに融けあっている。そしてマギーの声。

ここは暖かいわ。わたし独りぼっちなの。ここに来られたら、優しくしてあげる。お願い、来て。お願い、急いで。

「コストナーさん？」

ハーツホーンの声が、厚く重なった疲労の膜から漉《こ》し流されてきた。コストナーは目の焦点を合わせようと努めた。底なしにくたびれた茶色の目が、相手の視線をたどりはじめた。

「あのスロットマシンのことはご存じかな？」ハーツホーンがしゃべっている。「六週間まえ、妙なことが起こりましてね」

「どんな？」

「あのまえで女が死んだのです。レバーを引いているときに、心臓発作におそわれましてね。そのままフロアに倒れて死にました」

コストナーはつかのま沈黙した。死んだ女の目は何色だったのか、ぜひともハーツホーンにたずねたい気がしたが、青という答えを聞かされるのがこわかった。

オフィスのドアに手をかけたまま、コストナーは足を止めた。「あなた方からすれば厄続きですね」

ハーツホーンは謎めいた笑みをうかべた。「しばらくはこのまま行きそうですな」

コストナーはあごの筋肉が引きつるのを感じた。「わたしも死ぬのか。だったら厄とはいえない」

ハーツホーンの笑みは得体の知れない象形文字となって凍りつき、その顔に永久に刻印された。

「ぐっすりおやすみなさい、コストナーさん」

夢のなかに、彼女が現われた。すらりとしたなめらかな太腿、腕の柔らかな黄金のうぶ毛。青い目は過ぎ去った時のように深く、霧につつまれ、ラベンダーの蜘蛛の巣のようにきらめいていた。引き締まった体は、原初から理想の女にそなわっていたものだ。マギーが近づいてきた。

こんにちは、わたし長い旅をしてきたの。

「きみは誰だ?」コストナーは途方にくれて聞いた。彼は肌寒い野原に立っていた。それとも台地だろうか？ 風が二人をつつむように吹いている、それとも彼だけをつつんでいるのか？ 女はえもいわれぬ美しさで、その姿ははっきりと見えた、それとも霧をすかしてみたのか？ 声は低く、深みがある。いや、それとも明るく、温かみがあるのか、夜に咲くジャスミンのように？

わたしはマギーよ。あなたを愛しているわ。待っていたのよ。

「きみは青い目をしているね」

そう。愛をこめて。

「きみはとても美しい」

ありがとう。女性らしく愉しそうに。

「しかし、なぜおれが？　なぜこんなことがおれに起こった？　きみはあの――具合が悪くなって――あのマシンの――？」

わたしはマギーよ。あなたを選んだのは、あなたがわたしを必要としていたから。もうずっと昔から、あなたには誰かが必要だったの。

その瞬間、時が巻きほどけた。過去がよみがえり、コストナーは自分のありのままを見た。孤独な姿が見えた。いつも独りぼっちでいた。子ども時代、両親は優しく穏やかだったが、彼が何者なのか、何になりたいのか、彼の才能がどこにあるのか、まったく理解していなかった。だから十代になると、家をとびだし、それからずっと独りぼっちで旅をしてきた。年は積み重なり、月日はたち、時は過ぎたが、そばには誰もいなかった。深入りしない付きあいはあった。食事やセックスやうわべだけの共通点にもとづいた仲。だが突き進み、すがりつき、身をあずける相手はいなかった。そんな暮らしがスージーと出会って一変した。彼は光を見いだした。彼は一日だけ彼方で永遠に待ちうける春の香りをかいだ。彼は笑い、心から笑い、これで何もかもが安定すると確信した。だから彼はおのれのありったけを彼女に注ぎこみ、何もかもを与えた。彼のすべての希望を、心に秘めた思いを、傷つきやすい夢を。スージーは彼を受けとめ、受け入れ、彼ははじめてわが家を持ち、人の心に住まうというのがどういうことなのかを知った。いままでさんざん他人の暮らしをあざけってきた彼だが、それは驚きを胸いっぱいに吸いこむことだった。

スージーといっしょに暮らした歳月は長い。彼女を扶養し、彼女の連れ子を育てたが、最初の結婚についてては彼女は何ひとつ話さなかった。ところがある日、その男がもどってきたのだ。男がもどってくることを彼女はずっと知っていた。性格は粗暴で、思いやりに欠けた男だったが、もともとスージーと男との縁は切れていず、コストナーはただ当座しのぎに、請求書の支払い係に使われただけだった。彼女に出ていくように請われ、コストナーは打ち捨てられ、あらゆる意味で抜け殻となって、家を出た。戦いもしなかった。戦意はすべて濾し流されていたからだ。彼は家を出て、西部へとさまようと、とうとうラスヴェガスでどん底に落ちた。そしてマギーと出会ったのだ。夢のなかで、青い目のマギーと。

わたしのそばにいて。わたしを見放さないで。愛しているわ。彼女の語る真実はコストナーの心に幾重にもこだましました。彼女はおれのものだ、とうとうめぐりあったのだ、特別な女と。

「あんたを信じていいのかい？　いままで信じては裏切られてきた。信じられるような女にはひとりも出会わなかった。だけど、誰かがそばにいてくれたら。誰かが」

わたしがいるわ、いつも。永遠に。わたしを信じて。

そして彼女はやってきた。すべてをぶつけてきた。これほどの真実と信頼を打ち明けられたことは、いままでに経験がなかった。二人は風吹く思念の原で出会い、コストナーはいままで感じたことのないほどの情熱の高まりのなかで、彼女への愛をうたった。彼女もこれに和し、彼に融けこみ、血と思いと挫折を分かちあうと、やがて彼は解き放たれ、栄光に満たされた。

「そうだ、きみを信じる、きみがほしい、おれはきみのものだ」彼はささやいた。霧につつまれた、音のない夢幻の境で、二人は肩を並べて横たわった。「おれはきみのものだ」

彼女はほほえんだ。男を信頼する女の笑み。信頼と解放の笑み。そこでコストナーは目覚めた。

〈チーフ〉は台座にもどり、群集はビロードのロープで行動を制限された。すでに何人かがそのマシンを試していたが、ジャックポットは出ていなかった。

コストナーがカジノにはいると、〝探偵〟たちは身構えた。上の階で睡眠中、彼らはコストナーの衣服をきれいに調べ、針金や仕掛け、スプーンやブーメランのたぐいをさがしおえていた。怪しいものは見つからなかった。

コストナーはまっすぐ〈チーフ〉に歩み寄り、正面からながめた。

ハーツホーンの顔が見える。「疲れているようだね」と彼はやさしく声をかけ、コストナーのくたびれた茶色の目をしげしげとのぞきこんだ。

「たしかに、ちょっとね」コストナーはほほえもうとした。うまくいかなかった。「へんな夢を見たんだ」

「ほう?」

「うん……若い女が出てきた……」声は小さくなって消えた。

ハーツホーンは同情的な笑みを向けた。哀れみ、思いやる笑みだった。「街には若い女はいっぱいいるよ。それだけ勝てば、見つけるのに不自由はしない」

コストナーはうなずいた。最初の一ドル銀貨を投入口に落とすと、レバーを引いた。リールがいままで見たこともない勢いで回りだし、いっさいがとつぜん斜め方向にはねたと思うと、コストナーは腹に燃えるような痛みを感じ、同時に頭蓋が細首のところでぽきりと折れ、眼球はその裏側で焼き切れた。絶叫がほとばしった。金属がきしみ、急行列車が大気を切り裂き、百ぴきの小動物がはらわたを抜かれ、ばらばらに引きちぎられるような、耐えがたい苦痛の、山なす溶岩のてっぺんをひっぺがすような夜の風の絶叫だった。そして目のくらむ光輝のなかを、かん高くすすり泣くように遠ざかる声——

もう自由! わたしは自由! 天国だって地獄だってかまやしない。うれしい!

そして、魂が永遠の牢獄から解き放たれる音、黒い瓶から魔物が逃げだす音。その湿った静まりかえった無の一瞬、コストナーは見た。リールがおどり、止まり——

一、二、三。青い目。

だが、もはや小切手を現金化する時間はなかった。

群集が声をひとつにして叫んだ瞬間、彼はよこざまに倒れ、フロアにうつ伏せになった。最後の孤独……

〈チーフ〉は撤去された。呪われたマシンだ。このままカジノに設置しておくには、ギャンブラーたちからの抗議が大きすぎた。こうして引き上げがきまり、鉱滓炉《スラグ》で処分してくれというあからさまな要請を添えて、製造会社にもどされることになった。とはいえ、〈チーフ〉が最後に出した絵柄については、マシンがスラグ炉の職長のもとにとどき、いざ投げこむ段になるまで、誰の話題にものぼらなかった。

「おい、見ろよ、薄気味のわるい絵が出てるぜ」と職長が部下の取瓶《とりべ》係にいった。指さすところには、マシンの三つの小窓がある。

「あんなジャックポット・バーは見たことがないな」と部下もうなずいた。「目玉が三つだ。きっと古い機種でしょう」

「ああ、こういうゲームはずいぶん昔にさかのぼるからな」と職長はいい、マシンをコンベヤーにのせた。

「目玉が三つだ、はっ。よくやるぜ。茶色の目が三つときた」そしてナイフスイッチをはじくと、咆哮する灼熱地獄に向かってマシンを押し出した。

茶色の目が三つ。

その三つの茶色の目には、どうしようもない疲労がうかんでいた。どうしようもなく逃げ場を失った目、どうしようもなく裏切られた目だった。そう、男と女のゲームはずいぶん昔にさかのぼるのだ。

リチャード・カウパー

ハートフォード手稿

若島正訳

The Hertford Manuscript
by Richard Cowper

大叔母のヴィクトリアが九十三歳の高齢で亡くなったことで、根は十五世紀にまでさかのぼる家系樹で最長の枝が切り倒された——「デクレシー」という名前が「ド・クレシー」の正真正銘の転訛だという説を鵜呑みにできる人間なら、さらにその先までさかのぼると言うだろう。晩年の叔母に昔の話を聞くのは、ヴィクトリア朝の家族アルバムのページを繰るようなものだった。というのも、歳を重ねるにつれ、叔母の記憶の中では子供時代のイングランドがいっそう輝きを増しているように見えたからである。はるか昔となったあの時代には、今の私たちにはとうてい想像もできないが、人類の進歩を不可避なものとして心から受け入れることが流行していた。一八九〇年代には、人類は「解決」すべき「問題」を次々と与えられていた。事はそんなふうに単純明快だったのだ。ヴィクトリア朝の楽天主義が塔のようにそびえ立ち、エドワード朝の人々はその屋根にただ金メッキをほどこしただけで、それが一九一四年に粉砕されたのである。

ヴィクトリア大叔母の夫であるジェイムズ・ウィルキンスは、一九一六年にダーダネルス海峡で壊熱にかかって死亡した。二人のあいだに子供はなく、大叔母は再婚しなかった。後になって叔母から聞いた話だと、ジェイムズはフェビアン協会（一八八四年にロンドンで設立された社会主義者団体。ウェッブ夫妻やバーナード・ショーを指導者とした）の熱心な会員だったという。彼はまた、オールド・ボンド街のはずれに店をかまえるベンハム・アンド・ウィルキンス古書商の共同経営者として、商売に精を出していた。

ジェイムズが亡くなってしばらくしてから、ヴィクトリアは夫の商売を引き継ぐ意志を明らかにして、家族を大いに驚かせた。そしてすぐに、商才に長けていることを証明してみせたのである。専門に扱ったのは英国の初期刊本で、二〇年代から三〇年代にかけて、世界中の数多くの博物館や大学図書館と取り引きを築きあげて繁盛した。一九三八年、相続税の支払いのために膨大なハートフォード・コレクションが売りに出されたときには、二週間という競売期間中ずっと、ヴィクトリア大叔母は会場の最前列に席を予約し、後になって公刊された落札価格帳を見れば、「ウィルキンス」の名前は落札者の中でもひときわ目立っていた。

一九四〇年の十月、焼夷弾の直撃を受け、ベンハム・アンド・ウィルキンスの店舗と在庫品のほとんどが一夜にして灰燼に帰した。それでヴィクトリア叔母さんも何かがぷっつりと切れたらしい。叔母は当時六十歳に近く、ハムステッドで一人暮らしをしていて、店じまいすることに決めたという手紙を寄こしてきたのを憶えている。未練があるような口ぶりではなかった。「起こるべくして起こったことだし、わたしがあの世に行かなかっただけでも運がよかったというものです」と叔母は書いていた。叔母にしては珍しく運命を甘受する口調なのは、ショックを受けたせいなのだろうと私は割り引いて考えた。

叔母はウェル・ウォークにある家に住みつづけ、年を追うごとに体が少しずつ弱ってはいたものの、まだ頭はしっかりしていた。私はタウンに行ったときには叔母の家を訪れることにしていて、そのときにはいつも中国茶と、生涯の趣味だったキャラウェイの種入りケーキで歓待されたものである。あるとき叔母は、H・G・ウェルズから「申し出」を受けたことがあるという話をしてくれた。五〇年代の終わりだったと思う。

「つきあいがあったとは知りませんでしたね」と私は言った。「いつのことです?」

「そうね、彼がショーやウェッブ夫妻と協会の将来について口論していた頃だったかしら」

「フェビアン協会ですか?」

「ええ、もちろん。一九〇七年だったと思うわ」

「それでその申し出とは?」

叔母は笑った。「いつもの手じゃないの。女性解放に関する本を書いているから手伝ってほしいって」叔母は言葉を切って、窓の外をぼんやり見つめた。「あの人は小柄だけれど、妙に魅力的な男性だったの」

「でも承知しなかったんでしょう?」

「ええ。うんと言ったほうがよかったのかもしれないけど。もちろん、その前にも会ったことがあるわ——ハクスリーの家で。みんながあの人のことを話題にしていて」叔母はまた言葉を切って、しばらく追憶にふけっているようだったが、それからこう言った。「あの人の『時の探検家たち《クロニック・アーゴノーツ》』という小説を読んだことある?」

「憶えてませんね。どんな話でした?」

「時間の中を旅行する機械を発明した男の話よ」

「ああ、『タイム・マシン』のことですね、叔母さん」

「もちろん違いますよ。あの題名には間違いないわ。〝クロニック〟という言葉が時という意味で使われたのは見たことがなかったもの。雑誌に書いていた連載でね。第一回目が載っている号を見せてくれたの。そのモデルになった男を、二人とも知っていたから」

「驚いたなあ、モデルがいたんですか」

「そうなのよ」と叔母は教えてくれた。「ロバート・ペンズリー博士とかいう人。ハーン・ヒルに住んでいてね。あの頃はだれでもそうだったけど、ハクスリー教授の熱烈なファンで」

私はケーキをもう一切れいただいた。「それでその博士は、若きウェルズが書いてくれた自分の姿を読んで、どう思ったんですか?」

「わたしの知ってるかぎりじゃ、読まずじまい」

「へえ、どうして?」

「姿を消しちゃったから」

私は思わずまばたきした。「ふいっと?」

叔母はうなずいた。「当時、ちょっとした騒ぎになったものよ。アメリカにとんずらしたんじゃないかって噂もあったほど」

「その噂は本当だったんですか?」

「わたしはそうは思わないわ。それにウェルズも」叔母はクックッと笑った——すっかり衰えた唇から出た音にしては奇妙に若々しい笑い声だった。それからこう付け加えた。「事件を聞いたとき、すぐH・Gがわたしに言った言葉を今でも憶えているわ。『ほら、ヴィッキ、わからないかい? あの男はやったんだよ!』って」

「それはどういう意味なんです？」

「時間の中を旅行すること、に決まってるじゃないの」とヴィクトリア叔母さんは、まるで「ポーツマス行き十時十五分発に乗ったの」とでも言うような素っ気ない口調で答えた。

今にして思えば恥ずかしいことだが、私はつい笑ってしまった。

叔母は澄んだ灰色の瞳から、鋭い視線を横目で私に投げかけた。「そんなこと不可能だって思ってるんでしょ」

「そりゃそうでしょう」と私は言ってティーカップを置き、指についたケーキのくずをハンカチでぬぐった。

「ウェルズはそうは考えなかったの」

「なるほど。でもSFを書いてた人ですからね」

「それがどう関係あるの」

「おもしろい話の題材になるって、そう思っただけじゃないですか。それに、結局その話を書いたわけだし」

「実話を書き留めたのよ」

「ほらね。それにきっと、ペンズリー博士の子孫は今でもアメリカで幸せに暮らしてますよ」

ヴィクトリア叔母さんはかすかにほほえんで、もうその先を続けなかった。

ヴィクトリア叔母さんが亡くなったという手紙を受け取ったのは、私がちょうど地球の反対側であるオーストラリアのメルボルンにいたときのことだった。初春にひどい流感にかかってからずっと健康状態がすぐれないという話を聞いていたので、その知らせはとくに驚くものではなかったが、それでも私が覚えた喪失感は生々《なまなま》しかった。叔母が亡くなったことで、私は自分の墓に一歩近づいたような気分がしたものだ。

六週間ほどしてからイングランドに戻ってみると、叔母の亡骸《なきがら》はすでにハイフォード墓地で薔薇の茂みのこやしになっており、ウェル・ウォークの家もすでに売却されていた。さらにもう一つ発見したのは、一通の手紙が私を待っていたことだった。差出人は叔母が口座を持っていた銀行の支店長で、その人物がどうやら遺言執行人らしく、私が千ポンドの他に「故ウィルキンス夫人が貴殿に寄せた好意の特別なしるし」を遺産として相続することになったと記していた。

私はブリストルにある自宅からただちにタウンまで旅行して、支店長の執務室に出向いた。型どおりに悔やみの言葉を交わしてから、手渡されたのは茶色い紙包みで、丹念に紐掛けして封がされ、その上にはびっくりするほどしっかりしたヴィクトリア叔母さんの筆跡で私の名前が書かれている。私は正式な受領書に署名して、千ポンドの小切手が入った封筒を受け取り、通りに出た。紙包みの中にはいったいどんな「好意のしるし」が入っているのか、好奇心でうずうずしていたわけではない。紙包みの形からすると、どうやら本か何かに違いなく、これはウェル・ウォークを訪れたときにヴィクトリア叔母と一緒に眺めた写真アルバムではないか、という気がした。

ロンドンにもう用事はなかったので、私はパディントン駅までタクシーを拾い、最初の列車でブリストルに帰った。ころがりこんだ遺産のささやかな一部で一等の座席を買うことに決めて、車室を独占するという贅沢を珍しく経験し、ゆったりと席に腰掛けて満足感にひたりながら、ヴィクトリア叔母さんが達者な手つきで結んだ紐をようやくほどきにかかった。

先だっての推測が間違っていたのにはすぐ気づいた。茶色の紙と新聞紙で幾重にも包まれた中から出てきたのは、どう見ても写真が発明されるずっと以前の書物だった。寸法はおよそ縦十二インチ横九インチで、濃い茶色の装丁がしてあり、背には古書業界でたしか「こぶ」と呼ぶ突起がいくつも付いている。カヴァーと背には型押しがいっさいなく、それどころか外側のどこを見ても内容を示すしるしがない。ヴィクトリア叔母さんがどういうつもりでそれを遺産としてくれたのか、さっぱり見当がつかなかった。

表紙をあけてみると、その中に封のしてある封筒が一通入っていて、私の洗礼名が書いてあり、右下の端には「一九五八年六月四日」と日付があった。

本を座席の脇に置いて、封を切ると、叔母の好みだった色付便箋が二枚出てきた。私は眼鏡をかけて読んでみた。

水曜夜

親愛なるフランシスへ

今日の午後、おまえとおしゃべりをしているときに、よほど二階へ駆け上がっていってこの本を取ってこようかと思ったことがありました。きっとおまえは気づいていないと思うけど、時間旅行なんて考えただけでも「無理に決まってるじゃありませんか！」と鼻であしらったおまえの態度には、我慢できないくらい了見の狭いところがあったからです。でも、衝動に駆られるよりは考え直してみる方がいい、というのが物の常。そこでおまえにこの本を遺産として贈ることにしました。おまえがこの手紙を読むころには、もうわたしのことを大叔母さんではなく、死んだ叔母さんだと思うようになっているでしょうね。こう書いているだけで、思わずにっこりしてしまいそうです。

　表紙を開けたところにある蔵書票からわかるとおり、この本はもともとハートフォード図書館の蔵書で、一九三八年に売却されたものです。十七世紀の雑多な公文書六冊揃いのうちの一冊で、そのセットは誰も関心を示さなかったのでわたしがほんのはした金で買い取りました。そして海外向けのカタログに載せるためひととおり目を通していたときに、そのうちの一冊の奥に、他の頁と紙質がまったく違う二十枚ほどの薄い紙が綴じ込んであるのに初めて気づいたのです。装丁自体は十七世紀の職人の手になるものであることには疑いがなく、他の五冊はすべて一六六二年から一六六五年にかけてのものだったので、わたしはちょっと興味をもってこの奇妙な頁を調べてみることにしました。すると驚いたことに、その頁はおおよそ手記か日記のようなもので、鉛筆で書かれた、一六六五年の八月から九月にかけての三週間ほどの記録だったのです。

　その内容がどんなものかは言わないでおきましょう。読んでおまえがどんな顔をするか、想像するだけでも楽しいのに、それを台なしにはしたくありませんからね。この公文書は「ジョーナス・スマイリー遺産」より他の二冊と一緒に買い上げられ、一八〇八年のハートフォード目録に登載されたものだとだけ言っておきます。わたしの知るかぎりでは、それから百三十年のあいだ、ハートフォード城の図書館で静かに埃をかぶっていたようです。

　これを読めば、きっとおまえにとってもおもしろくていい勉強になると思います。

愛情をこめて
ヴィクトリア

私はすっかり当惑しながら、初めから終わりまでもう一度読み返した。実を言うと最初のうちは、叔母が仕組んだとんでもない悪ふざけにひっかかったのかとしか思えなかったが、そんなことをするのはどう考えてもヴィクトリア叔母さんらしくないので、とうとう仕方なく本を手に取ってみた。たしかに、表紙を開けると蔵書票が貼り付けてあり、ひどく肉感的な二匹の人魚が貝殻を高々と掲げ持ち、その中には不気味に笑う頭蓋骨と、鵞ペン、それに砂時計が横たえられている図柄の版画が描かれている。このいささか妙な取り合わせのまわりに、ハートフォード蔵書という銘が刻まれた幟がはためいていた。少なくともその部分については、ヴィクトリア叔母さんの話は嘘ではないわけだ。しみのついた遊び紙をめくってみると、そこにはセピア色の飾り文字で、台帳記載開始一六六二年十一月二十日於ウォピング教区内聖バーナバス療養所記録官トバイアス・ガーニイとある。次のページに行くと、最初の記載はこうだった。「四時死亡アグネス・ミラー、女、年齢不明、死因毎日熱三日熱」

下に目を走らせていくと、ほとんどすべて死亡記録らしく、変色した頁を繰っていくうちに、ヴィクトリア叔母さんが語っていた部分にたどりついた。叔母がなぜそこに目を惹かれたのかはすぐにわかった。まず寸法が縦六インチに横四インチほどしかなく、紙も端がひどく色あせているうえに、かすかな罫線が入っている。しかしさらに顕著なのは、筆跡の違いだ。細かくて判読しにくい筆写体で、記録官のものとはまったく似ていない。それを一言で形容するなら「学者風」だろうか。実を言うと、小さな字からすぐに思い浮かべたのは、セント・キャサリン校でかつて私の個人指導官をしてくれたJ・E・ローレスだった。おまけに略記法もそっくり同じものがあって、“though”の代わりに“tho.”、“would”の代わりに“wd.”、“should”の代わりに“shd.”という書き方は、ローレスの好みだったことを思い出した。窓際の隅にすっかり腰をおちつけてから、私は日光が最大限に当たるように本を持ち上げ、読みはじめた。

最後の記載にたどりついたのは、列車がブリストルに到着する二十分ほど前だった。そのときの精神状態がどうだったか、正確に述べることはむつかしい。すっかり熱中して読んでいたあいだはおそらく気にならなかった頭痛が、ずきずきとしていたのは憶えている。眼鏡をはずして窓の外に視線を移すと、体験したことがないような方向感覚の喪失を味わった——それはたぶん、「場所感覚」と言う方が当たっているのだろう。線路のむこうにある緑の野原やウィルトシャーののどかな農家が、不思議で、実体を伴わない、幻覚で見る物のようになっていたのだ。何か想像もつかない時間の流れの中で、ほんの一瞬に静止しているしるしのようだった。その一瞬もすぐに過ぎ去り、これまでの人生でしみついた思考の習慣がすぐまた復活した——しかし、テサロニキで小さな地震に出会った後で体験したような、内心の震えという実に不愉快な感じはまだ残っていた。私が断固として信じているものが疑わしくなった、と言えばおそらく言い過ぎになる。私の哲学の土台が一時的に揺らいだ、と言えばおそらく言い足りない。

この手の込んだ悪戯の元をたどれば、私が張本人だとか、あるいは被害者だとおっしゃる向きもきっとあるだろう。最初の主張は無視せざるをえない。なぜなら、それが真実でないことはわかっているし、べつにこちらの知ったことではないからである。第二の主張に対しては、残念ながら「証拠不十分」という判決を下さざるをえない。私は公文書を別々の専門家二人に鑑定してもらった。するとまったく予想どおりに、挿入された罫線紙の頁が綴じ込まれたのは書物そのものが装丁されたときであり、すなわちその時期はいくら遅くとも十八世紀の半ばで、最も可能性があるのはその半世紀は前、というのが二人の一致した見解だった。ところが罫線紙そのものは、疑問の余地なく、一八六〇年以前には製造されていない種類のものだったのである！　それ故、誰かが嘘をついているか、それとも罫線紙が本物かのどちらかなのだ。

ある（見知らぬ）人物がそういう悪戯を仕掛けてやろうと思ったとすれば、いったいそれがいつできたのだろうか？　内的証拠からすると一八九四年以前ではありえない。従って正体不明の犯人はハートフォード図書館に出入りできて、偽の資料を公文書に挿入してから、図書館の本棚に戻しておいたくせに、その後でそれに関心を惹きつけるようなことを何もしなかったことになる。悪戯の肝心なところはなるべく大勢の人間を騙すことにあるはずだから、これほど無意味な悪戯はないように思えるのだ。

というわけで、私から見ると、残る可能性はヴィクトリア大叔母しかない。叔母はこの公文書が一九三八年に売却されてから、叔母が亡くなった日まで、その管理者だった――得心のいくまで「修復する」機会はたっぷりあったことになる。さらに言うなら叔母は職業上のつてがあり、その気になりさえすればそういう計画を実行できる理想的な立場にいた。それには、「日記」全体をしかるべき紙に捏造すること、公文書をばらして捏造した日記を挿入すること、そして全体を再編して元の状態に復元し、経験豊富でしかも私心のない専門家二人の眼をすっかりごまかすことも含まれる。さらには、文書本体にまったく偽の記載を二箇所挿入し（あるいは誰かに挿入させて）、その偽物と前後の本物とのあいだに見た目の違いがないようにする必要があった。そうしようと思うと唯一の手段は、元の紙二葉を抜き取り、それとそっくり同じ十七世紀の白紙の襤褸紙二葉を入手し、他の部分とぴったり対応するように記載を偽造し、それから全体を再編するしかない。たしかにこれがやろうと思えばできることは認めるにやぶさかではないものの、それが実際に行われたとはどうしても納得できない。

そうは言っても、可能な範囲であることはたしかなので、第二の点については「証拠不十分」の判決を下すのもやむをえないのだ。

これだけ言ってしまうと、後に残る作業は、この驚くべき文書をそのままそっくり書き写し、補遺として、記録の他の部分で関連する記載と一緒に、私の結語めいたものを付け加えることになる。

筆写にあたっては原文を一語一語忠実に写したが、私の裁量で略記をひらき、段落改行を入れ、必要と思われる際には句読点を直した。日記は第一頁の頭から始まっており、その前にあった数頁が文書が改竄される前に紛失した可能性もある。

＊

己がいかに極楽とんぼの愚か者であったことか、といくらぶつぶつ言ってみたところでまったく無意味なのは当然だが、この四十八時間というもの、目を覚ましているあいだにそうしなかったときが一刻たりともあっただろうか？　モーロックたちが[*]私のマシンを調べたのはごく表面的な構造だけだった、とそう思い込んだのは弁解しようがない身勝手な憶測で、運の悪いことに、帰りの航行がうまくいって余計にそう思ってしまったのである。しかし今でも、左の多面体にかすかなひびが入っていたのはモーロックのせいだったのか、はっきりしたことはわからない。白いスフィンクスの台座の中で必死になって格闘した、あの最後の戦いのときにひびが入ったのか？　考えてみればその可能性が高いではないか。まったく許せないのは、金曜日にマシンを詳しく点検したときに、この欠陥に気づ

＊ここおよび似たような言及についてはH・G・ウェルズの『タイム・マシン』を参照すること。（編者）

かなかったことだ。とにかく、不注意だったせいでこれほど痛い目にあった人間はさほどいないだろう。

最初の眩暈《めまい》から回復してダイヤルを眺めた瞬間に、どこかおかしいと私は気づいた。計時器をなめらかに回転する代わりに、針はかすかながら心穏やかならぬぎこちなさを見せ、最初は速度を落としてからまた加速しはじめた。五葉形に並んだ石英柱のうち二本の動きが不規則なのがすぐわかり、おそらく配列が少し狂ったためなのだろうが、実験室で修理すればすぐ直ると思った。計時盤のダイヤルはもう十七世紀に戻ったことを示していたが、懐中時計を見ると旅行のあいだに二分も経過していない。右手の操縦桿をそっと手前に引くと、驚いたことにすぐさま針のふれがさらにひどくなった。これと、どうやら時間旅行に付きものの曰く言いがたい嘔吐感とで、実に不愉快にも狼狽に似た気分が私を襲った。それでも私はまだ頭をしっかり保って、何か外界の大きな物体と衝突しそうになっているわけではないのを確認してから、そっと操縦桿を元の位置に戻した。

マシンは木が生えていない丘の斜面に静止していて、真鍮製の滑走部が草むらとキンポウゲの中に突っ込んでいた。頭上では雲一つない空に太陽が輝き、その天頂からの位置を見ると、時刻は午後の早いうちらしい。斜面を少し下ったところには、茶色い斑の牛が二頭、のんびりと草をはみながら、尻尾で蠅を追い払っている。ぼんやり眺めていると、そのうちの一頭が頭をもたげて、不思議そうに私を見つめた。十七世紀ともこれでおさらばかと思いながら、無言の祈りを唇に浮かべて前かがみになり、数世紀を駆け抜け一八九四年へと送り返してくれるはずの左操縦桿を前に倒した。ところが何事も起こらなかったのだ！　私はもう一度試して、思い切って右操縦桿にもっと力を入れてみた。結果はまったく同じだった。

そのときの動揺はまるで、丘の頂にある展望台に初めて登ってエロイの集会場を見下ろしたら、白いスフィンクスの前にある芝生に置いておいたはずの私のマシンがなくなっているのに気づいた、あのときの動揺とほとんど同じだった。頂帆がついに地平線に沈んでしまうのを見たときに、孤島に漂着した船乗りを襲うあの恐怖だ。一、二分ほど、私はうちひしがれてその感情に身をまかせていたが、ありがたいかな理性がふたたび戻ってきた。この前の危機にはみごとに打ち勝ったではないか。だとすれば今回の危機にもきっと生き残れるはずだ。

私は運転席から出て、草むらに降り立ち、アルミニウムの覆いをはずして五葉形の胎内をのぞき込んだ。ちらりと見ただけで、何が起こったのかはすぐにわかった。多面体の石英プリズム四本のうち、右側の二番目が亀裂面に沿ってまっぷたつに割れていたのだ！

一瞬、信じられなくてただ呆然と見つめているだけだったが、そのうちこの惨事の意味することがゆっくりと呑み込めてきた。それと一緒に、この事態がグロテスクでどうしようもなく皮肉に満ちていることも思い知って、私は打ちのめされた。今立っている場所からほんの十歩ほどのところに私の作業台があり、その作業台の上にはまったく同じ多面体の石英柱が四本も載っていて、そのどの一つを取ってもあっというまにそこにきっちりと嵌め込むことができるのだ！　十歩の距離が、二百三十年も離れているとは！　前回の航行に比べれば何万分の一にもならない時間だが、それでも、その命綱である部品はジュラ紀の沼地に呑み込まれてしまったのも同然だった。

私は五葉形の中に手を伸ばし、二つに折れた柱をはずして、手元でよく調べてみた。かすかな傷がついていて、そこから割れが始まっているらしい。「馬鹿野郎」と私は己をきびしく責めた。「まったくどうしようもない大馬鹿野郎だ！」

私はマシンの車体にもたれて草むらに座り込み、ばらばらになった思考を整理しようとした。ここから逃れる唯一の望みは、割れたプリズムの代わりを手に入れることにあるのは明らかだった。もし割れたのが十二面体のネオジムなら絶望的だったな、と妙なことを考えて、わずかばかりの慰めを得たりもした――というのも、時間的に《クロニカリー》言えば、その元素が発見されたのはやっと一八八五年になってからのことだったのだ！　しかしそれにしても、代わりを入手するにはどうしたらいいのか？

　私は立ち上がり、計器盤のダイヤルをもう一度見た。ちょっと計算してみると、どうやら今は紀元後一六六五年らしい。この年号には嫌な聞き憶えがあるような気もかすかにしたが、目下の問題をどう解決すればいいかにすっかり気を取られていたので、どこで聞き憶えがあるのかをたどる余裕はなかった。運転席の下にある荷物入れに手を突っ込み、次に取り出したのは背嚢と小型写真機《コダック》だ（イーストマン・コダック社が初の小型カメラを開発したのは一八八八年）。それから、モーロックを相手にしたときの体験を思い出して、二本の操縦桿を取り外し、すでに無力なマシンをさらに動かなくした。それがすむと、次は右側の二番目のプリズムを注意深く取り除き、もし代わりが手に入ったら、完成品は壊れたマシンよりもずっと満足のいくものになるだろうなと考えた。こういった実際的な行動は、それだけを取ればささやかなものではあるが、時間の大溝の彼方で想像力の第一歩を踏み出すのに大いなる助けとなった。時間旅行者が知的能力を十二分に発揮しようと思うと、それが必要不可欠なのである。

　次は、携帯品で役に立ちそうなものを調べること。初めて向こう見ずにも未来に旅立ったときより、ましな装備をしていたことはたしかだ。しかし、完新世のはじめに行ってごく短時間の探検をする計画だったので、携帯用コンパスや小型写真機、標本入れ、それに帳面と鉛筆がこの現在の事態に大変役立つかどうかは疑わしい。それよりもはるかに役立ちそうなのは一握りの小銭で、これは幸いなことにうっかりと、ニッカーボッカーの太腿ポケットにまだ入れてあった。かき集めてみると一ポンド金貨二枚、二シリング銀貨三枚、六ペンス一枚、それといろんな銅貨が何枚か。懐中時計をべつにすれば、他のポケットから出てきたのは甘草入りカシューナッツの缶、煙草入れとパイプ、マッチ箱、二枚刃のペンナイフ、それに真鍮ケースに入れた携帯レンズだけだった。この携帯レンズをただちに使用してみると、プリズムが割れた微細な原因は予想どおりだったのが確認できた。

真夏の太陽がふりそそいでいたので、私はノーフォーク・ジャケットのベルトをゆるめ、背嚢を肩に担ぎ、マシンに心からの別れを告げると、帽子をしっかりかぶってカンバーウェル目指して出発し、キンポウゲを踏みしめながら大股で丘の斜面を歩いていった。

行動計画として決めたのはごく簡単なことだ――できるだけ早くロンドンにたどりつくこと。こちらの要求にぴったり見合う、水晶塊から四インチ角の多面体柱を作ってくれるような腕のいい研磨職人を見つけられる場所は、もしあるとしたらロンドンしかない。寸分違わないものを期待するのは望みすぎというものだろうが、欠陥のある柱でも十九世紀に戻るという目的を達するほどには保つことも、すでに実証済みだと私は考えた。

急ぎ足で十分ほど歩いていくと、テムズ河の水面が視界に入ってきた。もっとも、北東に四マイルほど離れたロザーハイスのあたりで銀色にちらちらと光っているだけしか見えない。バターシーからグリニッチまで、河の南岸をおおう林の多さにも驚かされる。その大半は低木や伸びすぎた生垣が散らばっているだけだが、私からいちばん近いところにある木々の隙間はさらにむこうにある他の木々で埋め尽くされているので、全体としてはちょうど視界からシティが遮られているようなあんばいなのだ。ハーン・ヒルの頂まで登ることを選んだとしたら、きっとすべてを一望の下に眺められるだろうが、時間を無駄にしてはいられない。丘の頂上にある風車を左手に見ながら、私は轍の跡がある乾燥した荷車道を下って、家々がむさくるしく寄り集まっているあたりへと向かった。どうやらそこが昔のカンバーウェルらしい。

荷車道を抜けるとそこはカンバーウェルとダリッジを結ぶ街道だと気づいたので、左に曲がってウォルワースの方角に向かった。角を曲がるとそこには小さな村がひろがっていて、驚いたことに道の先には粗末な矢来が組まれている。その間に合わせの障害物の中心を成すのは干し草用の大きな荷車で、てっぺんに三人の男が腰掛け、そのうちの一人が肩に担いでいるのは小銃のようだ。私は事態を呑み込むために一息入れてから、わけがわからずに声のとどくところまで近寄っていって、これがロンドンに行く道かどうかと訊ねてみた。「そうとも！」と男の一人が大声を出して立ち上がった。「近づいてみろよ！　おれたちはみなぴんぴんしてるし、神様の思し召しでまだ大丈夫だからな」

すっかり困惑しながらそのまま近寄っていくと、さっきの男がまた大声を出した。「それ以上一歩でも近づいたら命がないぞ！」

私は歩みを止めて男を見つめた——いや、男が小銃を私の頭に狙いを定めているのを見つめたのだ！　それから私は両手を上げて、武器を持っていないことを見せた。「何も悪気はないから」と私は叫んだ。

「こっちも悪気はないさ、旦那」と男が答えた。「さあ、とっとと消え失せろ」

「こんな歓迎の仕方ってあるかい」と私は抗議した。「ロンドンで急ぎの用事があるんだから」

「そうとも、死神の方もな！」と他の一人が言った。「先週の触れ書きじゃ、四千人が死んだそうだ」

それまでのやりとりよりも、このとんでもない一言が私の胸に突き刺さった。ぼんやりした頭の中で、マシンのダイヤルに記されていた最後の数字の意味が、まるで電気仕掛けの警報ベルのように鳴り響いた。一六六五年。大疫病の年ではないか！

私は麻痺したようになって両手をだらりと垂らし、呆然とその場に立ち尽くして三人の男を見つめた。一人が指を唇に当て、甲高い口笛を吹いた。しばらくすると犬がキャンキャン吠えるのが聞こえた。「かかれ！　かかれ！」というかけ声がして、私はとっさにふり向き、足に噛みつこうとする野良犬の群れを必死にふりはらって逃げた。

安全な荷車道までたどりつくとすぐに、犬たちは何度かこちらをふり返って警告するようなうなり声をたてながら、村の方へと戻っていき、あとに残された私は苦しいほどの動悸を感じながら、想像していたよりもはるかに厄介なことになったのを思い知った。大疫病の被害に関する歴史的な知識は我ながら情けないほどおぼろげで、ただ子供の頃に読んだピープスの日記には、疫病流行中もシティでは多少の商業活動が続いていたと書いてあったことだけは憶えていた。この暗闇の時代から永遠におさらばしたいという思いは何百倍にもふくれあがった。私はただちに野原を越えてサザークの方角に向かい、途中で出会うかもしれない散在した農家や小村にはできるだけ近寄らないことに決めた。

疲れる回り道を何度もしながら一時間も歩くと、オールド・ケント街道が見え、幌をかぶせた荷車や数頭の家畜がロンドン橋の方角へと向かっているのを目にした。黍畑の端をぐるりとまわって、生垣をくぐり抜け、街道に出ると、私はこの雑多な一行の後についてすたすたと歩きはじめた。やがて若い牛追いに追いつくと、その牛追いはいささか妙な目つきでこちらを見た。服装のせいなのは間違いない。とは言え、私が着ていたツイード地のニッカーボッカーは、彼が着ている革の半ズボンと毛織りの長靴下の末裔であることは、誰の目にも明らかなのだが。どう見ても時代がずれているのは布製の縞の帽子で（ここまで出会った男たちはみな、幅広の「中折帽」か高い「とんがり帽」をかぶっていて、これは清教徒たちのお気に入りだった）、額から汗を拭うふりをして、私は怪しまれそうな帽子を脱ぎ、ポケットにしまい込んで、若者に挨拶の言葉をかけた。若者は礼儀正しく挨拶を返して、何の商いですかと訊ねた。私が不思議そうな顔をしたので、彼はさらにこう続けた。「行商じゃないんですか？」

そうだと答えるのが得策のようで、シティでまだ商売を営んでいる宝石商か工具商を誰か知らないかと私は訊ねてみた。

若者は首を横にふり、逃げ出せるものならみな逃げ出したんじゃないですかと言った。これでは有益な情報を引き出せないと踏み、なるべく先を急ぎたかったので、私は若者に旅の無事を祈ってから荷車の後を追いかけた。

サザーク大聖堂と旧ロンドン橋（ロンドン橋が改築されたのは一八三一年）がはっきり見えるところまで来て、私はこの陰気な世紀に足を踏み入れてから初めて、辺りの景色を興味津々で眺めだした。一八九四年ではおよそ想像もつかないほど青く澄んで輝いているテムズ河には、小舟から立派な商船まで、ありとあらゆる形や大きさの船がぎっしりと浮かんでいた。それどころか、ロンドン塔の下流には、数えてみるとなんと二十三隻もの大型船が河の中程に停泊し、そのまわりには小さなボートがゲンゴロウのように群がっている。シティそのものについて言えば、まずびっくりしたのが、橋の詰所の胸壁を飾っている首また首の陰惨な列であり、次には、河岸に並ぶ家々のけばけばしさと派手さで、持ち主の気まぐれに合わせてそれぞれ装いを凝らしている。その華やかな色彩が陽光輝く水面に映っているのを見ると、なんとも言えない感情に襲われ、今目にしている光景がわずか十二カ月もすれば大火でほとんど消滅するのだと突然気づいて、激しい無力感と喪失感を覚えたのだった。それが実際に起こったことに違いないが、それだけに私はいっそう心の痛みを感じた。

詰所に近づいていくと、鶴嘴《つるはし》や小銃で武装した番人たちがそこにいて、やってくる荷車の中を調べたり馭者に質問したりしているのが目についた。歩行者はそれほど注意を払われていないので、わざと大股で通り過ぎていこうとしたら、衛兵の一人に何の用だと呼びとめられた。私は行商人兼機械工で、シティの工具商を探しているところだと答え、どの方角に行けばいいのか教えてくれたらありがたいんだがと付け加えた。

衛兵は私を頭のてっぺんから足の先まで眺めまわし、毛織りのネクタイやスコットランド風の丈夫な革靴をいかにも疑わしそうにじろじろ見た。「それでおまえ、どこから来たんだ？」と彼は訊ねた。

「カンタベリーです」と私がすらすら答えたのは、最初に思いついたもっともらしい地名を口にしたまでのことだ。

「健康か？」

「もちろんですとも。これからもそうだといいんですが」

「そうさな」と彼はつぶやいた。「神様の思し召しで、おれたちもな。なあおまえ、おれの忠告を受け入れて、どこかよそで商売道具を売りに行くことだな」

「これだけは、他に選ぶ道がないんです」と私は答えた。「なにしろ数少ない商売ですから」そう言って私はズボンのポケットに手を突っ込み、意味ありげに小銭をじゃらじゃらいわせた。「まだシティで商売している宝石商を誰かご存知じゃありませんか？」

衛兵は人差し指と親指で鼻をつまんで考え込んだ。「よくある地域はラドゲイトだな。ただし、そのあたりじゃ病気がひどく流行っているという話だ。それ以上は知らん」

私は礼を述べ、ポケットから一ペニーを取り出して渡した。さっさと橋へと急ぎながらふりかえってみると、衛兵は指につまんだ銅貨を怪訝そうに眺めてから、鶴嘴の刃先に打ちつけて調べていた。

何事もなく河を渡ると、座金の上に高く聳える旧聖ポール大聖堂（この翌年の大火で焼失。現在の大聖堂は後年に再建されたもの）のゴシック式尖塔が左手に見えた。視界には隠れているが、ラドゲイトはそのすぐ背後にあるはずだ。私は橋の北端にある門をくぐり、シティに足を踏み入れた。

すると一瞬にして川べりのそよ風がやみ、おぞましい悪臭が鼻をついた。それは通りのまんなかに散らばっている塵の山や糞尿から発しているもので、ひからびたそのまわりには蠅がびっしりと群がり、怒った蜂の群れのような音を一斉にたてている。私は思わず胃袋がせり上がるのを感じて、鼻と口にハンカチを押し当てた。よく他の連中はこの毒臭を気にせずに歩いていられるものだ。

二百ヤードも行かないうちに、しっかりと鎧戸が降ろされ閂《かんぬき》を掛けられた一軒の家に出くわした。入口には赤いペンキで不恰好な十字架が描かれ、その上には「神よ我々に御慈悲を」という不吉な言葉が殴り書きしてある。そばにある椅子では、赤い木の杖を膝の上にのせながら、老人が居眠りしていた。歩行者たちがこの辺りを敬遠しているのを見て取って、私は靴が汚れるのも厭わずに、そろそろと道のまんなかへ進路を変えつつ、ふと見上げると、鉛枠を入れた二階の窓の背後から小さな白い顔がおずおずとこちらを見下ろしているところだった。暑さにもかかわらず私は震えを感じて歩みを速め、最初の角を左へ曲がって、この時代でもテムズ街と呼ばれているはずの通りを進んでいった。そして大聖堂の尖塔が右手に見えるとすぐにまた道を曲がり、その方向を目指した。

狭い横町を抜けていくとき、道の両側に出ている看板に注意していたら、やがて二本のコンパスが描かれた看板が目にとまった。急いで近寄ると、店には錠と閂が掛かっている。鉛枠の窓から目を細めてのぞき込んでみると、地球儀に天体観測儀、砂時計に天球儀が並んでいて、私は落胆を覚えた。中世の影から抜けだしはじめた時代に、私の必要なものを提供してくれる人間を見つけるなんて、そんな希望がどうして持てるというのだろう？　がっかりして去ろうとしたとき、通りの先にある別の店の入口から年配の紳士が出てきた。私は立ちどまって、紳士がこちらへやってくると丁寧に話しかけ、この辺りでまだ商売をしている工具職人か眼鏡職人を知らないかと訊ねた。

おそらく話し方か服装が気になったのだろうが、紳士は広縁の帽子の下からじろりと私を眺め、いったい何をお探しなのか、もう少し正確に言ってくれないかねと問い返した。

それに答えなかったところで何の得にもならないから、私は水晶塊で小さい角柱か円柱を作ってくれる腕のいい職人を是が非でも見つけたいんだと答えた。「そうでしたか」と紳士は言った。「レンズ磨きをお探しなら、ウィリアム・タヴナーこそうってつけの人物ですな。店はカーター街にある聖アン教会のすぐそばですよ」紳士は杖で方角を指し示し、シティから夜逃げしていないとは保証できないが、たぶんまだいると思うと付け加えた。

私はあつく礼を言って、その方角へと急いだ。十分後、教えてもらったとおりの場所に店が見つかった。看板には大きな金縁の眼鏡が描かれている。店先にちょっとばかし陳列されている読書用レンズをちらりと見て、ここしかないと腹を決め、どきどきしながら入口の掛金に手を伸ばした。扉が開き、言いようもないほどの安堵を覚えながら、私は敷居をまたいで店の中に入った。

木製のカウンターの上に小さな真鍮の呼び鈴があり、一、二分ほど待ってから、それを手に取ってすばやく鳴らしてみた。店の奥のどこかで扉のばたんという音がして、近づいてくる足音が聞こえた。

ようやく現れたのは若い女で、腕に赤子を抱いている。女は陰気な表情でしばらく私を眺めてから、こう訊ねた。「御用は何でしょうか？」

「タヴナーさんはいらっしゃいますか？」と私は訊いた。「お願いしたい急用がありまして」

遠くで声がした。「誰だ、ベッシー？」

「ロバート・ペンズリーと言います」と私は答えた。「ロバート・ペンズリー博士です」

この情報を伝えるとき、女の顔にはかすかな興味が浮かんでいたようだった。「すぐに下りてきますから」と女は言った。

「一人で仕事なさっているんですか？」

「見習いがみな今月に逃げ出してしまって。父がいなかったら、わたしも一緒に逃げ出したところですわ。疫病であろうがなかろうが、父はこれっぽっちも動かないんです」

「家の中に鼠がいるんでしょうか？」と私は訊いてみた。

「ええ、きっと何匹か。この辺で鼠のいない家などありません。フリート川（かつてロンドンを流れていた川。現在は地下河川になっている）から黒い異教徒みたいに大挙して押し寄せてくるんですもの」

「蚤が疫病を運んできますからね。鼠を退治したら大丈夫ですよ」

女は笑い声をあげた。「まあ、わたしたちがどうこうしなくても、鼠たちは勝手に死んでますわ。今朝も手洗いで二匹、冷たくなっているのを見つけました」

「まさか触らなかったでしょうね？」

「ええ。父が火箸でつまんで、壁のむこうの溝に捨てました」

「どんなことがあっても、自分で始末しようなんて思っちゃいけませんよ。感染した蚤に噛まれでもしたら、死んでもおかしくはありません。本当です、私は知ってるんですよ」

「空気が汚れているせいだってみんなが言ってます。道が交わるところでは、毎晩必ず焚火をするようにって、警備隊にお触れが出ています——それと広場では一日中。でも父が言うには、疫病のないときでもロンドンの空気はずっと汚れていたって」

「お父様のおっしゃるとおりです」と私は力をこめた。「だから私の言うとおりにしてください、ベッシー、鼠の死骸には触らないと約束してくれますか。そうしたらあなたも赤子もきっと安全に生き残れますから」

女はほほえんだ。「わたしは鼠なんて大嫌い。ほら、父がやってきましたわ」

頭のてっぺんが禿げて、白髪まじりの茶色の毛がわずかばかりの中年男が、カウンターのうしろにある通路から足をひきずりながら出てきて、私に会釈した。「見たことのある顔じゃないね。何の用かな？」

私は背嚢をカウンターに置き、紐をほどいて無傷のプリズムと二つに割れたものを取り出した。「これと同じ寸法の、八面の水晶プリズムを作ってほしいんです、タヴナーさん」と私は言った。「できますか？」

タヴナーは水晶を受け取って光にかざし、いろいろな角度からのぞき込んだ。「これは誰に作ってもらった？」

「イタリアで作ってもらいました」

「みごとな職人芸だよ。これほどのは見たことない」そう言って、彼はにっこり笑いながら私に返した。

「でも取っておいていただかないと、タヴナーさん」と私は声をあげた。「これを手本にするんですよ。寸法が大切なんです、本当の話」

「申し訳ないがね、博士さん、こっちも本当の話なんだよ。なにしろ一人じゃ仕事が遅れて、腰を上げるまでに三カ月の大半はかかるだろう。今でも、フック先生から頼まれたのを二階で手作業で削っていて、先月に渡すはずだったのが、来月の中頃まではたっぷりかかるだろうな」

「タヴナーさん」と私は泣きついた。「あなたを探してわざわざここまでやってきたのに、断られるなんて！　こういうプリズムを削るのにどれくらいの期間が必要か、教えてくれませんか？」

タヴナーは水晶をふたたび取り上げて、指先でころがしながら考え込んだ。「削っておまけに磨くのか？」と彼は訊ねた。

「もちろんです」

「たぶん、二日か三日だな。どの程度の仕上がりがお望みかにもよるが」

「それで値段は？」

「熟練労働だから、一日一ギニー」

「十ギニー払います」と私は言って、その言葉を口にした瞬間に自分が何を言ってしまったのか気がついた。

タブナーは水晶ごしに怪訝そうにこちらをのぞき込んだ。「十ギニー？」と彼はゆっくり繰り返した。「ギニー金貨を十枚払うっていうのか？」

私はうなずいた。「ええ。すぐに取りかかってもらえるのなら」

タブナーはもう一度プリズムを見つめて、斜めに切断された面を指でなぞった。こんな提案をしてくるなんてどういう人間なんだろう、と彼が不思議に思っているのは見て取れた。「どうしてそんなに急ぐのか、教えてくれるかね？」

「言っても信じてもらえないと思いますよ、タヴナーさん。でも、とにかく生きるか死ぬかの問題なんです。時間が大切で」

「それはこっちも一緒だな。それだけの暇があるかどうかもわからんし。こういう闇の時代には、いい水晶も他の物と同じでなかなか手に入らないからな。でも、もしなんだったら、作業場でものぞいてみるかい？」

「それじゃ引き受けてくれるんですね？」

「暇がたっぷりなかったら、こちらがどれだけそのつもりになっても完成しないがね。まあ、こっちへ来て自分の目でたしかめてくれ」

後について店内を抜け、暗い階段をのぼると、そこは細長くて天井の低い作業場で、家の裏手に突き出すようにして建て増しされたものに違いなかった。三方を窓がぐるりと取り囲み、そのうち二つから見下ろせるのは隣にある教会の墓地だった。宵の口の陽光が埃《ほこり》っぽい蜘蛛の巣を通り抜けて射し込んできている。壁に立てかけてあるのは古い木製の足踏式旋盤だ。その上には道具類が掛けてある。暖炉の代わりにあるのは石炭式の焼窯と、ガラス細工用のるつぼ。作業場全体は、デューラーの版画に描かれている錬金術師のがらくら部屋にうんざりするくらいそっくりだったが、タヴナーが戸棚の奥をひっかきまわしているあいだに、私は作業台の上にあった二枚のレンズをじっくり調べ、びっくりするほど品質がいいのを発見した。

タヴナーが石英の塊をつかんで現れ、それを作業台の私の目の前に置いた。「ティンタジェル石だ。

それで間に合うか？」

私は水晶を拾い上げて光にかざした。見たところ傷はなさそうだ。それを返してから、私は大きく息をフーッと吐き出した。「申し分ありませんよ、タヴナーさん」

まさしくその瞬間に、教会の鐘が鳴り出し、私はつい懐中時計をポケットから取り出して、今の時刻に合わせようとした。金蓋をカチッと開けたちょうどそのとき、タヴナーの視線が懐中時計に釘付けになっているのに気づいてしまった。私はほほえんだ。「こんな時計は二度とお目にかかれませんよ、タヴナーさん」私は鎖留めをはずして、懐中時計をタヴナーに差し出した。

彼はそれを受け取って、銅貨をくれてやったときの詰所の衛兵みたいに、不思議そうに指でつまんでくるくるまわしていた。それから耳元に近づけると、仰天したような表情が顔いっぱいに広がった。たしかに逸品で、パリのジャック・シムノンが製造したその時計は、私の二十一歳の誕生日に両親から贈られたものだった。返された時計の蓋を親指で開けると、私は宝石が鏤《ちりば》められた内部の精巧な動作を見せてやった。「いやあ」と彼は息を吸い込んだ。「こいつはまさしく奇跡だなあ！　まったくこんなものを目にするとは、思いもよらなかった」

「今この世の中に、こんな時計はたった一つしかないのを保証しますよ」

「それもそうだろう。国王ですら、こんな宝物は持ってないんじゃないかな」

「タヴナーさん」私はゆっくりと言った。「この時計を自分のものにしたいと思いませんか？」

気でも狂ったのかと言わんばかりに彼は私を見つめ、黙っていた。

「本気ですよ。プリズムをどうしても作ってもらいたいので、お返しにこの時計をさしあげてもかまわないんです。十ギニー以上の値打ちは優にあります。あのプリズムとそっくり同じものを作って、私の手の中に渡してくれたら、時計をさしあげましょう。ほら、約束です」と私は手をさしのべた。

作業台の上で黄色い陽光を浴びて、宝石を鏤めた天秤からきらきらと輝き、快活に時を刻んでいる時計をタヴナーは見下ろした。まるで催眠術にかかったみたいだ。「どうです？　いい取り引きじゃありませんか？」

「そうだな」と彼はようやく同意した。「きっと訳があってのことだろうから」そう言って彼は私の手を握り、契約を交わした。

「それで、いつ始めてもらえます？」

「明日だな。ただし、エドモントンまで行って軽石粉とトリポリ石を買ってこなくちゃならん。どちらもちょうどすっかり切れてるんでな」

「時間はどれくらいかかります？」

「おそらく、一日中だ。片道十マイルもある」

「それはどうしても買わなくちゃいけないんですか？」

「そう。水晶を削るためだ。安物ガラスみたいなわけにはいかんからな。他の粗砂はたっぷりある」

「お仕事には口出ししませんよ、タヴナーさん。早いお帰りを祈るばかりです」

「ぐずぐずしたりはしないさ。それに、娘も一人きりは嫌だろうし」

私は時計を取り上げて鎖につなぎなおした。「私はちょうどロンドンに着いたばかりなんです、タヴナーさん。どこか近くの宿屋を紹介していただけませんか？」

タヴナーは顎を撫でた。「ロウワー・ウォーフ街にある《三つ鍵亭》なら清潔な宿だ。ポールズ・ステップスをずっと行ったところにあるよ。きっと気に入るはずだ。河べりの方が空気も澄んでるし」

そこで私は、この何時間ものあいだで初めて気分がすっかり軽くなって、タヴナーと別れた。《三つ鍵亭》はすぐに見つかり、河を見下ろす屋根裏部屋を貸してくれるよう主人を説得してから、食事付きの部屋賃を一週間分、二枚あるうちの金貨を一枚前金で払った。これはポーランドのターレル金貨なんだと言っておいた——コイン収集家のヘンダースンが以前、それが現代の一ポンド金貨に表面上よく似ていると教えてくれたことがあったのだ。主人が機嫌よく受け取ってくれたのは、外国の港からやってきた船乗りたちを相手にしょっちゅう商売をしていたからなのだろう。私は主人と一緒にエールを一杯やって、うまい羊肉のパイをご馳走になった。そのあいだ、主人はシティを蹂躙している「天罰」の悲惨な模様を語り聞かせてくれた。主人の話では、私が河の中程に停泊しているのを見た船は金持ちの市民であふれかえっていて、妻やら家族を乗せて他人の立ち入りを禁止し、食事をはじめとして日常の必需品は小舟の船頭に陸で買いにやらせ、それを詰めた籠を甲板に引き上げるのだという。

それを聞いた後でしばらくして、ちょっと昼寝をしようと部屋に引き下がったら、強いエールを飲むという慣れないことをしたせいか、単に一日の疲れが出たせいか、翌朝までぐっすり眠ってしまった。ただ、夢の中に、階下の通りで振鈴を鳴らす音と、鉄製の荷車の車輪が敷石でたてる耳障りな音が響いていたのは、今でもぼんやりと憶えている。

けさ河岸をちょっと散歩して、三枚あるうちの二シリング銀貨一枚でさほど時代錯誤的ではない帽子を買い、もう一枚で胸当て用の肌着を買ったのを別にすれば、一日中屋根裏部屋に閉じこもり、この記録を書いていた。これはきっと、十九世紀の紳士が過ごした日々としては最も尋常ならざるものであろう。

八月二十八日。

早くにタヴナーのところへ行ったら、店は閉まっていた。半時間以上も待ち、せめて娘の顔でも見られたらと期待したが、誰も出てこない。裏手にまわって作業場の窓をのぞき込んでみた。人の気配はまったくなさそうだった。その朝のうちずっと、いてもたってもいられなくなり、シティをうろつきまわって過ごした。そしてとうとうカーター街に戻り、店の隣にある家の扉をたたいて、タヴナーがどこに行ったか知らないかと訊ねてみた。女の話では、タヴナーは娘とその子供を連れて、昨日の朝早くに子馬が牽く荷車に乗って出かけ、それから姿を見かけないという。エドモントンで足止めをくらっているだけで、きっと今日の午後には帰ってくると自分に言い聞かせ、大聖堂にぶらりと入ると、ひざまずいて無言で祈っている何百もの人々の姿を目にして、悩み事を忘れて深く心動かされた。大聖堂の柱廊には印刷された布告文書が釘で打ち付けてあり、それを読んでみた。市長と州長官が署名した文書で、市民に対する命令が箇条書きにしてある。それであの妙な物音の謎が解けた——振鈴や、角笛を鳴らす音などだ。「犬猫はみな殺すこと！」という指示ほどひどく皮肉なものはない。犬猫こそ、鼠を家から追い出す一縷《いちる》の望みなのだから！　タヴナーの店に三度戻って、それからようやくここに帰り、すっかり沈んだ気分になっている。

八月二十九日。

「死骸は外に出せ！　死骸は外に出せ！」というお触れ役の憂鬱な叫び声を聞きながら、一晩中目を覚ましたまま横になって眠れぬ夜を過ごす。犬猫を殺せという命令だけは無効にしてもらおうと、市長や州長官に話をしてみる決意をする。羽目板のむこうで二十日鼠（それともドブ鼠！）がキーキーいうのを耳にして、どっと冷や汗が出て恐怖に震えあがった。河の南岸に宿をとるほうがよくはないか？

（後になって）

まだタヴナーが戻ってきた様子も知らせもない。戻ってきたらすぐに知らせてくれと走り書きして、扉の下から入れておいた。チープサイドでレンズ磨きをもう一人見つけたが、プリズムはタヴナーに渡してあるので、どんなものを作ってほしいか大まかな説明しかできなかった。相手もちょうどいい水晶を持っていなかったので、まったくの無駄骨。ただ、ウィリアム・タヴナーは約束を守る男であり、仕事をさせれば彼以上にうってつけの人間はいないという話を聞いた。多少の慰めにはなるものの、本当に仕事をしてくれているのやら！

チープサイドとワトリング街を結ぶ通り（ブレッド街？）で、すっかり神経の参るものに出会った。酔っているらしい男がよろよろと私に向かって歩いてきたのだ。ちょうどぶつかりそうになったとき男はひっくり返って、敷石の上に大の字に倒れた。うつぶせになっている男のそばに駆け寄って、仰向けにすると、恐ろしいことに男には疫病のありとあらゆるしるしが現れていたのだ。首筋は醜く腫れあがり、皮膚には内出血で黒い斑点ができている。口の端から血が垂れていたが、これは倒れたせいかもしれない。喉の奥で喘ぐような息をしていて、私がかがみ込むと、黒くて嫌な臭いのする胆汁を吐き出し、一度激しくぶるると震えてから、動かなくなった。私が顔を上げると、やってきたときには賑やかだった狭い通りにはもう誰もいなかった。あたりには扉の閉まる音と窓の鎧戸が下ろされる音がとぎれとぎれに響いている。哀れな男の脈をさぐってみたらすでにこと切れていた。私は通りに男を置き去りにしたままあわてて逃げた。

いささかの落ち着きを取り戻してから、まっすぐ市長官邸に向かい、緊急の用件があるので州長官か誰か偉い人に会わせてくれないかとたのんでみた。やっと謁見を許されたのはロビンスンという人物で、サー・チャールズ・ドーの私設秘書だった。犬猫を殺せという命令だけは撤回してほしいという理由をしゃべりまくると、彼は辛抱強く聞いてくれた。話を最後まで聞いてから、彼は丁寧に礼を述べて、それは思い違いだと私に告げた。疫病が伝染するのは「邪悪な瘴気《しょうき》」によるもので、これを犬や猫が吸い込み、何の疑いも抱いていない犠牲者たちにその息を吹きかけるからだということがはっきり証明されたというのだ！　彼は愛想のいいほほえみを浮かべてこう付け加えた。それに、蚤みたいなちっちゃな生き物が、こんなおぞましい伝染病の重荷を背負っているなんて、きみは本気で思うのかね？　さらに言えばだな、もっと証拠がほしいというのなら、この厄災が勃発する何年も前から蚤がロンドンじゅうを跳びまわっていたことを、いったい誰が否定できるというのだね？「腺ペストは目に見えないペスト菌という細菌の形で、ドブ鼠によって運ばれるんですよ」と私は言った。「鼠が感染で死ぬと、蚤が別の宿主を見つけ、その血を吸うことで感染させます。この事実をぜひ記録に留めて、それをサー・ジョン・ロレンスにお伝えいただけませんか。当局者がただちに行動すれば、これから何千人もの命を救うことができるんですが」ロビンスン氏はにっこりとうなずき、紙切れに何やら走り書きした。「ペンズリー博士、あなたのご意見はきっと閣下にお伝えしますよ」と彼は言った。「さてと、これでもうお開きにさせてもらってかまいませんかな。なにしろさしせまった用事が山ほどあるもので」それでおしまいだった。

八月三十日。

タヴナーに相談を持ちかけてからまる三日になるが、まだ音沙汰がない。昨晩、初めて、ひどい憂鬱のえじきになって、それがどうしても振り払えない。一日中、重い帳《とばり》のような雲がシティを覆い、忌々しい焚火の硫黄の臭いがする煙で私の目はまだ赤くずきずきしているのだが、その焚火は空気の臭いをやわらげるためだという！　今日の午後、マシンが見つかってよそに移されたのではないかという、こらえきれない恐怖に襲われた。そこで岸に走っていき、船頭に六ペンス払ってサザークまで渡り、野原を越えてハーン・ヒルまで戻ってみた。マシンが元の場所にあり、どうやら人の手が触れた形跡がないのを発見したときの、あの安堵感といったら！　私はそばの草むらに突っ伏して、子供みたいに泣いた。帰る途中に雷雲がわき、宿に戻ったときにはすっかりびしょ濡れになっていた。熱いオランダ産のパンチでもぐっと飲みなと主人にすすめられ、主人が言うほどの特効薬ではないにせよ、たしかに重い気分を追い払うには効果があったようだ。

八月三十一日。

タヴナーが戻ってきた！　部屋係の女中が夜中に台所で乾かした服を持ってきて、タヴナーの娘が宿の主人に言付けたという話を教えてくれた。それで私の気分は雲雀《ひばり》みたいに舞い上がった。ベッドから飛び出し、服を着て、知らせを聞いてから数分のうちにカーター街へと向かった。店の戸口までわざわざやってきたベッシーの話では、父親が二階でもう仕事に取りかかっているという。これ以上タヴナーに手間取らせたくないので、いったい何があったのか教えてくれと娘にたのんでみた。そこで客間に案内され、聞いたところではスタンフォードで道が通行止めになっていて足止めを食ったのだそうな。私がカンバーウェルで出食わしたのとどう見ても同じだ。通してくれと村人たちにたのんでも無駄だったので、やむをえず西のパルマーズ・グリーンくんだりまで遠まわりして、それからぐるりと迷路のような脇道を抜けて戻り、エドモントンへと向かったという。その夜は干し草にくるまって寝て、翌朝また旅を続け、正午ごろにエドモントンにたどりついてみたら、なんとまたそこも似たような通行止めになっているではないか。その午後ずっと父親は治安官にたのみこんで、やっと通してもらうことになった。ところがそれで面倒がすべて片づいたわけではなかった。いつもだと材料を売ってくれる商人が、「天罰」の続いているあいだは店をたたみ、ニューマーケットにいる姉のところに身を寄せてしまったのだ！　ここまで来たからには、機転の利くタヴナーとしては引き下がれない。彼は店の物置に押し入り、必要な物を好きなだけ取って、その代金と釈明を記した走り書きを残し、翌朝に三人はロンドンへの帰途についたのだという。

しばらく何事もなく過ぎたが、スタンフォード・ヒルを下っていく途中で、借り受けた荷車の心棒が折れてしまった。タヴナーはなんとか一時しのぎの修理をして、のろのろとウッド・グリーンまで戻り、そこでずっと車大工を探してまわり、折れた心棒を取り替えてくれるようにたのんだ。これでまた遅れることになり、ようやく修理が終わったときにはもうすっかり日も暮れて、ロンドンへの旅を続けることはできなくなっていた。そこでウッド・グリーンで一晩過ごし、翌日に出発して、カーター横町に着いたのはちょうど私がハーン・ヒルから戻ってくる途中だったそうだ。

私がここで綴ってきたのは、ベッシー・タヴナーが一時間ほど身ぶり手ぶりで語って聞かせた物語である。それは光景が目に浮かぶような、言葉で描いた絵画であった。彼らが途中で出会った、シティから逃げ出した哀れな人々の群れは、ウッドフォードの森をさまよっていて、「ジプシーみたいな生活をしているの、ほんとにかわいそうに、わずかばかりの食料もなくてがたがたと骨が震えて」。ロンドンに戻ってきたことを後悔しているのではないかとつい訊ねてみたら、すでに周辺の地域にも疫病にかかった人々が大勢いて、もし自分がそれで死ぬ運命なら、まわりが知らない人間ばかりよりもこの家で最後の息を引き取りたいのだという。私は鼠についての警告をしつこく繰り返し、蚤が見つかりそうな場所には絶対に近づかないという大まじめな約束をベッシーから取りつけた。すぐに約束してくれたのは、私の言葉を信じているからというよりは、むしろ私の機嫌を取るためではなかったかと思う。

去る前にタヴナーの様子をちょっとのぞき、帰ってきたのでどれほどほっとしたかを彼に告げた。タヴナーはうなずき、恥ずかしそうににやりとしただけで、また旋盤に戻った。通りに出ると、ありがたいことに昨日の大雨で空気はすがすがしい香りがして、息がつまりそうなほど大きな重荷を肩から下ろしたような気分になった。

九月一日。

雷雨でびしょ濡れになったせいで、どうやら風邪をひいたらしい。とりたてて驚くことではない。それでも、目の前には主人が作ってくれた特効薬の「オランダ製気つけ薬」が置いてあり、大いに慰めになる。正午少し前に、仕事のはかどりぐあいはどうかとタヴナーの店に出かけていったら、汚いかつらをつけた猫背の小男にレンズを箱詰めしてやっているところだった。タヴナーはその男を「フック先生」だと紹介した。握手するとき、冗談のつもりで私はこう言ってみた。「伸びは力に比例する、ですよね、フックさん」彼はびっくりしたように私をにらみ、「いま握手しているこの狂人はいったい誰だ？」とでも言わんばかりだった。思えば、後世の人間が彼の名前を取って付けた、物理法則のなかでも最も簡潔なあの法則を、おそらく彼はまだ定式化していなかったのだろう。その後でとりとめもなく疫病の噂話をしてから、彼はレンズが入った箱を小脇に抱えてよたよたと出て行った。

フックがいなくなってから、タヴナーはプリズムのはかどりぐあいを見せてくれた。製品はざっと三分の二ほど型取りができていて、残りは今晩中に仕上げてしまいたいという。それから研磨の作業が始まる。いくらせっついても、完成するたしかな予定日は教えてくれなかった。ティンタジェル石は「ダイヤモンド並みに硬い」のできれいに磨くのに時間がかかるのだとか。入念な仕事をする職人なのは間違いなく、出来あがる製品の質には並々ならぬ誇りを持ってはいるものの、それをあまり口に出すことはないのだ。

九月二日。

夜中に激しく汗をかき、ひどい疲労感と頭痛がする。遅くに起き、身支度を整えて通りに出たら、突然くらくらっとした。時間旅行をしているときの眩暈に似ていなくもない。風邪の歓迎せざる後遺症なのはたしかだが、やはり御免こうむりたいものだ。宿に戻ると、主人がぞっとするような話を聞かせてくれた。クリップルゲイトに妊娠した女がいて、その姉妹の一人が疫病をわずらったために、かわいそうにも家の中に封じ込められてしまったのだという。家族は次々と病にかかって斃れ、しまいには生き残っているのがその女だけになって、誰の手助けもなく出産したときに、疫病ではなく出血多量で死亡してしまったのだ！　自力で産んだ赤子を腕に抱いたまま！　病人が出た家を封印してしまうというこの残酷にもほどがある方策は、まったく信じがたい。「神の御意志」という敬虔な言葉ほど私に吐き気を催させるものはなく、それと似たような言葉を一日に二十回は聞いているような気がする。

九月三日。

ひどい流感にかかってしまったのはどうやら疑いがない。一日中寝たきりで過ごし、屋根に照りつける太陽のせいで部屋は竈《かまど》の中みたいに暑いのに、寒さでがたがた震えていた。女中が寝床の支度を整えにやってきたとき、ひどい風邪をひいたのですまないが強いスパイスド・エールを一杯持ってきてくれないかとたのんだ。それからもうかれこれ三時間経つのに、まだ女中は戻ってこない。

九月九日？

聖バーナバス療養所。

悪夢の日々。何が記憶で、何が夢なのか？　血の気のないモーロックたちの影が私の上に屈み込み、胸を突っつき、衣服を着せ、ブランデーに浸したぼろ布を口に突っ込み、私を運んで階下へ連れて行った。一隻の小舟。頭上にひろがる満天の星空。艪を漕ぐ音。ささやき声。ふたたび目覚めると、太陽が私の裸の目に釘を打ちつけているような気分だ。背嚢がそばの砂の上に置いてある。いったいここは？　震える指先で探ってみると、私の身体はまるで他人のもののようだ。関節がどこもずきずき痛むし、頭もまるで灼熱の錐が脳にねじ込まれたみたいだ。脇の下に見慣れない腫れが浮き出ている。下腹部にも。横根《よこね》だ！　理性をすっかり失うほどの戦慄が痛みにとってかわる。私は底なし井戸の黒い縦穴にまっさかさまに落ちていく。声。私を担ぎ上げる手。私を運んでいく手。終わりなき落下。目を開けると、石造りの丸天井が見える。それを見上げると、修道帽をつけた顔が視界に入ってくる。その唇が動く。「ようこそ」「ここは？」（これは本当に私の声だろうか？）「バーナバス療養所ですよ」「疫病にかかったんですか？」修道帽がうなずく。「もう命が長くないんですか？」「そんなことはありません」時間が過ぎる。私は眠る。夢を見る。目覚める。眠る、夢を見る、目覚める。力強く、しっかりとした、やさしい手が私を抱き起こし、頭を藁のつまった袋にもたれさせる。スープが匙で口の中に入れられ、心配そうな声が「飲みなさい、ロバート」とすすめる。私は飲み込んでむせかえる。「もう一度」飲み込む。「もう一度。よし、よくできた」「誰がここに運んでくれたんですか？」「さあね、ロバート。きっと友達じゃないのかな。いくら抵抗したところで、きみを子犬みたいに河に投げ込むこともできたんだから」しばし沈黙。「ヴィーナって誰のこと？」「ヴィーナ？」「そうさ。きみは狂ったようにわめいているとき、ウィーナ、ウィーナとしきりに呼んでいたよ。なんだったらきみがここにいることを彼女に知らせてあげようか？」「彼女はもう死んでいる」彼はベッドのそばから立ち上がり、略儀の十字を私の上で切る。「背嚢」と私はかすれた声を出す。「心配しないで、ロバート。ここにあるから」彼はそれをベッドの上にのせ、病棟を離れていく。私は震える手で留め金をはずし、帳面を取り出してなんとかタヴナーに手紙を書こうとする。そしてまた眠ってしまう。次に目覚めたとき、この日記を付ける。書き上げるのにおよそ三時間もかかった。

九月十一日。

今日、ブラザー・ジェイムズが髭を剃ってくれて、手紙をタヴナーに届けることを約束してくれた。

彼の話では、「神のかぎりない御慈悲によって」私が最悪の嵐をうまく乗り切ったという。ここに担ぎ込まれてから、二十四人の患者が亡くなった。礼拝堂の悲しみに満ちた鐘の音が絶えることもないようだ。

九月十二日。

おそらく迷信にも似た感染の恐怖のおかげで、私は鉛筆一本にいたるまで持ち物をぜんぶなくさずにいるのだろう――それと、宿屋の主人の生計がかかっていることも。私が疫病にかかったという話がもし漏れでもしていたら、《三つ鍵亭》は今ごろ「封印された家」になっているはずだ。

九月十三日。

今日の午後、この伝染病が主に鼠と蚤から感染するということを、医者のブラザー・ドミニクになんとか納得させようと半時間も骨を折った。ハーヴェイ（十七世紀英国の解剖学者。血液循環を発見した）を引用して、細菌がいかに血液中に運ばれるかを解説することまで考えたが、秘書のロビンスンを相手にしたときと同じで埒があかない。理屈としてはおもしろいが、証拠がないじゃないかとブラザー・ドミニクが言うので、硫酸を二百五十分の一に薄めた溶液で病棟を消毒すれば必要な証拠はぜんぶ手に入りますよと言ってやった。「その硫酸というのは何だね、ロバート?」強い酸の別名なんですと言うと彼はうなずいていたが、本当はロビンスンと同じくらい納得していなかったのではないかと思う。

九月十四日。

歩行できる患者が伝言を持ってやってきた。ウィリアム・タヴナー様が外にいらっしゃって、話をしたいのだが内に入るのが怖いという。仕事が終わり、注文の品物を今持ってきたと伝えてほしいと言ったそうだ。これを聞いてたちまち私は寝床から這い出して、長い病棟を酔っぱらいのようによろけながら歩み、やっとの思いで療養所の門までたどりついた。「タヴナー?」私はかすれた声を出した。「きみかね?」タヴナーは少し離れたところから私を見つめた。「ペンズリー博士、そんな姿になってしまってかわいそうに!」「もう治ったんだよ」と私は言い、よろけまいとして門の鉄柵をつかんだ。「近寄っても大丈夫だ」「そいつは勘弁してくれ、博士」と彼は呼びかけた。「ちょっと下がってくれないか、そうしたらこれを隙間から突っ込むから」私は言われたとおりにしたが、どうやって立ったままでいられたのか奇跡としか言いようがない。タヴナーは門のところまで走ってきて、布包みをすばやく突っ込み敷石の上に落とした。拾い上げて、震える手で包みをあけてみたら、内に入っていたのは、羊毛にくるんだ二個の完璧なプリズムと、それから二つに割れたものだった。それがどう見ても元のと複製の見分けがつかないのだ! こらえきれず、目に涙があふれた。「汝に祝福あれ、ウィリアム・タヴナー!」と私は叫んだ。「あなたこそは職人の中の名人だ!」それから鎖付きの懐中時計を取り出して彼によく見えるように掲げ、それから敷石の上に置いた。私が後ずさりするあいだ彼はじっとしていたが、それからさっと近寄って用意した革の袋に時計を放り込んだ。「さよなら、博士」と彼は声をかけた。「神のお恵みを!」そして彼は消え去った。私はよろけながらやっとのことで病棟に戻り、寝床にぶっ倒れた。

九月十五日。

すっかり弱って少ししか書けない。明らかに昨日はがんばりすぎた。プリズムはまさしく驚嘆すべき出来映えだ——完璧な複製になっている。それが役目を果たしてくれることは疑いない。

九月十六日。

昨夜一晩中吐いた。ひどく弱っている。

九月十七日。

下痢と嘔吐。

嫌悪

＊

手記はここで終わっている。最後の記載は鉛筆の字がかすれていて、判読は困難だ。最後の文字はもしかすると「絶望」かもしれない。ただ、公文書を見ればこの後どうなったかは疑問の余地がない。一六六五年九月二十日の記載二つのうちの一つはこう書かれている。「死亡、時刻五時、ロバート・ペンリー（原文のまま）なる人物、中年、死因黒ずんだ吐血」これは九月五日の記載に合致している。「収容、ペンリーなる人物、瀕死の重病」

ハートフォード手稿を初めて読んでからの数週間に、この日記が手の込んだ無意味な偽造かどうか、私は自分で納得がいくように調査の手順を踏んでみた。

まず最初の問題は、ペンズリー博士の本当の筆跡がどんなものか、その見本を手に入れることだった。サマセット・ハウスに手紙を書いて、彼が遺書を残してはいないかどうかたずねてみたら、一八九四年から一八九九年までの遺言検認記録には当該人物の名前は見当たらないという回答をもらった。そこでハーン・ヒルの民事記録を調べてみようと思い立ち、カンバーウェルの書記官に手紙を書いたが、やはり何も出てこなかった。ロンドンの電話帳を調べても「ペンズリー」は出てこないし、《タイムズ》紙の個人消息欄に控えめな広告を載せてみてもはかばかしい結果は得られなかった。しかし、そうした最初の失望がむしろ決意に拍車をかけることになった。ケンブリッジの旧友に連絡を取って、私の代わりに大学記録を調べてみてくれとたのんだ。すると二週間もたたないうちに、一八六八年にロバート・ジェイムズ・ペンズリーが給費生としてエマヌエル・カレッジに入学していたことを知った。

私はケンブリッジまで旅をして、学寮記録の中に探していたものをとうとう見つけた。たしかにたいしたことではなく、ただの署名にすぎないが、ハートフォード手稿で著者が自分の名前を記している記載の横に並べてみると、同一人物の筆跡であるのは間違いなかった。この直感による確信はそれ以降、専門の筆跡鑑定家の見解によって裏付けられている。

次に取った行動は、地方紙のバックナンバーを調べてみることだった。現存している唯一のものが《ダリッジ・オブザーヴァー》で、黄色く変色している一八九四年六月十八日の週の分に、安全自転車や新案特許ナイフ・パウダーの広告に埋もれて、〝有名な素人科学者謎の失踪〟という記事を発見した。うんざりするほど「文学的」な文体で書かれたその記事によると、ジェイムズ・ペンズリーとマーサ・ペンズリーの今や一人息子となったロバート・ペンズリー博士が、六月七日の早朝にハーン・ヒルにある自宅から失踪し、それ以来行方不明だとある。博士は仕事のしすぎで極度の精神的緊張状態にあったことが、見え見えにほのめかされていた。その家政婦が、「当社の記者」との独占インタビューに応じて、ペンズリー博士が「何時間もたてつづけに、ときには夜通し」で実験室に閉じこもる癖があったと語っている。記事はそれでおしまいで、それから先の号を読んでもこの謎の事件について何も触れられていないから、どうやらこの一件は意図的に口止めされたのではないかと想像するしかない。

しかし私はそこで打ち切りにする気はなかった。あの鉛筆書きの手稿にはどことなく奇妙で、取り憑いて離れないものがあり、まるで私を手招きしているよるべのない鬼火みたいに思えたのだ。そこで私は三百年以上も前の出来事について、できるかぎり多くの史料を追跡調査してみようと決めた。この十八カ月のあいだ、機会があるたびにロンドン市庁舎、書籍出版組合会館、大英博物館、そしてロンドン公記録局へ古文献調査に足を運び、私が心の中では真実だと感じていることを証明しようとした。すなわち、まったく説明のつかない形で、ロバート・ペンズリーが時間を逆行して十七世紀に出現することに本当に成功し、そこで死亡したことを。

私の初めての成果は、眼鏡職人組合の一員であるウィリアム・タヴナーという人物が、カーター街にある聖アン教会のそばに店をかまえていたということを立証できた点にあった。日付は一六五二年。さらには、二人の見習が前述のタヴナー親方のニュー・チープサイドにある店で奉公していたという記載もあり、これは一六六八年のことなのだ！　ということは、少なくとも彼は疫病と大火をまぬがれたらしい。

「エリザベス朝ロンドンの宿屋」と題するヴィクトリア朝に出版された便覧には、ロウワー・ウォーフ街にある《三つ鍵亭》のことが出ていた。そこで触れられている他の施設のほとんどと同様に、それも一六六六年の大火で消失した。

フランシスコ派の慈善施設である聖バーナバス療養所については、史料がそこそこ残っている。この療養所は十九世紀初頭まで続いていたが、新しく造船所を建設するために取り壊された。

この五月に、私は市長官邸にある古文書保管所で、サミュエル・ロビンスンという名前の人物が一六六三年に州長官サー・チャールズ・ドーの私設秘書に任命されたという記録があるのを掘り出した。

一六六五年にロバート・フックはたしかにロンドンにいて、新しく設立された王立協会で「実験主事」として働いていた。だからフックがタヴナー親方に光学器具を注文したとしてもまったく不思議ではない。いささか脱線になるのをお許しいただきたいが、ロバート・フックはあの有名な法則を定式化したのみならず、他にも山ほど業績があり、そのうちの一つにはスプリング式のはずみ車があって、それなしには測時法（航海術は言うまでもなく）の技術も、きっと暗黒時代のままさらに長いあいだ衰退していたはずだ！

とはいえ、結局のところ、私が掘り起こしたこのような「事実」は新たな疑問を生むだけだった。まるで円のまわりをぐるぐるまわることを永遠に運命づけられているようで、その円も実は螺旋なのだ――終点が始点とけっして同じではないのである。ハートフォード手稿を額面どおりに受け取ることは必然的に、時間というものがすでに決定づけられているにもかかわらず無限であるという概念を受け入れることになる。尾を口にくわえた終わりなき蛇、過去と未来が同時に存在し、永劫にその状態を続けるという宇宙像。

それなのに、私は本気で信じているのだ——ロバート・ペンズリー自らの筆による一六六五年の日記が、著者が初めて赤子としてこの世の空気を吸った一八五〇年の時点において、ハートフォード城の図書館の本棚ですでに五十年間も埃をかぶっていたことを。あるいは、銀色に輝くテムズ河のそば、ウォピング地域にある慈善病院において、藁布団の上で彼はむごたらしい死に方をして、硬直しかけた指でつかんでいたのは磨かれた水晶塊のかけらで、それを命がけで手に入れようとして、勝利を確信したはずのまさしくその瞬間に賭けに負けたことを。

時の探検家たち

H・G・ウェルズ

浅倉久志訳

The Chronic Argonauts
by H. G. Wells

ネボジプフェル博士がリーズウッズに滞在すること

ペン・ア・プールの山の東斜面を越えてルストッグにいたる道のかたわら、リーズウッズ村から半マイルの距離に、〝牧師館〟という名で知られる大きな田舎家がある。この呼び名は、かつてカルビン・メソジスト派の牧師がここに住んでいたことに由来している。山道から数百ヤード奥まった場所に位置する、不均整なかたちをしたこの古風な低い建物は、いまや日一日と廃墟の状態に近づきつつあった。

前世紀の後半に建てられたこの家は、さまざまな運命の浮沈を経験したが、近在の農民はもっと手ごろで使い勝手のよい家をほしがるため、すっかり見捨てられたかたちだった。一時は〝ゴール人のサッフォー〟と呼ばれるミス・カーノッドがここに住んでいたこともあり、そのあとは、ウイリアムズという老人のものになった。しかし、この老人がふたりの息子に惨殺されたのが原因で、それ以来もう長年、だれもこの家に住みつかない。建物がとことんまで荒れ果てていったのは、避けられない結果だった。

この家には不吉な噂が立ち、無分別な人びとと自然が手を組んで急速な荒廃をもたらした。リーズウッズの若者たちは、ウイリアムズ一家への迷信的恐怖から、無人の家へ侵入したくてもできない腹いせに、家の外側の割れものに対して異常なまでの破壊性を発揮した。恐怖の表明と挑戦、その両方の目的で彼らが使った飛び道具のおかげで、窓ガラスは一枚もあまさず割れ、残されたのは傷だらけの古風な鉛の枠だけになった。家の周囲には無数の瓦の破片が飛び散り、むきだしにされた屋根の垂木の奥には四つも五つも黒い穴があいて、投石のすさまじさを如実に物語っていた。

この結果、風雨は無人の部屋への立ち入りを許されて思いのままにふるまい、歳月がそれに手を貸し、それをそそのかした。交互に雨と太陽にさらされて、床や腰羽目の板は異様にひん曲がり、ひび割れ、やがてリューマチの痛みの発作に耐えかねて、しっかり彼らを支えてくれていた釘から自分をひき離してしまった。壁や天井の漆喰《しっくい》は、雨を養分とした下等生物の黒ずんだ緑色のかさぶたに覆われ、醗酵しはじめた木摺《きずり》からゆっくり剝がれていった。その漆喰の塊が騒々しくも謎めいた音を立てて深夜にくずれ落ちるたびに、村人たちの迷信はあらためて力を得た。ウイリアムズ老人とふたりの息子が、最後の審判の日まであの恐ろしい悲劇をくりかえし演じるように運命づけられている、というのだ。

むかしミス・カーノットが壁に這わせた白バラやさまざまのつる植物は、いまや苔むした屋根瓦の上まで生い茂り、蜘蛛の巣のカーテンをひいた空室のなかへ、細く優雅な小枝をおずおずとさしのべていた。穴蔵の床下では、青白い茸が場所をぶんどろうと煉瓦を押しあげ、また、腐朽した木材に群らがっては、それを華やかな紫や、真紅と黄褐色と肝臓色のまだらに染めあげていた。無数の蟻と白蟻、甲虫と蛾、羽のあるものと地を這うものが、この廃墟を日ごとに彼らの性に合う棲み家に変えていた。さらにそのあとから、まだらのある蟇蛙《ひきがえる》が住みつき、しだいにその数をましてきた。燕《つばめ》や岩燕は静かで風通しのよい階上の部屋へ、年ごとに多くの巣を作るようになった。蝙蝠《こうもり》や梟《ふくろう》は階下の薄暗い部屋を奪いあった。

こうして、一八八七年の春には、徐々にではあるが確実に、自然がこの牧師館の居住権を乗っ取ろうとしていた。人間の遺物がほかの生物に使われるのを好まない人なら、「その家は、確実かつ急速に荒廃におちいりつつあった」というところだろう。ところが、この家は最後の崩壊を前にして、新しい人間の住居になることを運命づけられていたのである。

静かなリーズウッヅ村は、新しい住人の到来のことを、かいもく知らされていなかった。その男は、なんの前ぶれもなく、巨大な未知の世界から、物見高く、噂のひろまりやすいこの小村へやってきた。彼がリーズウッヅの世界へ飛びこんできたさまは、さながら白昼の落雷にたとえられる。だしぬけに、いずこからともなく出現したのだ。もっとも、彼がロンドンからの列車で到着し、なんのためらいもなく、また、自分の目的について説明はおろか身ぶりさえ省いて、まっすぐ牧師館へ歩いていった、という噂は漠然とささやかれていた。しかし、おなじ豊富な情報の泉からは、ペン・ア・プールの急斜面をその男が非常な速度で滑りおりてきた、という証言も出てきた。慧眼《けいがん》な観察者によれば、その男は魔女のように篩《ふるい》に似た乗り物でやってきたばかりか、煙突をくぐって家のなかにはいっていくように見えたという。

相互に矛盾するこの報告のうち、最初に広く流布されたのは前者だが、新しい住人の奇怪な風貌と風変わりな行動から、やがて後者が広く信じられるようになった。いかなる方法で到着したにしても、五月一日にその男が牧師館に住みつき、そこを占有したことは疑いがなかった。その日の朝、モーガン夫人だけでなく、その後、彼女の報告を聞いて山腹に集まったおおぜいの村人にも目撃されたからである。問題の男は、新しい住居の割れた窓にブリキ板を打ちつけているところだった――「あの家の目隠しをしているんだわ」というモーガン夫人の言葉は、あながち的はずれでもなかった。

新しい住人は、青白い顔をした小男で、ぴっちりと身についた黒っぽい服の素材は、リーズウッズの靴職人であるペリー・デイヴィス氏にいわせると、まちがいなく革である。わし鼻と、薄い唇と、高い頬骨と、とがったあごは、すべて小さく、おたがいに均整がとれていた。しかし、ひどく痩せているため、顔の骨格と筋肉が異様に目立つ。おなじ理由で、異常に高く広いひたいの下から刺すように鋭く凝視する大きな灰色の瞳も、極端に落ちくぼんで見えた。

なによりも観察者の注意が強くひきつけられたのは、男のひたいだった。それは顔立ちぜんたいから予想される比率をはるかに超えて巨大であり、広さだけでなく、大じわ、小じわ、血管、すべてが異常なまでに誇張されていた。そのひたいの下には、断崖のふもとの洞穴の明かりのように、燃えさかる両眼がある。そのひたいは顔面を支配し、圧倒し、それでなければ疑問の余地なく端正であったろう横顔に、ほとんど人間ばなれした外見を与えていた。目の前に垂れたぼさぼさの黒い頭髪も、その効果を隠すというより強調していて、水頭症を思わせる巨大な頭をことさら大きく見せていた。この超人的な外見をいっそう強めているのは、透きとおった黄色い肌の下でぴくぴく脈打つこめかみの血管だった。こうしたことを考えあわせると、きわめて詩的な気質を持つリーズウッズ村のウエールズ人たちのあいだで、男が箒に乗って到着したという説が勢いを得たのもふしぎではなかった。

しかし、妖術師説に信憑性を与えたのは、彼の外見よりも、むしろ態度と行動だった。物見高い村人たちは、まもなく彼の生活態度が、ほとんどあらゆる状況において、まったく自分たちのそれと異なるばかりか、考えられるどんな動機をあてはめても不可解であることを知ったのだ。

そもそものはじまりは、カーナボンシャーのどこの居酒屋でも人気者のアーサー・プライス・ウイリアムズが、窓にブリキ板を打ちつけているこのよそものを会話にひきこもうと、選びぬいたウエールズ語と選びぬいた英語を駆使して話しかけたものの、みごとに失敗したことにさかのぼる。道ばたの生け垣ごしに、詮索好きな憶測、正面切っての質問、助力の申し出、もっとましな修理法の暗示、嫌味、あてこすり、悪罵、そして最後には挑戦の文句までを大声で投げつけたにもかかわらず、なんの反応も得られなかった。おそらくは相手に聞こえなかったのだろう。アーサー・プライス・ウイリアムズは、投石すら自己紹介の役に立たないことをさとり、現場に集まった群集は、好奇心と疑惑を満たされないままに散っていった。

その日の後刻、亡霊に似た黒い人影が、帽子もかぶらずに、きびしい顔つきで、とほうもなく足早に、ふもとの村へと山道を下りてきたため、〈豚と口笛〉亭の戸口ごしにそれを見てとったアーサー・プライス・ウイリアムズは、恐ろしい不安にとらえられ、相手が通りすぎるまで調理場の煉瓦製の窯のかげに隠れるしまつだった。ちょうど小学校の校舎から外に出てきた子供たちも大きなパニックにおそわれ、まるで突風に巻かれる枯葉のように屋内へ逆もどりした。

しかし、その男はたんに食料品屋をさがしていただけだった。その店に長居してから、ようやく出てきたときには、青い包みを腕いっぱいにかかえていた。パン、鰊《にしん》、豚の足、塩漬け豚肉、そして黒い瓶。それをかかえて、男はいまきた道をさっきとおなじく足早にひきかえしていった。彼の買物のやりかたは、あいさつぬきで、ひとことの説明も加えず、ほしい品物を簡潔に名指すだけだった。

店主が天候に関する幼稚な迷信を口にしても、詮索がましい陳腐なおせじをいっても、応答はまったくなかった。いくらかでも買物と関連した質問に先方が見せる敏速な反応がなければ、耳が遠いのかと思われたかもしれない。その結果、あの男はぜひとも必要なものを除いて、あらゆる人間関係を避けたがっているらしい、という噂がまたたくまに広まった。荒廃した牧師館での男の生活ぶりも、おなじく謎めいたものだった。ひとりの召使いも、同居人もなく、板張りの床か藁の上で眠り、食事は自炊なのか、それとも生で食べているのか。その生活ぶりに、親殺しの幽霊に関する村人たちの思いこみがてつだって、新来者と一般人のあいだの巨大な溝は深まるばかりだった。

人間関係の断絶という風説にそぐわないのは、たくさんの貨物がたえず牧師館に到着することだった。なんに使うのかわからない、グロテスクにゆがんだガラス器がおさまった木枠や、真鍮や鋼鉄の器具のはいった箱、大きなドラムに巻かれた電線、鉄と耐火粘土でできた巨大な容器、広口ガラス瓶、ラベルに〈毒物〉と黒と赤で記された小瓶、でっかい本の梱包の山、そして厚紙の大きなロール、それらが外の世界からリーズウッズに本拠を構えた男のもとへぞくぞくと送られてくるのだ。

これら多種多様な託送品の判読しにくい荷札の文字を、ピュー・ジョーンズが苦心のすえに解読したことによって、この新しい住人の名前と肩書は『モーゼズ・ネボジプフェル博士、FRS（王立協会会員）NWR（北ウエールズ鉄道便）、元払』であることが明らかになった。純粋なウエールズ語をしゃべる村人たちは、この発見からいろいろな新しい啓発を受けたようだ。しかも、到着した品物は、いかなる正当な用途にも明らかに不向きで、悪魔的なものに思われるため、近隣の人たちは、漠然とした恐怖と旺盛な好奇心に満たされた。この恐怖と好奇心は、貨物の到着後に起きた異常な出来事と、村人たちの異常な解釈によっていっそう強まることになった。

最初の事件は五月十五日の水曜日に起きた。その日、リーズウッズのカルビン・メソジスト派は、年に一度の記念祭を祝った。これまでの慣習で、周囲のルストッグ、ペン・ア・ガーン、カーギルウッズ、ランルッズ、そして遠いランルストの教区民までがこの村の行事に集まってきた。人びとが神の摂理に捧げる感謝は、例年どおりに具体的なかたちをとり、パンとバター、ミックス・ティー、夕食、聖なる愛撫、キスごっこ、荒っぽいラグビー、そして悪口雑言まじりの政治演説などで表現された。このたのしみも、八時半ごろにはそろそろ色あせて、集まりはおひらきとなり、九時には多くの男女の二人連れのほかに、いくつかの集団が、リーズウッズとルストッグを結ぶ暗い山道をたどりはじめた。

穏やかで暖かい夜。石油ランプや、ガス灯や、熟睡が、創造主に対する愚かな忘恩のように思える夜だった。天頂の空は言葉につくせないほど透明な青で、宵の明星が澄んだ西の闇のなかに金色に輝いていた。北北西には、落日の跡をしるすかすかな燐光が残っていた。昇りそめた月は、もやに曇ったペン・ア・プールの大きな山の肩にかかる青白い凸月《ギボス》だった。ほの暗い東の空には、もうろうとした斜面の輪郭の上に、牧師館がぽつんと、黒くはっきり頭を出していた。夜の静けさの前に、昼間の無数のざわめきは影をひそめたようだ。その静けさを破るものは、ときおり高く低く山道にこだまする足音と話し声と笑い声、それに、暗い牧師館から断続的に聞こえる金槌の音だけだった。

とつぜん、奇妙なブーンといううなりが夜気を満たし、人びとの行く手の暗がりをなにか明るいものがちらちらと横ぎった。驚きに目を見ひらいて、みんなは牧師館のほうを見あげた。その家は、もはやただの黒い塊ではなく、光でいっぱいだった。屋根のほころび、瓦と煉瓦のすきまやひび割れ、その崩れかかった古い殻に自然と人間がうがったすべての穴から、青みをおびたまばゆい白光があふれだし、昇りそめた月も、それにくらべればぼんやりした硫黄色の円盤にすぎなかった。露を含んだ薄い夜霧は、その菫色の輝きをとらえ、強烈な光の上でこの世のものならぬ煙のようにたゆとうていた。

いまや牧師館のなかでは、ふしぎな騒ぎと叫喚がはじまって、その音は群らがる見物人の耳にもはっきり聞きとれた。窓をふさいだブリキ板に内側からなにかがぶつかる大きな音。やがて、光り輝く屋根の穴から、とつぜんふしぎな生き物の群れが吐きだされた——燕、雀、岩燕、梟、蝙蝠、各種の昆虫、それら無数の生き物の大群が、しばらくのあいだ、黒い破風や煙突の上で、けたたましく旋回し、ひろがっていく雲となり……それから、じょじょに散開して、夜のなかに消えていった。

この騒ぎがしだいに静まると、最初にみんなの耳をそばだてたブーンと脈打つあのうなりがふたたび聞こえはじめ、ついにそれが長い静寂のなかの唯一の物音になった。しかし、まもなくルストッグの人びとがひとりまたひとりと、まばたきする目をまぶしい光からそらし、深く物思いに沈んで家路をたどりはじめると、山道はふたたび目ざめ、元気のいい足音やひきずるような足音が復活した。

賢明なる読者はすでにお気づきになったろうが、敬虔な村人の心に奇怪な空想の種をまいたこの現象は、牧師館に電灯がついたというだけのことにすぎない。もっとも、それは牧師館の変化のなかでも、最も不可思議なものだとはいえる。まさにラザロのよみがえりのように、古家に生命がよみがえったのである。それ以来、ブリキにふさがれた窓の奥では、昼夜ぶっとおしで、人に馴らされた稲妻が刻々と変化する室内をくまなく照らしだすことになった。

狂熱的なエネルギーにかられた革服姿の小柄な長髪の博士は、つる植物の小枝や、キノコ、バラの葉、鳥の巣、鳥の卵、蜘蛛の巣など、もうろくした自然の女神が、滅びゆく家という遺体の一般公開を前に準備したすべての衣装と念入りな細かい装飾を、暗い穴のなかや片隅に掃きよせてしまった。腰羽目をめぐらした居間では、かつて十八世紀の住人たちがうやうやしく朝の祈りを朗読し、日曜の正餐をとっていたのだが、いまはそこで電磁気応用の装置がたえずうなりを上げていた。聖なる象徴としての食器棚があった場所は、コークスの山となった。パン焼き場の窯は、鍛造用の加熱炉に土台を提供し、そのふいごのせわしない鼻息と、赤い火花や熱風のそばを歩くたびに、無学ではあるが聖書に明るい村の婦人たちは、なめらかなウエールズ語でこんなつぶやきをもらし、足早に通りすぎるのだった――「その息は炭火をおこし、その口からは炎が出る」。村の善良な人びとは、この変化を、飼い慣らされてはいるが、ときどき暴れだすレビヤタンになぞらえ、それが新しく幽霊屋敷の恐怖に加わった。

ふえる一方の機械部品の山、大きな真鍮の鋳物、錫の地金、樽、木箱、それにまだ荷ほどきされていない無数の品物が場所をふさいでいるため、家の内部の薄い仕切り壁の大半をとっぱらうことが必要になった。階上の部屋の梁や床板も、疲れを知らぬ科学者に容赦なく鋸で挽ききられ、穴蔵から垂木までの吹き抜き空間に改造されて、いくつかの棚と四隅から突き出た腕木があるだけになった。丈夫な床板の一部を使って粗末な仕事台が作られ、幾何学的な図面の山がその上に積みあげられていった。この図面こそ、ネボジプフェル博士がまっしぐらに突進している目標であるらしい。毎日の生活のすべてが、この作業に従属してしまった。そこにあるのは、奇妙で複雑な線の網目模様だった――平面図、立面図、表面と内側の各部分。それらが、熟練した両手のもと、対数計算機と複雑な曲線作図機の力をかりて、つぎつぎに厚紙の上へ描かれていった。

こうした図面の一部をロンドンへ発送すると、まもなく真鍮、象牙、黒檀、ニッケル、マホガニーを使ってその図面を実体化したものが送られてきた。博士自身が金属と木材を細工して立体模型に仕上げることもあった。ときには融かした金属を砂型に流しこむこともあったが、精密な寸法のものを製作するため、大きい塊をせっせと削ることが多かった。後者の工程で、博士がほかの器具といっしょによく使うのは、ダイヤモンドの粉末と、蒸気力と複合歯車の組みあわせによって高速回転する鋼鉄製の円鋸だった。

リーズウッズの村人たちが、ほかのなにものにもまして、博士を血と暗黒の化身とみなし、病的に毛嫌いするようになった原因はこれである。静まりかえった真夜中に——この新来者の活動は昼夜おかまいなしだ——夢を破られたペン・ア・プール周辺の住民は、まず負傷者のうめきに似た低いつぶやきを聞くことになる。「グルル……ウルル……ウルウ……ウワー」と、しだいに調子と音量を高めていくそのうめきは、絶望にかられ、激しい抗議をしているようだ。それが最後には鼓膜を突き刺すような鋭い絶叫に変わり、急にぷっつりとぎれるのだが、そのあと何時間も村人たちの耳について離れず、無数の恐ろしい悪夢を生みだすのだった。

この世のものとも思えぬ怪音と怪現象、仕事を離れたときの博士のおそろしくそっけない態度と落ちつきのなさ、用心深い孤立癖、そしてある種のおせっかいな侵入者に対する高飛車な対応ぶりは、村人たちの敵意と好奇心を最大限にかきたてた。博士の活動に対して一種の人民による異端審問（おそらく水責め椅子の実験を含めたもの）をひらこうという計画がひそかに進行しはじめたとき、体の不自由なヒューズという男が発作で急死する事件が起き、意外なクライマックスに向かってすべてがなだれこむことになった。

事件が起きたのは、白昼、牧師館の真向かいにある山道でだった。目撃者は数人。不運なヒューズは、とつぜん道にばったり倒れ、ごろごろところがり、証人たちによると、目に見えない襲撃者と激しく争っているようすだったという。彼らが助けに駆けつけたとき、すでにヒューズの顔は紫色で、血の気のない唇からはねばねばした泡があふれていた。みんなが助け起こそうとする間もなく、ヒューズは息をひきとった。

遺体が運びこまれた〈豚と口笛〉亭のまわりには、気の立った群集があっというまに集まってきた。村医者のオウエン・トマスが、これは疑う余地のない自然死だと説得しても効果はなかった。故人はネボジプフェル博士の空中魔法の犠牲になったのだ、という恐ろしい伝染性の疑惑がひろまった。このニュースは、たちまち全村にひろがり、全リーズウッズが邪悪な魔法使いに対する直接行動の欲求につき動かされた。それまでは、笑いものにされる不安と、博士に対する恐怖から、村のなかを遠慮がちに歩いていた迷信が、いまや真実という盛装に身を包み、すべての村人の前に堂々と姿を現わしたのだ。

小鬼のような学者への恐怖から、これまで沈黙を守ってきた人たちも、気の合った同士で恐ろしい可能性をささやきあうことに、とつぜん病的な快感をおぼえはじめた。そして、死者への同情にはぐくまれた発言が、推測をまじえた耳打ちから、大声で熱のこもった、明快な断定へと急速に発展していった。囚われのレビヤタンという前述の空想は、これまで一部の無知な老婦人たちの恐ろしくも秘密なたのしみになっていたのだが、いまや議論の余地ない事実として公表された。

モーガン夫人は、その怪物にいつぞやはルストッグまで追いかけられた、と名誉にかけて断言した。牧師館のなかで、ネボジプフェル博士がウイリアムズ一家といっしょに恐ろしい瀆神の呪文を唱えると、「子牛ほども大きい、羽ばたく黒い怪物」が屋根の穴からはいりこんだという物語も、みんなに信じこまれた。語り手が教会墓地でころんだのがきっかけで生まれた不気味なエピソードもひろまった。博士が長く白い指で新しい墓を暴いていた、というのである。また、ネボジプフェル博士と殺されたウイリアムズ老人が、牧師館の裏手のさらし絞首台でふたりの息子の首を吊るしていた、というおおぜいの証言は、風に揺られる立木が電灯に照らされているのを見あやまったものだろう。村じゅうにこのたぐいの噂がおびただしく飛びかい、不吉な空気がたちこめた。この騒ぎを聞きつけて、村人たちを静めに向かったイライジャ・ユリシーズ・クック牧師は、そこに集まった稲妻にあやうく撃たれそうになり、ほうほうの体で逃げだした。

その夜（七月二十二日の月曜日）の八時には、〃妖術師〃に対する壮大な示威行動が組織された。集まりの中心は村でも豪胆な男たちで、日暮れには、アーサー・プライス・ウイリアムズ、ジャック・ピーターズをはじめとする何人かが松明《たいまつ》を持ちより、そっけない不気味な合図とともに、ぱちぱちはぜる炎を頭上にさしあげた。気の弱い男たちは、時間に遅れて集合場所へぼつぼつ現われ、村の女房たちも三々五々に集まってきたが、彼女たちのかんだかいヒステリックな話し声と、活発な想像力が、一同の興奮を高めるのに大きくあずかった。漠然と不安にとりつかれ、静まりかえった暗い家々からこっそり忍び出た子供たちと若い娘たちも、松のこぶを燃やす黄色い輝きと、しだいに数をます人びとの騒然たる雰囲気にひきよせられた。

九時には、リーズウッズの住民の半数近くが〈豚と口笛〉亭の前に集まった。おおぜいの混乱したざわめき、しだいに数をます群集の身じろぎや話し声を圧するように、血に飢えた狂信的なプリッチャード老人のしわがれ声がひびき、カルメル山に集められた偶像崇拝者たちの運命をひきあいに出して、一同を激励した。

教会の時計が九時を打つのを待って、この迷信深い集団は山の上へと行進をはじめ、老若男女の集団ぜんたいが恐怖に圧縮された塊となって、不運な博士の住む牧師館へと向かった。あかあかと灯のともる酒場をあとにしたとき、ふるえをおびた一女性の声が、カルビン派の耳にはこころよい、陰気な賛美歌をうたいはじめた。最初は二、三人、ほどなく一行ぜんたいがその声に唱和し、おおぜいの重い靴音が賛美歌のリズムに合わせて山道を行進した。しかし、めざす家が燃えさかる星のように山の背に現われたとき、賛美歌の声はとつぜん小さくなり、主謀者たちの声だけが残された。その主謀者たちも、いまではがむしゃらに調子はずれの声を張りあげている感じだった。しかし、これほどの粘り強いお手本をもってしても、牧師館へ近づくにつれ、一同の足どりが目に見えて重くなるのは防ぎきれなかった。やがて門にたどりついたとき、行列ぜんたいがばったり足をとめた。ここまで村人たちを進ませる勇気を生んだのは、未来に対する漠然とした恐怖だった。だが、いまでは、現在に対する不安が、つぎの勇気の誕生をはばんでいた。死のように静まりかえった建物の割れ目からもれる強烈な明かりが、鉛色の気おくれした顔を照らしだした。子供たちのなかから、怖気づいた低いすすり泣きがもれはじめた。

「さて」とアーサー・プライス・ウイリアムズが、へりくだった弟子のような口調でジャック・ピーターズにたずねた。「これからどうする、ジャック?」

しかし、ピーターズは明らかに自信をなくした顔で牧師館を見あげ、その質問を無視していた。リーズウッズの妖術師狩りは、とつぜん流産の憂き目にあったように思えた。

そのとき、プリッチャード老人がだしぬけに一同をかきわけて前進すると、骨ばった両手と長い腕で不気味な身ぶりをした。「しっかりしろ!」としわがれ声でさけんだ。「主が憎まれる敵を撃つのが怖いのか? 妖術師を火あぶりにせよ!」

老人はピーターズから松明を奪いとると、がたぴしの門を大きく開けはなち、大股に私道のなかへはいっていった。彼の持つ松明が、夜風にまたたく火花を散らし、とぐろのような跡を描いた。「妖術師を火あぶりにせよ！」ためらう群集のなかからひとりのかんだかい声がさけぶと、あっというまに群居性の人間本能が勝ちを占めた。やけっぱちのその声の威嚇がきいたのか、群集は狂信者のあとにぞろぞろとしたがった。

　邪悪な学者に災いあれ！　村人たちは入口がバリケードでふさがれているだろうと予想していた。だが、プリッチャードがひと押しすると、錆びた蝶番の弱々しいうめきとともに、扉は大きくひらいた。明るさに目がくらんだプリッチャードは、戸口で立ちすくみ、ほかの一同はそのうしろで右往左往した。

　現場に居あわせた人びとによると、こうこうたる電灯の光のなか、真鍮と黒檀と象牙でできた風変わりな台の上にネボジプフェル博士が立っているのが見えたという。博士はなかば哀れむように、なかば嘲るように、群集に向かって微笑していた。それは殉教者たちがうかべる微笑に似ていたという。また、一部の人びとによると、博士の隣には黒服を着た長身の男がすわっていたという。なかにはその第二の男の顔が――それを否定する意見は多かったが――イライジャ・ユリシーズ・クック牧師そっくりだったと主張するものがいたし、殺されたウイリアムズ老人の伝えられる容貌そっくりだったというものもいた。

　とにかく、それは永遠の謎として残るだろう。なぜなら、とつぜんその驚異の物体が、入口からなだれこんできた群集を打ちすえたからだ。プリッチャード老人は頭から先に床へたたきつけられ、意識を失った。いっぽう、怒りにかられた喚声は、途中から苦痛と不安の悲鳴や、心臓の凍りつくような恐怖への無言のあえぎに変わってしまった。つぎには、みんながなだれを打って戸口へ退却をはじめた。

なぜなら、穏やかな微笑をうかべた博士と、黒服をまとった物静かな連れと、そしてそのふたりを支える磨きあげられた台が、群集の目の前で忽然《こつぜん》と消え失せたからだ！

いかにしてふしぎな物語は可能になったか

湖のほとりに銀の小枝を伸ばした柳。その下の芥子菜《からしな》をちりばめた水面からは、菅《すげ》の茂みが伸び、そのなかに紫の鳶尾《いちはつ》や、サファイア色の霧のような忘れな草が咲いている。そのむこうには、湿潤な沼沢地方の空の濃い青を映したゆるやかな流れ。そしてそのむこうには、低い川柳の林に縁どられた小島がある。坊主に刈りこまれた樹木と、剣のような白楊《はこやなぎ》が、菫色の遠い空を背景にそこかしこに立っているのを除くと、目に見える世界はこれだけに限られている。筆者は柳の根方に寝ころび、銅色の蝶が菖蒲《あやめ》の花から花へと飛びまわるのをながめていた。

だれに日没の色彩が定められるだろう？　だれに炎の鋳型がとれるだろう？　寿命の限られた人間の思考が、銅色の蝶から肉体をもたぬ魂へ、つぎに神秘的変質へ、そして、モーゼズ・ネボジプフェル博士とイライジャ・ユリシーズ・クック牧師の現実世界からの消失へと移り変わるのを記録する試みは、創造主にゆだねるしかない。

かつて菩提樹のもとで仏陀がそうしたのをまねて、筆者が日なたに寝ころび、神秘的変質について思案しているとき、なにかが目についた。筆者と紫の地平線のあいだの小島に——ある不透明な存在があり、目をよそに向けると、水面の反射でおぼろげに見わけられる。筆者は好奇心と驚きに目を上げた。

いったいあれはなんだ?

茫然としながらその幻影を見つめ、疑い、目をしばたたき、目をこすっては見つめ、そして信じた。なにか堅固なもの、影を落とすものが、ふたりの男を支えている。真昼の太陽のもと、白熱のマグネシウムのように燃える白い金属と、その光を吸収する黒檀の棒と、磨きぬかれた象牙のように輝く白い部分。だが、その物体はいかにも非現実的だった。機械ならそうあるべきはずの整った方形ではなく、ぜんたいがゆがんでいる——ねじれ、崩れかかり、三斜晶系と呼ばれる奇妙な結晶のように、ふたつの方向に垂れさがっている。押しつぶされたか、それともひん曲がった機械。脈絡のない夢のなかの機械のように、暗示的でたよりない。その上にいるふたりの男も、夢のなかの人物に似ていた。ひとりは背が低く、おそろしく青白い顔で、頭が異様に大きく、濃いオリーブ・グリーンの服を着ていた。もうひとりは奇怪なほどこの場には不似合いに見えた。金髪で青白い顔をした上品な感じの男で、明らかに国教会の牧師らしい。

ふたたび筆者は疑念にとりつかれた。そこでもう一度横になり、空を見あげ、目をこすり、自分と青空の中間に垂れた柳の枝を仰ぎ、目の錯覚ではないかと両手をしげしげと見つめてから、起きあがってふたたび小島のほうをながめた。弱いそよ風が柳をそよがせ、一羽の白い鳥が羽ばたきながら低空を舞っている。幻の機械はもうどこにもない! やはり錯覚か——主観の投影——人間の心がいかにあやふやであるかの証拠だ。「そう」と懐疑的な精神機能が割ってはいった。「しかし、どうして牧師が、い、い、い、い、い、い、い、い、まだあそこにいるんだろう?」

牧師は消えていなかった。深い混乱におそわれた筆者の視野で、小島に立った黒服の男が手をひたいにかざし、あたりを見まわしている。筆者はその小島の周辺の地理をよく知っているので、なによりもこの疑問が頭から去らなかった——「どこからきたのか?」

牧師は——まるでニューヘブンに上陸したフランス人のように——旅で疲れきったようすだった。明るい日ざしのもとで、衣服がすりきれ、縫い目がほころびているのがわかる。牧師は小島の突端に出てきて、筆者に大声で質問したが、その声はかすれ、ふるえていた。

「そう」と筆者はこたえた。「そこは島です。どうやってそこへきたんですか?」

だが、牧師はそれに答えずに奇妙きわまる質問をよこした。

彼はこういったのだ。「いまは十九世紀ですか?」

筆者は相手に質問をくりかえさせ、やっとそれに答えた。

「ありがたい」と牧師は有頂天でいった。それから非常な熱心さで正確な年月日をたずねた。

「一八八七年の八月九日」筆者の返事を牧師はあらためてくりかえした。「神に讃えあれ!」そういうと、小島の上ですわりこんでしまったので、その姿は葦のなかに隠れ、号泣だけが聞こえてきた。

さて、このすべてに強い驚きを感じた筆者は、すこし岸辺ぞいに歩いて小舟をさがし、それに乗りこむと、竿をあやつって、さっき牧師を見かけた小島に向かった。やがて、葦の茂みのなかに倒れている牧師が見つかったので、小舟に乗せて自宅へと運んだ。それから十日間、彼は意識を失ったままだった。

そのあいだに、彼の身元が判明した。三週間前にモーゼズ・ネボジプフェル博士とともにリーズウッズから姿を消した、イライジャ・ユリシーズ・クック牧師だということが。

八月十九日、書斎にいた筆者は、看護婦に呼ばれ、病人に声をかけることになった。牧師の意識は完全に回復していたが、その目は奇妙な光をおび、その顔は死人のように蒼白だった。

「わたしが何者であるかはわかりましたか？」と牧師はたずねた。

「あなたはイライジャ・ユリシーズ・クック牧師。オックスフォードのペンブルク学寮を卒業した文学修士で、カーナボンシャーのルストッグに近いリーズウッズの教会主管者ですね」

彼は頭を垂れた。「わたしがどんな方法でここへ到着したかについては、なにかお聞きおよびですか？」

「ぼくは葦の茂みのなかであなたを見つけただけです」とわたしは答えた。牧師はしばらく黙って考えこんだ。

「わたしは宣誓証言をしたい。あなたが書き取ってくれませんか？　一八六二年に起きたウイリアムズという老人の殺人に関する証言です。それから、モーゼズ・ネボジプフェル博士の消失と、四〇〇三年での未成年者誘拐――」

筆者はまじまじと目を見はった。

「西暦四〇〇三年ですよ」と牧師はいった。「いずれその年は訪れるでしょう。それから、一七九〇一年から二年にかけての政府職員に対する何度かの襲撃」

筆者は咳ばらいした。

「一七九〇一年と二年です。それから、すべての時代にとって貴重な医学的、社会的、自然地理学的なデータも」

医師と相談したのちに、わたしは宣誓証言を書き写すことになった。以下に記すのが、〝時の探検家たち〟の物語である。

一八八七年八月二十九日、イライジャ・ユリシーズ・クック牧師は亡くなった。彼の遺体はリーズウッズに運ばれ、そこの教会墓地に埋葬された。

牧師の宣誓証言にもとづく不可思議な物語

時代をまちがえた人間

あの記念すべき七月二十二日の午後、イライジャ・ユリシーズ・クック牧師が迷信深い村人たちの興奮を静めようと試みて失敗したことは、すでに述べた。牧師のつぎの行動は、人付き合いのわるい学者に、さしせまった危険を警告することだった。牧師はその目的を胸にいだいて噂の飛びかう村を離れ、眠気をもよおすように穏やかな暑い七月の午後、古い牧師館に向かってペン・ア・プールの斜面を登っていった。

厚い扉を音高くノックすると、なかから鈍い反響がもどり、古ぼけたポーチから漆喰の塊やぼろぼろの木材の破片が雨のように降ってきたが、それを除けば、夢見るような夏の午後の静寂は破れなかった。周囲のあらゆるものが静まりかえっているため、戸口に立つ牧師の耳には、一マイルほどルストッグ寄りの野原で干し草を作っている人びとの話し声が、ときおりはっきりと聞こえてきた。しばらく待ってから、牧師はふたたびノックして耳をすましたが、反響と落下物の音が溶けさるとともにまた深い静寂が訪れると、耳のなかの血流の音が妙に気になり、遠くの群集の混乱したざわめきのようにふくれあがってはしぼみ、焦燥と不安がじょじょに心のなかへひろがってきた。

こんどはステッキでつづけさまに強くノックしてから、片手を扉にあてがい、羽目板を強く蹴ってみた。何度か大きな反響が返ったのちに、蝶番が抗議のうめきを上げたかと思うと、オークの扉は意外にも大きくひらき、電灯の青い輝きのもと、仕切り壁の痕跡や、厚板と藁の山、金属の塊、厚紙のロール、そしてほうりだされた器具類が、驚いた牧師の目にはいった。

「ネボジプフェル博士、失礼だがおじゃましますよ」

牧師は声を張りあげたが、頭上にぼんやり見える黒い梁と影のあいだから返ってきた反響のほかには、なんの返事もなかった。牧師はほぼ一分間そこに立ち、戸口から身を乗りだして、ピカピカの機械装置や、図面や、食べ物の残りにまじって散らかった本や、荷箱や、コークスの山や、藁や、小さい材木や、仕切りのない家のなかの空洞を見まわした。それから帽子をぬぎ、まるで静寂が神聖なものであるかのように、博士の留守宅の内部へそうっと足を踏みいれた。

乱雑な広間のなかを用心深く歩きながら、牧師の目はありとあらゆる場所をさぐった。がらくたが作りだす鋭い影のどこかにネボジプフェルが隠れているのではないか、と奇妙な予感がした。彼の存在を知らせる名状しがたい感覚が、心のなかに強くはたらいた。その感覚はあまりにも鮮明なので、むなしい探索のあと、図面におおわれたネボジプフェルの仕事台に腰かけ、かすれ声で静寂に向かってこう説明する必要にせまられた——「彼は留守だ。しかし、ぜひとも伝えたいことがある。ここで待たなければ」

背後の空虚な一角の壁から砂ぼこりがしたたり落ちる音がしたとき、またもや鮮明な感覚におそわれた牧師は、とつぜん冷汗をにじませて背後をふりかえった。そこにはなにも見えなかったが、もう一度正面に向きなおったとき、恐怖にはっと身をこわばらせた。すばやく、音もなく、ネボジプフェルの幻がそこに現われたのだ。奇妙な金属の台の上にうずくまった博士の顔は死人のように蒼白で、両手は赤く染まり、鋭い灰色の瞳が訪問者の顔をまじまじと見つめていた。

最初の恐怖の衝動で、牧師は大声でさけぼうとしたが、のどはすでに麻痺して、とつぜん目の前に出現した奇怪な顔を魅いられたように見つめることしかできなかった。唇はふるえ、呼吸はすすり泣きのように短く、荒くなった。博士の人間ばなれした広いひたいは汗に濡れ、節くれだった血管が紫色にふくれあがっていた。いまようやく牧師は気づいたのだが、博士の赤い両手も、ちょうど激しい筋肉運動をしたあとの虚弱な人びとの手がそうなるように、ぶるぶるふるえていた。そして、博士自身も発声に支障をきたしているらしく、口をぱくぱくさせたのち、あえぐようにこうたずねた。

「だれだ——ここでなにをしている?」

クック牧師は答えられなかった。髪を逆立て、口をぽかんとあけ、目を見はり、象牙と、ピカピカのニッケルと、磨きあげられた黒檀でできた台の上に散らばる、見まがいようのない暗赤色のしみを見つめていた。

「ここでなにをしている?」と博士は身を起こしながらくりかえした。「なんの用だ?」

クック牧師は発作的な努力をふりしぼった。「神の御名にかけて、あなたは何者です?」とあえぐようにたずねた。そのとき、四方から押しよせた黒いとばりが彼を包み、目の前でうずくまっている小男の幻はくるくるまわりながら、光も声もない夜のなかに呑みこまれていった。

つぎに意識をとりもどしたとき、イライジャ・ユリシーズ・クック牧師は、自分が牧師館の床の上に横たわっていることを知った。すでに血のしみとさっきの興奮ぶりを洗い流したネボジプフェル博士が、ブランデーのグラスを片手に持って、そばにひざまずいていた。

「落ちついて」牧師が目をひらくのを見て、学者は微笑をうかべながらいった。「わたしはきみというごちそうを、肉体のない亡霊や、そのほかの神秘的な存在にふるまったわけではない……とにかく、これを飲んでみないか？」

牧師はおとなしくブランデーを受けとり、当惑したようにネボジプフェルの顔を見つめて、あの気絶の前にどんな出来事があったのだろうと記憶をさぐったが、なにも思いだせなかった。ようやく上体を起こすと、博士といっしょに現われたゆがんだ金属の塊が見え、とたんにさっきの出来事が心のなかによみがえってきた。牧師は機械から隠者へ、そして隠者から機械へと視線を往復させた。

「ここには絶対になんのまやかしもない」ネボジプフェルの声にはかすかな嘲弄がこもっていた。「わたしは霊的能力を主張するつもりはないよ。これは正真正銘の機械仕掛け、まちがいなく俗界のものだ。ちょっと失礼——ほんの一分だけ」

博士は立ちあがると、マホガニー製の台の上に登り、奇妙に湾曲したレバーをつかんで、それをひきよせた。クック牧師は目をこすった。たしかになんのまやかしもなかった。博士とその機械は消失していた。

まもなく博士が〝まばたきするあいだに〟再出現して、機械の上からおりてきたとき、牧師はもうなんの恐怖も感じなかった。感じたのは軽い神経のショックだけだった。博士は腰のうしろで両手を組み、顔を伏せて一直線に歩いてきたが、やがて進路をふさいだ回転鋸の前で歩みをとめ、だしぬけにくるりときびすを返すと、こういった――

「いま、ここを……離れているあいだに……考えたんだがね。わたしといっしょにくる気はないか？道連れがいると大いに助かるんだが」

牧師はまだ無帽で、床の上に腰をおろしたまま、ゆっくりと答えた。「あなたはわたしをばかにしているのでは――」

「いやいや、ちがう」と博士はさえぎった。「ばかなのはわたしのほうだった。きみはこのすべての説明を求めている……まず、わたしがどこへ行くつもりなのかを知りたがっている。わたしはここ十年以上もこの時代の人間と話をしたことがないので、ほかの人間の考えかたに許容や譲歩をするすべを忘れてしまったようだ。ともかく最善の努力はするが、それでもたりないだろう。話せば長い物語だよ……その床のすわり心地はよくあるまい？　なんなら、あそこに手ごろな荷箱があるし、きみのうしろには藁もあるし、それともこの仕事台でもいい――図面はもう用ずみだが、まだ画鋲がころがっているから気をつけて。そうだ、〈時のアルゴ船〉の上に腰かければいい！」

「いや、けっこうです」牧師は、相手が示したゆがんだ構造物を疑わしげにながめてから、ゆっくりと答えた。「わたしはここで充分快適ですから」

「では、話をはじめよう。きみはおとぎ話を読むかね？　最近のものを？」

「白状しますが、小説ならたくさん読みました」と牧師は卑下するようにいった。「ウエールズでは、教会牧師の聖職位をさずけられた人間は余暇に恵まれすぎて――」

「では、『みにくいアヒルの子』を読んだことがあるか？」

「ハンス・クリスチャン・アンデルセンの？　ええ――子供のころに」

「あれはすばらしい物語だ——孤独な少年時代にはじめて読んで、不愉快な思いから救われて以来、わたしにとってはつねに涙があふれ、胸が希望にふくらむ読み物なんだ。きみもあの物語を読んだのなら、あれがわたしについて知っておくべきすべてを教えてくれるだろう。どうしてこの機械が人脳の思考のなかに宿ったかの理解にも役立つ……。あの単純な物語をはじめて読んだときでさえ、わたしはすでに無数の苦い経験から、自分がこの世界の人びとから孤立していることをまなんでいた——あれはまるでわたしのために書かれた物語のように思えた。みにくいアヒルは、軽蔑と苦しみのなかで生きぬいたのちに、白鳥であることがわかり、ついに至高の姿で舞いあがる。あれ以来、わたしは自分の同族にめぐりあう日を空想し、自分が切実に求める同族に出会える日を夢見てきた。二十年間わたしはその希望にすがり、生きては働き、生きてはさまよい、恋すらも経験したのち、ついに絶望にかられた。ただ、あの情熱的な放浪のなかで出会ったおおぜいの人びと、驚いた顔、うろたえた顔、無関心な顔、軽蔑のこもった顔、そして腹黒い顔のなかで、ただひとつわたしの望みどおりの目つきでわたしを見つめてくれたのは……」

博士は間をおいた。クック牧師は最後のひとことにこもった深い感情の表出を予想して、相手の顔をさぐった。うつむきかげんのその顔は、暗い面持ちで思案にふけっているが、唇だけは固く結ばれていた。

「要するにだね、クックさん、わたしは自分が天才と呼ばれるあの優秀な種族のひとり、時代からはずれて生まれた人間であることを発見したんだ。その種の人間は、もっと賢明な時代に属する考えをめぐらし、自分の時代の人間には理解できないことを実行したり、信じたりする。だが、わたしに割りあてられた時代には、沈黙と魂の苦しみ——絶えることのない孤立、人間の最高の苦痛——しか見いだせない。自分が〈時代をまちがえた人間〉であることは知っていた。わたしの時代はまだやってこないのだ。ただひとつのはかない希望をたよりに、わたしは生きつづけた。その希望が確実なものになるまで、それにすがりついた。三十年間のたゆみない労苦、物質と形態と生命の隠された秘密に関する熟考。そしてようやく〈時のアルゴ船〉、つまり、時を渡る船が完成し、いまからわたしは自分の属する世代に向かって帆を上げようとしている。わたしの時代に出会うまで、時を超えて旅をつづけるつもりだ」

〈時のアルゴ船〉

ネボジプフェル博士は言葉を切った。牧師の当惑顔を見て、とつぜんの懐疑におそわれたようだった。

「きみはばかばかしいと思うかね？　時を旅するという考えが」

「たしかに定説とはかけはなれていますね」牧師は自分の口調にかすかな反発がこもるのを意識しながら、明らかに〈時のアルゴ船〉を指してそういった。英国国教会の牧師でさえ、ときには妄想への疑念を持つことはできるのだ。

「たしかに定説とはかけはなれている」学者は穏やかな口調でいった。「そればかりではない――定説と死闘を演じているんだ。あらゆる定説とだよ、クックさん。科学理論、法律、信仰箇条、それとも、基本的にいえば、論理的前提、観念、そのほかきみがなんと呼ぼうと自由だが――そのすべては、無限の事象の性質によって、表現不可能なものの図式的なまねごとの集積になりさがった。それは、たとえば画家にとってのチョークの輪郭線、技術者にとっての平面図や断面図のように、思考をまとめるのに必要な場合を除いては、絶対に避けなければならないまねごとだ。人間は、生存の要件にせまられているため、これを信じがたいものと感じるのだよ」

イライジャ・ユリシーズ・クック牧師は、相手が知らず知らずのうちにこの議論で一点をゆずったことに対して、物静かな笑みをうかべ、首をうなずかせた。

「観念を存在の完全な複製だとみなすのは、丸太をころがし落とすのとおなじようにやさしい。だからこそ、ほとんどすべての文明人が、ギリシア幾何学の概念の実在性を信じている」

「ああ！　ちょっと待ってください」とクック牧師はさえぎった。「幾何学でいう〝点〟がまったく実在しないことは、たいていの人間が知っていますよ。幾何学でいう〝線〟についてもしかり。どうやらあなたはわれわれをすこし……」

「そう、そのとおり。それらの点は認識されている」とネボジプフェルは穏やかにいった。「しかしだね……立方体を例にとろう。それは物質界に存在するかな？」

「もちろんです」

「瞬間的な立方体が？」

「その表現はどういう意味でしょうか」

「それ以外の延長を持たないという意味だよ。縦、横、高さだけを持つ立方体は実在するか？」

「ほかにどんな延長があるというんですか？」クック牧師は眉をあげてたずねた。

「時間軸での延長がなくてはどんな形態も物質界に存在できない、と考えたことはないか？……こういう考えはまったく意識にのぼらなかったかね？　つまり、人間が四次元――縦、横、高さ、そして時間的持続——の幾何学に近づくのを阻んでいるものは、従来の惰性的な学説、青銅時代のギリシア哲学者たちからひきついだ定説だけだ、と？」

「そう聞かされると」と牧師は答えた。「たしかに三次元的な実在という考えには、どこかに欠陥があるようです。しかし……」牧師は言葉を切り、その雄弁な〝しかし〟のひとことで、彼の心を満たしたすべての先入観と不信を相手に伝えた。

しばらく間をおいたのちに、ネボジプフェルはいった。

「この第四次元という新しい光を自然科学に当てて、その光のなかで再検討すると、われわれはもはやある時間区分——自分自身の世代——という絶望的な限界に束縛されていないことに気がつく。持続の軸にそって移動すれば——時間航行は、まず幾何学的理論、つぎに実地の機械工学の範囲にはいるわけだ。むかしは、人びとが自分たちに定められた土地のなかで、ただ水平にしか動けない時代があった。空にうかぶ雲は、手の届かない存在、山頂に住む恐ろしい神々の神秘的な二輪戦車だった。当時の人間は、事実上、二次元の移動だけに限られており、その上、周囲をとりまく大洋と極北の恐怖に束縛されていた。しかし、そんな時代は過ぎ去る運命にあった。まず、イアソンの率いるアルゴ船がシュムプレカデス岩のあいだを通過し、やがて機が熟すると、コロンブスが大西洋の湾に錨をおろした。人類は二次元の束縛を離れて第三次元に侵入し、モンゴルフィエの熱気球で雲のなかへ上昇したり、潜水鐘で深海の紫色の宝窟へもぐったりした。そしていま、つぎの一歩が踏みだされ、隠された過去と未知の未来が目の前にひらかれたわけだ。われわれはいま一種の山頂に立ち、歳月の平原が眼下にひろがるのをながめているんだよ」

ネボジプフェル博士はそこで間をおき、聞き手を見つめた。

イライジャ・ユリシーズ・クック牧師は、床の上にすわったまま、強い不信の表情をうかべていた。長年の伝道生活である種の真理をはっきりさとった牧師は、以前から修辞というものに懐疑をいだいていたのだ。彼はこうたずねた。

「いまのお話は言葉のあやですか、それとも、事実を述べたものと受けとるべきでしょうか？　時間の旅に関するあなたのお話は、全能の神が嵐の上をお通りになるという種類の比喩なのか。それともあなたがいわれるとおりの意味なのか？」

ネボジプフェル博士は静かにほほえんだ。「まあ、この図面を見てくれたまえ」そういうと、わかりやすさを心がけながら、新しい四次元幾何学をふたたび牧師に説明しはじめた。図面や模型といった具体的なものが証拠として提出されるにつれて、クック牧師の反感は知らず知らずのうちに消え去り、不可能に見えることも可能に思えてきた。まもなく牧師は自分がさかんに質問をはじめていることに気づき、ネボジプフェル博士がゆっくりと、正確かつ明快にこのふしぎな発明の美しい秩序をくりひろげるにつれて、興味がしだいに深まってきた。博士が研究の物語を進めているあいだに、知らず知らず時間が過ぎていった。ひらいた戸口からたそがれの終わりを告げる濃い青が見えるのに気づいて、牧師はぎくりとした。

ネボジプフェルが彼の物語をしめくくった。

「この航海には、夢にも思わぬ危険がつきまとうだろう——ある短い試みのなかで、すでにわたしは死のあぎとにさらされた——だが、それは夢にも思わぬ歓喜をも約束してくれる。どうだね、いっしょにきてくれないか？　黄金時代の人びとにまじって歩きたくないか？……」

しかし、博士が死について口にしたことで、クック牧師の心は、あの最初の出現のさいの恐ろしい

た赤いもの……あれは血ですか？」
「ネボジプフェル博士……ひとつおたずねしたい」一瞬ためらって、「さっきあなたの手についてい
感情をよみがえらせた。

ネボジプフェルの表情が暗くなり、ゆっくりと話しはじめた。

「この機械をとめたとき、わたしはそこがむかしのこの部屋であることに気がついた。待て、あれが聞こえるか？」

「ルストッグのほうで風が木をゆすっている音でしょう」

「おおぜいの人間の歌声のように聞こえるぞ……。機械をとめたとき、わたしはそこがむかしのこの部屋であることに気づいた。ひとりの老人と、ひとりの若者と、ひとりの少年がテーブルをかこんでいた――なにかの本をいっしょに読んでいるところだった。わたしはそうっと彼らのうしろへまわった。『悪霊が彼をおそった』と老人は朗読していた。『だが、〝それにうち勝つ彼には永遠の生命が与えられるであろう〟と書かれている。悪霊は友人の姿で現われ、懇願したが、彼はそのすべての罠に耐えた。悪霊は支配者や権力者の姿で現われたが、彼はキリストの名において彼らを追いはらった。一度は彼の書斎で、新約聖書をドイツ語に翻訳しているさいに、サタン自身が彼の前に現われ……』ちょうどそのとき、びくついた少年がうしろをふりかえり、おびえたさけびをもらして気絶した……。老人がわたしにつかみかかってきた……恐ろしい力だった。老人はのどをしめつけ、こうさけんだ。『人か悪魔か、いずれにしても、わしはなんじと戦うぞ……』

どうしようもなかった。われわれは床の上をごろごろと転がった……身ぶるいしている息子の落としたナイフが手にふれて……おい、あれを聞け！」

ネボジプフェル博士は言葉を切って耳をすましたが、クック牧師は、血に染まった両手の記憶が頭によみがえったときとおなじように、恐怖にかられて相手を見つめていた。

「あのさけびが聞こえるか？　ほら！」

妖術師を火あぶりにせよ！　人殺しを火あぶりにせよ！

「聞こえるか？　ぐずぐずしてはおれん！」

ヒューズ殺しの犯人を殺せ。悪魔の手先をやっつけろ！

「早く！　早く！」

クック牧師は、けいれんのような努力で嫌悪を示すと、戸口のほうへ歩きだした。赤い松明の明かりで、黒衣の群集が殺到してくる姿が目にはいり、思わず牧師はあとずさった。扉を閉め、ネボジプフェルに向きなおった。

博士の薄い唇には冷笑がうかんでいた。

「もしここにいれば、きみも殺されるぞ」そういうと、無抵抗な客の手首をつかみ、ピカピカの機械のほうへとひきずっていった。クック牧師はそこに腰かけ、両手で顔をおおった。

つぎの瞬間、入口の扉は大きく押しひらかれ、プリッチャード老人が戸口の上で目をぱちくりさせた。

一瞬の間。かすれたさけび声が、とつぜん鋭い金切り声に変わった。

巨大な噴水が吐きだされるような轟音がとどろいた。

時の探検家たちの航海がはじまったのだ。

『時の探検家たち』この章終わり

さて、この旅の結末は？　ふたたびこの十九世紀にもどったとき、なぜクック牧師はうれし泣きをもらしたのか？　なぜネボジプフェルは彼といっしょにもどらなかったのか？　これらすべての謎の解決に加えて、幾多の新しい冒険がすでに書きあげられている。それが〝心惹かれた読者〟の目にふれるかどうかは、すべからく〝運命〟にゆだねるしかない。

編者あとがき

若島　正

本書は、六〇年代後半から七〇年代にかけてのＳＦのなかでも、ニュー・ウェーヴと呼ばれるものに属する作品で、しかも翻訳紹介されることが少ない中篇以上の分量を持つものを中心にして、独自に編んだアンソロジーである。収録した全六篇のうち、本邦初訳のものは四篇ある。

ここでまず、ニュー・ウェーヴについて簡単におさらいしておこう。英国では、英国ＳＦ作家に自国での発表の場を提供する目的で、《ニュー・ワールズ》誌が一九四六年から一九六三年まで出版され、ジョン・カーネルが編集長を務めていた。このＳＦ雑誌は、アメリカで数多く出ていた大衆的なＳＦ雑誌よりも文芸的との評判を得ていたが、一九六三年になって売り上げが落ち、人手に渡ることになった。そこで新しい編集長に起用されたのが、当時まだ二十三歳だったマイケル・ムアコックである。その頃の旧態然としたＳＦや、五〇年代から六〇年代にかけての主流英国小説の閉塞的な傾向のどちらにも不満をおぼえていたムアコックは、従来のＳＦに新しい実験的な語りの手法をミックスした小説を前面に押し出して、盟友のＪ・Ｇ・バラードを代表的な存在とするアヴァン・ギャルド雑誌へと《ニュー・ワールズ》を作り変えていった。

いったんは大型の版形になった《ニュー・ワールズ》は、一九七一年にふたたびペーパーバック・サイズへと版形を変え、誌名も《ニュー・ワールズ・クオータリー》となった。この雑誌を七号出したところで、ついにムアコックは編集長を下りることになる。そして《ニュー・ワールズ・クオータリー》は一九七六年に出た第十号でいったん終刊を迎えた。従って、わたしたちがニュー・ウェーヴと言うとき、それは狭義ではムアコックが編集長を務めていた時期の《ニュー・ワールズ》と《ニュー・ワールズ・クオータリー》に掲載されていた作品群を指すことになる。

もちろん、それが局地的な現象に終わったなら、ニュー・ウェーヴがSF史にはっきりとした刻印を残すことはなかっただろう。ニュー・ウェーヴはある意味で時代が要請したものでもあり、その影響と共鳴は広範にわたった。それまでジャンル小説という娯楽性に満足しきっていたSFは、文学における実験的手法を積極的に取り入れることが求められた。そして、既存のSFにも純文学にも飽き足りない才能の持ち主たちが、このニュー・ウェーヴに可能性を見出していった。二十世紀文学史で言えばちょうどモダニズムに対応するこの運動は、モダニズムがそうであったように、ややもすると文学的だとか難解だと批判されることもあった。しかし、七〇年代以降に新しい作家たちが多数SF界に参入したのは、このニュー・ウェーヴの影響を抜きにしては考えられない。

ここで同業のアンソロジストとしてわたしが思い出すのは、アメリカのSF批評家であり実作者でもあったジュディス・メリルのことである。行動的な彼女は、当時一年ほど英国に滞在し、ニュー・ウェーヴの成果を集約した名アンソロジー *England Swings SF*（1968）を出版して、アメリカSF界に衝撃を与えた。もともとメリルは、五〇年代の中頃から年間傑作選のアンソロジーを編む仕事を続けていたが、すでに実験的な主流文学に対する目配りのきいた先鋭的な戦略を展開していた。それが六〇年代の中頃になると、はっきりとニュー・ウェーヴ系の作品を推すセレクションへと自然に傾斜している。メリルには明らかに、ニュー・ウェーヴとの親和性が最初から備わっていたのである。

わたしがSFを読み出した一九七〇年のあたりでは、すでにメリルの『年間SF傑作選』（創元推理文庫）のシリーズが本屋に並んでいたし、山野浩一の編集になる《季刊NW－SF》も創刊されていた。SFが目指すべきは外宇宙ではなく、人間精神の広大な領域すなわち内宇宙であると説く、バラードの有名なマニフェスト「内宇宙への道はどちらか？」の翻訳（伊藤典夫訳）が載ったのもその創刊号である。ペーパーバックで原書を読む味をおぼえると、すぐ手に取ることになったのが《ニュー・ワールズ・クオータリー》のシリーズだった。つまり、わたしがSFという世界に参入したちょうどそのときには、ニュー・ウェーヴ（日本では当初「新しい波」と呼ばれていた）がごく自然なものとして目の前にあったのだ。

今回、ニュー・ウェーヴを中心としてアンソロジーを編むという仕事が与えられたのは、偶然ではない何かの縁なのだろうと思う。そこで、メリルの数多いアンソロジーや、ムアコックが編んだアンソロジー *New Worlds* (1983) を参照しつつ、多少は独自な色を出そうと思って選んでみたのがこのセレクションである。

まず、本家の《ニュー・ワールズ》と《ニュー・ワールズ・クオータリー》からは、バリントン・J・ベイリーとキース・ロバーツを。そして、アメリカでの共振という文脈から、サミュエル・R・ディレイニーとハーラン・エリスンを。さらには、英国SFの伝統のなかでニュー・ウェーヴを位置づけるという立場から、一見埒外と思われるかもしれないリチャード・カウパーを。そしてすべての原点として読まれるべき、H・G・ウェルズを補足として付けるという構成だ。以下に、それぞれの作品について、簡単な解説を付してみることにする。なお、各著者のプロフィールについては、巻末を参照してほしい。

●サミュエル・R・ディレイニー「ベータ2のバラッド」*The Ballad of Beta-2* 一九六五年／本邦初訳

いわゆる「エース・ダブル」（短めの長篇二冊を表と裏から逆方向に合本して一冊のペーパーバックにするという、エース・ブックスで五〇年代から七〇年代の中頃まで出ていた独特のシリーズで、現在はコレクターズ・アイテムになっている）として出版された、ディレイニーの初期作品。いかにも小さくまとまったという感が強いのは、おそらくその長さの制約があったためだろう。

この作品を出した一年後に、ディレイニーは『バベル‐17』（一九六六）でネビュラ賞を受賞し、早熟の天才作家として一躍有名になった。「ベータ2のバラッド」と、やはり長さがノヴェレット（中篇）・サイズの「エンパイア・スター」（一九六六）の二作品は、そうした決定的なブレイクスルーに至るまでの助走的な作品群として眺めるとおもしろい。たとえば『バベル‐17』で大きな主題の一つとして扱われる言語の問題が、すでに「ベータ2のバラッド」にも見出せることに注意してほしい。さらに補注を加えれば、途中に出てくる『ヴォエッジ・オレステス』という書名は、当時ディレイニーが書き上げていながら唯一の原稿を紛失してしまったといういわく付きの、幻の作品のタイトルである。

『バベル‐17』や『アインシュタイン交点』（一九六七）以降のディレイニーを知っている読者にとっては、こうした初期作品は若書きの感を免れず、重層性に欠けているように映るかもしれない。しかし、若書きには若書きの魅力があり、シンプルな物語の作りには後のディレイニーにはない可愛らしさというか、捨てがたい何かがある。謎解きの要素もうまく取り込んでいて、最もリーダブルなディレイニーと呼べるのではないか。

ここで多少個人的な思い出を語らせてもらうと、わたしがはじめてSFを読みはじめた頃、すぐに出会ったのが、「ベータ2のバラッド」と「エンパイア・スター」を一冊にしたエース・ブックスのペーパーバックだった。今の目で見ると、小傑作と呼ぶべき「エンパイア・スター」の方がずっと出来がいいとわかるけれども、当時のわたしはこの「ベータ2のバラッド」にすっかり魅了されてしまった。そして、自分で翻訳してみたいとまで思って、少し訳してみたことを憶えている（もちろん、数ページやってみたところで面倒になってやめてしまったのだが）。

実を言うと、この手のノヴェレット・サイズの作品というのは、それだけでは一冊の本にならないし、短篇集にも入らないので、翻訳される場があまりない。本邦で「ベータ2のバラッド」がずっと未訳のままで残っていたのは、おそらくそうした事情による。アンソロジーを編んでみませんかというお話を国書刊行会からいただいたときに、そこでまず思いついたのがこの作品だった。SFを読みはじめたあの頃の、わくわくするような気持ちを思い出させてくれる「ベータ2のバラッド」を紹介することができて、とても嬉しい。この《未来の文学》シリーズでは、超大作『ダールグレン』（一九七五）の刊行も予定されているので、そちらの方もどうぞご期待ください。

●バリントン・J・ベイリー「四色問題」"The Four-Color Problem"《ニュー・ワールズ・クオータリー2》一九七一年／本邦初訳

しばしば「ワイドスクリーン・バロック」と称される作風のバリントン・J・ベイリーは、六〇年代中頃にムアコックのそばに住んでいたこともあって、《ニュー・ワールズ》に接近した。ベイリー自身は後になってニュー・ウェーヴの影響を否定するような発言をしているが、編集長のジョン・カーネルに対して、バラードの「終着の浜辺」を掲載しろという進言をムアコックと共にするなど、このムーヴメントへの関与はやはり無視できないものがある。

ベイリーはバラードともムアコックとも作風や趣味が異なるが、この三人が共通して評価した作家がウィリアム・バロウズであり、ここで紹介する「四色問題」は文体的にもバロウズの影響が明らかだ（実際に『ノヴァ急報』からの引用もある）。ニュー・ウェーヴが持っていた実験小説への傾斜は、思考実験的な色彩が濃いベイリーの小説世界と相性がいいように見える。一見すると難解に思えるかもしれない「四色問題」は、奇想とバロウズのミックスという点で、楽しめる実験小説になっていると思う。

なお、ここで奇想のネタになっている四色問題とは、どんな地図も隣り合った領域が異なる色になるように四色で塗り分けられるという命題である。これはグラフ理論の難問として長いあいだ証明されずに残っていたが、この中篇の発表後、一九七六年にケネス・アッペルとウルフガング・ハーケンによって、コンピュータを駆使した証明が与えられた（関心のある向きは、新潮社から出ているロビン・ウィルソン『四色問題』をお読みいただきたい）。従って、この中篇の土台となるアイデアは根本的に成立していないことになるが、もちろんそれによって作品の価値が損なわれたわけではないだろう。

●キース・ロバーツ「降誕祭前夜」"Weihnachtsabend"《ニュー・ワールズ・クオータリー4》一九七二年／短篇集 *The Grain Kings*（一九七六）に収録／本邦初訳

キース・ロバーツも六〇年代に英国で《サイエンス・ファンタジー》および《SFインパルス》誌の編集長を務めるかたわら、《ニュー・ワールズ》で表紙や挿絵を描き、短篇を発表しはじめた作家である。また、代表作の『パヴァーヌ』（一九六八）も六〇年代後半といういわばニュー・ウェーヴまっただなかの時期に書かれている。

もっとも、ロバーツとニュー・ウェーヴとの関わりもおそらくそこまでだった。彼はきわめて気難しい作家で、編集者や出版社とトラブルを起こすことで知られていた。そのせいで、彼にはどうしても孤高の作家というイメージがつきまとっている。

さらには、ロバーツがきわめて英国的な作家であることも、英国の外では評価を難しくしている原因だろう。十六世紀にスペインが英国を統治したことにより、ローマ教皇が絶対的支配者となった二十一世紀のイギリスを舞台にする『パヴァーヌ』にも見られるように、改変歴史物という枠内で、ありえたかもしれない英国の姿を描くのはロバーツが最も得意とするところで、それはこの「降誕祭前夜」にもよく現れている。英国の伝統的な行事としてのクリスマス・イヴが、グロテスクにも異教的なものに変貌させられたこの小説世界は、活人画《タブロー》が動き出したような静かなサスペンスに満ちていて、ロバーツの中篇群のなかでもきわだった一篇である。

●ハーラン・エリスン「プリティ・マギー・マネーアイズ」"Pretty Maggie Moneyeyes"《ナイト》誌一九六七年五月号／短篇集 *I Have No Mouth and I Must Scream*（一九六七）に収録／初訳《SFマガジン》誌二〇〇〇年二月号　伊藤典夫訳

ニュー・ウェーヴがみごとなまでにイギリス的なムーヴメントだとすれば、そのアメリカでの共振を示す出来事として頂点を形成するのが、ハーラン・エリスンが編集した記念碑的なアンソロジー

『危険なヴィジョン』(一九六七)の出版である。そしてアメリカのSF界にカリスマ的な存在として君臨することになるエリスン本人もまた、その最良の短篇群がほぼ六〇年代後半に集中していて、完全にニュー・ウェーヴとシンクロした作家なのだ。

六〇年代のエリスンは、SF業界のみならず実にさまざまな雑誌に短篇を書き散らしていた。《ナイト》(「夜」ではなく「騎士」)という男性雑誌もエリスンが常連寄稿者だった場所で、これは《プレイボーイ》誌と比較するとはるかに大衆的な安っぽさが売りの雑誌であった。わたしにとってエリスンとは、SF作家というよりはむしろこの六〇年代のクライム・フィクション作家と考えるほうがずっとしっくりくるし、当時のマイナーな媒体に発表したものを集めた作品集『LOVEなんてSEXの書きまちがい』(*Love Ain't Nothing But Sex Misspelled*, 1968)が最高のエリスンである——と、そんなことを言ったらSFファンに怒られるだろうか。

「プリティ・マギー・マネーアイズ」は、そうした作品群のなかでも間違いなく代表作と呼べる一篇だ。男と女のぎらぎらした欲望と、ひりひりした孤独の痛み(そう、エリスン語で言えば"lonelyache")を叩きつけるような独特の文体で描いたこの作品は、ラスヴェガスを舞台にした賭博小説としても五本の指には入る傑作だと信じる。

なお、短篇集『おれには口がない、それでもおれは叫ぶ』に収録したとき、エリスンがこの作品に付けた(いつものことながら)長い序文によると、マギーは実在するのだという。エリスンはマギーのモデルになった女性と、ロサンジェルスで出会った。それから一年ほど断続的につきあった後ずっとごぶさたになり、たまたまラスヴェガスのホテルでトニー・ベネットのショーを観に出かけたときに、そこでばったりマギーと再会した。マギーはコーラスガールをやっていたが、おそらく副業として売春もしているのだろう。マギーの家に案内されたエリスンは、突然に小説の着想を得て、ホテルの自室にあわてて引き返し、素っ裸になって一晩でこの作品を書き上げたのだそうだ。まあ、エリスンのことだから、話半分に聞いておいた方がいいのだろうが。

●リチャード・カウパー「ハートフォード手稿」"The Hertford Manuscript"《ファンタジー・アンド・サイエンス・フィクション》誌一九七六年十月号／短篇集 *The Custodians*（一九七六）に収録／本邦初訳

ニュー・ウェーヴ系の作品を集めたアンソロジーに、リチャード・カウパーという日本ではあまりなじみがなく、しかも伝統的な英国小説のスタイルを持つ作家を入れたのは何事だとお思いになる読者も多いことだろう。しかし、そこは編者の特権ということでお許し願いたい。

カウパーが伝統的な英国小説作家であるのは、なにしろ父親が英国文壇の大物批評家、ジョン・ミドルトン・マリーだったのだから、仕方のないことだ。彼は五〇年代から六〇年代前半にかけて、数冊の普通小説をコリン・マリー名義で発表し、六〇年代中頃からリチャード・カウパーの筆名でSF・ファンタジー作家に転向した。筆を折ったのは八〇年代中頃で、約二十年ほどの短い期間にSF作家として活躍していたことになる。そうは言っても、そのあいだにリチャード・カウパーがしかるべき評価を受けたことはなく、むしろ時代錯誤的な作家として冷ややかな目で見られていた。日本でも、翻訳された長篇はサンリオSF文庫から出て完全に黙殺された『クローン』（一九七二）『大洪水伝説』（一九七八）の二冊しかない。

それではなぜカウパーの、しかもこの「ハートフォード手稿」を本選集に収録したのか。それはカウパーに対する個人的な思い入れがあるからで、それについては拙書『乱視読者の新冒険』（研究社）

に書いたことがあるからここでは繰り返さない。ただ、「ハートフォード手稿」を選んだ理由を少し書いておく。彼の自伝『片手の拍手』(*One Hand Clapping*, 1975)で最も印象的なのは、彼が子供の頃、家に遊びに来ていたH・G・ウェルズと話をしたことがあるというエピソードだ。彼が作家になること、しかもSF作家になることは、実は少年のときから運命づけられていたと思わせる話である。『タイム・マシン』にオマージュを献げた「ハートフォード手稿」は、カウパーのそうした個人的な体験にひそかな起源を持っている(登場人物のヴィクトリア叔母さんが、昔にウェルズと会ったことがあるという話をするところに注目してほしい)。そこに、ただ単なるアイデア・ストーリーではない何かが感じられるのだ。

そしてもう一つの理由は、ニュー・ウェーヴというのがきわめて英国的な現象であり、それはけっして突発的な出来事ではなく、もとをたどればおそらくウェルズに行き着くのではないかということ。そう考えるのはべつにわたし一人ではなくて、たとえば近年ジョン・ウィンダムの短篇選集を編んだジョン・ペランは、その序文のなかで、パルプ雑誌から発展したアメリカSFの根本には楽天主義があるのに対して、英国SFの未来観は、たとえば『タイム・マシン』で描かれる超未来の姿に典型的に現われているように、ペシミズムを基調にするものであり、それは伝統的に流れている思潮だと論じている。そしてその線に沿って、オラフ・ステープルドンからニュー・ウェーヴに至る系譜のなかにウィンダムを位置づけているのである。きめこまかな文体で小説世界を描き出すカウパーにしても、そこに漂っているのは冬景色であり、終末感である。そう思えば、ペランが引いてみせた線の上にカウパーを置いてみても、そんなに違和感がないのではないか。

もちろん、以上述べたことは編者の勝手な思い込みであり、読者の方々はどうか気にすることなくこの「ハートフォード手稿」を読んでみていただきたい。巧みな物語運びが楽しめる、実によくできた中篇であることは保証する（もっとも、ウェルズの『タイム・マシン』を再読すればさらにおもしろくなることは間違いないが）。

●H・G・ウェルズ「時の探検家たち」"The Chronic Argonauts"《サイエンス・スクールズ・ジャーナル》誌一八八八年四〜六月号／初訳《SFマガジン》誌一九九六年十一月号　浅倉久志訳

カウパーの「ハートフォード手稿」に対する脚注として補足に付けた、いわばボーナス・トラック。「時の探検家たち」をめぐるエピソードがカウパーの創作ではないこともご確認いただきたい。

若き日のウェルズは、サウス・ケンジントンにあった科学師範学校で、当時名声が高い学者だったトマス・ヘンリー・ハクスリー（「ハートフォード手稿」でも名前が言及されている）から生物学を教わった。その学校で出ていた学生誌が《サイエンス・スクールズ・ジャーナル》であり、ウェルズはそこによく寄稿していた。

「時の探検家たち」は『タイム・マシン』の原型になった作品だが、お読みになっていただければわかるとおり、一八九五年に出た『タイム・マシン』はほとんど最初の形をとどめていない。これは「時の探検家たち」から英国初版の『タイム・マシン』に至るまで、なんと七つの異なるヴァージョンがあるほどに、ウェルズがこの作品を何度も書き直したからである。念のために言っておくと、「時の探検家たち」は『タイム・マシン』とはまったく別個の作品として独立した価値を持っており、たとえばタイム・マシンを製作した動機が述べられているあたりは、『タイム・マシン』には見られない部分であり、大いに注目に価する。

ウェルズが後に自認しているとおり、「時の探検家たち」という若書きにはたとえばナサニエル・

ホーソーンの影響が見て取れるが、言ってみれば、「すべてはここから始まった」のである。(なお、「ハートフォード手稿」で、公文書に紛れ込んだ私的な手記の発見をきっかけにして物語が十七世紀に遡るのは、ホーソーンの代表作『緋文字』の導入部とそっくりの趣向であり、これはおそらく「時の探検家たち」への間接的なリンクとして意図されたものだろう。)

ウェルズはジャンルとしてのSFというものにほとんど関心を示さなかった。その態度が、アメリカのパルプ雑誌から出発したSFというジャンルの進路をある意味で決定したとも言える。もしウェルズがSFの取るべき道にも主導権を発揮していたら、SFの歴史はどう変わっていただろうか。そんなことを想像してみたくなる。

アンソロジーを作るのが三度の飯よりも好きというわたしだが、これまで個人選集は二人ほど手がけたことがあるものの、こういうテーマ・アンソロジーは初めての仕事だった。六〇年代後半から七〇年代前半にかけての、あの文化的に活発だった時代に対して、こういう形で共感と感謝を表すことができたのは、幸運だとしかいいようがない。それを実現させていただいた、国書刊行会編集部の樽本周馬氏にお礼申し上げたい。なお、「降誕祭前夜」のドイツ語については神戸市外国語大学の浜崎桂子さんにご教示をたまわった。「ベータ2のバラッド」については高橋良平氏、牧眞司氏に資料をお貸しいただいた。あわせて感謝したい。また、ここで取り上げたロバーツやエリスンは、早川書房から刊行予定の『異色作家短篇集』増補版でもさらに紹介するつもりでいる。そちらの方もご期待下さい。

編訳者　若島正（わかしま　ただし）
1952年生まれ。京都大学大学院修了。京都大学大学院文学研究科教授。著書に『乱視読者の英米短篇講義』（研究社）、『乱視読者の帰還』（みすず書房）など。訳書にナボコフ『ロリータ』（新潮社）、『透明な対象』（国書刊行会、共訳）、スタージョン『海を失った男』（晶文社、編訳）などがある。

浅倉久志（あさくら　ひさし）
1930年生まれ。大阪外国語大学卒。英米文学翻訳家。訳書にディック『アンドロイドは電気羊の夢を見るか?』、ラファティ『九百人のお祖母さん』、ティプトリー・ジュニア『たったひとつの冴えたやりかた』（以上ハヤカワ文庫SF）など。著書に『ぼくがカンガルーに出会ったころ』(国書刊行会・近刊)がある。

板倉厳一郎（いたくら　げんいちろう）
1971年生まれ。京都大学大学院修了。中京大学教養部助教授。著書に『魔術師の遍歴　ジョン・ファウルズを読む』（松柏社）、訳書に『ウィルキー・コリンズ傑作選　第二巻』（臨川書店、共訳）がある。

伊藤典夫（いとう　のりお）
1942年生まれ。早稲田大学文学部中退。英米文学翻訳家。訳書にクラーク『2001年宇宙の旅』、ディレイニー『ノヴァ』『アインシュタイン交点』、ヴォネガット『猫のゆりかご』、オールディス『地球の長い午後』（以上ハヤカワ文庫SF）など。編著に『SFベスト201』（新書館）がある。

小野田和子（おのだ　かずこ）
1951年生まれ。青山学院大学文学部英米文学科卒。英米文学翻訳家。訳書にバクスター『時間的無限大』、バーンズ『軌道通信』、ベア『火星転移』『凍月』、ランディス『火星縦断』（以上ハヤカワ文庫SF）、クラーク『イルカの島』（創元SF文庫）など。

著者　サミュエル・R・ディレイニー　Samuel R. Delany
1942年ニューヨーク生まれ。62年『アプターの宝石』でデビュー。該博な知識と詩的文体、多層的語りを駆使してメタファーに満ちた神話的作品を多数発表。長篇に『バベル-17』(66)『アインシュタイン交点』(67)『ノヴァ』(68)、短篇集に『時は準宝石の螺旋のように』(71)など。75年に超大作『ダールグレン』を刊行、賛否両論を巻き起こす。シリーズ作に *The Fall of the Towers*（三部作・63〜70)、*Neveryon*（五部作・79〜87）がある。

バリントン・J・ベイリー　Barrington J. Bayley
1937年イギリス・バーミンガム生まれ。54年にデビュー。哲学的思索と奇抜なアイデアを詰め込んだ壮大なスケールの作風は＜SF界のボルヘス＞＜メタフィジック・スペース・オペラ＞と称される。長篇に『時間衝突』(73)『カエアンの聖衣』(76)『禅＜ゼン・ガン＞銃』(83)、短篇集に『シティ5からの脱出』(78)など。

キース・ロバーツ　Keith Roberts
1935年イギリス・ノーサンプトンシャー生まれ。64年にデビュー、68年連作短篇集『パヴァーヌ』で注目を浴びる。編集者、イラストレーターとしても活躍。代表作に *The Chalk Giants*（74）*Kiteworld*（85)、魔女の少女を主人公にした＜アニタ＞シリーズ、＜ケイティ＞シリーズなどがある。2000年死去。

ハーラン・エリスン　Harlan Ellison
1934年オハイオ生まれ。56年にデビュー。鮮烈な暴力描写、華麗な文体に熱狂的なファンを持つSF界のカリスマ。シナリオライター、批評家としても活躍。67年、アンソロジー『危険なヴィジョン』を編纂、アメリカにおけるニュー・ウェーヴ運動を牽引した。代表作に『世界の中心で愛を叫んだけもの』(71)、*Deathbird Stories*（75）など。

リチャード・カウパー　Richard Cowper
1926年イギリス・ドーセット生まれ。本名のコリン・マリー名義で普通小説をいくつか発表した後、60年代中頃にSF・ファンタジー作家に転向。代表作に『クローン』（72）『大洪水伝説』（78）*The Twilight of Briareus*（74）など。その正統的で洗練された文章の評価は高い。2002年死去。

H・G・ウェルズ　H. G. Wells
1866年イギリス・ケント生まれ。代表作に『タイム・マシン』(1895)『モロー博士の島』(96)『宇宙戦争』(98)。『トーノ＝バンゲイ』（09）などの諷刺・風俗小説も多数執筆、教育家・文明批評家等あらゆる分野で活躍した。1946年死去。

ベータ2のバラッド

2006年5月30日初版第1刷発行

著者　サミュエル・R・ディレイニー他
編訳者　若島　正
訳者　浅倉久志　板倉厳一郎
伊藤典夫　小野田和子
発行者　佐藤今朝夫
発行所　株式会社国書刊行会
〒174-0056　東京都板橋区志村1-13-15
電話03-5970-7421　ファックス03-5970-7427
http://www.kokusho.co.jp
印刷所　明和印刷株式会社
製本所　株式会社ブックアート

ISBN 4-336-04739-1
落丁・乱丁本はお取り替えします。

国書刊行会SF

未来の文学

第II期

SFに何ができるか——
永遠に新しい、不滅の傑作群

Gene Wolfe / The Island of Doctor Death and Other Stories

デス博士の島その他の物語

ジーン・ウルフ　浅倉久志・伊藤典夫・柳下毅一郎訳

〈もっとも重要なSF作家〉ジーン・ウルフ、本邦初の中短篇集。「デス博士の島その他の物語」を中心とした〈島3部作〉、「アメリカの七夜」「眼閃の奇蹟」など華麗な技巧と語りを凝縮した全5篇+ウルフによるまえがきを収録。ISBN4-336-04736-7

Alfred Bester / Golem100

ゴーレム100

アルフレッド・ベスター　渡辺佐智江訳

ベスター、最強にして最狂の伝説的長篇。巨大都市で召喚された新種の悪魔ゴーレムをめぐる、魂と人類の生存をかけた死闘が今始まる——軽妙な語り口と発狂したタイポグラフィ遊戯の洪水が渾然一体となったベスターズ・ベスト！　ISBN4-336-04737-5

アンソロジー〈未来の文学〉

The Egg of the Glak and Other Stories

グラックの卵

浅倉久志編訳

奇想・ユーモアSFを溺愛する浅倉久志がセレクトした傑作選の決定版。伝説の究極的ナンセンスSF、ボンド「見よ、かの巨鳥を！」、スラデックの傑作中篇他、ジェイコブズ、カットナー、テン、スタントンなどの抱腹絶倒作が勢揃い！　ISBN4-336-04738-3

The Ballad of Beta-2 and Other Stories

ベータ2のバラッド

若島正編

SFに革命をもたらした〈ニュー・ウェーヴSF〉の知られざる中篇作を若島正選で集成。ディレイニーの幻の表題作、エリスン「プリティ・マギー・マネーアイズ」他、ロバーツ、ベイリー、カウパーの野蛮かつ洗練された傑作全5篇。ISBN4-336-04739-1

Christoper Priest / A Collection of Short Stories

限りなき夏

クリストファー・プリースト　古沢嘉通編訳

『奇術師』『魔法』で現代文学ジャンルにおいても確固たる地位を築いたプリースト、本邦初のベスト・コレクション。「ドリーム・アーキペラゴ」シリーズを中心にデビュー作、代表作を全8篇集成。書き下ろし序文を特別収録。ISBN4-336-04740-5

Samuel R. Delany / Dhalgren

ダールグレン

サミュエル・R・ディレイニー　大久保譲訳

「20世紀SFの金字塔」「SF界の『重力の虹』」と賞される伝説的・神話的作品がついに登場！　異形の集団が跋扈する迷宮都市ベローナを彷徨し続ける孤独な芸術家キッド——性と暴力の魅惑を華麗に謳い上げた最高傑作。ISBN4-336-04741-3 / 04742-1